T0272529

Legado oculto
Reapers MC

Joanna Wylde

Legado oculto
Reapers MC

Legado oculto. Libro 2 de la serie *Reapers MC*

Título original: *Reaper's Legacy.*

Copyright © Joanna Wylde, 2014

© de la traducción: Diego Merry del Val Medina

© de esta edición: Libros de Seda, S.L.
Paseo de Gracia 118, principal
08008 Barcelona
www.librosdeseda.com
www.facebook.com/librosdeseda
info@librosdeseda.com

Diseño de cubierta: Germán Algarra
Maquetación: Books & Chips
Imagen de la cubierta: © Tony Mauro

Primera edición: mayo de 2015

Depósito legal: B. 10.182_2015
ISBN: 978-84-15854-70-8

Impreso en España – Printed in Spain

Nota de la autora

Después de escribir *Propiedad privada* —el primer título de esta serie, aunque *Legado oculto* es una historia autoconclusiva—, las preguntas más frecuentes que recibí de las lectoras se referían a la documentación y a los nombres de los personajes. En concreto, querían saber hasta qué punto el libro refleja la realidad y por qué algunos de los nombres suenan casi estúpidos. La respuesta a la primera pregunta es que empecé mi carrera como periodista e investigué a fondo la cultura de los clubes ilegales de moteros para poder elaborar mis historias. El proceso implicó hablar con gente de ese mundo, que respondieron a mis preguntas durante todo el proceso de elaboración del texto. El manuscrito de *Propiedad privada* fue revisado por una mujer vinculada a un club ilegal de moteros.

Muchas lectoras han cuestionado la verosimilitud de los nombres de carretera que escogí, por considerar que no resultan suficientemente agresivos o intimidatorios —Horse, Picnic, Bam Bam, etc.—. Algunas piensan que ningún motero malote podría llamarse «Picnic», pero no son conscientes de que, en la vida real, los nombres de carretera de los moteros son con frecuencia caprichosos o simplemente ridículos. No todos los moteros tienen nombres como «Destripador» o «Asesino». El Picnic de mi libro ha sido bautizado así en honor a un personaje real —aunque su nombre no es ese realmente, sino que de hecho es «Mesa de Picnic». La mayoría de los nombres han sido tomados de personas reales.

En última instancia este libro es una fantasía romántica, lo que significa que no he dejado que la cultura motera interfiera en la historia que quería contar. Si les interesa saber más acerca de la vida de las mujeres en los clubes de moteros, recomiendo encarecidamente el libro *Biker Chicks: The Magnetic Attraction of Women to Bad Boys and Motorbikes*, de Arthur Veno y Edward Winterhalder. El libro desmiente muchos estereotipos sobre las mujeres y los clubes de moteros, al permitir que mujeres reales cuenten sus historias, en lugar de sacar conclusiones fundamentadas en información de segunda mano, proporcionada por fuentes masculinas.

Prólogo

Coeur d'Alene, Idaho
Hace ocho años
Sophie

—**A**hora voy a metértela.

Zach tenía la voz ronca de impaciencia y de deseo. Su olor me envolvía. Estaba cubierto de sudor, hambriento de sexo y atractivo a rabiar. Aquella noche sería mío de verdad. Introdujo la mano entre nuestros apretados cuerpos y enfiló la redondeada y flexible cabeza de su miembro en dirección a mi abertura. La sensación era algo extraña. Empujó hacia dentro, pero le falló la puntería y se desvió un tanto hacia arriba.

—¡Ay! —grité—. Mierda, Zach, duele. Creo que no lo estás haciendo bien.

Mi compañero se detuvo en el acto y me dedicó una amplia sonrisa. Mierda, me ponía a mil y la ligera separación entre sus dientes resultaba especialmente incitante. Estaba loca por Zach desde que empezamos juntos la escuela secundaria, pero él nunca me había hecho el menor caso hasta hacía apenas dos meses. Mis padres no me dejaban salir mucho, pero en julio pasado había conseguido permiso para quedarme con Lyssa una noche y habíamos ido juntas a una fiesta. Zach se había dejado caer por allí y desde entonces estábamos juntos.

Me había vuelto una auténtica experta en fugas.

—Lo siento, nena —susurró y se inclinó para besarme en la boca. Me relajé de inmediato y disfruté del roce de sus labios contra los míos. Zach corrigió su postura y entró en mí suavemente, pero sin pausa. Esta vez no falló y sentí rigidez en todo el cuerpo a medida que me expandía por dentro.

De pronto encontró un barrera y se detuvo.

Abrí mucho los ojos y le miré fijamente. Él me devolvió la mirada y en aquel momento supe que nunca había querido ni querría jamás a nadie como a Zachary Barrett.

—¿Lista? —dijo y yo asentí con la cabeza.

Me penetró y grité al sentir el dolor que se abría paso entre mis piernas. Me mantenía aprisionada con sus caderas y yo jadeaba, estremecida por la impresión. Entonces se retiró y traté como pude de recuperar el aliento. Sin embargo, antes de que pudiera conseguirlo, entró de nuevo en mí con fuerza. ¡Ay!

—Jooder, qué apretado lo tienes —dijo Zach mientras se incorporaba, apoyándose en ambas manos, y echaba la cabeza hacia atrás. Su caderas se movían rítmicamente y entraba y salía de mi cuerpo. Tenía los ojos cerrados y su rostro estaba tenso de puro deseo.

No sé qué era lo que yo había esperado exactamente.

Quiero decir, no soy una estúpida. Sabía que la primera vez no sería perfecta, dijeran lo que dijesen las novelas románticas. La verdad, no es que doliera tanto, pero desde luego no era agradable. Para nada.

Zach aceleró el ritmo y miré hacia un lado. Nos encontrábamos en un pequeño apartamento, de su hermano, al parecer. Lo teníamos a nuestra disposición para aquella noche —la que se suponía iba a ser nuestra especial e increíble noche juntos—. Habría esperado que hubiera flores, música suave, vino o algo así. Qué tonta. Zach había sacado una *pizza* y cervezas del refrigerador de su hermano.

—¡Ay! —exclamé de nuevo en el momento en que él se detuvo, con el rostro crispado.

—Mierda, voy a correrme —dijo Zach, jadeante, y noté cómo su miembro palpitaba en mi interior. Resultaba extraño, realmente extraño. Nada que ver con lo que había visto en las películas.

¿Eso era todo?

Pues vaya.

—Ah, joder, qué bueno.

4

En el momento en que Zach se dejaba caer pesadamente sobre mí, ajeno a todo lo que le rodeaba, vi que la puerta del apartamento se estaba abriendo. No podía hacer nada, tan solo observar horrorizada cómo un hombre entraba en la habitación.

No lo conocía, pero desde luego no podía ser el hermano de Zach. No se parecía en nada a él. Zach era más alto que yo, pero no por mucho, y el recién llegado era alto de verdad y además musculoso, como solo lo son los hombres que trabajan con las manos y levantan peso con ellas.

El tipo llevaba un chaleco de cuero negro con parches, una camiseta bastante raída y unos *jeans* con manchas de aceite de motor o grasa o algo así. En su mano se balanceaba una caja de latas de cerveza, llena hasta la mitad. El pelo, oscuro, lo llevaba muy corto, casi al estilo militar. Tenía un piercing en el labio, otro en una ceja, dos anillos en la oreja izquierda y uno en la derecha, igual que un pirata. Su cara era vagamente atractiva, pero de ninguna manera habría podido decirse que era guapo. Llevaba botas negras de cuero y una cadena enganchada a la cartera, que le colgaba alrededor de la cintura. Uno de sus brazos estaba totalmente cubierto de tatuajes y en el otro lucía una calavera con dos tibias cruzadas.

El individuo se detuvo en la puerta, nos miró y sacudió la cabeza lentamente.

—Ya te dije lo que haría si volvías a entrar en mi casa —dijo con tono tranquilo.

Zach miró y se quedó lívido. Todo su cuerpo —con una notable excepción— se puso rígido. Sentí que la excepción salía de mi cuerpo, junto con algo viscoso, y me di cuenta de que no nos habíamos molestado en poner debajo una toalla, o algo así.

Uf.

¿Y cómo iba yo a saber que nos haría falta?

—¡Mierda! —exclamó Zach y su voz sonó como un tenso chillido—. Ruger, puedo explicártelo...

—Ni una puta explicación —replicó Ruger mientras cerraba violentamente la puerta a sus espaldas y se dirigía hacia la cama a grandes trancos. Traté de esconder la cabeza en el pecho de Zach, más avergonzada de lo que había estado en toda mi vida.

Flores. ¿Era mucho pedir?

—Por Dios ¿cuántos años tiene? ¿Doce? —inquirió Ruger mientras daba una patada a la cama. Sentí el golpe debajo de mí y Zach se incorporó.

Grité y traté de cubrirme con las manos, para resguardarme como fuera de la mirada del intruso.

Mierda. MIERDA.

Pero lo peor no había llegado.

El hermano —Rooger o como diablos fuera su nombre— me miró fijamente y a continuación se agachó, agarró una manta que había doblada detrás de la cama y la lanzó sobre mis partes.

Gemí y sentí que algo se desgarraba en mi interior. Aún tenía las piernas abiertas y la falda levantada. Lo había visto todo. Todo. Se suponía que aquella iba a ser la noche más romántica de mi vida y lo único que quería era marcharme a casa y echarme a llorar.

—Voy a ducharme y cuando salga os quiero fuera de aquí —dijo Ruger, con la mirada clavada en los ojos de Zach, que parpadeó—. Y que no se pase por vuestra jodida cabeza la idea de volver.

Dicho esto, se dirigió al cuarto de baño y cerró de un portazo. Segundos más tarde, oí el agua de la ducha.

—Cabrón —murmuró Zach mientras se levantaba de un salto—. Es un maldito cabrón.

—¿Es tu hermano? —pregunté.

—Sí —confirmó él—. Ese saco de mierda.

Me senté y me alisé la camisa. Gracias a Dios que no me la había quitado. A Zach le encantaba tocarme los pechos, pero una vez entrados en faena, todo había ido muy rápido. Conseguí a duras penas ponerme de pie, sin dejar de sujetar la manta contra mi cuerpo, hasta que conseguí bajarme la falda. No tenía ni la menor idea de dónde habían ido a parar mis bragas y un rápido vistazo a mi alrededor no me reveló su paradero. Rebusqué en la cama, bajo las almohadas, pero no había ni rastro. Eso sí, no fallé en meter la mano en la mancha húmeda y pringosa que habíamos dejado sobre las sábanas.

Me sentía como una auténtica puta.

—¡Joder! —gritó Zach detrás de mí y me sobresalté, sin poder creer que las cosas pudieran empeorar aún más—. Mierda, mierda, no puedo creerlo.

—¿Qué pasa? —dije.

—Se ha roto el condón —respondió—. Se ha roto el puto condón. Creo que esta es la peor noche de mi vida. Mejor será que no te hayas quedado embarazada.

Sentí como si el aire se me congelara en los pulmones. Por lo visto, las cosas podían efectivamente ponerse bastante peor. Zach me enseñó el preservativo roto y yo lo miré, asqueada y sin poder creer mi mala suerte.

—¿Hiciste algo mal? —pregunté y Zach se encogió de hombros—. Bueno, no creo que haya pasado nada. Acabo de tener la regla. No puedes quedarte embarazada tan pronto ¿verdad?

—No, me parece que no —corroboró él y miró hacia otro lado, con sonrojo—. No presté mucha atención a esa mierda en clase. Quiero decir, siempre uso un condón. Siempre. Y nunca se rompen, incluso si...

Sentí que se me cortaba la respiración y los ojos se me llenaron de lágrimas.

—Me dijiste que solo lo habías hecho una vez —dije, en voz baja, y Zach dio un respingo.

—Nunca lo había hecho con alguien a quien quisiera realmente —replicó mientras dejaba caer la goma rota y trataba de agarrarme la mano. Quise apartarme, asqueada por su contacto, pero él me envolvió con sus brazos y no opuse resistencia.

—Vamos, todo irá bien —susurró mientras me frotaba la espalda y yo sollozaba con la cara hundida en su camisa—. Siento no haber sido sincero. Tenía miedo de que no quisieras estar conmigo, si llegabas a enterarte de las tonterías que he hecho. No me importa ninguna otra chica ni me importará nunca. Solo quiero estar contigo.

—Está bien —le dije, ya recuperado el dominio de mí misma. No debería haber mentido, pero al menos lo había reconocido. Las parejas maduras tienen que resolver constantemente este tipo de situaciones ¿no es cierto?

—Mmm, creo que deberíamos irnos —añadí—. Tu hermano parecía bastante cabreado. ¿No te había dado una llave?

—Mi madrastra guarda una, por seguridad, y me la traje sin decir nada —respondió Zach, encogiéndose de hombros—. Se suponía que Ruger iba a estar fuera. No olvides la *pizza*.

—¿No le dejamos algo a tu hermano? —pregunté.

—Nada, que le jodan —repuso él—. No es mi hermano, es mi hermanastro y además es hijo de una pareja anterior de mi madrastra. No estamos realmente emparentados.

Bueeeno.

Encontré mis zapatos, me los calcé, y a continuación agarré mi bolso y la *pizza*. Seguía sin encontrar las bragas, pero no me dio tiempo a buscar más, ya que en aquel momento oí cómo se cerraba la ducha.

Era hora de largarse.

Zach lanzó un rápido vistazo hacia el cuarto de baño y me guiñó un ojo, al tiempo que agarraba la caja de las cervezas, que Ruger había dejado sobre la encimera de la cocina.

—Vamos —dijo rápidamente, mientras me tomaba la mano y me conducía hacia la puerta.

—¿Le robas la cerveza? —dije, con sensación de náusea—. ¿En serio?

—Sí, que le den —replicó Zach—. Es un completo hijo de puta, que encima se cree mejor que nadie. Él y su estúpido club de moteros. Son todos una pandilla de cabrones y de delincuentes y él también lo es. Seguro que la ha robado y además puede comprarse toda la que le apetece, no como nosotros. Vamos a casa de Kimber. Sus padres están en México.

Bajamos corriendo por las escaleras y cruzamos el aparcamiento en dirección al camión de Zach. Era un viejo modelo Ford, pero al menos la cabina era suficientemente espaciosa. Lo habíamos sacado por ahí algunos días y nos habíamos pasado horas bajo las estrellas, riendo y besándonos sin parar. En alguna ocasión habíamos invitado a otras tres o cuatro parejas y nos habíamos acomodado todos juntos en la parte de atrás.

Zach no había hecho un gran trabajo aquella noche, pero no era culpa suya. A veces la vida simplemente se salía del guión, pero yo seguía estando loca por él, de eso no me cabía duda.

—Eh —dije y le detuve mientras abría la puerta del conductor. Le hice darse la vuelta, me puse de puntillas y le besé, lenta y pausadamente.

—Te quiero —le dije.

—Yo también a ti, nena —respondió él mientras me colocaba un mechón de pelo detrás de la oreja. Cuando hacía eso, me derretía: me hacía sentir segura, protegida.

—Ahora vámonos a matar unas cuantas de estas cervezas —añadió—. Mierda, qué jodida noche de locos. Mi hermano es un gilipollas.

Fingí poner cara de exasperación y di la vuelta rápidamente al vehículo.

Así pues, la pérdida de mi virginidad no había sido algo perfecto, ni bonito, ni nada por el estilo, pero al menos había sucedido y Zach me quería.

Lo único malo, lo de las bragas.

Había comprado un conjunto especial para la ocasión. Qué se le iba a hacer...

Ocho meses después
Ruger

—¡Joder, es mi madre, tengo que contestar! —gritó Ruger a Mary Jo, que se encontraba en el otro extremo de la mesa y tenía en la mano su teléfono móvil. El grupo no había empezado a tocar aún, pero el bar estaba lleno y no se oía una mierda. Desde que se había convertido en aspirante a miembro de los Reapers, Ruger apenas salía por la noche. Conseguir entrar en el club era un trabajo a tiempo completo, aparte de los turnos que le tocaba hacer en la casa de empeños.

Su madre lo sabía y no le habría llamado si no fuera urgente.

—Eh, espera, que salgo fuera —dijo con voz potente a través del teléfono móvil, mientras se dirigía hacia la puerta a grandes zancadas. La gente se apartaba a su paso y Ruger sonrió para sus adentros. Siempre había sido un hombretón que imponía, pero ahora, con su chaleco de motero...

Lo cierto es que los matones del bar prácticamente se metían debajo de las mesas en cuanto veían aparecer los parches de los Reapers.

—De acuerdo, ya estoy fuera —dijo mientras se apartaba de la gente apiñada junto a la puerta del Ironhorse.

—Jesse, Sophie te necesita —oyó decir a su madre.

—¿Qué quieres decir? —respondió mientras echaba una ojeada a su moto, aparcada unos cuantos metros más allá. Un tipo se estaba acercando demasiado a ella. Oh, oh, va a haber que pararle los pies...

—Entonces ¿vas a ir? —dijo su madre. Mierda, distraído con la moto, no había oído lo que acababan de decirle.

—Joder, perdona, mamá —se disculpó—. No he oído bien lo que has dicho.

—Me acaba de llamar Sophie, en pleno ataque de nervios —repitió su madre—. Estos críos... Resulta que se fue a una fiesta con tu hermano y parece que se ha puesto de parto. Él ha bebido demasiado para llevarla y ella dice que está con contracciones y no puede conducir. Desde luego, lo voy a matar. No puedo creer que la haya llevado a un sitio así en un momento como este.

—¿Qué cojones...? ¿Es que me tomas el pelo? —repuso Ruger.

—No uses ese lenguaje conmigo, Jesse —cortó ella—. ¿Puedes ayudarla o no? Estoy en Spokane y tardaría más de una hora en llegar hasta allí. Dime si vas a ir o no, para que pueda seguir llamando a más gente, a ver si encuentro a alguien.

—Espera —dijo Ruger—. ¿No es demasiado pronto?

—Un poco pronto, sí —replicó su madre con voz tensa—. Yo quería llamar a una ambulancia, pero ella insiste en que son solo falsas contracciones. Las ambulancias cuestan una fortuna, ya sabes, y a Sophie le asustan mucho las facturas. Lo que quiere es que la acompañen a casa, pero yo creo que hay que llevarla al hospital. ¿Puedes o no? Yo voy para la ciudad también y me reuniría allí contigo. Esto me da mala espina, Jess. Por lo que dice, no creo que sean falsas contracciones.

—No, no, claro —replicó Ruger, preguntándose para sus adentros cómo demonios se distinguirían las «falsas contracciones» de las «verdaderas». En aquel momento, Mary Jo salió del bar con una sonrisa triste en el rostro. Tenía ya mucha experiencia en llamadas inesperadas y subsiguientes cancelaciones de planes.

—¿Dónde están? —preguntó Ruger a su madre y colgó nada más recibir la respuesta, para continuación dirigirse al encuentro de su chica, alicaído. Vaya mierda. Necesitaba una noche de sexo fuera del club. Un poquito de privacidad no estaría mal, por una vez, y Mary Jo estaba más que dispuesta.

—¿Asuntos del club? —preguntó ella, de forma aparentemente despreocupada. Menos mal que no era de las que hacían de todo un drama.

—No, de familia —respondió Ruger—. El descerebrado de mi hermano dejó preñada a su chica y ahora ella se ha puesto de parto. Hay que llevarla al hospital. Voy a acercarme.

Mary Jo abrió mucho los ojos.

—Sí, será mejor que vayas —repuso—. Llamaré a un taxi para volver a casa. Uf, menuda putada. ¿Cuántos años tiene ella?

—Acaba de cumplir diecisiete —dijo Ruger.

—Mierda —exclamó ella, estremeciéndose muy sinceramente—. No puedo imaginar lo que debe ser tener un hijo tan joven. Llámame luego ¿de acuerdo?

Ruger la besó rápidamente, pero a fondo. Ella alargó la mano y le apretó la zona genital. Él gruñó y sintió cómo se endurecía... Realmente le hacía falta una hembra.

Sin embargo, se dio la vuelta y marchó hacia su moto.

El lugar de la fiesta se encontraba a medio camino en dirección a Athol, en mitad de un campo donde Ruger recordaba haber estado alguna vez en la época del instituto. No le fue difícil localizar el camión de Zach. Sophie estaba junto a él, con expresión asustada, bien visible a la luz del atardecer veraniego. Su rostro se crispó súbitamente y la muchacha se encogió sobre su hinchado vientre. Ahora parecía realmente aterrorizada.

Ruger aparcó la moto y se dio cuenta con desagrado de que tendría que dejarla allí, en medio del campo. Imposible llevarla a ella detrás. De puta madre. Seguro que alguno de los idiotas de la fiesta le pasaría por encima. Sin embargo, no había tiempo para bobadas. Sophie estaba más blanca que la pared. Había que llevarla en el camión y sin perder un segundo. Ruger sacudió la cabeza y miró a su alrededor, tratando de localizar a su hermano.

Desde luego era increíble que una chica tan inteligente y tan guapa como aquella hubiera escogido precisamente a Zach, como si no hubiera más hombres en el mundo. De cabello largo, entre rojizo y castaño, y ojos verdes, Sophie transmitía feminidad y delicadeza a borbotones, tanto que el propio Ruger había pasado algún que otro rato pensando en ella —y con la mano ocupada—. Incluso embarazada y en medio de una fiesta campestre, estaba preciosa.

Demasiado joven, sin embargo.

Sophie vio a Ruger, dio un respingo y se colocó la mano detrás, a la espalda, para tratar de estirarse mientras terminaba la contracción. Ruger sabía que ella no le tenía simpatía y no la culpaba por ello. No se habían conocido en las mejores circunstancias, precisamente, y las relaciones entre él y su hermano no habían hecho más que empeorar desde entonces. A él no le gustaba nada la forma en que Zach trataba a su madre, ni en general su estilo de vida, aunque lo que más detestaba de todo era el hecho de que su hermanastro hubiera empezado a tontear por ahí, a espaldas de Sophie.

El lameculos de Zach no merecía a una chica como Sophie y desde luego que a su futuro hijo no le había tocado la lotería en lo que se refería a su progenitor.

—¿Cómo estás? —dijo, acercándose a la muchacha e inclinándose para verle la cara. Los ojos de ella estaban llenos de pánico.

—He roto aguas —respondió Sophie, en un ronco susurro—. Me vienen muy rápido las contracciones. Demasiado rápido. Se supone que con el primer hijo vienen mucho más despacio. Tengo que ir al hospital, Ruger. No debería haber venido aquí.

—Hay que joderse —murmuró él como respuesta—. ¿Tienes las llaves del camión?

Ella negó con la cabeza.

—Las tiene Zach —respondió—. Está junto a la hoguera. Tal vez deberíamos llamar a una ambulancia. ¡Ay!

Sophie se inclinó, doblada por el dolor.

—Espérame aquí —dijo Ruger—. Voy a buscar a Zach. Llegarás antes conmigo que con una ambulancia.

Sophie gimió de nuevo y apoyó la espalda contra el camión. Ruger se encaminó hacia la hoguera y encontró a su hermano en el suelo, semi-inconsciente.

—De pie, saco de mierda —le dijo mientras le agarraba por la camisa y le obligaba a incorporarse—. Las llaves, vamos.

Zach lo miró, ausente. En su ropa había manchas que parecían de vómito. Varios muchachos de instituto los observaban sorprendidos, con sus latas de cerveza barata en la mano.

—Hay que joderse —repitió Ruger y le metió la mano en el bolsillo, rogando para sus adentros que no hubiera perdido las llaves. Era lo más cerca del miembro de Zach que había tenido la mano. Sacó las llaves y dejó caer a su hermanastro en el barro.

—Si quieres ver nacer a tu hijo, mueve el culo y métete en el camión ahora mismo —dijo—. No voy a esperarte.

Dicho esto, caminó de vuelta al vehículo, abrió la puerta y ayudó a Sophie a acomodarse en el asiento trasero. Entonces oyó un ruido tras él y alcanzó a ver cómo Zach trepaba a la litera que había más atrás en la cabina del camión, fuera de su vista.

Pequeño hijo de puta...

Ruger puso en marcha el motor, metió la primera y arrancó, pero acto seguido frenó en seco. Abrió la puerta, saltó del camión y corrió hacia su moto, de la que sacó un pequeño equipo de primeros auxilios. No era nada espectacular, pero en aquella situación podía venirles bien. Regresó al camión, arrancó de nuevo y enfiló en dirección a la autopista. Nervioso, observaba a Sophie a cada rato por el espejo retrovisor. La joven jadeaba pesadamente y de pronto lanzó un grito.

Ruger sintió que se le erizaban todos los pelos de la nuca.

—¡Oh, mierda, tengo que empujar! —exclamó Sophie—. Dios, qué dolor. Me duele muchísimo. Nunca había sentido nada así. ¡Más deprisa, más deprisa, tenemos que llegar al hospital! ¡Oh...!

Un nuevo gemido le cortó la voz. Ruger pisó a fondo el acelerador y se preguntó si Zach tendría algo para sujetarse ahí detrás. No podía verlo. Tal vez estuviera inconsciente en su litera.

O tal vez había salido despedido. Fuera lo que fuese, no le importaba.

Casi habían llegado a la autopista cuando Sophie empezó a gritar, desesperada.

—¡Para! ¡Para el camión!

Ruger pisó el freno, rezando por que aquello no fuera lo que imaginaba que era. Echó el freno de mano y miró a Sophie. Ella tenía los ojos cerrados y la cara amoratada, en una expresión de dolor terrible. Doblaba el cuerpo hacia delante y gemía con fuerza.

—Una ambulancia —dijo Ruger, con voz sombría, y ella asintió con la cabeza. El motero llamó por el teléfono móvil e indicó su situación. A continuación conectó el altavoz, dejó el aparato sobre el asiento, salió del camión y abrió la puerta del asiento trasero.

—Estoy contigo, Sophie —dijo la voz de la operadora del 911 a través del teléfono—. Aguanta. La ambulancia ha salido de Hayden y no tardará en estar ahí.

Sophie lanzó un gemido al notar otra contracción.

—Necesito empujar —dijo.

—La ambulancia tardará solo diez minutos —dijo la operadora—. ¿Puedes aguantar hasta que llegue? Llevan todo lo necesario para ayudarte en esto.

—¡JODER! —aulló Sophie y apretó la mano de Ruger con tanta fuerza que los dedos se le quedaron entumecidos.

—Está bien —oyeron decir a la operadora—, no es probable que el bebé nazca antes de que llegue la ambulancia pero, por si acaso, quiero que estés preparado, Ruger.

Su voz sonaba tan tranquila que parecía narcotizada. ¿Como diablos lo conseguía? Él estaba al borde del paro cardiaco.

—Sophie te necesita —continuó la voz—. La buena noticia es que, al ser un parto natural, su cuerpo sabe lo que tiene que hacer. Cuando el niño viene tan rápido, el parto suele ser muy sencillo. ¿Tienes algo para lavarte las manos?

—Sí —respondió Ruger—. Sophie, tienes que soltarme un momento.

Ella negó con la cabeza, pero él se liberó de su mano, abrió la bolsa de primeros auxilios y sacó un par de paquetes de toallitas húmedas, de un tamaño ridículamente pequeño. Se frotó las manos con ellas y después trató de hacer lo mismo con las de Sophie, pero ella gritó y le lanzó un directo a la cara.

Mierda, la muchacha estaba poseída por algún tipo de fuerza. Ruger sacudió la cabeza y miró de nuevo al frente. Su mejilla palpitaba.

Una nueva contracción.

—Es demasiado pronto, pero no aguanto más —dijo Sophie—. Tengo que empujar ahora.

—¿Para cuándo lo esperaba? —preguntó la operadora mientras la joven lanzaba un largo gemido.

—Para dentro de un mes, más o menos —respondió Ruger—. Es demasiado pronto.

—Bueno —dijo la operadora—, lo más importante es asegurarnos de que el bebé respira. Si nace antes de que llegue el personal sanitario, no dejes que caiga al suelo. Tienes que sujetarlo. Mantén la calma. Un parto puede llevar varias horas, sobre todo si es el primer hijo. Solo como precaución, quiero que busques algo abrigado para envolver al niño en caso de que nazca. Tienes que comprobar si respira correctamente. Si es así, lo colocas sobre el pecho desnudo de la madre, boca abajo, piel contra piel. A continuación, lo envuelves con lo que tengas. No tires del cordón umbilical. Hay que cortarlo y hacerle un nudo, como puedas. Eso sí, mantén las manos fuera del canal del nacimiento. Si expulsa la placenta, envuelve al niño con ella.

Fue en aquel momento cuando se dio cuenta.

Sophie iba a tener a su hijo ahí mismo, en el arcén de la carretera. Su sobrino.

Ahora mismo.

Mierda, lo primero de todo era quitarle los pantalones.

Sophie llevaba medias y Ruger tiró de ellas para quitárselas. No lo consiguió y ella no parecía capaz de encontrar una postura cómoda en el interior de la cabina.

—Hay que sacarte de ahí —dijo Ruger. Ella dijo que no con la cabeza y sus dientes rechinaron, pero él la levantó y la depositó de pie en el suelo. A continuación le bajó las medias y la ropa interior en dos rápidos movimientos y la obligó a levantar los pies alternativamente, para apartar las prendas.

¿Y ahora qué?

Sophie gritó de nuevo y se puso en cuclillas junto al camión.

Joder, necesitaba algo para abrigar al bebé.

Ruger miró a su alrededor, frenético, y no encontró nada. Entonces se despojó de su chaleco de cuero, lo arrojó al interior del camión y se

14

arrancó la camiseta. No era la mejor que tenía, pero estaba relativamente limpia. Se había duchado y cambiado para su cita con Mary Jo. Ruger se agachó junto a Sophie.

Ella empujó sin parar durante lo que pareció una eternidad. Sus dedos se clavaban en los hombros de Ruger. Tendría cardenales por la mañana, pensó él, y también cortes producidos por las uñas de la muchacha. Que ocurriera lo que tuviera que ocurrir. La operadora se esforzaba por tranquilizarles, les aseguraba que la ambulancia tardaría solo cinco minutos más. Sophie no la escuchaba, perdida como estaba en su propio mundo de dolor y de urgencia, lanzando sonoros quejidos con cada contracción.

—¿Puedes ver la cabeza del bebé? —preguntó la operadora.

Ruger se quedó helado.

—¿Quiere que mire? —preguntó.

—Sí —fue la respuesta.

Él, en cambio, no quería mirar, pero... mierda. Sophie lo necesitaba y el niño también. Se agachó y miró entre las piernas de ella.

Entonces la vio.

Una pequeña cabeza, cubierta de pelo negro, asomaba del cuerpo de Sophie. Joder.

Sophie inspiró profundamente y clavó los dedos con más fuerza en los hombros de Ruger. Al empujar de nuevo, dejó escapar un prolongado y potente gemido.

Y ocurrió.

Casi en trance, Ruger se agachó de nuevo para recoger en sus manos al ser humano más precioso del mundo. Sophie rompió a llorar de alivio, mientras la sangre corría por sus piernas.

—¿Qué está pasando? —preguntó la operadora. En aquel momento se oyó una sirena en la distancia.

—Ya ha salido el bebé. Lo tengo —susurró Ruger, casi mudo de la impresión. Había visto parir a una vaca, pero aquello era otra historia.

—¿Respira? —preguntó la operadora.

Ruger observó cómo el niño abría sus ojillos por primera vez y los clavaba en los suyos. Eran azules, muy redondos, asombrados y jodidamente hermosos. De pronto se cerraron, mientras el recién nacido abría la boca y dejaba escapar un llanto penetrante.

—Sí, sí, joder, el niño está bien —dijo Ruger.

El motero miró a Sophie y alzó al bebé entre ambos. Ella sonrió, vacilante, y alargó los brazos hacia su hijo. El rostro de la joven, agotado, con huellas de lágrimas, pero radiante, era la segunda cosa más bella que Ruger había visto en su vida.

Después de aquellos pequeños ojos azules.

—Lo has hecho muy bien, nena —susurró Ruger.

—Sí —respondió ella—. Lo hice ¿verdad?

Sophie besó suavemente la cabeza del bebé.

—Eh, Noah, soy mamá —dijo—. Voy a cuidarte mucho. Lo prometo. Siempre.

Capítulo 1

Siete años después
Seattle, Washington
Sophie

Nuestra última noche en Seattle no fue lo que se dice maravillosa. La chica que cuidaba a Noah, la suplente de emergencia y la segunda suplente de emergencia tenían todas a la vez la gripe. Habría estado bien jodida si una de mis nuevas vecinas no se hubiera ofrecido para que dejara a mi hijo en su casa. No la conocía realmente, pero vivía desde hacía un mes en la puerta de al lado y no había hecho saltar ninguna alarma. Poca cosa, ya lo sé, pero una madre soltera a veces tiene que apañárselas con lo que hay.

Encima Dick me gritó por llegar tarde al trabajo.

No le dije que casi me había visto obligada a faltar por causa de Noah —y no, no le llamo así porque sea un mamón, que lo es, sino porque ese es su verdadero nombre[1].

1 En inglés, Dick es diminutivo de Richard, y dick es un término derogatorio, de registro vulgar, que significa «persona despreciable». También es un manera vulgar de referirse al miembro masculino (*N. del T*).

Aquella noche, sin embargo, entendí por qué estaba de tan mal humor. De las seis chicas que se suponía tenían que estar allí, solo dos se habían presentado. Dos tenían la gripe —lo que debía de ser cierto, ya que media ciudad estaba igual— y las otras dos tenían citas. Al menos eso es lo que supongo, ya que las explicaciones oficiales eran una abuela muerta —por quinta vez— y un tatuaje infectado —seguro que no quedaba bacitracina en ninguna de las farmacias del barrio.

Fuera lo que fuese, las cosas no iban a tardar en irse al carajo. Aquella noche tocaba un grupo en el local y el jaleo que armaban, con todos bailando borrachos, me ponía muy difícil atender mis mesas. Incluso con todo el personal, habríamos estado bastante agobiados. Para colmo, se trataba de un grupo local y la mayoría de los miembros del público eran estudiantes de instituto, lo que significaba propinas de mierda.

Hacia las once estaba ya bastante cansada y necesitaba ir al baño con urgencia, así que conseguí escaparme un minuto. No quedaba papel, por supuesto, y sabía que nadie tenía tiempo para reponerlo. Saqué el móvil y revisé rápidamente el buzón de mensajes. Había dos, uno de Miranda, mi vecina, y otro de Ruger, el casi-cuñado más terrorífico del mundo.

Mierda. Primero Miranda. Me pegué el teléfono al oído, rezando por que todo fuera bien. Imposible que Dick me dejara salir antes, incluso si se trataba de una emergencia. Ruger podía esperar.

—Mamá, tengo miedo —dijo la voz de Noah y me quedé helada—. Tengo el teléfono de Miranda y me he escondido en el armario. Ha venido un chico malo. Está fumando en casa, quería que yo fumara también y no paraban de reírse de mí. Me hacía cosquillas y quería que me sentara en sus rodillas. Están mirando una película en la que salen personas desnudas y no me gusta. No quiero estar aquí, quiero ir a casa. Ven, por favor, te necesito. Ahora.

Oí que su respiración se entrecortaba, como si estuviera llorando y quisiera ocultármelo. Entonces se cortó el mensaje.

Respiré hondo dos veces, tratando de controlar el subidón de adrenalina. Miré la hora a la que había recibido el mensaje —hacía casi cuarenta y cinco minutos—. Sentí que se me encogía el estómago y durante un instante creí que iba a vomitar. Sin embargo, logré recobrar el dominio de mí misma y salí del baño. Regresé al bar y conseguí que Brett, el chico que atendía en la barra, me abriera el cajón donde guardábamos los monederos.

—Tengo que ir a casa —le dije—. Hay un problema con mi hijo. Díselo a Dick.

18

Dicho esto, me dirigí rápidamente a la puerta, empujando a varios estudiantes borrachos. Casi estaba ya fuera, cuando alguien me agarró del brazo y me hizo darme la vuelta. Era mi jefe y me miraba fijamente.

—¿Adónde demonios crees que vas, Williams? —dijo.

—Hay una emergencia —respondí—. Tengo que ir a casa.

—Si me dejas así, con el bar como está, mejor no vuelvas —gruñó Dick. Le miré de arriba a abajo, lo cual no era difícil, ya que no medía mucho más de metro y medio. En los buenos tiempos, pensaba cariñosamente que era como un hobbit.

Aquella noche era más bien un trol.

—Tengo que ir a ocuparme de mi hijo —le dije fríamente, con mi mejor voz de matadora de troles—. Suéltame ahora mismo. Me largo.

El trayecto hasta casa fue para mí como un año entero.

Llamé varias veces al teléfono de Miranda, pero nadie contestó. Cuando llegué al decrépito edificio donde residíamos, subí las escaleras de madera a todo correr, temblando, presa de una extraña mezcla de rabia y miedo. Vivíamos en el último piso y el estudio de Miranda estaba justo después del mío. Aunque a mis muslos y a mis pantorrillas no les gustaba nada la escalada cotidiana, yo sí que apreciaba el hecho de que fuéramos los únicos residentes allí arriba. Al menos hasta ahora.

Aquella noche, la última planta me parecía remota, solitaria y amenazadora.

Oía música y voces sofocadas en el interior, mientras aporreaba la puerta. No hubo respuesta. Golpeé con más fuerza y me pregunté si me vería obligada a derribar la puerta. De pronto abrieron y apareció un tipo alto, con los pantalones desabotonados y sin camisa. Mostraba una incipiente barriga cervecera y sus ojos estaban inyectados en sangre. Olía a marihuana y a alcohol.

—¿Sí? —dijo, balanceándose. Intenté mirar hacia el interior, pero el mamarracho me bloqueaba la visión.

—Mi hijo Noah está aquí —dije, tratando de mantener la calma y concentrarme en lo que realmente importaba—. He venido a recogerle.

—Ah, sí, me había olvidado —contestó él—. Pasa.

Se apartó y entré. El lugar donde vivía Miranda era un pequeño estudio idéntico al nuestro, así que tendría que haber visto a Noah inmediatamente. Sin embargo, la única persona que había allí era la inútil de mi vecina, tumbada el sofá con ojos borrosos y sonrisa de estar más allá

 19

de la realidad. Tenía la ropa revuelta y la larga falda larga de estilo jipi, levantada por encima de las rodillas. Su teléfono móvil estaba sobre la mesita del café, junto a un *bong* casero para fumar hierba, hecho con una botella vacía de Mountain Dew, un par de tubos de bolígrafo de plástico y papel de aluminio. Había allí varias latas de cerveza vacías, ya que aparentemente no le bastaba la hierba para entretenerse mientras «cuidaba» a mi hijo de siete años.

—Miranda ¿donde está Noah? —pregunté y ella me miró, ausente.

—¿Cómo voy a saberlo? —me respondió, con voz pastosa.

—Igual ha salido —murmuró el tipo mientras se dirigía al frigorífico para sacar otra cerveza.

En aquel momento se me cortó la respiración.

El hombre llevaba un tatuaje gigante sobre la espalda, parecido a los de Ruger, solo que en su caso decía Devil's Jacks en lugar de Reapers. Un club de moteros. Mal asunto. Siempre malo, a pesar de lo que dijera Ruger.

Ya lo pensaría más tarde. Ahora solo importaba una cosa. Tenía que encontrar a Noah.

—¿Mamá?

Su voz era débil y temblorosa. Miré alrededor, frenética, y de pronto le vi entrar en la habitación a través de una ventana que daba a la calle. Oh, Dios mío. Avancé hacia él, esforzándome al máximo por mantener la calma. Cuatro pisos y mi hijo estaba allí fuera, agarrado al marco de una ventana. Si no tenía muchísimo cuidado, podía empujarle accidentalmente y hacer que cayera al vacío.

Por fin llegué junto a él. Estiré los brazos, le agarré con fuerza por las muñecas, tiré hacia dentro y lo apreté contra mi cuerpo. Él se aferró estrechamente a mí, como un monito. Yo le frotaba la espalda arriba y abajo, le susurraba al oído cuánto le quería y le prometía que nunca más volvería a dejarle solo.

—No sé por qué te pones así —murmuró Miranda mientras se apartaba para dejar sitio al caraculo de su novio—. Hay una escalera de incendios ahí fuera y no es que haga frío, que se diga. Estamos en agosto. El chico estaba bien.

Inspiré profundamente, cerré los ojos y me obligué a mantener la calma. Al abrirlos, miré más allá de donde ella se encontraba y fue entonces cuando vi el porno en la televisión. Enseguida aparté la mirada de la imagen de una mujer inflada de silicona y a la que se trajinaban a la vez cuatro tipos. Algo terrible se puso en ignición en mi interior.

Estúpida zorra. Pagaría por esto.

—Entonces ¿cuál es tu problema? —dijo Miranda por fin, arrastrando las palabras.

No me molesté en responder. Tenía que sacar de allí a mi hijo y llevarle a casa. Ya me encargaría de mi vecina al día siguiente.

Para entonces tal vez me habría calmado lo suficiente como para no acabar con su miserable existencia.

Me llevé en volandas a Noah y de alguna forma conseguí abrir la puerta de nuestro estudio sin dejarlo caer al suelo. Los dedos me temblaban de la rabia y también en buena parte de la angustia provocada por mis sentimientos de culpa.

Le había fallado.

Mi hijo me necesitaba y, en lugar de protegerle, le había dejado en manos de una drogata que podría haberlo matado. Ser madre soltera era una putada.

Hizo falta un baño caliente, una hora de abrazos y cuatro libros de cuentos para que Noah se durmiera.

¿Y yo? No estaba segura de que pudiera volver a dormir otra vez tranquilamente.

Desde luego el calor del verano no ayudaba y en el estudio no corría ni un mísero soplo de aire. Después de una hora a base de sudar en la oscuridad y de ver cómo el pecho de Noah subía y bajaba rítmicamente, decidí darme por vencida. Abrí una botella de cerveza y me senté en la cama, con mil planes bulléndome en la cabeza. Lo primero de todo, arreglar cuentas con Miranda. O me largaba a vivir a otro sitio, o tendría que ser ella la que se marchara. También barajaba la idea de llamar a la policía.

Me agradaba la idea de arrojarla a los lobos en compañía del porrero de su novio. Ambos se merecían una visita de los chicos de azul.

Sin embargo, dado que el tipo era miembro de un club de moteros, llamar a la poli no era tal vez la mejor de las ideas. A los moteros no les gustaban nada los agentes de la ley y era posible que quisieran hacérmelo saber una vez que a este le dieran la condicional. Y eso por no mencionar la posible intervención de los servicios sociales, que harían que la cosa se pusiera muy fea.

Quería a Noah y habría hecho lo que fuera por él. Me considero una buena madre. Mientras otras chicas de mi edad estaban todo el día de fiesta, yo llevaba a mi hijo al parque y le leía cuentos. El día en que cumplí veintiún años, lo pasé junto a él, sujetándole la barriga mientras vomitaba, en lugar de estar por ahí en el bar. Por mal que estuvieran las cosas, pasaba tiempo con Noah todos los días y me aseguraba de que se sintiera querido.

Sin embargo, sobre el papel no tenía tan buen aspecto.

Madre soltera. Padre en paradero desconocido. Sin más familia. Estudio ruinoso. Seguramente desempleada, después de lo de aquella noche... ¿Qué harían los de los servicios sociales con todo aquello? ¿Me echarían la culpa a mí, por haber dejado a Noah con Miranda?

No tenía ni idea de qué podía hacer. Bebí un largo trago de cerveza y me volví hacia mi teléfono móvil, donde el mensaje de Ruger brillaba, acusatorio. Mierda. Odiaba tener que llamarle. Por mucho tiempo que pasara con nosotros —y la verdad es que procuraba ver a Noah regularmente— no podía relajarme cuando estaba cerca. Yo no le gustaba y lo sabía. Creo que me echaba la culpa por haber arruinado su relación con Zach y, la verdad sea dicha, había hecho mi contribución. Sacudí la cabeza para apartar ese recuerdo.

Siempre lo apartaba.

Si al menos consiguiera ponerle nervioso, pero aparentemente eso era mucho pedir. Para él era como si yo fuera invisible y apenas se molestaba en reconocer mi existencia.

¿Podía haber algo más frustrante? Pues sí. Ruger era seguramente el hombre más *sexy* que había conocido en mi vida. Era todo peligro y músculos duros, con sus tatuajes y *piercings* y su maldita Harley negra. En el momento en que entraba en una habitación, era como si se apoderara de ella, porque de un vistazo todos entendían que estaban ante un tipo de cuidado, de los que toman lo suyo sin preguntar y nunca se disculpan por ello.

A mí me atraía desde mucho antes de lo que estaba dispuesta a reconocer, pero él no notaba nada, a pesar de su aparente fascinación con cualquier hembra de menos de cuarenta años en cinco kilómetros a la redonda. Bueno, no notó nunca nada excepto en una ocasión y aquello no acabó precisamente bien.

Al menos nunca se traía a ninguna de las zorras de su club, lo cual yo agradecía, pero aquello no ocultaba el hecho de que Ruger era uno de los mayores puteros en toda la región de Idaho del norte.

Así estábamos, pues.

Ante mis nada amenazadores encantos, el hombre más *sexy* y más promiscuo que una pueda imaginar se dedicaba por entero a jugar con mi hijo de siete años durante sus visitas.

Suspiré y pulsé el mensaje en el buzón de voz.

—Sophie, contesta de una puta vez —dijo su voz, fría y sin contemplaciones, como de costumbre—. Noah acaba de llamarme. He hablado con él un rato y he tratado de calmarlo, pero ha llegado una zorra pegando gritos y le ha quitado el teléfono. He vuelto a llamar al número y nadie contestaba. No sé qué mierda estás haciendo, pero tu hijo te necesita. Mueve el culo y ve a buscarlo. Ahora. Te juro que si le pasa algo... Eso sí, no se te ocurra entrar ahí. En cuanto lo encuentres, me llamas. Sin excusas.

Dejé el teléfono a un lado, me incliné hacia delante y me froté las sienes con la punta de los dedos.

Por si no tuviera bastante, ahora tenía que lidiar con el «respetable señor Don Motero» que nunca ha roto un plato. No quería ni imaginar lo que podía hacer. Ruger ya daba miedo cuando estaba de buen humor y la única vez que lo había visto enfurecido de verdad aún me provocaba pesadillas —y lo digo literalmente—. Por desgracia, tenía razón en un aspecto. Mi hijo me necesitaba y yo no había respondido a su llamada. Era una suerte que él hubiera estado ahí para Noah. Sin embargo... no quería tener que enfrentarme a ese hombre en aquellos momentos.

Y aun así... ¡mierda! Tampoco podía dejarle colgado, preocupado por Noah toda la noche. La última vez que lo había visto me había dicho que era una zorra, y tal vez con motivo, pero no me consideraba a mí misma tan zorra como para torturarlo de esa manera. Apreté el botón de llamada.

—¿Está bien? —preguntó Ruger, sin molestarse en saludarme.

—Sí, está conmigo —respondí—. No oí su llamada en el trabajo, pero vi su mensaje como tres cuartos de hora después. Está bien. Hemos tenido suerte y no le ha pasado nada, que yo vea.

—¿Estás segura de que ese hijo de puta no le ha tocado? —dijo Ruger.

—Noah me dijo que le hizo cosquillas e intentó sentarlo en sus rodillas, pero se le escapó —respondí—. Estaban totalmente colocados. No creo ni que se dieran cuenta de que se había ido. Estaba escondido en la escalera de incendios.

—Joder —dijo Ruger y su tono no era alegre—. ¿Y cómo de alto está eso?

—Cuatro pisos —dije y cerré los ojos, avergonzada—. Es un milagro que no se haya caído.

—Está bien, voy conduciendo y no puedo hablar —fue la respuesta—. Te llamo más tarde. No se te ocurra dejarlo solo otra vez ¿entendido?

—Sí —respondí. Colgué el teléfono y lo dejé sobre la mesa. Sentía que me ahogaba en la habitación, así que me dirigí a la ventana sin hacer ruido. La hoja de madera de la ventana se deslizó hasta el tope con un crujido y me asomé a la calle para tratar de respirar un poco de aire fresco. Los bares acababan de cerrar, pero la gente estaba fuera todavía, riendo y conversando como si todo fuera una maravilla en el mundo.

¿Y si no llego a comprobar los mensajes en el teléfono móvil? ¿Alguno de aquellos alegres borrachos habría visto que había un niño en la escalera de incendios? ¿Y si se hubiera quedado dormido allí arriba?

Noah podría haber sido un cadáver ahora mismo, allí abajo, en el pavimento.

Acabé la cerveza y fui a buscar otra. Me senté en mi decrépito sofá y la liquidé en pocos tragos. La última vez que miré el reloj eran las tres de la madrugada.

Un ruido me despertó, horas después. Aún era de noche.

¿Noah?

Repentinamente, una mano me tapó la boca y un corpachón se me echó encima y me aplastó contra el sofá. Mi cuerpo bombeó adrenalina, pero demasiado tarde. Luché con todas mis fuerzas para liberarme, pero sin obtener resultado. Solo pensaba en Noah, dormido al otro lado de la habitación. Tenía que luchar y sobrevivir por mi hijo, pero no conseguía moverme y no veía una puta mierda en medio de la oscuridad.

—¿Asustada? —me susurró una voz áspera al oído—. ¿Te preguntas si sobrevivirás a la noche? ¿Y tu hijo? Ahora podría violarte, matarte y después llevármelo y vendérselo a un jodido psicópata pedófilo. No podrías hacer una mierda para detenerme ¿verdad que no? ¿Cómo piensas protegerlo viviendo en un sitio como este, Sophie?

Joder. Conocía esa voz.

Ruger.

No iba a hacerme daño, pero... ¡será cabrón!

—Ni siquiera he tenido que forzar la patética cerradura que tienes en tu agujero —dijo mientras movía las caderas, como para enfatizar mi total indefensión—. Tu ventana está abierta y también la del pasillo, ahí

24

fuera. Lo único que he tenido que hacer es salir a la escalera de incendios y entrar aquí, lo que significa que cualquiera podría hacerlo, incluido el enfermo hijo de perra que ha estado molestando a Noah. ¿Está aún en el edificio? Voy a buscarlo, Sophie. Si vas a estarte quieta, di «sí» con la cabeza y te dejaré hablar. No asustes a Noah.

Hice lo que me decía, como pude. Trataba de calmarme, aún presa del susto y de la furia que iba creciendo en mi interior.

¿Cómo se atrevía a juzgarme?

—Si gritas, me las pagarás —dijo Ruger.

Sacudí la cabeza y él retiró la mano. Inspiré hondo varias veces y pestañeé rápidamente, tratando de decidir si merecía la pena darle un buen mordisco. No parecía buena idea. Ruger era muy pesado y aún me aplastaba por completo, con sus piernas sobre las mías y mis brazos bien sujetos contra el sofá. No recordaba que me hubiera tocado voluntariamente en ninguna otra ocasión, al menos en los últimos cuatro años. Eso era bueno, ya que había algo en Ruger que tenía el poder de desconectar mi mente y dejar todo el control en manos de mi cuerpo.

La última vez que mi cuerpo había tomado realmente el control, me había quedado embarazada.

Jamás me arrepentiría de haber tenido a mi hijo, pero eso no significaba que mi libido tuviera que decidir por mí. Después de cortar con Zach, solo había salido con hombres muy tranquilos y muy aburridos. Había tenido tres amantes en total en toda mi vida y el segundo y el tercero habían sido muy amables y del tipo manso. No necesitaba para nada una complicación en mi vida como la que supondría mi «cuñado» motero, pero... en aquellos momentos, un olor familiar a sudor y a aceite de motor llegó hasta mis fosas nasales y produjo la consabida respuesta más abajo.

Incluso rabiosa, deseaba a Ruger.

De hecho, normalmente lo deseaba más cuanto más rabiosa estaba y aquello era una desgracia para mí, dado que tenía el don de cabrearme fácilmente. La vida sería mucho más sencilla si pudiera limitarme a odiarle. Era, sin duda, un auténtico cabronazo.

Y encima un cabronazo que quería a mi hijo con locura.

En fin, ahora lo tenía encima y sentía un fuerte deseo de tumbarlo a golpes, pero también sentía crecer un inquietante calor entre las piernas. Era un hombre fuerte, duro y estaba allí, con toda su rotundidad. No tenía ni idea de cómo manejar aquello. Ruger siempre guardaba las distancias conmigo. Ahora que ya me había dejado clara su opinión de la manera menos constructiva posible, esperaba que me liberaría y me dejaría incorporarme, pero no fue así. Lejos de ello, volvió a cambiar de postura y se apoyó en los codos para sujetarme mejor. Acto seguido, movió las piernas y metió una entre las mías. Uf, demasiado íntimo. Intenté cerrar las rodillas, pero él apretó la pelvis contra mis caderas, mientras sus ojos se entrecerraban.

Mal, muy mal. Aquello era juego sucio, ya que el tenerlo así, apretado entre las piernas, no permitía que mi mente funcionara bien, precisamente. Me retorcí, tratando como fuera de alejarlo de mí, aunque al tiempo me preguntaba si debía alargar la mano hacia abajo y abrirle la cremallera del pantalón.

Aquel hombre era como la heroína —seductor, adictivo y una vía segura hacia la perdición.

—Estate quieta —susurró con voz tensa—. El hecho de que tenga el rabo en tan buen sitio seguramente te está salvando la vida. Créeme si te digo que estoy considerando seriamente la posibilidad de estrangularte, Sophie, y pensar en joderte ayuda a equilibrar la cuestión.

Me quedé helada.

No podía creer lo que acababa de oír. Teníamos un acuerdo. Nunca lo habíamos hablado, pero ambos lo respetábamos escrupulosamente. Sin embargo, la cosa quedó aún más clara cuando sus caderas aumentaron la presión y sentí que algo duro y largo empujaba contra mi vientre. De forma involuntaria, contraje los músculos internos y una oleada de deseo me recorrió todo el cuerpo. Aquello tenía que ser un malentendido. El deseo iba, que yo sepa, en una dirección, de mí hacia él, y él me ignoraba, mientras ambos pretendíamos que no había allí absolutamente nada.

Me lamí los labios, también de manera inconsciente, y él captó con la mirada aquel pequeño movimiento, aunque tenía que ser prácticamente imperceptible bajo la débil luz que comenzaba a filtrarse por la ventana.

—No piensas lo que dices —susurré y él entornó de nuevo la mirada, estudiándome como haría un león que intenta localizar a la gacela más lenta de la manada. Espera... ¿se comen los leones a las gacelas? ¿Está esto pasando realmente?

¡Piensa!

—Este no eres tú, Ruger —continué—. Piensa en lo que acabas de decir. Deja que me levante y lo hablamos.

—Pienso cada una de las putas palabras que has oído —replicó con tono furioso—. Me entero de que mi chico está en un apuro y su madre no está por ninguna parte. Paso horas conduciendo por las carreteras del estado, cagado de miedo por que alguien pueda estar acosando o asesinando a Noah y, cuando por fin llego aquí, te encuentro en un puto agujero, con la cerradura del portal rota y con la vía abierta para entrar a tu apartamento a través de la ventana. Entro y te veo tirada en el sofá, medio desnuda y oliendo a cerveza.

Ruger acercó la cara, me olió y apretó aún más las caderas contra las mías. Mierda, aquello me daba gusto. Casi me dolía del gusto que me daba.

—Me lo podía haber llevado tan fácilmente como echar una meada —continuó mientras alzaba la cabeza y sus ojos ardientes me traspasaban—. Si yo puedo, cualquiera podría también y esto no es una puta broma. Así pues, estate quieta y espera a que me calme un poco, porque ahora mismo no me siento especialmente razonable. Hasta entonces, te sugiero que no me digas lo que pienso o lo que dejo de pensar ¿entendido?

Asentí con la cabeza, con los ojos muy abiertos. Creía todo lo que acababa de decirme, hasta la última palabra. Ruger sostuvo mi mirada mientras movía de nuevo las piernas para colocar las dos entre las mías. Ahora sí que sentía toda la longitud de su miembro presionándome contra la ingle. Su poderoso cuerpo me envolvía completamente, anulaba toda mi resistencia, y entonces mi mente voló de pronto en un enloquecido salto hacia el pasado, hacia la noche en la que había perdido la virginidad con Zach en el apartamento de Ruger.

Yo, tirada en un sofá, abierta de piernas, contemplando cómo mi vida se iba a la mierda.

El círculo se había cerrado.

Aún sentía cómo la adrenalina recorría mis venas y era evidente que no era él el único que necesitaba calmarse un poco. Me había asustado, joder, y ahora el muy cabrón me estaba poniendo caliente, una sensación que se combinaba de forma perturbadoramente adecuada con la mezcla de miedo y rabia que todavía me llenaba por dentro. Lo cierto es que no podía moverme. Ruger dejó caer su cabeza junto a la mía y rugió mientras sus caderas reanudaban las embestidas. Un enervante remolino de excitación me recorrió la columna vertebral, procedente de la región pélvica. Gemí al sentir la presión de su cuerpo contra mi centro del placer, entre las piernas. Aquello me daba mucho gusto. Demasiado.

La zorra que habita en mí sugirió un método seguro para hacer descargar la tensión...

Como si hubiera leído mi mente, Ruger contuvo la respiración y, a continuación, empujó con más fuerza, rozando su miembro adelante y atrás contra la fina capa de tela de algodón que lo separaba de mi abertura. Ninguno de los dos dijo nada, pero yo arqueé las caderas hacia arriba para intensificar la sensación y noté cómo él se endurecía aún más.

Esto no es una buena idea, pensé mientras me apretaba contra su cuerpo y cerraba los ojos. Sin embargo, lo había deseado durante años. Cada vez que lo veía, me preguntaba en secreto qué sentiría con él dentro de mí.

Evidentemente, si lo hacíamos, tendría que soportar ver su sonrisa de satisfacción y de autosuficiencia. Ni siquiera se sentiría cohibido, el muy cerdo. Había que parar de inmediato, pero... la sensación era increíble. Su olor me rodeaba, su poderoso cuerpo me mantenía bien sujeta contra el asiento y con los miembros extendidos, como una mariposa capturada. Noté cómo su nariz me rozaba el borde de la oreja y, acto seguido, descendió y me besó el cuello con fuerza y durante largo rato, chupando hacia dentro, deslizándose por mi piel, hasta que me vi obligada a morderme los labios para no gritar. Me retorcí bajo el cuerpo que me aprisionaba y reconocí la verdad. Lo deseaba dentro de mí. Ahora.

No me importaba que las mariposas capturadas murieran cuando las clavaban con un alfiler.

—¿Mamá?

Mierda.

Intenté decir algo, pero no salió nada. Me aclaré la garganta y lo intenté de nuevo. Sentía el calor de la respiración de Ruger en la mejilla, todo mi cuerpo palpitaba y él refrotó de nuevo su pelvis contra la mía, lentamente, tratando a propósito de mantener mi excitación.

El muy hijo de puta.

—Eh, mi amor —conseguí articular por fin, con voz vacilante—. Mmm, dame un segundo ¿de acuerdo? Tenemos compañía.

—¿Es el tío Ruger?

Ruger me dio un último restregón antes de incorporarse de golpe. Me senté en el sofá, todavía temblando, y me froté los brazos arriba y abajo. La voz de Noah debería haber sido como agua fría derramada sobre mi libido, pero no hubo suerte. Aún sentía la deliciosa dureza de aquel hombre entre las piernas.

—Estoy aquí, campeón —dijo Ruger mientras se sentaba a su vez y se pasaba las manos por la cabeza, hacia atrás. Lo estudié a la pálida luz del amanecer, deseando con todo mi corazón que me recordara en algo a mi ya ex jefe, Dick. Tampoco hubo suerte. Ruger medía más de un metro ochenta, era todo músculo y su aspecto resultaba endiabladamente atractivo, con un estilo que parecía decir: «seguramente soy un delincuente, pero tengo hoyuelos en las mejillas y un trasero bien apretado, así que de todas formas vas a arder por mí». En ocasiones había llevado el pelo cortado al estilo mohicano, pero últimamente lo llevaba igual que en la época en que nos vimos por primera vez, casi como un militar, aunque con una capa ligeramente más larga por arriba, oscura y espesa.

Todo aquello, en combinación con sus *piercings*, su cazadora de cuero con los parches del club y sus antebrazos tatuados, le hacía apto para figurar en un cartel con las palabras «se busca» escritas debajo de la cara. A Noah debería haberle dado un miedo espantoso, pero a él su tío no le parecía en absoluto terrorífico.

—¿No te había prometido que vendría a por ti? —dijo Ruger. Noah salió de la cama y se acercó tambaleante hacia su tío, con los brazos extendidos para abrazarlo. Él lo alzó en vilo y lo miró a los ojos, de hombre a hombre. Así lo hacía siempre, trataba a Noah con seriedad.

—¿Todo bien, amigo? —le dijo.

Noah asintió con la cabeza y estrechó con fuerza los brazos alrededor del cuello de Ruger. Adoraba a su tío y el sentimiento era mutuo. Aquella imagen me derritió el corazón. Siempre había pensado que Zach sería el héroe de Noah. Evidentemente, mi intuición no valía para una mierda.

—Estoy orgulloso de ti, campeón —le dijo. Yo me puse de pie, pensando unirme a ellos, pero Ruger se dio la vuelta. De manera que quería un poco de privacidad. Bueno, no iba a ponerme a discutir, si aquello hacía sentir más seguro a Noah, pero de todos modos traté de escuchar lo que decían mientras Ruger llevaba a mi hijo de vuelta a la cama.

—Hiciste muy bien en llamar para pedir ayuda —le oí decir, aunque hablaba bajo—. Si te vuelves a ver en una situación así, me llamas, o llamas a mamá. También puedes llamar a la policía. ¿Te acuerdas de cómo se hace?

—Nueve, uno, uno —dijo Noah con voz pastosa por el sueño. Un gran bostezo le tomó por sorpresa y se apoyó contra el hombro de Ruger.

 29

—Pero se supone que solo tengo que hacerlo si hay una emergencia y no estaba seguro si lo era —añadió.

—Si un hombre malo te toca, es una emergencia —replicó Ruger—, pero lo hiciste muy bien. Hiciste lo que te había dicho. Te escondiste y eso estuvo de verdad bien, campeón. Ahora quiero que vuelvas a acostarte y que te duermas ¿de acuerdo? Por la mañana voy a llevarte a mi casa y nunca más volverás a ver a esa gente, pero no podrás venir si estás demasiado cansado.

Contuve la respiración. ¿Qué demonios...?

Observé a Ruger mientras arropaba a Noah y no precisamente de buen humor. Unos segundos después, mi hijo dormía de nuevo como un tronco, exhausto como sin duda estaba. Me puse una bata y esperé a que mi cuñado se acercara, preparándome para la batalla.

Ruger me miró y arqueó una ceja, midiendo mis reacciones con atención. ¿Pretendía utilizar el sexo para hacer que me plegara a su voluntad? Aquello explicaría su jueguecito de seducción en el sofá...

—¿Has olvidado lo que te dije sobre no cabrearme? —me dijo.

—¿Por qué le dijiste a Noah que te lo vas a llevar a tu casa? —inquirí—. No puedes prometer cosas así.

—Me lo llevo conmigo a Coeur d'Alene —replicó él con tono firme e inclinó la cabeza hacia un lado, preparándose para la discusión que sin duda sabía que se avecinaba. Tenía muy tensos los músculos del cuello y flexionó los bíceps al cruzar los brazos, en imitación de mi postura. Definitivamente, no era justo. Un hombre tan fastidioso tenía que ser bajo y gordo, con orejas muy peludas, o algo por el estilo. Sin embargo, no importaba lo *sexy* que pudiera ser en aquella ocasión. No iba a someterme. Él no era el padre de Noah y por mí podía irse a que le jodieran bien.

—Apuesto a que querrás venir con nosotros y me parece estupendo, porque él no va a quedarse en este agujero ni una noche más —añadió Ruger.

Negué con la cabeza lenta y deliberadamente. Me sentía igual que él en lo que respecta a nuestro apartamento —ya no me parecía seguro—, pero no permitiría que él entrara como si tal cosa y tomara posesión de la plaza. Encontraría otro sitio. No sabía cómo, pero lo haría.

Había pasado los últimos siete años desarrollando mi capacidad de supervivencia.

—Tú no vas a tomar esa decisión —le dije—. No es tu hijo, Ruger.

—La decisión está tomada —replicó él—. Puede que no sea mi hijo, pero es mi chico. Me lo gané en el mismo momento en que nació y sabes muy bien que es así. No me gustó nada que te lo llevaras tan lejos de mí, pero respeté tu voluntad. Ahora las cosas han cambiado. Mi madre ha muerto, Zach se ha largado y este lugar no es lo suficientemente bueno. ¿Qué mierda puede ser más importante en tu vida que dar a Noah un hogar seguro para vivir?

Le miré fijamente.

—¿Qué se supone que significa eso? —pregunté.

—Baja la voz —respondió Ruger y dio dos pasos hacia mí, invadiendo mi espacio. Eso era muy propio de él, un juego de dominio, pura intimidación física. Apuesto a que solía funcionarle, porque cuando se me acercaba así, todos mis instintos de supervivencia me indicaban que debía plegarme y seguir sus órdenes. Algo se agitó en mis zonas inferiores. Maldito cuerpo...

—Eso significa exactamente lo que has oído —continuó—. ¿En qué mierda se supone que te estás gastando la ayuda que te dan por el crío? Está claro que no es en el pago de este agujero asqueroso. ¿Por qué pelotas tuviste que mudarte de tu otro apartamento? No era una maravilla, pero no estaba mal y tenía al lado ese pequeño parque con zona para niños. Cuando me dijiste que te ibas, pensé que era porque habías encontrado algo mejor.

—Estoy aquí porque me echaron a la calle por no pagar el alquiler —respondí.

La mandíbula de Ruger se crispó convulsivamente y su expresión se ensombreció. Algo indefinible llenaba su mirada.

—¿Quieres explicarme exactamente por qué estoy oyendo lo que estoy oyendo? —silabeó.

—No —respondí, con total sinceridad—. No quiero decirte nada. No es asunto tuyo.

Ruger se quedó inmóvil, respirando profundamente. Pasaron varios segundos, que se hicieron muy largos, y me di cuenta de que estaba haciendo un esfuerzo consciente por calmarse. Lo había visto furioso en otras ocasiones, pero la fría cólera que transmitía en aquellos momentos era de otro nivel. No pude evitar un estremecimiento. Ese era uno de los problemas con Ruger. Algunas veces me asustaba. ¿Y los otros moteros del club?

Eran aún peores.

Ruger era un veneno mortal para una mujer en mi situación, sin importar lo bueno que fuera con mi hijo o lo mucho que mi cuerpo ansiara su contacto.

—Noah es asunto mío —dijo por fin, pronunciando lenta y deliberadamente cada palabra—. Todo lo que le afecta es asunto mío. No te enteras, ese es tu problema, pero esto se va a acabar hoy mismo. Me lo llevo a mi casa, donde estará seguro. Así no tendré que recibir otra puta llamada de teléfono como la que me ha hecho venir hasta aquí. Dios, no has hecho ni lo mínimo imprescindible para la seguridad de este lugar. ¿Es que nunca escuchas lo que te digo? Te pedí que colocaras esas pequeñas alarmas en las ventanas hasta que yo llegara y te hiciera la instalación completa.

Me puse en tensión, decidida a no ceder.

—En primer lugar, no vas a llevártelo a ninguna parte —dije, haciendo un gran esfuerzo para evitar que la voz me temblara, aunque estaba a punto de orinarme encima— y en segundo lugar, el cabrón de tu hermano lleva ya casi un año sin pasarme la pensión. Los de los servicios sociales no tienen ni idea de dónde se ha metido. He hecho todo lo que he podido, pero no he conseguido mantener el pago del alquiler en el otro sitio. Aquí puedo pagar y por eso nos hemos mudado. No tienes ningún derecho a juzgarme. Me gustaría ver cómo sacas adelante a un niño con lo que yo gano. No regalan esas alarmas que dices, Ruger.

La mandíbula del hombre se contrajo.

—Zach está trabajando en los campos de petróleo de Dakota del Norte —dijo lentamente—. Está ganando un buen sueldo. Hablé con él hace dos meses, acerca de las propiedades de mi madre. Me dijo que todo iba bien entre vosotros.

—¡Mintió! —casi grité—. Eso es lo que hace constantemente, Ruger. No es una novedad. ¿De veras te sorprende?

De pronto me sentí muy cansada. Pensar en Zach me agotaba, pero dormir no era la solución, ya que me esperaba en mis sueños y me hacía despertar gritando.

Ruger me dio la espalda, caminó hasta la ventana, se apoyó en el borde y miró hacia la calle, pensativo. Gracias a Dios, parecía que se estaba calmando. Si su silueta en la ventana no fuera tan engañosamente atractiva, mi mundo habría vuelto a tener sentido.

—La verdad es que no debería sorprenderme —dijo por fin, después de una larga pausa—. Los dos sabemos bien que no es más que un puto perdedor, pero deberías habérmelo dicho. No habría permitido que ocurriera esto.

—No era tu problema —repliqué, con voz contenida—. No nos iba mal aquí, al menos hasta anoche. Las chicas que cuidan a Noah cuando no estoy han caído todas a la vez con la gripe, esa que tiene a media ciudad enferma. Cometí un error, eso es todo. No volverá a ocurrir.

—No, desde luego que no —replicó Ruger, mientras se volvía hacia mí y me clavaba su mirada—. No te lo permitiré. Es hora de que reconozcas que no puedes tú sola con esto. El club está lleno de mujeres que adoran a los niños. Ellas te ayudarán. Somos una familia y la familia no se queda mirando cuando alguien tiene un problema.

En aquel momento me percaté de que Ruger había cambiado ligeramente de aspecto. Entre otras cosas, se había desprendido de buena parte de los *piercings* que llevaba siempre, aunque la verdad es que su mirada seguía siendo de acero. Abrí la boca para responderle, pero en aquel momento alguien llamó a la puerta. Ruger fue rápidamente a abrir y entró un hombre, un verdadero gigante, más alto aún que el hermanastro de mi ex. Llevaba puestos unos *jeans* bastante gastados, camisa oscura y un chaleco de cuero negro cubierto de parches iguales a los de él, incluido uno con su nombre y otro con un pequeño diamante de color rojo y un símbolo del 1%.

Todos los Reapers llevaban esos distintivos y, según mi vieja amiga Kimber, significaban que eran gente fuera de la ley. No me había costado trabajo creerlo.

El recién llegado era también moreno y llevaba el pelo largo, hasta los hombros. De cara era tan atractivo como una estrella de cine. Portaba bajo el brazo un paquete de cajas de cartón plegadas y sujetas con alambre y en la otra mano un bate de béisbol de metal y un grueso rollo de cinta adhesiva.

Tragué saliva y estuve a punto de marearme. Las manos me sudaban copiosamente —soy así de previsible—. Mi némesis no había venido sola a rescatarnos, sino que se había traído a uno de sus cómplices. Ese era el principal problema con Ruger, era un paquete completo. Si te quedabas con un Reaper, te quedabas con todos.

Bueno, con todos los que no estaban entre rejas.

—Este es Horse, uno de mis hermanos —dijo Ruger mientras cerraba la puerta—. Va a ayudarnos a transportar tus cosas. No te pongas nerviosa y ve empaquetando todo lo que quieras llevarte. Vas a quedarte en la planta del sótano de mi casa. No conoces aún mi nueva propiedad ¿verdad? Tiene un sótano totalmente equipado, abierto al exterior, con una cocina completa y acceso a un pequeño patio, todo para ti. Hay mucho espacio para que Noah pueda corretear a sus anchas. Tenemos de todo, así que llévate solo lo que realmente te parezca importante. Las mierdas, déjalas aquí.

En su tono había un velado reproche por haberme negado a aceptar su invitación a ocupar una habitación en su casa, la última vez que habíamos estado de visita en Coeur d'Alene, al principio del verano.

Ruger miró a su alrededor, examinando mis muebles. La mayoría los había sacado de los contenedores. Las mejores piezas provenían de tiendas de segunda mano.

—¿Cómo está el chico? —preguntó Horse en voz baja, mientras dejaba las cajas en el suelo y las apoyaba contra la pared. A continuación alzó el bate, lo descargó contra su otra mano y lo atrapó. No pude sino sorprenderme por el grosor de sus brazos. Aparentemente la vida en el club no consistía solo en beber e ir de putas, pues resultaba evidente que tanto Ruger como su amigo tenían mucha práctica en levantar pesos pesados.

—¿Llegó ese cabrón a tocarle? —continuó Horse—. ¿Con quién exactamente nos las vamos a ver?

—Noah está bien —dije rápidamente y dirigí la mirada a la cinta adhesiva, que Horse no había depositado junto a las cajas—. Le asustaron, pero ya pasó, y la verdad es que no nos hace falta vuestra ayuda, porque no vamos a ir a Coeur d'Alene.

Horse no me hizo el menor caso y miró a Ruger.

—¿Está aquí todavía? —preguntó.

—No sé —respondió y me miró—. Sophie, enséñanos cuál es su apartamento.

—¿Qué vais a hacer? —pregunté, mirando primero a uno y luego a otro, ambos con el rostro inexpresivo—. No podéis matarlo y lo sabéis ¿verdad?

—Nosotros no matamos a la gente —respondió Ruger con voz suave y casi tranquilizadora—, pero a veces los cabrones como este tienen accidentes, si no andan con cuidado. No podemos controlar eso, son cosas de la vida. Ahora, enséñanos dónde vive.

Observé las manazas de Horse, que sujetaban el bate de béisbol y la cinta adhesiva. Con uno de sus pulgares acariciaba la superficie plateada.

Entonces pensé en Noah colgado de una escalera de incendios, a cuatro pisos de altura, escondiéndose de un «hombre malo» que quería sentarlo en sus rodillas para poder toquetearlo.

Pensé en la bebida, en la marihuana y en el porno.

Entonces me dirigí a la puerta, la abrí y señalé el estudio de Miranda.

—Es ahí —dije.

Capítulo 2

Diez minutos después, no podía dejar de preguntarme qué era lo que entendía Ruger por la palabra «accidente».

¿Planeaban un «accidente» mortal?

Me repetía a mí misma que aquel no era mi problema. El destino de Miranda había quedado sellado en el momento en que Noah llamó a Ruger llorando y pidiendo ayuda —y eso era algo que quedaba fuera de mi control. Decírmelo a mí misma funcionó durante una media hora, pero después mi conciencia comenzó a golpear a la puerta.

Si no planeaban matar a nadie ¿para qué necesitaban un bate y un rollo de cinta adhesiva? Aquellos no eran elementos adecuados para acompañar una «conversación constructiva sobre las cosas que has hecho mal». Lo eran más bien para la tarea de matar a alguien y esconder el cadáver. Lo único que faltaba era un paquete de bolsas de basura de las grandes. Sé de qué me hablo. He visto todos los capítulos de la serie *Dexter.*

Miranda se merecía un buen castigo por lo que había hecho con Noah, pero tampoco la pena de muerte. No necesitaba para nada ese tipo de karma.

Llamé al teléfono de Ruger. No hubo respuesta.

Salí al pasillo, lo recorrí de puntillas y llamé a la puerta de Miranda. No se oían gritos ni nada en el interior. ¿Buena o mala señal? Aquel era el primer delito en el que participaba y no conocía muy bien el procedimiento. De pronto, oí que el suelo crujía al ser pisado por botas de buen tamaño.

—Soy yo —dije en voz baja—. ¿Puedes salir, Ruger? Tengo que decirte una cosa, en serio.

—Ruger está ocupado —oí decir a Horse a través de la puerta—. Nos queda poco aquí. Termina de empaquetar tus cosas y cuida al chico. Enseguida salimos.

Intenté abrir, pero no lo conseguí.

—En serio, Sophie, vuelve a tu apartamento —volvió a decir Horse.

Me retiré de la puerta. ¿Y ahora qué?

La ventana abierta al otro extremo del pasillo me llamó la atención. La escalera de incendios. Ruger la había utilizado para entrar en mi estudio y el de Miranda era exactamente igual al mío. Tal vez podía entrar por ahí y averiguar qué ocurría.

Volví a mi estudio para echar un vistazo y asegurarme de que Noah estaba bien. Aún seguía profundamente dormido, lo que no era extraño, con la noche que habíamos pasado. Cerré la ventana con pestillo y después salí y cerré también la puerta por fuera. Acto seguido, me dirigí a la ventana del pasillo y me asomé al exterior, para sopesar la situación.

Como imaginaba, la estrecha plataforma de hierro pasaba junto a la ventana de Miranda y llegaba hasta la mía. Saqué la pierna por la ventana y apoyé el pie en la plataforma, que me recibió con un crujido. Miré hacia abajo y tragué saliva.

Nunca he sido una gran aficionada a las alturas.

Sujetándome a la barandilla con una mano y deslizando la otra a lo largo de la fachada de ladrillo, llegué hasta la ventana de Miranda y me agaché para mirar al interior. Mi vecina no era una gran decoradora, así que no tenía verdaderas cortinas, sino una tira de tela más bien translúcida que había enganchado a la barra. Los detalles se veían borrosos, pero en general podía observar bien lo que ocurría.

El amigo de Miranda estaba tumbado en el suelo, boca abajo y con las manos firmemente amarradas a la espalda con cinta aislante. También le habían anudado los pies y cubierto buena parte de la cabeza con la cinta, como si hubieran querido taparle la boca y, ya puestos, hubieran decidido no parar. Sangraba por un corte en la frente y también por la nariz. Parecía inconsciente.

Ruger estaba de pie junto a él, con el bate de béisbol en una mano y el teléfono móvil en la otra.

Miranda se encontraba de rodillas en medio de la habitación y tenía las manos amarradas de la misma forma que su hombre. También tenía la boca tapada con cinta y llevaba puesto un camisón horrible que se suponía debía de ser *sexy*. Horse estaba frente a ella, apoyado contra la pared. Parecía aburrido.

Respiré, aliviada. Había sido una locura pensar que podían matar a dos personas a sangre fría. Esas cosas no pasaban en la vida real. Lo que estaba sucediendo allí no parecía divertido, precisamente, pero podría vivir con ello.

Ruger colgó el teléfono, se lo metió en el bolsillo y le dijo algo a Horse. Este se encogió de hombros y respondió algo que debía de ser una broma, porque el otro se echó a reír. Entonces el grandullón se agachó y arrancó la cinta de la boca de Miranda. Los labios de ella temblaban mientras hacía una pregunta. Horse respondió, meneando la cabeza, y ella comenzó a temblar con tanta violencia que pude percibirlo claramente a través de la improvisada cortina.

Fue entonces cuando las cosas empezaron a ponerse jodidas.

Horse se llevó la mano a la espalda y extrajo una pistola, negra y fea, del bolsillo trasero de su pantalón. Me quedé helada de terror al ver cómo echaba hacia atrás el seguro, claramente preparado para disparar. A continuación le dijo algo a Miranda y ella abrió la boca lentamente. Horse aproximó la pistola a la cara de la muchacha, la obligó a abrir más los labios con el cañón y se lo introdujo dentro.

Hostia puta. HOSTIA PUTA.

Me incorporé de un salto y golpeé la ventana con ambas manos, mientras les gritaba que se detuvieran.

Ruger se dio la vuelta y vino hacia mí corriendo a tal velocidad que ni le vi llegar. Abrió la ventana de un empellón, me agarró y me arrastró hacia dentro. La hoja de la ventana cayó de nuevo con un fuerte golpe mientras Ruger me sujetaba fuertemente desde atrás, aplastándome la espalda contra su estómago. Intenté gritar de nuevo, pero me tapó la boca con la mano.

El bate de béisbol salió disparado y golpeó el suelo de madera de la habitación, de un lado al otro.

Miranda clavó en mí sus ojos, en los que se leía una súplica desesperada, pero pronto los apartó, al ver que ninguno de los hombres se movía. Entonces habló Horse.

—Ha llegado la hora, preciosa. Normalmente la gente cierra los ojos. Tú misma…

Miranda gimió, cerró los ojos con fuerza y todo su cuerpo se encogió, como preparándose para lo peor.

Horse me miró, sonrió y me lanzó un beso.

Entonces apretó el gatillo.

Ruger

Sophie se debatió desesperada, tratando de liberarse. La vecina gritó y se desplomó de espaldas contra el suelo, agitándose como si le hubieran dado corriente.

Ninguna de las dos parecía haberse dado cuenta de que la pistola estaba descargada.

Ruger trataba de controlar a la hidra que se sacudía entre sus brazos y miraba furioso a Horse, que sonreía de medio lado, como el cabronazo que siempre había sido. ¿Un besito? Jodido psicópata… Sophie coceó hacia atrás y alcanzó a Ruger en plena espinilla. El motero gruñó y entonces ella le golpeó de nuevo en el mismo punto. Salvajemente.

—Me apuesto cincuenta pavos a que la mami te pone firme en una pelea cuerpo a cuerpo —dijo Horse, burlón.

Miranda mientras tanto dejó de gritar y miró a su alrededor con la mirada perdida.

Por fin la muy lerda se había dado cuenta de que no estaba muerta.

Sophie se quedó quieta, lo que agradeció la espinilla de Ruger.

—Ya me parece que me estoy repitiendo —murmuró el motero al oído de ella—, pero si muevo la mano, quiere decir que guardes silencio ¿de acuerdo?

Sophie dijo que sí con la cabeza.

Ruger soltó su presa, ella se apartó y, rápida como una serpiente, le lanzó un bofetón en toda la cara.

Joder, de los que duelen.

—¡Cabrón! —le espetó—. Casi me cago de miedo. ¿Qué clase de sádicos son capaces de una mierda como esta?

—¿Tal vez los interesados en conseguir crear una impresión duradera? —respondió Ruger—. Dios mío ¿es que querías que la matáramos de verdad, o qué?

Sophie hizo una mueca, abrió la boca para responder alto y claro pero, antes de que pudiera hacerlo, la zorra que estaba por los suelos se puso a llorar. Muy alto. Ruger se dio cuenta de que Miranda lo hacía todo con un volumen muy alto. Horse se inclinó, la agarró por los brazos, tiró de ellos y la obligó a colocarse de rodillas. A continuación la agarró por la barbilla y la obligó a mirarle a los ojos.

—La próxima vez saldrá una bala y te hará pulpa los sesos ¿me has entendido? —dijo.

Ella dijo que sí con la cabeza repetidamente y redobló sus sollozos. ¿Cómo era posible? Entonces Ruger captó el inconfundible olor a orina y suspiró. Habrá dejado un buen charco, fijo.

—Lo mismo todas las putas veces —murmuró y Horse aprobó con un gruñido.

—Coño...

—No puedo creer lo que acabáis de hacer —dijo Sophie, abriendo y cerrando los puños, toda ella adrenalina. Estaba tan cabreada que hasta había olvidado su miedo. A Ruger le gustaba eso de ella —tenía pelotas—. Sin embargo, en aquellos momentos le estaba poniendo ya de los nervios. Tenían mucho que hacer y poco tiempo antes de que aparecieran los Jacks.

—Pensé que ibais a matarla —continuó Sophie—. Ella pensó que ibais a matarla. ¿Cómo podéis hacer una cosa así?

—Queríamos llamar su atención —respondió Ruger, cuya paciencia estaba a punto de evaporarse—. Las experiencias de regreso de la muerte suelen quedárseles a la gente en la memoria. La próxima vez tomará mejores decisiones.

Sophie abrió la boca, pero no llegó a decir nada. La cerró de golpe y le miró furiosa.

Horse arrancó un pedazo de cinta aislante y cubrió de nuevo la boca de Miranda. Menos mal, joder. Ruger estaba cansado de oírla, cansado por haber conducido toda la noche y además hambriento.

—Vuelve a tu apartamento, Sophie —dijo, frotándose sus cortos cabellos con la mano. Al alzar el brazo, aspiró su propio olor. Qué asco. Tendría que ducharse en el baño de Sophie antes de que salieran para Coeur d'Alene...

—No vamos a hacer ninguna locura, te lo prometo —añadió—, pero no olvides que Noah estuvo anoche más de una hora en la escalera de incendios, a cuatro pisos de altura, Sophie. El novio de tu cuidadora es un acosador sexual y está fichado, por cierto. La zorra lo sabía y aun así lo invitó mientras estaba a cargo de un niño, así que no sientas lástima por ninguno de los dos.

Sophie abrió mucho los ojos.

—¿Cómo sabéis eso? —preguntó.

—Ellos nos lo dijeron —respondió Horse.

—No pensaba que los delincuentes sexuales iban por ahí compartiendo esa clase de información —objetó ella, irritada.

—Nosotros somos gente muy persuasiva —replicó Ruger—. Simplemente hay que saber preguntar. Vete a casa, Soph. Tenemos que terminar aquí y llevarnos todo. Estoy bastante cansado, nena.

—Esto no está bien —insistió ella, sacudiendo la cabeza—. Me siento cómplice de lo que ha ocurrido y no me gusta.

Hay que joderse. No había parecido tan preocupada cuando señaló el apartamento de Miranda. Un poquito tarde para protestar, a estas alturas de la partida.

Ya era suficiente.

—¿Ah, sí? —dijo Ruger—. ¿No te gusta? Pues a mí tampoco me gusta la idea del próximo niño violado solo porque no fue lo suficientemente listo como para esconderse en la escalera de incendios. ¿Qué te parece? Tú te sientes culpable de ser cómplice, mientras yo tengo que ir por ahí haciéndote el trabajo sucio, no sea que te rompas una uña o algo. Después, por la noche, abrimos una botella de vino y hablamos sobre cómo nos sentimos por lo que ha pasado durante el día. Tal vez nos comamos unos chocolates y veamos juntos *El diario de Noah* por la tele. ¿Te va eso bien?

A medida que hablaba, Ruger había ido acorralando a Sophie contra la pared. Cuando ella ya no pudo retroceder más, él se le acercó, le agarró la cara con ambas manos y le acercó mucho la suya, con ojos llameantes.

—Mierda, Sophie —continuó—, creo que estoy demostrando una paciencia infinita. Noah sobrevivió anoche porque permaneció despierto y alerta en esa escalera de incendios, y no porque ninguna de estas dos mierdas moviera un dedo para ayudarle. Aterrorizaron a un niño y se rieron de él. Pues bien, ahora les toca a ellos. No esperes que me sienta mal por eso. Y ahora vete a casa.

Sophie tragó saliva, con los ojos muy abiertos. En completo silencio, se agachó, se liberó de la barrera de los brazos de Ruger, se deslizó hacia la puerta con la espalda pegada a la pared, salió y cerró con suavidad.

Ruger miró a Horse, que arqueó una ceja. Estupendo. Ahora era su turno para tocarle las pelotas.

—Tu mami se pone muy *sexy* cuando se cabrea —dijo, obsequioso.

—Joder, Horse, no tienes límites ¿lo sabías? —replicó Ruger.

—Pues sí —fue la respuesta y Ruger consideró seriamente la posibilidad de agarrar el bate y machacarle la cara al cabronazo. Claro que, a continuación, tendría que vérselas con su hembra y la condenada era muy buena tiradora...

En aquel momento, Miranda perdió el equilibrio y cayó hacia un lado, con los ojos muy abiertos. Ambos moteros la miraron.

—Bueno ¿qué hacemos con esta? —dijo Horse—. Quiero perderla de vista, pero la verdad es que no me gusta la idea de dejarla aquí y que la encuentren los Jacks cuando vengan a buscar a su niño malo.

El amigo de Miranda aún seguía inconsciente en el suelo.

—¿La dejamos marchar justo antes de irnos? —sugirió Ruger y a continuación se acercó a ella y la empujó con el pie.

—Eh, Miranda —le dijo—. Si te quitamos la cinta de aquí a un par de horas ¿tendremos que preocuparnos de que le cuentes a alguien esta pequeña aventura? Te lo digo porque eso me pondría de muy mal humor.

La joven negó enfáticamente con la cabeza.

—¿Estás segura? —preguntó Horse—. Si eso te supone algún problema, podemos pensar otra solución para ti. Al pasar he visto un solar vacío cerca de aquí. Me pregunto cuánto tiempo tardarían los trabajadores de la construcción en desenterrar un cadáver...

Miranda gruñó a través de la cinta, con ojos muy abiertos.

—Asumiré que eso quiere decir que mantendrás la boca cerrada —dijo Ruger con un suspiro, mientras se rascaba la nuca—. Oh, hay algo más que deberías saber. Si hablas, no solo tendrás que responder ante nosotros dos. El club tiene ciento treinta y cuatro miembros y yo tengo fama de ser de los más amables y considerados.

—Cierto —terció Horse—. Si nos jodes, te jodemos. Y más fuerte. Siempre.

Miranda asintió con la cabeza, frenética.

—Parece un buen plan —continuó Horse y miró al hombre inconsciente en el suelo—. Lo único, podrías decirle a tu mami que la próxima vez que tenga un problema con un miembro de otro club, nos ponga sobre aviso antes de entrar en acción. Esto podía haber acabado muy mal.

—Ella no se entera —respondió Ruger—. No le ha visto el chaleco, ni los parches. Igual le vio los tatuajes, pero no sabe lo que significan. Pásame la cinta.

Horse le alcanzó el rollo y Ruger se arrodilló junto a Miranda.

—Junta las piernas, zorra —le dijo—. Será una nueva experiencia para ti.

Ella obedeció y Ruger le amarró los tobillos con la cinta.

—Tú estabas aún en Afganistán cuando las cosas se jodieron del todo entre Sophie y Zach —dijo Ruger—. Después de eso, tampoco lo llevaba yo muy bien con ella. La verdad es que me odia, odia al club, y la única razón por la que aguanta la situación es que quiere demasiado a Noah como para apartarlo del único hombre que hay en su vida. Una mierda, ya lo sé, pero es lo que hay.

—Parece una bruja de mucho cuidado —dijo Horse—. Dicen que le salvaste el culo, como un puto caballero andante en su armadura plateada. Igual podrías cambiar la moto por un bonito unicornio rosa, ya que te has vuelto tan bueno.

—Cierra el pico, hijo de puta —replicó Ruger—. La saqué de una buena, sí, pero también me quedé después con ella durante mucho tiempo, hasta que ya no pudo más. Ahora ya no importa. El tema es que no sabe una mierda sobre el club, sobre cómo vivimos, ni puta idea. Por eso no dijo nada sobre el tatuaje que lleva en la espalda la escoria esta.

—¿Puedo hacer una sugerencia? —preguntó Horse.

—No —respondió Ruger.

—Tienes que contarle lo que le espera —dijo su interlocutor, de todos modos—. Ayúdale a entender la vida en el club antes de que la cosa se vaya a la mierda otra vez. Así te ahorrarás un montón de marrones. Créeme, hermano, traer al club a una chica de fuera y convertirla en tu propiedad es bastante jodido. No hagas que lo sea más de lo necesario. Encima, esta tiene una boquita de mucho cuidado. Lo que pase en privado es una cosa, pero no puede salir con esas en el arsenal, ya lo sabes.

Ruger asintió con un gruñido, terminó de amarrar los pies de Miranda y dejó a un lado la cinta. ¿Por qué habría traído a Horse? Cualquier otro habría sido menos coñazo. Incluso Painter habría sido mejor, aunque el chico fuera incapaz hasta de encontrarse el rabo en la ducha —no digamos ya de inmovilizar a una mujer.

Por desgracia, Horse era el único que estaba sobrio y que había sido lo bastante estúpido como para contestar a su llamada en mitad de la noche.

—Esto va a ser complicado de asimilar para tu pequeño cerebro, así que escucha bien —dijo Ruger mientras se levantaba—. Lo primero, ella no es mi «mami», así que deja de llamarla así. Solo es divertido las cincuenta primeras veces. En segundo lugar, no tengo intención de convertirla en mi propiedad. La ayudo porque es la madre de Noah, que a todos los efectos prácticos es mi hijo. Pienso mantenerla vigilada, por el crío más que nada, pero ella irá por libre. No creo que ponga nunca el pie en el arsenal, le diga lo que le diga.

—Gilipolleces —respondió Horse.

—Nada de eso —dijo Ruger a su vez—. Esa mujer pasa de mí, entérate, payaso. Créeme, sé lo que digo. Nuestra historia es muy complicada, demasiado como para que la entienda un descerebrado lameculos como tú.

—La has cagado —declaró Horse, mientras una sonrisa irónica se extendía lentamente por su rostro—. ¿Te cruzas todo el estado en medio de la noche para llevártela a tu casa, solo por lo que acabas de contarme? Estás bien, pero que bien jodido, hermano.

—Para nada la he cagado —replicó Ruger, con los ojos entrecerrados—. No pienso en ella de esa manera, para nada.

—Vamos, voy a hacerte una sugerencia, para ahora y para el futuro —apuntó Horse—. No pierdas el tiempo y vete mejor a sacudírtela por ahí, si pretendes que me trague algo así. Lo que estás haciendo normalmente significa justo lo contrario de lo que dices. Bueno, a menos que estés pensando en mí cuando te la sacudes. Si es así, me siento muy halagado. No voy a juzgarte.

—¿Por qué Marie no te ha pegado un tiro todavía? —dijo Ruger.

—Porque yo no me niego a mí mismo lo que mi rabo desea —fue la respuesta—. Si me da por tocarle las narices, me quedo sin joder. Mira y aprende. Y ahora, vamos a encerrarlos y a empezar a meter las cosas de tu chica en el camión. Los Jacks estarán aquí en un par de horas y no me apetece mucho quedarme a discutir con ellos sobre técnicas de borrar tatuajes a imbéciles redomados. ¿Qué clase de estúpido suicida se deja encima los tatuajes después de ser expulsado de un club?

—Bueno, antes de eso ingresó en los Devil's Jacks, así que eso ya demuestra que no es muy inteligente —dijo Ruger—. Espero que tenga seguro médico. Le va a hacer falta.

—Solo si tiene suerte —repuso Horse—. Bueno, dime, hermano ¿cuántas veces has visto El diario de Noah? Esa es la información que los chicos querrán saber cuando volvamos a casa.

—Cabrón —fue la respuesta.

Sophie

Noah daba buena cuenta de un buen plato de cereales y no paraba de saltar en su silla, como una pelota de goma.

—Hoy vamos a casa del tío Ruger ¿sí? —dijo—. ¿Crees que tendrá videojuegos?

—Sí, vamos a casa del tío Ruger —respondí—. No tengo ni idea de si tiene videojuegos, pero no te hagas ilusiones.

La adrenalina me había bajado, lo cual me ponía más difícil mantener un estado de cabreo medio decente. Decidí observar mi estudio y al final tuve que admitir la verdad.

Aquel lugar era un verdadero agujero. No solo eso, no tenía excusa para no haber instalado las alarmas que decía Ruger. Si las vendían en el Todo a Cien, por Dios...

No me agradaba nada la idea de que Ruger se saliera con la suya, pero la realidad estaba de su parte. Yo estaba en la ruina, acababa de perder mi trabajo y no podía ni siquiera proteger a mi propio hijo. Mi empleo de camarera tampoco había bastado para mantenernos decentemente y desde luego no habría trabajado en el bar de Dick si hubiera tenido alguna oferta mejor. A mis amigos ni me había molestado en pedirles ayuda. Desde que me negué a «deshacerme» de Noah, era como si hubiera muerto para ellos.

Negarme a aceptar la vida en un apartamento seguro —y gratis— habría sido una locura.

Sin embargo, aún no estaba preparada para perdonar a Ruger, por mucho que aquello no tuviera demasiada lógica. Claro está que se había portado como un cabrón conmigo, pero no era menos cierto que había dejado todo lo que tenía entre manos y había conducido cientos de kilómetros para venir a salvar a Noah. Estos dos hechos debían seguramente compensarse el uno al otro, si había que ser justos. Y no solo eso. Ruger tenía razón en algo innegable.

La verdad era que yo no quería hacer mi propio trabajo sucio.

Ruger y Horse habían calibrado la situación, habían agarrado el toro por los cuernos y habían resuelto el problema. Era un gran alivio. Tenía que reconocer que me había cabreado con él por haberme asustado a mí y no porque hubiera asustado a Miranda. Bueno, por eso y por querer imponerse por las bravas.

Simplemente podía haberme pedido que me fuera con él a Coeur d'Alene, en lugar de jugar al asaltante nocturno.

—Tenemos que hacer las maletas —dije mientras Noah llevaba su bol de cereales a la pila, con la cucharilla tintineando en su interior—. Esta vez no vamos de visita, sino que nos vamos a quedar a vivir allí durante un tiempo. Voy a empaquetar tus cosas, pero quiero que metas en tu mochila los pijamas y algo para ponerte mañana. Y lleva también algún libro, para leer de camino.

—De acuerdo —dijo Noah y sacó su mochila de debajo de la cama. No parecía que la perspectiva de mudarnos le inquietara en absoluto, lo que decía mucho de nuestro estilo de vida —habíamos cambiado de casa más o menos una vez al año desde que nació—. Sacudí la cabeza, con la sensación familiar de la culpa planeando sobre mí. Por mucho que lo intentaba, parecía incapaz de encarrilar mi vida.

Lavé el bol de Noah, me serví café y busqué una caja para empezar a guardar cosas.

—¿Quieres que ponga música? —pregunté.

—¿Puedo escoger? —pidió Noah.

—Claro —le dije y le entregué mi teléfono móvil. Noah lo conectó a nuestro pequeño altavoz como un verdadero experto. Empezaron a sonar las notas del disco *Here Comes Science,* de They Might Be Giants, y a los pocos minutos ya estábamos los dos cantando a dúo canciones sobre los elementos de la tabla periódica y sobre los elefantes. En lo que es música infantil, no está nada mal, mucho mejor que la basura de las películas de Disney.

No teníamos muchas cosas, así que no nos costó demasiado trabajo hacer el equipaje —el café me ayudó bastante—. Tres cajas para las cosas de Noah, dos para mí y una maleta. Me subí a una silla para descolgar el amplio tapiz que teníamos en la pared. Lo habíamos teñido y anudado nosotros mismos el verano pasado, en uno de esos días en los que el sol brilla magnífico y no puedes ni pensar en mandar a tu hijo a la cama. Utilicé el tapiz para envolver el retrato de familia que habíamos encargado cuando Noah tenía tres años, en un alarde de derroche.

Finalmente miré a mi alrededor. No quedaba mucho por recoger. Solo las cosas de la cocina y las del baño. Empaquetar todo lo acumulado en dos vidas debería llevar más de una hora, pensé con melancolía. Decidí tomar una rápida ducha antes de vaciar el baño.

—No abras la puerta a menos que sea el tío Ruger o su amigo —le dije a Noah mientras me servía el café que aún quedaba en la cafetera—. ¿De acuerdo?

—Oye, no soy un niño —me respondió con una mirada de auténtico cabreo—. Voy a empezar el segundo curso.

—Muy bien, ya que eres tan mayor, echa un vistazo por ahí a ver si he olvidado algo —le dije—. No tardo nada en ducharme.

Cerré la puerta del cuarto de baño y me desvestí. Era pequeño, pero al menos teníamos ducha. Por desgracia, el agua caliente no iba todo lo bien que hubiera sido deseable —una de las alegrías que da el vivir en la última planta de un edificio con calderas compartidas—. Me duché rápidamente, salí goteando sobre toda mi colada y agarré una toalla para secarme. Me sequé, me enrollé la toalla en la cabeza y busqué algo de ropa limpia, pero no encontré nada. Lo había empaquetado todo, sin pensar.

Vaya, qué putada.

De pronto oí la voz de Ruger en el estudio. Lo que faltaba. Agarré una segunda toalla, me envolví el cuerpo y entreabrí la puerta del baño.

—Noah ¿puedes venir? —llamé.

—Está abajo, con Horse —respondió Ruger—. Quería ayudar a cargar el camión.

Le vi aproximarse al baño, alto como era, elegante en sus movimientos y lleno de fuerza contenida, como un gran felino. Se detuvo ante la puerta y cruzó sus musculosos brazos. Había algo oscuro en su mirada que no pude descifrar. Me vino de pronto el recuerdo de aquellos brazos alrededor de mi cuerpo y me sonrojé. ¡Estúpida! Ruger significaba un callejón sin salida en cualquier relación y desde luego yo no quería para nada un «amigo con derecho a roce». Bueno, de acuerdo, eso era mentira. Me apetecía mucho tener una relación así, pero no con alguien que con toda seguridad iba a formar parte de mi vida dentro de diez años. Mis hormonas necesitaban otra cosa para poder obsesionarse tranquilamente.

—¿Qué hay? —dijo.

—Olvidé dejar aparte la ropa limpia —respondí, mientras consideraba mi estrategia—. ¿Te importa salir un momento? No tardo nada en vestirme.

—¿Vas a tocarme las pelotas por lo de ir a Coeur d'Alene? —preguntó mientras alzaba una ceja, desafiante.

Fantástico. A mí ya se me había pasado el mosqueo hacía rato, pero por lo visto a él no.

—No —respondí secamente.

—Bueno, ha sido un cambio muy rápido —comentó Ruger.

—No tengo muchas opciones —reconocí, forzándome a no rechinar los dientes—. No es lo que escogería, pero es mejor que quedarme aquí. Por cierto, has ganado. No quería hacer mi trabajo sucio y me alegro de que lo hayas hecho tú por mí. ¿Estás contento?

—Lo dices como si te doliera —replicó él.

Y era verdad que dolía. Todo él era como un rallador de queso contra mi piel.

—Solo déjame que busque algo para vestirme, Ruger —dije—. Has ganado. No me lo restriegues, si no te importa.

Rió con risa áspera.

—Me alegro de la decisión que has tomado —dijo—. La vida es más fácil cuando tienes ayuda, te guste o no. Vamos, te saco algo de ropa. ¿La tienes en la maleta?

—Está bien... —quise cortarle, pero ya había echado mano de mi bolsa de viaje, para colocarla sobre la cama y abrir la cremallera. Tragué saliva mientras Ruger comenzaba a rebuscar entre mi ropa. No es que tuviera algo que esconder, pero no me gustaba que tocara mis cosas. Demasiada intimidad.

—Qué bonito —dijo, mientras balanceaba en el dedo uno de mis sujetadores con relleno, negro y con lazos—. Deberías ponerte este.

Al decirlo, torció la boca y sus oscuros ojos se hicieron más cálidos.

—Déjalo ahí, Ruger —dije—. Sal, por favor. Yo misma encontraré lo que necesito.

—Estas también me encantan —continuó mientras me mostraba unas bragas color turquesa—. Quedarían muy bien con ligas.

Reprimí un gruñido. Sabía que tenía cierto don para la ropa interior bonita, pero me importaban un bledo sus valoraciones. Mamón de mierda. Comprobé que llevaba la toalla bien ajustada y salí del baño, decidida a hacerle quitar las manos de mi ropa interior.

—Deja eso ahí —repetí mientras avanzaba hacia él. Ruger se volvió y sus ojos recorrieron todo mi cuerpo, con una pausa en el pecho. Me sentía expuesta e incómoda, lo que no dejaba de ser absurdo, ya que la toalla me tapaba mucho más de lo que lo hubiera hecho un traje de baño. Era ese brillo hambriento en su mirada lo que me ponía nerviosa, un brillo que yo me negaba a encontrar halagador. Ya había llegado a la conclusión de que le resultaba atractiva en un nivel básico, biológico.

El problema era que a Ruger todas le resultaban atractivas en un nivel básico, biológico.

La verdad, no me gustaba nada aquella nueva dinámica que se había creado entre nosotros. La vida era más cómoda cuando Ruger me trataba como a un mueble inservible.

—Pero es que me gustan —objetó él, examinando la suave tela con una sonrisa sarcástica. Traté de atrapar las prendas, pero las puso fuera de mi alcance.

—Mira, me ha costado trabajo convencerme a mí misma de que había sido injusta contigo —le dije—. No lo estropees.

Ruger guardó silencio durante varios segundos y a continuación estiró las bragas entre las manos y las catapultó contra mi cara. Me eché a un lado y conseguí atrapar el misil de seda azul. En aquel momento la toalla se me escurrió y mostró suficiente parte de mi anatomía como para hacerme ganar una colección entera de collares en el carnaval de Nueva Orleans[2].

—Vaya percha —comentó Ruger—. Ya te había visto otras partes del cuerpo, pero nunca esas dos. Normalmente es al revés, ahora que lo pienso, primero las tetas y luego el...

—Eres un cerdo —corté mientras me subía la toalla.

—Sobre eso no voy a llevarte la contraria —repuso él, encogiéndose de hombros y apartándose de mi bolsa—, pero solo si te pones el sujetador negro. Esas dos preciosidades merecen ir cubiertas con algo bonito.

—Cabrón de mierda —respondí, ahora sí con mi cabreo plenamente renovado.

Revolví entre la ropa, saqué unos *shorts* bastante raídos y después localicé el cortísimo y apretadísimo top modelo «Barbie la Zorra» que me había conseguido mi amiga Carrie hacía dos años para la fiesta de Halloween, que pasamos con sus amigos en Olimpia. Por la tarde nos habíamos vestido de brujas buenas y habíamos llevado a Noah por el vecindario para jugar a «truco o trato». Después, tras dejar al niño bien acostado en casa de la madre de mi amiga, nos habíamos ido por ahí para

2 En el carvaval de Nueva Orleans, el famoso Mardi Gras, existe una tradición que consiste en que los bailarines que van subidos en las carrozas lanzan al público collares de diversos tipos y se ha extendido la creencia de que las mujeres que exhiben los pechos consiguen que les lancen más collares (*N. del T*).

seguir la fiesta, pero ya en plan «truco o trago». Me enrollé con tres tipos en tres fiestas diferentes... bajo tres identidades distintas. Acabamos al amanecer, en IHOP, comiéndonos nuestro propio peso en tortitas con chocolate.

La mejor noche de la historia.

Saqué el top, sonriente. Con que Ruger quería tratarme como a una de sus zorras ¿eh? Yo también sabía jugar a eso. Le dejaría babear con mis tetas... pero todo el santo día. En público. Tal vez algún pequeño flirteo, pero no con él. Nada de eso. Él ya podía irse chupando el dedo, mientras que yo causaría sensación. Eso le enseñaría a jugar con mis bragas.

Se le iban a congelar las pelotas.

Fingí no notar su presencia mientras sacaba las cosas y después regresé al cuarto de baño para vestirme. Me sequé el pelo y me puse la pintura de guerra con todos sus colores. Al salir vi que Horse y Noah estaban de vuelta.

—Eh, mamá, Horse tiene un perro que se llama Ariel —dijo mi pequeño al verme—. ¿Podemos nosotros también tener un perro?

—Creo que no —respondí—. Un perro da mucho trabajo. Mejor algo más pequeño, tal vez un hámster, pero solo si el tío Ruger nos da permiso.

Sonreí a Ruger, que tenía los ojos clavados en mi pecho. Me ajusté el top hacia abajo, justo para mostrar el sujetador que tanto le gustaba.

¿Quería romper las reglas y manejarme a su antojo?

Ningún problema. Yo ya era una chica mayor y podía responder.

—¿Qué te parece, tío Ruger? —pregunté, con mi voz más dulce—. ¿Es mucho pedir?

Capítulo 3

A pesar de haber desayunado ya sus cereales, Noah no tuvo problema para zamparse un plato de tortitas calientes, dos lonchas de bacón y un vaso de jugo de naranja.

Parecía que se acercaba un nuevo estirón. Mierda. Me daba la impresión de que acababa de comprarle ropa nueva. En cuanto conseguía equiparlo al completo, las cosas empezaban a quedársele pequeñas.

—¿Listo? —le pregunté mientras me reclinaba en el asiento de la cafetería. Habíamos acabado de empaquetar nuestras cosas hacía una hora y Ruger y Horse nos habían hecho salir —aparentemente les estorbábamos—. Ruger me había dado un par de billetes de veinte dólares y me había dicho que llevara a Noah a desayunar en la esquina, lo que tenía sentido, dado que nos esperaba un viaje de varias horas. No me gustaba nada aceptar su dinero, pero tenía que ser práctica. Yo no podía permitirme gastar en algo tan frívolo como comer fuera de casa.

—¡Listo! —respondió Noah, sonriente. Qué guapo era. Su cara conservaba la suavidad infantil que tenía cuando era pequeño, pero los brazos y las piernas se le habían estirado mucho. A él le gustaba llevar el pelo largo, así que le colgaba, despeinado, sobre la frente y los hombros. No lo llevaba tan largo como para hacerle una coleta, pero casi. La gente me decía que tenía que cortárselo, pero yo prefería dejarle escoger a él. Ya averiguaría más adelante lo que significa la presión ambiental y la

 53

necesidad de encajar en el rebaño. Por el momento, que disfrutara de la libertad que da el que te importen una mierda todas las opiniones del mundo.

Tenía la piel clara, con algunas pecas en la nariz y en las mejillas. Algunas veces creía ver cosas mías o de Zach en él, pero pocas. Noah era él mismo, no había ninguna duda.

En ese sentido recordaba en algo a Ruger, pensé.

—Muy bien, entonces vámonos —dije y deposité unas cuantas monedas en la mesa. Era una propina del cincuenta por ciento. La camarera estaba saturada de trabajo y sé lo que es eso. Además, no era mi dinero...

Al salir le mandé a Ruger un mensaje de texto, pues no sabía si habíamos hecho tiempo suficiente. Él respondió que todavía les faltaba una media hora. No había ningún parque en las cercanías, pero sí un solar vacío unas cuantas calles más abajo, donde a Noah le gustaba corretear. Había oído decir que solía ser un lugar de encuentro para yonkis y camellos, pero en esa zona había empezado a adquirir inmuebles gente de mayor nivel adquisitivo que en el resto del barrio. Ahora habían empezado a adecentar aquel espacio para convertirlo en área de recreo y ya habían instalado un columpio de madera. Las fachadas de los edificios que lo bordeaban habían sido decoradas con murales, que le daban un aspecto alegre y acogedor.

Tardamos unos diez minutos en llegar al lugar y Noah lo pasó en grande allí. Le desafié a correr varias veces, con la esperanza de cansarlo, pero no funcionó, por supuesto. Después de que se hubo desfogado a fondo, emprendimos el camino de vuelta y nos detuvimos en una librería para escoger algo que leer durante el camino.

Al llegar vimos a Ruger y a Horse en la calle, junto a la puerta de nuestro edificio, acompañados de otros dos hombres a quienes no reconocí. Los recién llegados llevaban chalecos de cuero con parches a la espalda en los que se leían las palabras «Devil's Jacks». Más abajo había un dibujo de un diablo rojo y otro parche con la palabra «nómada». Los dos eran altos, uno de ellos corpulento y el otro delgado y fibroso, pero ambos con buenos músculos. Los dos eran de cabello castaño. Al acercarnos, uno de ellos nos saludó con un movimiento de barbilla.

Ambos hombres apreciaron claramente mi top modelo Barbie. Los dos eran atractivos, sobre todo el delgado, que era realmente guapo. Llevaba el pelo castaño algo desgreñado y barba de tres días. Además del chaleco de cuero, iba vestido con una camiseta del grupo punki Flogging

Molly y unos *jeans* muy gastados. Los dos debían de tener más o menos mi edad.

—¿Qué tal? —saludé—. ¿Sois amigos de Ruger? Encantada de conoceros. Soy Sophie y este es mi hijo Noah.

Ruger entornó los ojos.

—Espéranos en el vehículo —dijo y me lanzó sus llaves.

—Esas no son mis llaves —repliqué—. Vamos, preséntame a tus amigos.

—Son las mías. Es el azul, ahí enfrente —dijo, señalando a un gran todoterreno aparcado al otro lado de la calle—. Adentro, vamos. Horse va a llevar el tuyo a Coeur d'Alene.

Abrí la boca para replicar —cuestión de principios—, pero mis ojos se cruzaron con los de Horse y leí ahí una advertencia silenciosa. Su mirada se dirigió a Noah y después a los recién llegados. En aquel momento percibí la tensión que reinaba en el ambiente.

Oh, oh, no se trataba de un encuentro amistoso, en realidad.

—Bueno, encantada —dije y agarré a Noah por la mano para dirigirme al todoterreno. Ruger había instalado un asiento para niños en la parte de atrás y había dejado junto a él la mochila de Noah. Dejé puesta la llave. Diez minutos después llegó Ruger y ocupó el asiento del conductor.

—¿Vas bien sujeto, campeón? —preguntó a Noah mientras arrancaba y metía la marcha atrás.

—¡Sí, sí! —respondió el niño—. Gracias por traerme la mochila. Estoy deseando ver tu casa. ¿Tienes el juego de los Skylanders?

—Pues no sé lo que son los Skylanders —respondió—, pero fijo que te conseguimos alguno.

—¡Ruger...! —comencé, pero él me cortó en seco.

—Por Dios, Sophie —dijo—. ¿Qué te pasa? ¿Es que no puedo comprarle un regalo al crío? Joder, con la noche que ha pasado... Si quiero comprarle algo, se lo compro y punto.

—No, si solo iba a preguntarte si podíamos subir un momento, para ir al baño antes de salir —dije, con mi mejor sonrisa—. Este se ha bebido un vaso enorme de jugo de naranja. No vamos a ir muy lejos sin tener que parar en algún sitio.

Entonces suavizó la mirada.

—Eso ya es más razonable —dijo.

—Pues claro —respondí—, soy una persona razonable.

—Pararemos en un restaurante o donde sea —dijo y metió la primera—. No quiero que volváis a subir. Hunter y Skid están ahí ahora.

—¿Hunter y Skid? —inquirí—. ¿Son los tipos con los que estabais hablando antes, en la acera? Se os veía un poco tensos. ¿De qué iba la cosa?

—No te preocupes —respondió—. Son asuntos del club. Pararé en cuanto vea un buen sitio.

Como era previsible, Noah pidió un menú infantil en cuanto nos detuvimos en un sitio de comida rápida —sobre todo al ver que venía acompañado con la parafernalia de sus queridos Skylanders. Era imposible que el niño tuviera hambre, pero Ruger pidió dos de aquellas caras cajitas de comida y juguetes.

—Es ridículo —dije, al verle llegar al vehículo con la bolsa—. Compras comida para tirarla. Noah se ha atiborrado en la cafetería y encima ya había desayunado antes. No necesita para nada esa basura.

—Son para mí —replicó Ruger—. Que él se quede los juguetes. Estoy muerto de hambre.

Mientras salíamos a la autopista, Noah comenzó a contarle a Ruger todo sobre los Skylanders. Había descansado bien, estaba lleno de energía y era una suerte que fuera sujeto al asiento, ya que en caso contrario podría haber empezado a dar botes hasta hacer que nos estrelláramos. Habló de los Skylanders mientras salíamos de la ciudad y aún seguía hablando cuando pasamos por North Bend y más adelante, al empezar a subir el paso de Snoqualmie...

Pobre Ruger. Empezaba a darse cuenta del gran conversador que habitaba en Noah.

—Voy a dormir un poco —dije, echándome las manos a la nuca y el pecho hacia delante. Vi que Ruger me miraba y sus ojos no se dirigían a mi cara, precisamente. Buena cosa. Quería que se le hincharan las pelotas hasta reventar, por haberse atrevido a cambiar las reglas de nuestra relación sin consultarme.

La verdad era que todavía me gustaba, pero el sentimiento no era recíproco.

Para nada.

Él solo estaba caliente.

—Muy bien —dijo. Noah seguía agitándose atrás. Recliné el asiento y cerré los ojos.

Desperté poco a poco. Sentí que estaba en movimiento y traté de recordar dónde me encontraba. Oí la voz de Noah y todo me vino al instante. Ruger. Coeur d'Alene. Equipajes. Miranda.

—Y entonces los Skylanders se dan cuenta de que necesitan a los gigantes para derrotar a Kaos —explicaba Noah a su tío con voz muy seria.

—¿Todavía con eso? —pregunté, aún soñolienta, mientras me volvía para mirar a Noah. Su cara lucía una sonrisa de oreja a oreja. Estaba feliz de tener una audiencia cautiva.

—Sí, todavía —dijo Ruger con voz tensa y expresión fatigada—. Hemos estado hablando de los Skylanders sin parar un minuto desde que salimos. Creo que nos quedamos sin material hace un rato, porque ahora me está contando la misma mierda que ya he oído antes. Estamos cerca de Ellensburg. Voy a parar a comprarle uno de esos pequeños reproductores de DVD con auriculares, para que se entretenga un rato. Aún nos quedan más de tres horas de camino. Como continúe así, va a acabar conmigo.

—¿Podré tenerlo en mi cuarto? —preguntó Noah, cuyo nivel de entusiasmo subió aún más e hizo su voz todavía más chillona—. Voy a ver un montón de pelis, todas las noches. Mamá casi no me deja ver la tele...

—¡Es solo para el viaje! —cortó Ruger y Noah bajó los ojos, entristecido. Su tío lo miró por el espejo retrovisor e hizo una mueca.

—Vamos, campeón, no pretendía gritarte —dijo—. El tío Ruger está un poco cansado. ¿Crees que podrías estar un rato tranquilo hasta que lleguemos a la tienda? Vamos, porfa...

El pobrecito estaba claramente desesperado. Me mordí la lengua y miré por la ventanilla, intentando contener la risa.

—Cállate, Sophie —dijo Ruger.

—Si no he dicho nada —respondí.

—Te he oído pensar —replicó él.

Ahora sí, rompí a reír sin poder contenerme y Noah se unió a mí, llenando el vehículo con sus alegres carcajadas.

Ruger mantenía los ojos fijos en la carretera. Su expresión era sombría.

Di gracias para mis adentros por no ser mejor persona, ya que entonces no habría disfrutado tanto.

Tenía que admitir que era un alivio el silencio que reinaba en el todoterreno de Ruger.

Noah era un niño estupendo, pero por desgracia no llevaba un botón para apagarle la voz. Ruger le había comprado el prometido reproductor de DVD y lo había enganchado en la parte trasera del respaldo de mi asiento, para que Noah pudiera verlo. Con los oídos del niño bien cubiertos por unos auriculares modelo *Guerra de las Galaxias* y cuatro películas, el viaje resultaba ahora mucho más soportable.

Esperé hasta que los dedos de Ruger se relajaron un poco y dejaron de verse crispados alrededor del volante para abrir la boca.

—Tenemos que hablar —dije y él me miró.

—Nunca sale nada bueno de la boca de una mujer —replicó.

—Lo siento si no te resulta agradable —dije, poniendo cara de exasperación—, pero hay cosas que tenemos que aclarar. Al menos yo tengo que aclararlas. ¿Cuál es el plan para cuando lleguemos a Coeur d'Alene?

—Pues que te instalas en la planta del sótano de mi casa —respondió Ruger mientras se masajeaba un hombro—. Mierda, tengo el hombro agarrotado. Eso me pasa por conducir toda la noche sin parar.

No hice ni caso de su comentario y continué.

—Eso ya lo sé —dije—, pero hay otras cosas de las que tengo que ocuparme. Hay que apuntar a Noah en el colegio. Iba a empezar en una semana. ¿Sabes cuándo se reanudan las clases en Coeur d'Alene?

—Ni idea —dijo él.

—¿Y sabes a qué colegio va a ir? —añadí.

—Pues no.

—¿Has pensado algo sobre el asunto del colegio en algún momento? —insistí.

—No he pensado en nada que no fuera poner a Noah a salvo y darles lo suyo a los cabrones que casi lo matan —replicó Ruger—. A partir de ahora, tú estás a cargo.

—Está bien —murmuré y me recliné en mi asiento. A continuación subí los pies, que llevaba descalzos, y los apoyé en el salpicadero. Me agradaba no tener que conducir. Cuando viajaba con Noah no podía permitirme el lujo que se da la mayoría de las familias, el de turnarse al volante.

—Me ocuparé de todo eso —continué—. Lo siguiente es encontrar un trabajo. ¿Sabes qué tal está la cosa por allí?

—Qué va —dijo Ruger.

—No eres de gran ayuda, la verdad —comenté.

—Esto no estaba previsto, nena —fue la respuesta—. Anoche recibí una llamada, localicé a Horse y salimos, sin más. No he tenido tiempo de hacer nada. Si hubiera sabido con antelación lo que iba pasar, me habría encargado de Miranda y de su novio de manera preventiva. Estoy improvisando sobre la marcha, Sophie.

Sentí que mi impulso se diluía. Tenía razón, no era justo. De nuevo. Ruger, el hombre que siempre tenía razón. Aquello no parecía nada lógico, dado que, desde que podía recordar, él siempre había vivido como si no hubiera un mañana. Yo economizaba, planificaba, trabajaba y sin embargo no parecía capaz de conseguir resultado alguno.

—Podría conseguirte trabajo en alguno de los negocios del club —dijo de pronto Ruger.

Le miré y fruncí el ceño.

—Te agradezco todo lo que has hecho por Noah y por mí —dije, lentamente—. Incluso te agradezco lo que habéis hecho Horse y tú esta noche, aunque haya sido un delito, pero no quiero pasar de aquí. No quiero verme implicada en ninguna actividad ilegal, no quiero ser vuestra traficante de drogas ni nada por el estilo.

Ruger se echó a reír.

—Joder, Sophie —dijo—, ¿a qué crees que me dedico yo durante todo el día? Vamos, mi vida está muy lejos de ser así de interesante.

Me quedé sin saber qué decir.

—Soy armero y experto en seguridad —continuó, sacudiendo la cabeza—. No debería ser una sorpresa para ti, después de todas las veces que te instalado en casa los sistemas de alarma. La mayor parte del tiempo lo paso reparando sistemas antiincendios en una tienda perfectamente legal, que es propiedad del club. Aparte, diseño e instalo sistemas de seguridad, porque me encanta esa mierda. Hay un montón de ricachones con casas de veraneo en el lago. Todos necesitan alarmas y a mí no me importa nada que su dinero pase a mis bolsillos.

—Espera... ¿permiten que una banda de moteros dirija una tienda de armas? —dije, asombrada—. Eso sí que no lo sabía. Seguro que a la policía le encanta la idea.

—Para empezar, somos un club, no una banda —respondió Ruger—. Por otro lado, técnicamente hablando, la tienda pertenece a una sola persona. Se llama Slide y es miembro del club desde hace quince años. Todos colaboramos en el negocio, es un esfuerzo colectivo, pero el tenerle a él para dar la cara facilita el papeleo, dado el tipo de actividad que es. Yo aprendí con él.

 59

—¿Entonces esa tienda de armas es legal al cien por cien? —pregunté, escéptica—. Y la gente te paga por que les instales las alarmas en sus casas. ¿No les preocupa que seas tú el que entre después?

—Soy muy bueno en lo que hago —replicó él, sonriente—. No obligo a nadie a contratar mis servicios. Si te apetece conocer la tienda de armas, puedes venir cuando quieras a echar un vistazo. Y lo mismo con el resto de los negocios.

—¿Tenéis más de uno? —quise saber.

—Tenemos un bar de *striptease*, una casa de empeños y un taller de reparaciones —dijo—. Muchos de los hermanos trabajan ahí, pero también tenemos gente contratada que no son miembros del club.

—¿Y qué crees que podría hacer yo, si me pusiera a trabajar para los Reapers? —pregunté.

—No sé qué es lo que puede hacer falta ahora —respondió él, encogiéndose de hombros—. Ni siquiera sé si hay una vacante. Tenemos que verlo, pero si la hay, estaría muy bien para ti, con buena cobertura sanitaria y toda la demás mierda.

—¿Entonces no hacéis nada ilegal? —dije—. ¿Todo son negocios limpios?

—¿Crees que te lo contaría si hiciéramos algo fuera de la ley? —preguntó con genuino tono de curiosidad.

—Pues... no —no pude menos que responder. Ruger rió.

—Exacto —dijo—, así que da igual lo que te cuente, porque de todos modos no lo vas a creer. Los negocios del club son para los miembros del club. Dado que tú no eres miembro, no es tu problema. Lo único que necesitas saber es que estoy intentando ayudarte. Si hay un trabajo para el que estés cualificada, será tuyo. Si no, pues no pasa nada.

—Ruger, no te tomes esto como algo personal, pero no quiero trabajar para vuestro club, incluso si hay una vacante —repliqué—. Sabes que nunca he querido tener nada que ver con los Reapers. Horse y tú me habéis ayudado y os lo agradezco, pero nada ha cambiado. No me gusta vuestro estilo de vida. No quiero que Noah ande por ahí entre tus amigos. No me parece buen ambiente para un niño.

—Ni siquiera los conoces —objetó él—. Eso se llama tener prejuicios ¿no crees?

—Tal vez —concedí, apartando la vista—, pero estoy decidida a dar a Noah lo mejor que pueda conseguir para él y andar por ahí con una

banda de delincuentes no forma parte del plan. No creo ni por un momento que no tengáis entre manos asuntos poco claros.

Noté que las manos de Ruger se crispaban en torno al volante. Qué bien. Ahora le había insultado.

—Teniendo en cuenta que no te hablas con tus padres desde hace siete años, que el padre de tu hijo tiene una orden de alejamiento y que tú eres incapaz de conservar un empleo para mantener a Noah, me parece que no estás en posición de llamarnos nada —me espetó, con voz tensa, sin rastro ya de la versión amistosa de Ruger—. En el club pasan muchas cosas. Algunas son complicadas de entender, no hay duda. Tal vez te asustarían. Sin embargo, te diré algo. Cuando uno de los nuestros tiene problemas, no lo dejamos tirado en la calle. Eso es más de lo que puede decirse de tu padre. Él es el ciudadano modelo y nosotros los delincuentes, pero si las cosas se ponen feas, yo puedo contar con mis hermanos. ¿Tienes tú a alguien de quien puedas decir lo mismo? ¿Aparte de mí? Te lo diré claramente: en el fondo de mi corazón, en mis entrañas, en mi puto ADN, soy un Reaper, Sophie. ¿Aún estás segura de que no somos bastante buenos para ti?

Contuve la respiración, furiosa por sentir que los ojos se me humedecían. Mencionar a mis padres había sido muy cruel por su parte. Intenté no hacer caso de las lágrimas, no pestañear, para evitar que rodaran por mis mejillas. Sin embargo, me vi obligada a sorber fuertemente por la nariz.

—Eso ha sido un golpe bajo, Ruger —dije.

—Es la verdad —replicó él—. Si quieres ser más digna que nadie y mirar a los demás por encima del hombro, mejor busca en otro sitio. Soy yo quien te está salvando el culo y detrás de mí está el club. Si estuvieras con los Reapers, Noah estaría rodeado de adultos que se preocuparían por él. Hay un montón de niños en el club, Soph. Si las cosas se ponen feas, se quedan en sus casas, pero déjame decirte algo. Si le ocurriera algo como lo de ayer a uno de nuestros niños en Coeur d'Alene, me pelearía con mis hermanos por el privilegio de matar al cabrón de turno. Eso es la familia, Sophie. Y Noah también podría recurrir a esa familia, si lo necesitara.

—No quiero seguir hablando de esto —dije.

—Entonces no hables —cortó él— y escucha. Ya he entendido que no quieres tomar parte en la vida del club. No te preocupes. No voy a insistir, porque si vas a portarte así, como una zorra engreída, tampoco me apetece verte por ahí.

—¡Déjame en paz! —exclamé

—Cierra la puta boca y limítate a escuchar —replicó él—. Esto es importante. Piensa lo que te dé la gana del club, pero tienes que ser consciente de algunas cosas, porque van a formar parte de tu realidad a partir de ahora. El mierda que quiso joder a Noah tenía un tatuaje en la espalda. ¿Lo viste?

—Sí —dije con tono que indicaba que por mí podía irse al infierno.

—Eso se llama parche de espalda —continuó—. Son los colores de su club, tatuados directamente en la piel. Los colores de un club son lo que llevamos en los parches cosidos en los chalecos y dicen mucho sobre un hombre. En ese caso, dicen que es un miembro de los Devil's Jacks. Hay un montón de clubes de moteros ahí fuera, buenos y malos, pero el de los Jacks es uno de los peores. Los Reapers y los Jacks son enemigos. La cosa salió bien esta vez, pero si te vuelves a topar con un tipo que lleva esos colores, me lo dices. Iré a por él de todas formas, pero pediré más apoyo. Esta mañana no hubo problema, pero la próxima vez podría no ser así. ¿Me has entendido?

Me encogí de hombros y miré para otro lado. Ruger gruñó rebosando frustración.

—Parece que no me entiendes, Soph —dijo—. Déjame que te cuente una pequeña historia. Tengo un amigo que se llama Deke, de la sección de Portland. Deke tiene una sobrina que se llama Gracie, la hija de la hermana de su mujer, así que fíjate lo mucho que tenía que ver con los Reapers. Pues Gracie entró en el instituto de Cali del Norte hace tres años y empezó a salir con un chico que resultó ser amigo de los Jacks.

Ahora miré de reojo a Ruger. Empezaba a sentirme intranquila. Él, muy serio, mantenía la mirada al frente.

—Así pues, la pequeña Gracie fue a una fiesta con ese chico y la violaron todos los Jacks que había ahí —dijo—. ¿Sabes lo que es hacer el tren?

Miré a Ruger fijamente y tragué saliva.

—Aunque no te lo creas, a algunas mujeres les gustan esas cosas, pero Gracie no es de esas —continuó—. Los tipos no fueron precisamente amables. Le hicieron tanto daño que ya no podrá tener hijos. Después le grabaron las iniciales DJ en la frente con una navaja y la dejaron tirada en una zanja. Deke se enteró cuando le mandaron fotos de ella, que le habían hecho con su propio teléfono móvil. Después de eso, intentó suicidarse. Ahora está mejor y sale con uno de los hermanos de la sección de Portland. ¿Te ha quedado claro que no son gente amable?

Guardé silencio. Pensaba en los dos moteros a los que había conocido, Hunter y Skid.

—¿Qué pasó con los hombres que hicieron eso? —pregunté por fin, vacilante—. ¿Eran... eran los chicos con los que estabais hablando?

—Eran dos Jacks y cuatro satélites —respondió Ruger—. Llamamos así a los moteros que se unen a un club para ver si consiguen que les acepten como aspirantes. La buena noticia es que esos seis ya no podrán seguir atacando a más chicas. Hunter y Skid no estaban allí aquel día, pero eso no hace de ellos personas decentes. Te lo vuelvo a preguntar, Soph: ¿me has entendido?

—Sí —dije, en voz muy baja. Me estaba mareando.

Se hizo un denso silencio. Detrás, Noah rompió a reír por algo que veía en su película. Ruger seguía conduciendo con la mandíbula apretada. La historia de Gracie me daba vueltas sin parar en la cabeza, junto con todo lo demás que me había dicho.

—No soy ninguna zorra engreída —dije por fin.

—Pues habría podido jurarlo —replicó él.

—Tengo derecho a mantener a mi hijo a distancia del club —respondí a mi vez.

—¿Por eso te marchaste de Coeur d'Alene? —inquirió.

—Sabes muy bien por qué me fui de Coeur d'Alene —contesté, hirviendo de rabia—. Es la segunda vez que me llamas zorra. No vuelvas a hacerlo...

—¿O qué? —cortó él.

—No sé —dije, frustrada, y crucé los brazos. El movimiento hizo que mis pechos se alzaran y noté que él los observaba en el espejo retrovisor. Bajé los brazos y me ajusté el top.

A qué juego tan estúpido me había dado por jugar aquella mañana.

Ruger no era un adolescente al que pudiera calentar y manejar a mi antojo vistiéndome como una puta. No quería para nada su atención ni implicarme más en su mundo.

Nunca había sido más que un juguete para él y los hombres de su familia tenían la costumbre de romper sus juguetes.

Eso sí, cada uno a su manera.

En realidad Ruger no vivía en Coeur d'Alene, sino al oeste de la ciudad, cerca de Post Falls. Su casa estaba al final de una carretera privada sin pavimentar, en las colinas que bordean el límite con el estado de Washington.

Llegamos alrededor de las cinco de la tarde y Horse muy poco después. La carretera terminaba en una amplia zona de aparcamiento, junto a una casa de madera de dos pisos, con planta en forma de ele, que daba a un pequeño valle. La vista era maravillosa. Por todas partes nos rodeaban bosques de coníferas y hasta nuestros oídos llegaba el rumor de una corriente de agua cercana. La zona frente a la fachada principal estaba cubierta por una franja de hierba algo seca, que descendía colina abajo. Dado el aspecto general de la propiedad, se podía deducir que a Ruger le gustaba vivir rodeado de naturaleza más bien salvaje.

Noah saltó del todoterreno y echó a correr alrededor de la casa, agitado por la curiosidad. Yo me estiré al salir del vehículo y el top subió conmigo, exponiendo mi vientre. Sentí los ojos de Ruger sobre mí, fríos y analíticos, y rápidamente me ajusté la tela como pude.

La verdad, qué idea tan estúpida la de haber escogido aquel top.

¿En qué demonios había estado pensando? Si tienes que vértelas con un tigre, no le tiras de la cola. Durante años había deseado que Ruger se fijara en mí y ahora prefería que dejara de fijarse y volviera a tratarme como a un mueble. La vida como un mueble tal vez no resultara muy emocionante, pero al menos era segura.

—Tu máquina necesita una puesta a punto —me dijo Horse mientras llegaba junto a nosotros. Me lanzó las llaves de mi vehículo y noté que mis pechos se movían al agarrarlas al aire. Horse me observó y sonrió de medio lado a Ruger, que nos miraba con disgusto.

—Voy a ayudaros a meter las cosas y me voy a casa —dijo—. Marie empieza en la escuela pasado mañana. Quiero pasar algo de tiempo con ella, antes de que se estrese y se ponga a tocarme las pelotas.

Ruger se dirigió al ala de la casa donde se encontraba la puerta principal —la otra estaba ocupada por un garaje para tres vehículos—, siguiendo la estrecha plataforma de madera que recorría toda la fachada. Introdujo un código, abrió y entramos. Una vez dentro, volvió a pulsar otro código —uno no era suficiente para don experto en seguridad, por supuesto.

Entré y me quedé boquiabierta.

Me había enamorado de la casa al primer vistazo.

Tenía delante una amplia habitación con una fila de grandes ventanas que daban al valle. No era enorme, pero sí de un tamaño suficiente como para impresionarme. A la derecha había una puerta que debía de dar al garaje. A la izquierda vi una cocina americana, separada de la sala de estar por una barra y con una zona para comedor, con su mesa. La encimera estaba repleta de platos y sobre la barra había unas cuantas botellas de cerveza vacías. En una de las paredes de la sala de estar había una chimenea de piedra. Al otro lado serpenteaba la imponente escalera que conducía al segundo piso.

Por un momento olvidé por completo la presencia de los hombres y avancé poco a poco por la sala, absorbiendo lo que veía. Directamente enfrente de la casa se extendía una amplia pradera, bordeada por árboles. Más allá se abría el valle, rotundo y hermoso. Diseminadas aquí y allá pude ver otras casas, una mezcla de viviendas modernas de lujo y granjas tradicionales. Al mirar arriba, descubrí que el techo se abría al segundo piso. Parte de la casa era un *loft*. Había una pila de ropa sucia apoyada contra la barandilla y no pude evitar sonreír.

Ruger nunca había sido un gran amo de casa.

La sala de estar necesitaba atención también. Los sofás de cuero parecían relativamente nuevos, lo mismo que el resto de los muebles, pero por mucho que mi cuñado procurara mantener la casa limpia, parecía más bien un piso de estudiantes. Una caja vacía de *pizza* sobre la mesa del café completaba el cuadro.

En aquel momento oí cómo destapaban botellas de cerveza y vi que los dos hombres estaban en la cocina.

—Tu casa está casi tan asquerosa como el arsenal —decía en aquel momento Horse.

—¿Tal y como solía estar la tuya? —replicó Ruger.

—No me acuerdo de eso —dijo Horse, con expresión inocente.

—Ya puedes dar las gracias por tener a Marie —dijo Ruger—. De no ser por ella, tu casa estaría igual que esta.

—Yo nunca fui tan cerdo —objetó Horse.

—No está tan mal —intervine, mirando a Ruger. Todo mi resentimiento anterior se había evaporado. Honestamente, apenas podía creer lo precioso que era aquel lugar. No tenía ni idea de cómo sería la planta del sótano donde iba a vivir, pero pensaba que, aunque fuera un auténtico agujero, estaría encantada allí, aunque solo fuera por el entorno —por no mencionar el estupendo jardín que Noah tendría a su disposición.

—Pero bueno —continué—, ¿cómo has conseguido una casa como esta? Quiero decir, ha tenido que costarte una fortuna. ¿Cuánta tierra tienes aquí?

—Seis hectáreas —respondió Ruger, con rostro de pronto sombrío—. La compré en marzo. Usé la parte que me tocó de la herencia de mi madre para el primer pago.

Hice un gesto de extrañeza. La madre de Ruger, Karen, había quedado impedida en un accidente de circulación que sufrió dos años antes de que yo la conociera. Vivía de las ayudas por invalidez, mirando hasta el último centavo. Nunca olvidaré los sacrificios que tuvo que hacer cuando me acogió en su casa, después de que comenzara lo mío con Zach.

Tampoco olvidaré su mirada de decepción cuando me marché, tras enviar a la cárcel a su hijastro.

—¿Qué? —dije, incrédula—. ¿Por qué vivía tan modestamente, si podía permitirse algo como esto? ¿Por qué se lo permitiste?

—Un acuerdo —fue la respuesta de Ruger—. Después de todos estos años, la jodida compañía de seguros nos ofreció un acuerdo. Demasiado tarde. Sirvió para pagar la casa, la vendimos y yo usé la mitad que me tocó para comprar esta propiedad.

Contuve la respiración.

—¿Cuándo? —pregunté por fin.

—Hace como un año —respondió.

—¿Y la otra mitad fue para Zach? —quise saber—. ¿Tiene todo ese dinero y se niega a pagar la pensión alimenticia de su hijo?

—Eso parece —contestó, con voz tensa—. ¿Recuerdas lo que me preguntaste antes? ¿Hay algo que te sorprenda de Zach? Por otra parte, mi madre nunca pensó que podría dejarnos nada más que deudas como herencia, así que hacer testamento no era una de sus prioridades.

—Ese cabrón... —murmuré, estupefacta—. Nosotros pasando hambre y él, gastándose por ahí el dinero de tu madre. Si ella reviviera, se volvería a morir del cabreo.

—¿Quién va a negarlo? —corroboró Ruger—. Casarse con el padre de Zach fue la estupidez más grande que hizo en su vida y yo he pagado el precio en gran medida, desde entonces. Zach es una puta piedra que llevo atada al cuello. Todo lo que toca lo convierte en mierda y, como siempre, a mí me toca luego limpiarla. Así estamos.

Sentí como si me acabara de dar un puñetazo en el estómago.

—¿Así es como te sientes respecto a mí y a Noah?

Capítulo 4

Ruger

¡**J**oder!
No podía creer lo que acababa de decir. Al menos Noah no lo había oído.

Sin embargo, Sophie.... Dios.

—Bueno, voy a descargar el vehículo —dijo Horse.

Cobarde.

—No, Sophie, no me siento así —dijo Ruger—. Conocerte es lo único bueno que Zach ha hecho en toda su vida. Adoro a Noah, lo sabes muy bien y, aunque tú y yo no siempre nos llevemos bien, tú eres lo más importante que hay para él y por eso mismo eres jodidamente importante para mí.

Ella le dedicó una sonrisa vacilante y Ruger observó con horror el brillo de las lágrimas que asomaban a sus ojos. Mal asunto. Podía aguantar a Sophie cabreada, pero... ¿llorando?

No. Mierda, no.

—Deja que te enseñe tus habitaciones —dijo rápidamente—. Se baja por aquí y están separadas del resto de la casa con sus propias puertas dobles, como ves, para dar a esa zona mayor privacidad. También puedes acceder desde la puerta principal.

—Gracias —dijo Sophie y acompañó a Ruger, que cruzó la cocina y abrió una puerta por la que se bajaba a la planta del sótano. El motero encendió la luz, dejó pasar a Sophie y la siguió. Se sentía como un perfecto imbécil y, unos cuantos escalones más abajo, se sintió aún peor al darse cuenta de que, en lugar de pensar una solución al problema, estaba distraído con el bonito trasero de Sophie.

La condenada mujer le había estado volviendo loco todo el día.

Las tetas prácticamente le saltaban fuera del top y sus *shorts* debían de tener al menos diez años, a juzgar por lo gastada que estaba la tela. Le iban bastante ajustados, lo cual avalaba la teoría sobre los años. Sophie no estaba gorda, pero había ganado algo de peso desde la época del instituto. De hecho, se había puesto más apetecible de lo que sería deseable para su tranquilidad. Tenerla en casa iba a ser un infierno en vida. Ya era un infierno. No podía ver aquellas piernas sin imaginarlas en torno a su cintura. Cuando las puso sobre el salpicadero, unas horas antes, le había faltado poco para tener un accidente.

Ruger recordó la escena del sofá, en el apartamento de ella. Su miembro también lo recordó y rogó para sus adentros que ella no se diera cuenta, porque desde luego tenía razón en una cosa: Sophie podía ser una auténtica zorra engreída y no dudaba ni por un minuto de que utilizaría su atractivo sexual en su contra. Tal vez le apeteciera joder con él —y sabía que era así, la había visto tan dispuesta a ello como él mismo—, pero eso no significaba que pensara que Ruger era lo bastante bueno para ella.

Mierda, seguramente estaba en lo cierto.

Follársela sería estupendo pero... ¿y después? La situación sería muy extraña. Ruger no quería nada serio con ninguna mujer, pero, si alguna vez llegaba a quererlo, la elegida tendría que ser muy diferente de su cuñada. Para empezar, tendría que encajar con el club. Sería el tipo de chica que se abre su cerveza al final de un día duro, monta una fiesta sin más complicaciones y le hace una mamada a su hombre antes de irse a dormir. A su futura le encantaría ir con él en la moto, sería rubia y sabría defenderse en una pelea.

Eso sí, y lo más importante, no le replicaría a su macho. Sophie tenía una puta bocaza como para echar a correr.

—Uau, es precioso —dijo Sophie y él se quedó clavado en el sitio, al final de la escalera. La miró sorprendido y comprobó que en su rostro no quedaba ni rastro de tristeza. Al contrario, le sonreía encantada. Hay que joderse. El humor de las mujeres cambiaba a tal velocidad que resultaba imposible seguirlas.

—No puedo creerlo —añadió Sophie—. ¿Cómo has conseguido tenerlo todo preparado tan rápido?

Ruger parpadeó y miró a su alrededor, sorprendido.

¿Qué coño...?

Cuando se marchó la madrugada pasada, el sitio estaba más o menos limpio. No porque él lo hubiera limpiado, por supuesto, sino porque una de las chicas del club lo había hecho unas cuantas semanas atrás —seguramente con la intención de engancharlo y convertirlo en su hombre—. Ruger se la había follado bien y después le había dado una patada en el culo, ya que no estaba dispuesto a permitir que ninguna de aquellas zorras clavara en él sus zarpas.

Ahora no estaba más o menos limpio, sino que relucía como un espejo.

Se suponía que aquello era un apartamento familiar, con una pequeña cocina construida al fondo por razones que Ruger nunca se había parado a considerar. A un lado había un corto pasillo que conducía a los dos dormitorios, al baño y al cuarto de servicio. Había usado uno de ellos como trastero y el otro como picadero para sus amigos. Aquello nunca había tenido el aspecto de un hogar.

Alguien había estado allí y lo había dejado todo perfecto.

Almohadones suaves y mullidos decoraban los sofás. Un esterilla étnica con motivos en espiral cubría el centro de la alfombra de tono beige que llenaba el suelo de la sala de estar. Había flores frescas en la mesa del café, frente al ventanal que daba al valle. En el pequeño patio, al que daba acceso una puerta doble, había dos tumbonas cubiertas de grandes cojines de aspecto muy cómodo, bordeadas por cestas a cada lado y listas para que alguien las sacara al exterior y disfrutara de ellas.

No estaban allí la pasada madrugada.

Había más flores frescas sobre el bonito mantel a cuadros azules que cubría la mesa redonda de la cocina —una jodida mesa misteriosa, ya que Ruger no tenía ni puta idea de dónde había podido salir. Hasta las ventanas tenían un aspecto diferente. Al observarlas más detenidamente, el motero se dio cuenta de que les habían puesto cortinas y también visillos nuevos, largos y vaporosos.

Y entonces fue cuando vio la televisión. Era una pantalla plana colocada sobre lo que parecía una vieja radio de madera, formando un conjunto que, debía admitirlo, quedaba distinto a lo de siempre, elegante y moderno. No era muy grande, pero bastaba y sobraba para aquel espacio. Sophie salió volando hacia el pasillo. Se había olvidado completamente de su tristeza. Entendía su reacción, ya que ahora el apartamento del sótano parecía mucho más acogedor que su propio espacio, en las plantas superiores.

—¡Ruger, no puedo creerlo! —exclamó Sophie desde una de las habitaciones. Entró y vio una cama infantil, una cómoda y una estantería, lista para que la rellenaran con libros. Sobre la cama había un edredón con dibujos de motos, el mismo diseño que el de la funda de la almohada. Las paredes estaban pintadas de color azul claro y alrededor del techo destacaba una cenefa con pequeños dibujos a juego con los de la manta. En una pared habían pintado un gran cuadrado negro y sobre él estaban escritas con tiza unas palabras: «Habitación de Noah».

—¡A Noah le va a encantar! —exclamó Sophie—. Muchas gracias.

La joven se lanzó al cuello de Ruger y él la abrazó, confuso. Mierda, su contacto le resultaba muy agradable. Aspiró el aroma que desprendía el cabello de Sophie y su miembro se puso en posición de firmes. ¿Qué se sentiría con los dedos enredados en ese pelo y los labios de ella alrededor de lo que tenía ahora duro entre las piernas?

La joven se puso rígida. Obviamente se había percatado de la dureza con la que acababa de entrar en contacto y trató de apartarse. Sin embargo, él deslizó rápidamente las manos hasta sus nalgas y la sujetó contra él firmemente, mientras la miraba a los ojos con atención. Los pechos de Sophie se pegaron contra su cuerpo y él sintió como los pezones de ella se endurecían. Deseaba aquello tanto como él. Joder, sus labios eran carnosos, tiernos y rosados.

Quería morderlos.

—¡Mamá! —llamó Noah en aquel momento—. ¿Dónde estás? No me lo puedo creer. Hay un riachuelo y un pequeño estanque para jugar. Tío Ruger tiene una cuatrimoto en el garaje y Horse dice que un día nos llevarán a dar una vuelta.

El hombre se apartó de Sophie.

—No podemos hacer esto —susurró ella con los ojos muy abiertos—. Sería romper nuestras propias reglas.

—Sí, tienes razón —dijo él y era una verdadera pena. Habían jugado a aquel juego durante cuatro años, pretendiendo que el otro no existía. Lo hacían tan a la perfección que él había llegado a creérselo. Era lo correcto. Eso

era lo que Noah necesitaba de ellos, y no llenarlo todo de mierda por una noche de sexo que no llevaba a ninguna parte.

Ruger podía joder con un montón de zorras cuando le diera la gana. Noah solo tenía una madre.

El chico entró corriendo en la habitación y se detuvo en seco. Sus ojos trataban de asimilar todo lo que le rodeaba.

—¿Esta es mi habitación? —preguntó.

—Mmm, sí —respondió su tío—, eso parece. ¿Cómo lo ves?

—¡Es una pasada! —exclamó Noah—. Nunca había tenido una habitación así. Mamá, tienes que ver el jardín.

Dicho esto, salió corriendo por donde había entrado y Horse asomó la cabeza por la puerta, con una sonrisa de oreja a oreja dirigida a su amigo.

—Bonito ¿verdad? —dijo.

—Tenemos que hablar —replicó Ruger e indicó con la barbilla la dirección hacia la sala de estar. Sophie aprovechó la ocasión para ir a ver el segundo dormitorio.

Horse asintió con la cabeza y Ruger le siguió hacia el pasillo.

—¿Qué mierda ha estado ocurriendo aquí? —preguntó Ruger, procurando mantener el volumen bajo.

—¿Qué te imaginas? —respondió Horse—. Marie. Vino con las chicas a dar un buen repaso al lugar. Todas. Yo se lo pedí.

—Pero... ¿por qué pelotas? —inquirió Ruger.

—Tú quieres que tu mamita y tu chico se sientan bien aquí ¿correcto? —preguntó Horse a su vez—. Que se sientan seguros y bien acogidos ¿correcto? Las chicas suelen necesitar esas cosas. Me imaginé que así sería más fácil. No solo eso, a las chicas les ha encantado hacerlo.

—Habría sido de agradecer una pequeña y simple advertencia, cabronazo —repuso.

—Estabas demasiado ocupado pretendiendo que no quieres follarte a tu cuñada —dijo Horse, encogiéndose de hombros—. Alguien tenía que dar un paso adelante. Marie lo adelantó todo, por cierto. Le dije que te dejara los recibos en la cocina, sobre la encimera. Si quieres, puedes darme un cheque ahora o ya haremos cuentas después.

Ruger se quedó de piedra.

—Joder, no había pensado en eso —dijo mirando a su alrededor con nuevos ojos. ¿Cuánto habría costado aquella televisión? Miró de nuevo a Horse, cuya sonrisa era ya abiertamente burlona.

Oh, mierda...

—Has hecho esto a propósito, solo para tocarme los huevos ¿no es cierto? —le espetó—. En realidad te importa una mierda lo de dar la bienvenida a Sophie. Sabes muy bien que ahora no puedo echarme atrás. ¿Cuánto dinero se ha gastado Marie, chupapollas?

—Le dije que no superara tres de los grandes —respondió Horse con aire de no haber roto nunca un plato— y creo que la mayoría de los muebles son de segunda mano. Ya conoces a Marie, nunca gasta más de lo necesario. Joder, no tienes que devolvérselo si no quieres. Al fin y al cabo tú no le encargaste nada. Yo cubriré los gastos si no lo haces tú. Ya sabemos que no todos los hombres mantienen a sus familias. Pasa en todas partes, supongo...

—Eres un cabrón de mierda —dijo Ruger con tono amenazante y avanzó hacia Horse, que dejó escapar una carcajada.

—Eres un cabrón de mierda —repitió Noah como un loro. Ruger se dio la vuelta y vio al niño junto a la puerta del patio, orgulloso por lo que había dicho.

—Oh, Dios mío —oyó decir a Sophie y se volvió de nuevo para encontrarse con la joven, que acababa de entrar por la puerta que conducía al pasillo—. Ruger, no puedes hablar así delante del niño.

De puta madre. Justo lo que necesitaban, más motivos para discutir.

—Vas a tener que cuidar esa boca que tienes, hermano —le dijo Horse—. No te conviene cabrear a Sophie. Ya te dije que podría ponerte las pilas en una pelea y yo pagaría por verla, desde luego.

—Lárgate —le espetó Ruger mientras señalaba con la cabeza hacia las escaleras—. Saca tu culo de aquí y vete a casa antes de que te pegue un tiro.

Sophie abrió la boca, pero Ruger se volvió hacia ella y la cortó con una mirada. Ya era suficiente.

—Esta es mi casa —dijo—. Hablaré como me salga de las pelotas y tú mantendrás la puta boca cerrada, joder ¿estamos?

La joven le miró boquiabierta mientras daba media vuelta y se dirigía con paso enérgico hacia las escaleras. Mientras salía de la habitación, Ruger oyó cómo Noah canturreaba a sus espaldas.

—Joder, joder, joder, joder...

Necesitaba una cerveza.

Y acompañada de un trago de *whisky*.

Sophie

Noah me miraba como un duendecillo malo cabreado. Estaba en el sofá, castigado por el uso repetido de su nueva palabra favorita.

Abrí una cerveza y la levanté en un brindis silencioso, dirigido a las mujeres que habían estado allí limpiando, decorando y preparándonos comida. Hablaba en serio cuando le dije a Ruger que no quería mezclarme con la gente del club, pero lo que habían hecho por mí era suficiente como para que reconsiderara mi postura.

Como mínimo, tenía que aparecer para dar las gracias. Incluso me habían dejado una tarjeta y una larga carta de bienvenida llena de información importante, desde sus números de teléfono hasta la dirección del nuevo colegio de Noah.

Aquello último era especialmente importante, ya que las clases empezaban el lunes siguiente, una semana antes que en Seattle. Aparte de las cosas básicas de alimentación, me habían dejado preparada una olla de carne para hacer tacos, las tortillas y los acompañamientos necesarios, todo listo para calentar y servir. Se lo agradecía doblemente, ya que no tenía ningunas ganas de subir a pedir comida.

De hecho, no pensaba subir en absoluto sin ser invitada. Para salir utilizaría la puerta del patio. Así me sentiría más segura. No es que estuviera aún enfadada con Ruger —aquel sitio era realmente tan maravilloso en comparación con el nuestro que el asunto no admitía discusión—. No, por entonces lo que me daba era más bien miedo, ya que las reglas cambiaban a cada paso y no sabía ya muy bien dónde nos encontrábamos.

Tras beberme una de las cervezas que por suerte me habían metido en el frigorífico me sentí un poco más relajada.

La mayoría de nuestras cosas estaban todavía en el todoterreno. Ruger y Horse lo habían sacado todo de mi antiguo apartamento, pero ahora me bastaba yo para descargar el vehículo. No es que tuviéramos gran cosa, en todo caso. Decidí que podía esperar al día siguiente y me alegré de haberle dicho a Noah que metiera su pijama en la mochila. No había necesidad de sacar ropa para aquella noche.

Lo único que no iba a hacer, en ningún caso, era pedir ayuda a Ruger.

El ambiente ya estaba bastante enrarecido.

Preparé unos tacos y saqué un par de platos —la cocina estaba equipada con todo lo necesario. La vajilla, de marca Corelle, era normalita, nada especial, pero parecía sin estrenar.

 73

—Bien —dije, dirigiéndome a Noah—, ¿has tomado alguna decisión respecto a tu comportamiento?

Me miró fijamente, con los brazos cruzados.

—De acuerdo, yo voy a comer —dije y a continuación me llené el plato, me serví otra cerveza y me dirigí al patio interior. Me senté con las piernas cruzadas en una de las tumbonas, coloqué el plato sobre el cojín, delante de mí, y di un mordisco.

Joder, qué bueno estaba aquello después de un día tan agitado.

—Mmmm, esto está buenísimo —comenté—. Justo como a ti te gusta, con mucho queso y sin tomate. Qué pena que no tengas hambre.

Noah no contestó, pero oí el chirrido de una silla en la cubierta del patio. Miré y percibí la silueta de alguien a través de las grietas que había en ella. Esperé a que Ruger dijera algo, pero no dijo nada.

De acuerdo.

Me acabé el taco y consideré la posibilidad de prepararme otro. Noah se pondría insoportable si no comía, pero no podía permitir que se saliera con la suya después de desafiarme como lo había hecho. Era uno de esos casos en los que hay que mantenerse firmes.

—Noah ¿seguro que no quieres un taco? —le dije—. Yo voy a por el segundo y, en cuanto me lo acabe, lo recojo todo y se acabó la cena. Si luego tienes hambre no habrá más que pan. Aparte de los tacos, han dejado tarta y helado.

Silencio.

En aquel momento volví a oír cómo arrastraban la silla y los pasos de Ruger arriba. Estupendo. Solo esperaba que mis voces no le hubieran irritado más aún. No podía quitarme de la cabeza el comentario que había hecho sobre la mierda en que se convertía todo lo que tocaba su hermanastro. Apuré la cerveza y me preparé para una batalla en dos frentes.

—¿Qué clase de tarta? —preguntó Noah.

—Creo que son frutas del bosque —respondí—. Voy a calentarme un trozo y me lo voy a comer con helado por encima.

—Estoy dispuesto a pedir perdón —dijo Noah. Me permití saborear sus palabras unos segundos antes de regresar a la habitación, con rostro serio.

—¿Y bien? —dije, con expresión firme.

—Perdón —repuso él—. Voy a portarme bien. ¿Puedo prepararme un taco?

—No puedes decir palabrotas —le dije—. Si dices eso en el colegio, tendrás problemas serios.

—¿Y por qué el tío Ruger sí puede decirlas? —preguntó Noah.

—Porque él no va al colegio —contesté.

—Eso no es justo —replicó él.

No le faltaba razón.

—La vida es injusta —repliqué a mi vez—. Vamos, prepárate el taco.

Estaba buscando la leche en el frigorífico, cuando oí que llamaban suavemente a la puerta de fuera.

—¡Tío Ruger! —exclamó Noah—. Estamos comiendo tacos. ¿Quieres uno?

—Claro —respondió Ruger. Di un respingo y me volví hacia él, preguntándome si aún estaría cabreado conmigo. La verdad, no entendía muy bien cuál era el motivo de que, siendo él quien le había enseñado a decir «joder», fuera yo la que tuviera que preocuparse por su cabrero.

Por supuesto había muchas cosas de Ruger que no entendía.

Le tendí un plato, desconfiada, y le mostré la comida con la mano. No me sonreía, pero tampoco me miraba con mala cara. Decidí tomarme aquello como una buena señal.

—¿Has preparado tú todo esto? —preguntó.

—No, fueron las chicas de tu club —respondí. Compartir la comida siempre ha sido un buen preludio para la paz y definitivamente necesitaba que hubiera paz entre nosotros, tanto por mi hijo como por mí.

Tal vez podríamos olvidar lo de hoy y empezar de nuevo al día siguiente....

Decidí que aquella idea me gustaba mucho. Fui a por dos cervezas y le ofrecí una, sonriendo con inseguridad.

—Lo encontré todo en la nevera —dije—. No puedo creer que organizaran todo esto en un solo día. Gracias. No tenía ni idea de que estabas planeando algo así. Estoy alucinada.

Ruger asintió con un gruñido, sin mirarme. Bueno, creo que habíamos vuelto a nuestra vieja relación en la que yo hacía las veces de mueble —y que no me gusta nada, porque soy una zorra perversa. Un poco estúpido ¿verdad?

—¿Queréis subir la comida arriba? —propuso Ruger—. Tengo una mesa en la terraza. La vista es una pasada y podremos ver la puesta del sol.

—Gracias —respondí, sorprendida. Vaya, parece que él también quería hacer las paces, gracias a Dios. Ninguno de los dos tenía nada que ganar de una guerra fría y desde luego aquel era el mejor lugar en el que Noah y yo nos habíamos alojado en nuestra vida. Me gustaba la idea de tener acceso a las plantas superiores, con tal de que Ruger supiera mantener las manos a distancia. ¿Llegaría alguna vez el momento en que estar a su lado resultara sencillo?

Sí, me dije a mí misma. Me forzaría a ello, por mi hijo.

La cena transcurrió mejor de lo que esperaba. Noah no paró de hablar, lo que nos facilitó bastante las cosas. Acabé mi comida y fui a buscar más cervezas y el cartón de leche para llenarle el vaso a Noah. Al cabo del rato, el niño comenzó a aburrirse y bajó las escaleras de la terraza para corretear un poco alrededor de la casa. Por entonces yo ya había ingerido suficiente alcohol como para no sentirme tan incómoda y Ruger parecía ir bien servido también. Arrastré mi asiento hasta la barandilla y apoyé los pies en ella. Ruger entró en la casa y puso música, una mezcla de cosas antiguas y nuevas.

Nos bebimos una cerveza más cada uno, mientras el sol se acostaba en el horizonte. De bastante bien había pasado a sentirme increíblemente bien con el jodido mundo.

Sin embargo, había llegado la hora de acostar a Noah, así que lo llevé abajo para darle una ducha rápida. El pobre estaba agotado y se durmió de pie, antes de que terminara de contarle el cuento de turno. Decidí subir y sentarme en la terraza un rato más. Me gustaba pasar un rato sola al final del día, lo que había resultado muy difícil en nuestros últimos dos apartamentos. Aquí era muy diferente. Noah estaba seguro y yo tenía espacio suficiente.

—Eh —le dije a Ruger mientras subía—, ¿te importa si me quedo aquí un rato más?

—Para eso está —respondió. Se encontraba de pie, apoyado en la barandilla, contemplando sus dominios. Debía de haber entrado a darse una ducha mientras yo acostaba a Noah, porque tenía el pelo mojado. Se había cambiado los *jeans* por unos pantalones de pijama de franela bastante gastados y que le colgaban lo suficiente como para dejarle al descubierto las caderas.

Tal vez estaba proyectando alguna de mis fantasías más sucias, pero estaba bastante segura de que no llevaba nada debajo de aquellos pantalones...

La vista que me ofrecían de su trasero era muy nítida y definida, eso es innegable.

76

Aquel atuendo le quedaba perfecto, ya que era todo músculo, con una bien marcada pastilla de chocolate y bíceps que eran una verdadera obra de arte. Oh, uau. Llevaba un *piercing* en una de las tetillas —era la primera vez que se lo veía—. Sus pectorales eran abultados y duros, lo suficiente como para resultar atractivos, pero sin recordar a unas tetas propiamente dichas. Y en cuanto a sus tatuajes...

Siempre me habían intrigado sus tatuajes.

La espalda la llevaba toda ocupada por el distintivo de los Reapers, pero en sus brazos y hombros también había tinta. Deseaba observarlos más de cerca, pero temía parecer descarada. Por otro lado, me costaba enfocar la mirada.

Decidí situarme junto a él y apoyarme también en la barandilla.

—¿Quieres otra cerveza? —preguntó y negué con la cabeza.

—Ya he bebido suficiente —repliqué y de hecho era algo más que eso. Al subir las escaleras me había notado algo mareada y, para ser honesta, necesitaba apoyarme en la barandilla o, mejor aún, sentarme. Noté el calor en las mejillas y se me escapó una risilla.

Ruger alzó las cejas, con una interrogación en la mirada.

De nuevo reí.

—¿Qué te pasa? —preguntó.

—Estoy un poquito... contenta —respondí, sonriente—. Creo que la cerveza me ha pegado más de lo que creía. Ha sido un día duro. Ya sabes, poca comida, poco sueño y un pequeño exceso de bebida.

Me devolvió la sonrisa y... ¡mierda, pero qué bueno estaba! Se había quitado algunos *piercings*, eso seguro.

—¿Por qué tienes menos metal en la cara que antes? —pregunté, con el sentido de la vergüenza desaparecido junto a mi sobriedad—. Te hace parecer menos terrorífico y más humano.

Me miró fijamente, arqueando las cejas.

—Me los quité casi todos el invierno pasado —respondió—. He empezado a boxear y no son muy buenos para eso.

Oh. Ante eso me quedé sin saber qué decir, pero de pronto me llamó la atención el anillo que aún conservaba en el lado izquierdo del labio inferior. Me pregunté qué notaría si le besaba en aquel sitio. Tal vez me daría por metérmelo en la boca. Creo que tiraría de él con los dientes y después atacaría el resto de su...

—Estás muy guapa cuando bebes —me dijo de pronto y me dejó sorprendida.

—No estoy borracha —respondí, algo picada—. Solo un poco... alegre.

Ruger rió y acercó los labios a mi oído.

—Bebe más y te caerás desmayada —susurró—. Imagínate lo que podría hacerte entonces.

Aquello me hizo mucha gracia y me eché a reír.

—¿Es que quieres ligar conmigo? —le pregunté, envalentonada—. No te entiendo, Ruger. Parece que me odias y de repente todo cambia. Es muy raro.

Todo el día me había estado haciendo las mismas preguntas. ¿Por qué no se lo había dicho a él directamente? Me asustaba hablar de nuestra relación, pero ahora no podía recordar por qué...

Ruger alzó de nuevo las cejas y me fijé en el piercing que tenía también en una de ellas. Me pregunté si le habría dolido al hacérselo —por supuesto, no sería nada en comparación con sus tatuajes—. Mis ojos se detuvieron entonces en sus labios, carnosos y muy suaves para un chico, lo que ya sabía por experiencia, puesto que me habían recorrido el cuello de arriba a abajo horas antes.

Mmm, esos sí que los chuparía a gusto, si tuviera la oportunidad. Los chuparía durante un buen rato y... después iría bajando y me detendría también un tiempo en el pezón horadado, de camino hacia su parte más interesante. ¿La tendría tan grande y robusta como el resto? Deseaba averiguarlo, lo deseaba desesperadamente. De nuevo sentí que me faltaba el equilibrio y una ola de calor trepó por mi cuerpo, endureciéndome los pezones.

—No pretendo ligar contigo —dijo entonces Ruger.

Oh, oh, Aquello sí que me cortaba el rollo.

—Pues qué pena —suspiré.

Quería acostarme con él, lo deseaba de verdad. Bueno, con cualquiera, en realidad. Mi regla de oro de salir solo con chicos que fueran inofensivos y controlables no me había dado mucho resultado en lo que a acción se refiere. Tal vez debería revisar esa regla...

—La verdad es que no ligo mucho —proseguí—. Me paso el día entero trabajando y cuidando a Noah. Resulta un poco agotador, Ruger. Me gustaría conocer a alguien ¿sabes?

Él no respondió y se limitó a mirar al infinito. Un músculo se le contrajo en la región de la mandíbula. Si yo hubiera sido lo suficientemente valiente, me habría echado hacia delante y le habría lamido en ese punto.

Tenía una sombra de barba que habría sido agradable sentir, rasposa, en mi lengua.

—No me mires así —dijo por fin, cerrando los ojos—. A pesar de lo que ocurrió esta mañana, no pretendo empezar nada contigo, Sophie. ¿Te das cuenta de cómo nos comería la mierda si empezáramos a joder tú y yo? No quiero una relación, no soy hombre de una sola mujer. Tenemos que trabajar juntos, por Noah. Lo sabes muy bien.

Suspiré. Sí, lo sabía. Maldita cerveza.

—Sí, tienes razón —dije y dejé que mi mirada se perdiera en el valle, a lo lejos. La verdad era que Ruger tenía una casa de puta madre. Aún no podía creer que tuviéramos a nuestra disposición un espacio como aquel.

Daba gusto poder relajarse de verdad, dejar salir todo lo que tenía dentro.

—Noah es lo primero, en eso podemos estar de acuerdo —proseguí—. Aun así, necesito quedar con alguien. ¿Crees que alguno de los chicos del club estará disponible? No quiero un novio, solo un amigo con derecho a roce. Alguien a quien pueda follarme y después mandarle a tomar viento cuando me haya cansado.

Ruger se atragantó violentamente y le miré, preocupada.

—¿Estás bien? —le dije.

—Pensaba que no querías tener nada que ver con el club —dijo con voz tensa—. ¿Cómo has pasado tan rápidamente de eso a querer buscar ahí amigos con derecho a roce?

—Bueno, he pensado que le puedo dar una oportunidad —respondí. Tal vez los Reapers no estuvieran tan mal y, cuanto más consideraba la idea del amigo con derecho a roce, más me convencía. Nunca había disfrutado realmente del sexo. Había cumplido veinticuatro años, por Dios. ¡Tenía que gozar del sexo!

—Se han portado de maravilla con nosotros, la verdad —dije—. Horse salió de su casa en mitad de la noche para ir a ayudar a alguien a quien ni siquiera conocía. Y esas chicas... deben de haber trabajado durante horas para dejarlo todo preparado. Los muebles son una pasada, sin mencionar que nos han dejado el frigorífico lleno y la cena preparada. Creo que la pintura de los dibujos de las paredes está todavía húmeda.

—¡Hostia puta! —exclamó Ruger.

Le miré, con el ceño fruncido.

—¿Qué significa eso? —dije—. Creía que querías que me integrara con tus amigos del club. Además, me merezco tener la oportunidad de relajarme un poco, como todo el mundo ¿no crees? Acostarme con un hombre de vez en cuando y todo eso...

Ruger se puso muy tenso y se volvió hacia mí. Noté como las ventanas de la nariz se le dilataban al inspirar profundamente y la mandíbula se le crispaba. Siempre había tenido un aspecto imponente, pero ahora daba miedo de verdad. Debería haberme sentido aterrorizada, pero el efecto de las cervezas aún me envolvía como una agradable manta protectora.

No volvería a permitir que me intimidara, ni una vez más.

—Creo que con las chicas estarás bien —dijo por fin—. Al menos con algunas de ellas, con las que son propiedad de los hermanos. No quiero que te juntes con las otras. Y en cuanto a esa mierda de amigos con derecho a roce, olvídalo, Soph. Quítatelo de la cabeza ¿me has entendido?

—¿Pero por qué? —exclamé, escandalizada—. Tú te tiras todo lo que se mueve. ¿Por qué yo no puedo?

—Porque eres madre —dijo, con voz que parecía más bien un rugido—. No tienes nada que hacer follando por ahí. Lo digo en serio.

—Soy madre, pero no estoy muerta —repliqué, mirando al techo con exasperación—. No te preocupes, a Noah no voy a presentarle a nadie, a menos que sea algo serio, pero me apetece un poco de diversión. Horse está de muy buen ver y, si los otros hombres del club se parecen aunque sea un poquito a él, serán perfectos para mí. No me jodas con esto, por favor. Vosotros, chicos, la metéis donde os da la gana. ¿Por qué no puedo yo hacer lo mismo?

—Eso lo hacemos con las zorras y los culos ricos que van con nosotros —dijo Ruger con dureza—. Son basura. De ninguna puta manera voy a permitir que tú te conviertas en una de ellas.

—No eres mi jefe —respondí.

—Te portas como una niñata de catorce años —me espetó, estrechando la mirada.

—Al menos no me porto como un padre sobreprotector —le corté—. No eres mi padre, Ruger.

Nada más pronunciar aquella frase, me lanzó la mano al cuello con rapidez y me atrajo hacia sí. Acercó la boca hasta pegármela al oído y mi cara quedó tan cerca de su pecho que casi podía lamérselo.

—Créeme, soy muy consciente de que no soy tu padre —dijo mientras la punta de su nariz rozaba el borde mi oreja y la sensación de su aliento en ella me provocaba un escalofrío—. Si lo fuera, me meterían en la cárcel por lo que me imagino cuando pienso en ti.

Subí las manos y le agarré por los costados para palparle los músculos, antes de dirigirlas hacia sus pezones. Sin poder contenerme, me acerqué más y le lamí el *piercing*. Ruger gruñó de placer y sus dedos hicieron presa en mi pelo. Su cuerpo estaba en tensión y, en aquel momento, sentí el roce de su miembro erecto contra mi vientre.

La hostia. Joder. La hostia.

Los pezones se me dispararon hacia arriba y sentí un espasmo en la carne de mi entrepierna. No podía parar de moverme. Ruger deslizó una mano por mi espalda, por debajo de mis *shorts* y de mis bragas, y me agarró el trasero. Sus dedos se clavaron con fuerza en mi carne al notar cómo volvía a chuparle el anillo del pezón y después me lo metía en la boca.

—¡Dios! —exclamó—. Tienes dos segundos antes de que te coloque sobre esa mesa y te embista hasta que se rompa. Te lo juro, Soph, pero dime ¿cómo vamos a explicarle esto a Noah? No pienso casarme contigo y no voy a dejar que ates mi rabo con una correa, así que las cosas podrían complicarse rápidamente, nena.

Me detuve en seco, sacudida por escalofríos y con las bragas empapadas. Ardía por lanzarme sobre él como una perra en celo, desesperada por llenar a toda costa el vacío que sentía dentro de mí.

En lugar de eso, me separé de él poco a poco. Su mano salió de debajo de mis *shorts* y nos apartamos el uno del otro, taladrándonos mutuamente con nuestras miradas.

—Joder —murmuró Ruger, pasándose la mano por el pelo y desviando la mirada. En sus pantalones se marcaba tan claramente el miembro erecto que se podía distinguir de sobra la forma de la cabeza, aplastada contra la tela. Me pregunté qué haría si yo me arrodillara, le bajara los pantalones y le diera un lametón alrededor de la punta de su sable, antes de metérmelo entero en la boca —esta se me hizo agua solo de pensarlo.

El deseo me taladraba como un arma punzante. Suspiré y me humedecí los labios.

—Voy por otra cerveza —dijo Ruger con tono áspero. Elevé la mirada desde su entrepierna hasta sus ojos y me di cuenta de que los tenía clavados en mis pechos. Mierda. Todavía llevaba mi famoso top modelo Barbie, que no dejaba prácticamente nada a la imaginación. Tenía la maleta en el todoterreno.

81

—Tráeme una a mí también —dije, con voz temblorosa.

—¿Seguro que es una buena idea? —preguntó él.

Le miré fijamente y sacudí la cabeza. El pecho le subía y le bajaba muy deprisa y sus oscuros ojos estaban muy dilatados. Tragó saliva y yo me froté la parte superior de los muslos, inquieta y hambrienta. Aquel movimiento llamó su atención y tragó de nuevo.

—No —respondí—, pero quiero una de todas formas.

Caminé por la terraza con paso vacilante hasta llegar a una tumbona y me dejé caer sobre ella, tan débil como un pelele, pero poseída por una urgencia tan fuerte que creía que iba a morirme. Ya se había puesto el sol y las primeras estrellas habían comenzado a hacer su aparición sobre la línea del horizonte. Debería retirarme a mi pequeño apartamento, pensé. Estaba claro. Sin embargo, lo que hice fue cerrar los ojos y pensar en lo mucho que deseaba llevarme la mano a la entrepierna y frotarme yo misma como una posesa hasta explotar allí mismo, delante de Ruger.

En aquel momento, algo frío me rozó la mejilla.

Abrí los ojos y vi que Ruger estaba de pie junto a mí y me miraba fija, intensamente. Sus ojos me recorrieron el cuerpo, poco a poco. Aunque pareciera imposible, el bulto entre sus piernas era aún más grande que antes. Dios, sería facilísimo alargar la mano y tocarlo, palpar aquella cosa larga y dura, o tal vez sentarme y apoyar la cara contra ella, sentir su contacto a través de la suave tela del pantalón de pijama. No podía apartar los ojos de ella.

Me incorporé hasta que mi cara estuvo a solo unos cuantos centímetros de la ingle de Ruger. Entonces miré hacia arriba, preguntándome a mí misma si habría perdido la cabeza.

—Aquí esta tu cerveza —dijo rudamente y me tendió la botella. La tomé y la rodeé con los labios para dar un trago, sosteniendo su mirada.

Lo odiaba por estar sobrio y mantener el control.

—Joder, Sophie —dijo—, deja de mirarme así.

—¿Así? —dije, mientras recogía con la lengua una gota que resbalaba por la botella— ¿Cómo?

—No te hagas la tonta —replicó—. Si no paras, voy a abrirte de piernas y te voy a follar. Los dos lo lamentaremos mañana. Estás borracha.

Incliné la cabeza hacia un lado, pensativa.

—¿Y tú? —le dije— ¿Lo estás?

—¿El qué? —preguntó él.

—Borracho —respondí.

Negó con la cabeza y se sentó a mi lado, en la tumbona. A continuación se inclinó sobre mí y noté cómo aspiraba el aroma que exhalaba mi cuello y mi pelo. No nos tocábamos, pero solo con el calor de su aliento sobre mi piel creí morir de excitación. Bebí otro trago de mi cerveza, lenta y deliberadamente. Sus ojos ardientes me taladraban.

—No, no estoy borracho —susurró por fin.

—¿Cuál es tu excusa entonces? —pregunté, también en voz baja—. La mía es el alcohol. Haga lo que haga esta noche, puedo echarle la culpa a la cerveza. ¿Qué vamos a decir de ti?

Ruger alargó la mano, me quitó la botella y la dejó en el suelo.

—Basta ya de «esta noche» —dijo con voz cortante—. No vamos a hacer nada ¿está claro?

—Sí —dije, tratando de pensar más allá del efecto desinhibidor del alcohol. Sabía que tenía razón. Noah nos necesitaba a los dos y ya nos estaba costando bastante trabajo adaptarnos el uno al otro. Íbamos a vivir en su casa y no podía decirse que no hubiera hablado claro. Quería follarme. Nada de sentimientos, de flores, de cenas románticas y nada de compromisos. Bueno, al menos yo ya no era un mueble inservible...

—¿Puedo hacerte una pregunta? —dije.

—¿Qué? —replicó y tragué saliva.

—¿Es esto algo nuevo para ti? —pregunté.

—No te sigo —me contestó, mirándome fijamente, y sentí que el aire cálido que nos rodeaba se había vuelto sofocante.

—Me deseas ¿no es cierto? —dije—. ¿Es eso nuevo para ti? Quiero decir, aparte de... lo que pasó entonces. Siempre consideré que había sido un momento especial. La verdad, me da la impresión de que puedes leer en mi interior.

—No, no es algo nuevo —respondió.

Durante un rato solo se oyó el croar de las ranas. Al fin se incorporó y se masajeó el hombro, como había hecho durante el viaje.

—¿Aún te duele? —pregunté y él asintió con la cabeza.

—Sí, creo que me dio un tirón anoche, cuando iba conduciendo —dijo—. Qué imbécil.

—¿Quieres que te dé un masaje? —le dije.

—No vas a ponerme un dedo encima más, ni de puta coña —respondió—. Ya lo hemos hablado. No estoy borracho, Soph. No voy a joder las cosas para que Noah salga perdiendo.

—No vamos a joder nada en absoluto —corroboré—. Ya estoy bien, no pasa nada. Sé dar masajes, porque he ido a clases, y soy bastante buena. Déjame ayudarte. Has hecho mucho por mí y creo que tengo que corresponder.

—No me parece buena idea —respondió.

Hice un gesto de exasperación y le di un golpecillo en el hombro con el mío.

—¿Mieditis? —le dije, sonriente.

—Joder, eres insoportable —respondió, pero no se movió cuando me coloqué detrás de él. No hice caso del grito de deseo que me salía de entre las piernas y le agarré los hombros. Eran fuertes, robustos, y su suave piel cubría músculos elásticos y potentes, capaces sin duda de sostenerle durante largo rato sobre mi cuerpo, si finalmente se decidiera a darme lo que me merecía.

Por desgracia ya estaba demasiado oscuro como para que pudiera verle bien los tatuajes. Una pena. Ruger no se cortaba un pelo a la hora de quitarse la camiseta delante de quien fuera, pero hasta ahora no había tenido oportunidad de examinar sus tatuajes tan de cerca.

Hundí mis dedos en su carne y él gruñó y bajó la cabeza. Era verdad que tenía los músculos muy agarrotados. Podía sentir varios nudos en su cuello y en sus hombros. Después de unos minutos de trabajárselos con los dedos, recurrí a los codos. Poco a poco conseguí relajar su cuello y fui descendiendo a lo largo de la espalda.

—Túmbate boca abajo —le dije, abriendo otra tumbona que estaba detrás de él y alisándola con las manos. No se movió.

—Eres un gallina, de verdad —le dije—. Solo voy a darte un masaje de espalda, Ruger. Disfrútalo por lo que es, sin más ¿de acuerdo?

Emitió un gruñido de asentimiento y se tendió en la tumbona. Me incliné sobre él y comencé a trabajar. Algunos de los nudos se resistían, así que decidí subirme sobre él a horcajadas para ejercer mayor presión.

¿Fue una estupidez?

Desde luego. ¿Me importaba?

Ni una mierda.

Me senté sobre su trasero, disfrutando del contacto de su duro cuerpo entre mis piernas y el de su piel en mis dedos. Su olor era fresco, limpio, pero seguía siendo totalmente masculino. Me volvía loca. Cada vez que presionaba sobre él con las manos, mi entrepierna frotaba su región lumbar. No era un estímulo tan fuerte como para llevarme al éxtasis, pero cuando noté que una gota de sudor se deslizaba por mi frente, supe que no se debía precisamente al esfuerzo del masaje.

Al principio estaba muy tenso, pero poco a poco se fue entregando a la sensación y cada grupo de músculos se fue relajando por turno. Al cabo de un buen rato, yo tenía ya los brazos cansados y los dos sentíamos una agradable languidez. Me dejé caer sobre su espalda y aspiré el aroma que desprendía su cuerpo. Solo la fresca brisa veraniega impedía que mi cuerpo se sobrecalentara.

—Soph... —dijo, con tono de advertencia.

—Tranquilo, Ruger —susurré—. No significa nada. Solo déjate hacer ¿de acuerdo?

Suspiró y se hizo el silencio durante un buen rato.

Yo me sentía frustrada aún, desde luego, pero también era presa de una extraña excitación sexual, amortiguada e incluso relajante. Los ruidos nocturnos nos rodeaban y me abandoné a la sensación de tener debajo de mí el cuerpo de Ruger. Deseaba estar junto a un hombre como aquel, un hombre fuerte, constante, capaz de protegerme de cualquier cosa.

Si fuera mío, estaría segura. Siempre.

—Todo irá bien, Sophie —murmuró Ruger, con voz soñolienta—. Te lo prometo.

No respondí porque no le creía y sentí que el sueño me vencía poco a poco. Lo siguiente que recuerdo es que me levantó en sus brazos y me llevó al dormitorio.

Capítulo 5

Ruger se equivocaba. La cosa no iba bien.

Más bien se estaba poniendo rara.

Tan rara que al domingo siguiente se marchó con gente del club y no volvió hasta al cabo de cinco días. No tenía ni remota idea de adónde iba y no le pregunté a su regreso. En todo caso, confiaba en que poco a poco la situación se iría volviendo menos incómoda. Dos personas no pueden estar tensas y sentirse extrañas una al lado de la otra durante mucho tiempo ¿verdad?

Al menos Noah empezó las clases sin ningún problema en su nuevo colegio, lo que no me sorprendió. Siempre le había resultado fácil hacer nuevos amigos y se adaptaba muy bien a los cambios en nuestra vida. Antes de que Ruger se marchara para participar en su «salida» con el club —no sé muy bien lo que significaba exactamente una «salida» para ellos, ni qué hacían por ahí durante cinco días— me dejó algo de dinero y me sugirió que esperara a la semana siguiente para empezar a buscar trabajo. Tenía la intención de indagar en el club, a ver si podía encontrar algo para mí. Además, me dijo que lo mejor era que me dedicara por entero a ayudar a Noah a adaptarse a su nueva situación.

Me encantaría poder decir que, como corresponde a una mujer fuerte e independiente, mi respuesta fue un delicado «vete a que te den por el culo». Sin embargo, lo que sentí fue un gran alivio. No me acordaba de la última vez que había tenido una semana libre y la disfruté a tope. Tuve tiempo de sobra para desempaquetar y organizar la ropa, tostarme al sol y darme una vuelta por los alrededores de nuestro nuevo hogar.

También aproveché para pasar una tarde con mi vieja amiga Kimber.

El martes Kimber me invitó a comer en su casa. Habíamos seguido en contacto durante los últimos años y el verano pasado me había alojado en la casa en que vivía con su flamante marido. Después de graduarse, se había dedicado a la vida loca durante algún tiempo, hasta que conoció a Ryan y sentó la cabeza. Él era programador, o ingeniero informático, o algo así y parece que le iba muy bien, porque tenían una de aquellas casas grandes que abundan como setas en Rathdrum Prairie. Era parte de una urbanización, no un proyecto personalizado, como la de Ruger, pero era el doble de grande e impresionaba lo suyo.

Además, tenía piscina.

—¿Te apetece un margarita? —dijo Kimber nada más abrir la puerta. Llevaba puesto un bikini, un pareo de colores brillantes y unas gafas de sol que habrían dado envidia a la mismísima Paris Hilton. Sonreí de medio lado. Algunas cosas nunca cambiaban.

—¿Tan temprano? —pregunté.

—Cualquier hora es *happy hour* cuando tienes niños —respondió, encogiéndose de hombros—. O eso, o la hora triste de la pataleta, pero eso no es demasiado divertido.

Nos quedamos mirándonos la una a la otra, como dos estúpidas.

—Bueno ¿quieres o no? —insistió mientras me arrastraba al interior de su mansión y me conducía por el pasillo en dirección a la cocina—. Yo fijo que me voy a tomar uno. Ava ha estado despierta toda la noche. Le están saliendo los dientes y por fin se ha quedado dormida... hace como quince minutos. Con suerte tengo dos horas antes de que despierte de nuevo. Debo aprovecharlas al máximo. Voy a concentrar de aquí a que te vayas toda mi vida social de seis semanas.

—Está bien —le dije—, pero solo uno. Tengo que conducir y además voy a recoger a Noah. Deduzco que te lo estás pasando bomba siendo mamá....

—Me encanta —respondió Kimber mientras me servía el combinado en una copa de Martini de brillantes colores y con el tallo en forma de flamenco—. No puedo creer lo maravillosa que es Ava, pero esto es una locura también. No tenía ni idea del trabajo que dan. Me deja alucinada que dieras el paso cuando tenías diecisiete años. Cuando yo tenía esa edad era un milagro que pudiera encontrar mis llaves. ¡Como para encargarme de un bebé!

—Bueno, a veces la vida nos prepara sorpresas —comenté, recordando los viejos y duros tiempos después de tener a Noah, cuando me trasladé a vivir con la madrastra de Zach—. No podía renunciar a él, así que fui improvisando sobre la marcha. Lo que no nos mata, nos hace más fuertes, ya sabes, toda esa mierda...

Agité la mano para enfatizar mi argumento.

Kimber se echó a reír y me sentí como si volviéramos a estar en el instituto. La adoraba, como siempre. Salimos al jardín de atrás y nos sentamos en una mesa de hierro revestida de azulejos, bajo una pérgola cubierta por una parra. El jardín era realmente precioso, totalmente diferente del terreno semisalvaje donde se encontraba la casa de Ruger. El de Kimber era un jardín del Edén perfecto y bien podado en una lujosa urbanización de las afueras.

—¿Entonces te estás quedando en casa de Jesse Gray? —preguntó ella, arqueando una ceja y yo me eché a reír.

—No le había oído llamar Jesse desde que murió su madre —dije—. Ahora atiende por Ruger.

—Ah, sí —repuso ella y desvió la mirada mientras tomaba un sorbo de su copa, pensativa—. No quiero ser aguafiestas pero ¿crees que es una buena idea? Creía que le odiabas. Quiero decir, las cosas se pusieron mal antes de que te marcharas. Fue una época muy complicada.

—Odiar es una palabra un poco fuerte —repliqué y bebí un trago de mi copa con forma de flamenco. Uf, demasiado tequila. Se veía que no bromeaba en lo de concentrar semanas de vida social. Dejé la copa en la mesa y observé el jardín. En cuanto Kimber entrara en la casa, aprovecharía para tirar el brebaje al pie de algún arbusto.

¿El tequila mataba a los arbustos?

—Yo diría que nuestra relación es algo tensa —admití—. Se puso un poco pesado para que yo regresara a la ciudad, pero tengo que admitir que ha sido una buena decisión para nosotros. Las cosas no iban demasiado bien en Seattle.

Kimber emitió un chasquido con la lengua que pretendía ser de consuelo y agitó la mano.

—Pronto te alegrarás de haber vuelto —dijo—. Como mínimo, ahora me tendrás a mí para cuidar a Noah cuando te apetezca salir. Prometo no beber cuando lo haga. Palabra de scout.

—Pero si te echaron de los scouts —respondí.

—Solo de las *girl scouts* —replicó ella—. Los chicos siempre tenían sitio para mí en sus tiendas. Bueno, ahora en serio. Noah es un niño estupendo y no tengo planeado hacer nada estos días. No me importa, en realidad. Que me quiten lo bailado.

Ahogué una risa al oír aquello y ella ni se inmutó. No estaba totalmente segura de que estuviera bromeando respecto a lo de los boy scouts y sus tiendas.

—Hablando de lo bailado —añadió lentamente, mientras daba vueltas a su copa entre los dedos—, tengo algo que decirte.

Alcé la mirada y, por primera vez desde que la conozco, la vi realmente incómoda.

—¿Qué? —dije, algo nerviosa.

Mi amiga no se incomodaba por nada del mundo.

—No sé cómo decir esto, así que voy a soltarlo de golpe —dijo, tragando saliva—. Hace tres años me acosté con Ruger. Fue cosa de una noche, nada especial. Creí que debías saberlo, por si alguna vez voy a visitarte a su casa. Transparencia total.

La miré boquiabierta.

—¿Por qué te acostaste con él? —acerté a decir.

Ella arqueó una ceja, con aire perspicaz.

—¿Lo preguntas en serio? —fue su respuesta y me puse colorada, ya que por supuesto sabía por qué.

—Fue antes de conocer a Ryan —prosiguió—, así que no creo que fuera nada malo. Tú aún estabas viviendo en Olympia y apenas le soportabas lo bastante como para dejarle ver a Noah de vez en cuando. Pensaba que estaba disponible.

Miré hacia otro lado, tratando de procesar lo que acababa de oír. La idea de ella y Ruger juntos me parecía mal. De hecho me irritaba, de alguna manera. Era ridículo, ya que yo no tenía nada que ver en el asunto, que además había ocurrido hacía ahora tres años —un año entero después de que las cosas se fueran a la mierda para mí en Coeur d'Alene y ni siquiera Kimber sabía todos los detalles....

Fuerte o no, di un buen trago a mi margarita, que dejó un rastro ardiente y desagradable en mi garganta. Noté que mis pulmones daban espasmos de protesta.

—No tienes planes de hacerlo otra vez ¿verdad? —pregunté en cuanto la tos me lo permitió y mi amiga estalló en una sonora carcajada.

—¡Pues claro que no! —exclamó, moviendo la cabeza de un lado a otro—. Para empezar, estoy casada ¿recuerdas? Tú estuviste en mi boda, cabeza de melón. Pero bueno, aunque no lo estuviera, Ruger no es hombre al que le guste repetir del mismo plato. No es que yo no estuviera dispuesta a hacerlo de nuevo con él, porque es muy bueno, créeme, pero no es la clase de tipo con el que estar y salir por ahí. La mitad de la población femenina de Idaho ha pasado por su cama. Aquello fue divertido, pero no me entusiasma la idea de ser una de tantas en su lista.

—¿Es necesario que hablemos de esto? —pregunté, removiéndome con inquietud.

—No, no realmente —respondió ella—, pero quería que lo supieras, por si acaso.

—¿Por si acaso qué? —inquirí, cortante.

—Bueno, por si me paso por ahí, a verte —respondió ella—. Me parecía raro no decírtelo, ahora que sé que sientes algo por él. No lo sabía cuando me acosté con él, te lo juro. Creía que le odiabas tanto como a Zach.

—No siento nada por él —dije, rápidamente.

—No te molestes en negarlo —replicó ella con tono despreocupado, mientras se encogía de hombros de manera algo teatral—. Lo veo en tu cara cuando hablas de él y lo entiendo. Ruger es uno de esos hombres sobre los que te lanzarías para lamerlo por todas partes —lo que yo he hecho, por otra parte—. En la cama es una fiera. Nunca en mi vida había probado lo que hice con él. Tiene un piercing en su cosa. ¿Puedes creerlo?

Abrí mucho los ojos y bebí un nuevo —y buen— trago de mi copa.

—¿Estás de broma? —pregunté—. ¿Significa eso que...? No, no, no quiero saberlo.

Kimber se echó a reír.

—La respuesta a tu pregunta no formulada es sí —dijo, con una sonrisa muy cómica—, pero te aconsejo que te mantengas apartada de él, nena, y no es una broma.

Hice un gesto de exasperación. Quería cabrearme con ella, pero me resultaba imposible. Era una loca demasiado divertida como para eso.

—Vivo con él y en su casa —dije secamente—. No puedo mantenerme apartada de él.

Kimber borró la sonrisa de su cara.

—Ahí está la cuestión —dijo, con aire pensativo—, pero puedes mantener la distancia de otras maneras. Tienes que construir tu propia vida y quitarte de la cabeza cualquier fantasía de liarte con Ruger, porque eso no acabaría bien. Si te metes en su cama una noche, prepárate para empaquetar tus cosas y largarte al día siguiente, antes de que aparezca la próxima chica, y después otra, y otra, y otra, y otra... Él es así y punto.

—Lo sé —respondí—. Jodido ¿no?

—Bueno, no tienes por qué renunciar al sexo —respondió Kimber—. Como te he dicho, yo estoy en casa todo el día. Puedo cuidar a Noah mientras tú sales por ahí a ver si atrapas algo. Estás de muy buen ver y tendrás chicos arrastrándose detrás de ti. De hecho, me gustaría presentarte a alguien.

—No acepto citas organizadas —respondí.

—Sí que lo harás —dijo ella, con aire de experta—. Créeme, cuando veas su foto, estarás deseando conocerle. Se llama Josh, trabaja con Ryan y está forrado.

Sacó su teléfono móvil, buscó en sus contactos hasta encontrar a Josh y me enseñó su foto.

Vaya, era cierto que el chico no estaba nada mal, de una manera, eso sí, pulida, acicalada, de abogado exitoso.

—De acuerdo —dije.

Mi amiga rió de nuevo y terminó de un trago lo que le quedaba de margarita. En aquel momento oímos un chillido a través de la cámara de vigilancia de Ava y Kimber gruñó.

—¡Joder!

Mientras ella entraba en la casa a ver cómo estaba su bebé, me quité mi pareo y me metí en la piscina, evaluando en mi cabeza al guaperas amigo de Kimber. Por desgracia, al imaginarlo besándome, pensé en chupar el anillo labial de Ruger. Probé a pensar en chuparle otras cosas, pero no tuve mucho éxito.

¿Cómo sería un miembro con un piercing? ¿Y qué se sentiría con él dentro?

Me estremecí.

Finalmente Kimber regresó, después de tranquilizar a Ava, y saltó al agua para reunirse conmigo.

—¿Y qué más? —me dijo—. ¿Has empezado a buscar trabajo?

—Aún no —respondí—. Ruger quiere ver si hay algo que yo pueda hacer en el club, aunque estoy más bien en contra. No me gusta la idea de mezclarme con ellos.

—Bueno, si lo que quieres es ganar dinero, la mejor opción es trabajar en The Line —indicó ella.

—¿El bar de *striptease*? —dije, con los ojos muy abiertos. Todo el mundo había oído hablar de The Line, por supuesto, aunque yo no había estado allí nunca.

—Pues sí —repuso mi amiga mientras echaba la cabeza hacia atrás para mojarse el pelo—. Yo me pagué la universidad trabajando ahí.

—¿Trabajaste en un bar de *strippers*? —inquirí, boquiabierta—. ¿Y haciendo tú misma de stripper? ¿En serio?

Kimber soltó una nueva carcajada.

—No, aparcando los vehículos, si te parece —dijo, alzando la mirada en gesto de exasperación—. Pues claro que bailaba y me ganaba un buen dinero. Trabajaba solo dos noches por semana. Era de puta madre.

—Pero ¿no te daba un poco de... grima? —dije y ella se encogió de hombros.

—No sé, define eso de «grima» —respondió—. A veces era muy divertido. Me gustaba bailar en la barra, provocar al personal y todo eso. Los bailes privados no eran tan divertidos, sobre todo si los tipos eran viejos, pero no se les permite tocarte. Bueno, a menos que te metas en una de la habitaciones VIP. Ahí se hace de todo, pero solo lo que tú permites que se haga. Nadie te obliga a nada.

Traté de procesar aquella información en mi cerebro, pasmada.

—¿Y tú lo hiciste? —pregunté por fin, consciente de que la pregunta era indiscreta, pero no podía quedármela dentro.

—¿El qué? —replicó.

—Entrar en las salas VIP —respondí, sin poder contenerme. Ella lanzó una risilla entre dientes.

—Sí, lo hice —confesó—. No es obligatorio, pero es ahí donde ganas más dinero. Los chicos de seguridad lo tienen todo muy bien controlado. No es peligroso, ni nada de eso.

La miré fijamente y ella me devolvió la mirada, sonriendo de medio lado.

—Uau —dije por fin—, no lo sabía.

—¿Y qué? —respondió ella—. ¿Ahora vas a venirme con moralinas? A la mierda con eso. No me avergüenzo de nada. Hasta Ryan lo sabe. De hecho, nos conocimos allí.

—¿Y eso no le importaba? —pregunté, sin dar crédito.

—Sería muy hipócrita por su parte —respondió entre risas—. La primera vez que nos vimos, pagó por estar conmigo toda la noche y te aseguro que lo pasamos muy bien en ese cuartito. Te juro que fue un flechazo. A él no le gustaba la idea de compartirme con otros hombres, así que me di de baja en el bar al día siguiente. No quería que las cosas se jodieran entre nosotros nada más empezar.

—¡Uf! —exclamé—. Perdona que insista en el tema, pero estoy intentando procesar todo esto. Me fastidia parecer cotilla, pero ¿puedo preguntarte cuánto ganabas?

Se acercó y me susurró al oído.

—¡Jooder! —no pude evitar exclamar.

—No es broma —dije—. Eso sí, trabajaba duro, me lo tomaba en serio y no le daba a las drogas. Muchas de las chicas se gastan todo su dinero en esa mierda, pero las que son listas lo ahorran y se retiran prontísimo. Yo pagué la boda, la luna de miel y la parte que entregamos en efectivo para la compra de la casa. Ah, y la cuenta que le he abierto a Ava para financiar sus estudios.

—Es increíble —comenté, admirada.

—Bueno, no es una carrera a largo plazo —replicó Kimber, de nuevo riendo—, pero piénsalo. Un trabajo normal a tiempo completo te aparta de Noah cuarenta horas a la semana, por lo menos. Como stripper, solo tendrías que pasar fuera un par de noches. ¿Qué es mejor para una madre? ¿Tener una reputación intachable o estar cerca de su hijo para ocuparse de él?

—Una muy buena pregunta, desde luego —reconocí, pensativa.

—Y que lo digas —remachó ella—. Piensa, además, que en cuanto empieces a ganar dinero, podrás tener tu propia casa. No importa lo bonita que sea la de Ruger. Mientras vivas ahí, tendrás que comer mierda un día sí y otro también.

Era difícil rebatir aquel argumento.

Portland, Oregon
Ruger

—Nunca había visto una ciudad con tantos jodidos bares de *striptease* —murmuró Picnic, dando un sorbo a su cerveza. Ruger miró al presidente de su club y se encogió de hombros. Era miércoles por la tarde, pero solo llevaban despiertos un par de horas.

94

La noche pasada había encontrado a una rubita calentorra que había hecho todo lo posible para hacerle olvidar a su nueva compañera de piso. Sin embargo, no había dejado ni un momento de imaginar que aquella jugosa raja en la que penetraba una y otra vez era la de Sophie.

No estaba del todo seguro, pero incluso creía recordar haberla llamado con el nombre de Soph en el momento de acabar.

Mierda, necesitaba hacerse con el control de la situación. Había algo que le molestaba sobre todo, la idea de que ella estuviera en su casa, disponible y a su merced. Demasiado poder...

Él nunca había sido un «buen chico».

Respiró hondo. Aquel era un viaje de negocios, así que era hora de mover el culo. Miró al escenario, donde una joven daba vueltas con desgana en torno a la barra. A juzgar por su entusiasmo, parecía que estaba limpiando retretes.

—Lo malo es que prefieren la cantidad a la calidad —comentó Ruger, haciendo un gesto hacia la bailarina—. Échala a la puta calle. Ya la conozco. Trabajó en The Line.

Deke dejó escapar una risa que parecía un gruñido. Ruger lo miró y se dio cuenta de que la risa no se reflejaba en los ojos del presidente de la sección de Portland de los Reapers. El hombre parecía estar muerto por dentro. Había oído que Deke estaba en la lista de los más buscados por las fuerzas de seguridad a nivel federal y a no le extrañaba nada. El antiguo marine tenía pinta de hacer diana con la pistola hasta dormido.

El hombre ideal para que te guardara las espaldas si había pelea.

—Vosotros, cabrones, lo tenéis fácil en Idaho —replicó Deke—. Con vuestro jodido monopolio, todas las chicas tienen que competir para trabajar con vosotros. En cambio aquí tenemos más bares que en ningún otro sitio del país, o eso me han dicho. El mercado está saturado y eso significa que los dueños tienen que conformarse con lo que hay. Bastantes de estos sitios apenas sacan beneficio. Es una puta locura.

Ruger miró a su alrededor, con interés renovado. Aparte de su mesa, no habría allí más de seis personas. Bueno, siete. En el rincón del fondo había un cabroncete afortunado al que le estaban haciendo un trabajo manual.

—¿Siempre está así de vacío? —preguntó—. Pues sí que está jodida la cosa. No me extraña que la chica no se esfuerce mucho. ¿Para qué molestarse?

—Como bailarina es una mierda, pero hace unas mamadas increíbles —comentó Deke—. Pruébala luego, si quieres, o a cualquier otra de las chicas, la que te apetezca.

Deke miró a la camarera y señaló hacia los vasos vacíos con un movimiento de la barbilla. La chica trajo rápidamente otra ronda, con una sonrisa nerviosa. Ruger la examinó sin disimulo y sopesó la oferta de Deke. La chica llevaba un top de cuero negro, una minifalda muy ajustada y medias de redecilla. Su cabello, largo y de tono castaño rojizo, recordaba al de Sophie. El miembro se le puso alerta y comenzó a endurecerse.

Sí, toda esa mierda de chico bueno no iba para nada con él.

Aunque lo cierto era que hacía mucho que deseaba acostarse con Sophie. Tenía cada centímetro cuadrado de su pequeño y caliente cuerpo grabado a fuego en el cerebro, empezando por aquella lejana noche en la que la había sorprendido en plena faena con Zach en su apartamento. Sin duda aquello lo hacía merecedor del título de enfermo sexual. Ella tenía dieciséis años, estaba cagada de miedo y... ¿cuál había sido la respuesta de Ruger?

Pues nada menos que meneársela en la jodida ducha mientras Sophie buscaba sus bragas en la sala de estar. Las bragas que no encontró y que nunca encontraría, porque aún las tenía él. De color rosa, con lacitos, totalmente inocentes y suficientes como para hacerle dar con sus huesos en la jaula por aquel entonces.

Y después, cuatro años más tarde, la había cagado totalmente y le había jodido bien la vida a ella. No era suya toda la culpa, pero aún lamentaba la forma en que había manejado el asunto de Zach. Tenía que haberse cargado al lameculos cuando tuvo la oportunidad. Sin embargo, a pesar de todos sus remordimientos de conciencia, algo no había cambiado.

A veces todavía se la meneaba con aquellas bragas en la mano.

—¿Dónde carajo está Hunter? —preguntó de pronto, irritable.

Deke entrecerró los ojos.

—¿Y a mí que coño me importa? —respondió—. Yo no tomo parte en esto. Nosotros no hablamos con los Jacks, les pateamos el culo. Así se hace, es nuestro sistema.

Toke, uno de los Reapers de Portland más jóvenes, asintió con expresión sombría. Había insistido en estar presente en aquella reunión. Gracie, la sobrina de Deke, era su chica por entonces. Aunque no fueran conscientes, ambos hombres estaban sentados en un jodido barril de pólvora.

—Nosotros sí vamos a hablar con este —dijo Picnic, con voz suave pero firme—. Algo está ocurriendo y quiero saber lo que ese mamón tiene que decir al respecto.

Con cuarenta y dos años, Picnic era el hombre de mayor edad entre los que se sentaban a la mesa. Aunque Deke y él tuvieran el mismo rango, Pic lo ostentaba desde hacía mucho más tiempo y, cuando él hablaba, los demás escuchaban. Ruger sabía que lo habían propuesto para ser presidente nacional de los Reapers, pero él no estaba interesado.

—La cosa es muy sencilla —dijo Deke—. Algunos cabroncetes están entrando en nuestro territorio. Vosotros lo sabéis y yo lo sé. Esta mierda se tiene que acabar.

Pic sacudió la cabeza y se inclinó hacia delante. Sus pálidos ojos azules brillaban, intensos.

—Eso no tiene sentido, hermano —dijo—. Cuatro tipos compartiendo casa en Portland. Dos de ellos van a la escuela aquí, como si fueran ciudadanos normales. Nómadas. ¿Les habéis visto hacer algo productivo en los últimos nueve meses?

Deke suspiró y sacudió la cabeza.

—Como he dicho, algo no cuadra —prosiguió Pic—. Sabemos que son nuestros enemigos. Ellos lo saben también. Entonces... ¿por qué están aquí? ¿Un impulso suicida?

—Tal vez están probando a ver cómo reaccionamos —sugirió Ruger—. O intentando que nos confiemos. O eso, o están jodidos de la cabeza.

—¿Cómo fue lo vuestro en Seattle? —preguntó Pic, aunque ya conocía la respuesta—. ¿Alguna tocada de pelotas?

—No, para nada —contestó Ruger—. Les entregamos al chupapollas ese para que le castigaran ellos y no hubo problema. Nos facilitaron las cosas, la verdad. Todo fue muy civilizado.

—Precisamente —comentó Picnic—. ¿Alguna vez has visto a un Jack que se porte de manera civilizada? Mierda, no sabía que supieran cómo hacerlo. Esos dos son jóvenes, son diferentes y nadie los había visto hasta hace un año. Los chicos de Roseburg dicen que ha habido peleas en Cali del Norte. Algo está pasando en ese club y por una vez creo que no se trata de jodernos a nosotros.

Deke vació su vaso de un trago, se reclinó hacia atrás en su asiento y cruzó los brazos, con cara de pocos amigos.

—Esa gente no cambia —terció Toke—. No importa a qué juego estén jugando, no importa quién esté al mando. Son Jacks y su sitio está bajo tierra. Punto. Cada día que pasan en mi ciudad es como una bofetada. Quiero acabar con esto.

—Vosotros dos sois de piñón fijo ¿eh? —interrumpió Horse mientras arrastraba una silla para unirse al grupo—. No hacemos más que movernos en putos círculos. Slide acaba de mandarme un mensaje. Los Jacks están en el aparcamiento. Solo esos dos, no hay ni rastro de nadie más. No hagáis ninguna locura, al menos hasta que terminemos de hablar ¿de acuerdo?

Toke asintió, con los ojos entrecerrados.

Mierda, pensó Ruger. No deberían haberle permitido venir. El hombre odiaba a los Jacks y tenía sus motivos. En aquella situación, era como una granada sin seguro.

En aquel momento se abrió la puerta y dos figuras familiares se recortaron contra la luz del sol. Eran Hunter y Skid, los dos cabrones que habían acudido a Seattle para recoger a su antiguo camarada. Los dos eran altos, pero Hunter realmente llamaba la atención por su estatura. El joven —seguramente no tenía más de veinticuatro o veinticinco años— era un nómada, no adscrito a ninguna sección de su club. Aunque no tenía estatus oficial, se conducía con natural autoridad.

Si en el seno de los Jacks estaba cambiando el equilibrio de poder, Ruger hubiera podido apostar mil pavos a que Hunter desempeñaba un papel central.

La música cambió y una nueva chica se subió al escenario. La «señorita Personalidad» bajó de un salto, pero no se molestó en acudir a ofrecer bailes privados. No demostraba gran entusiasmo por su trabajo, pero aparentemente no era del todo estúpida.

Ninguno de los Reapers se levantó al acercarse los Jacks. Horse pateó una silla en dirección a Hunter y este la agarró con una sonrisa que era todo menos amigable. Tras darle la vuelta, se sentó con el estómago pegado al respaldo. Skid se agachó junto a él.

—¿Estáis dispuestos a hablar? —preguntó Hunter, mirando a los Reapers—. Soy Hunter, por cierto, de los Devil's Jacks, un club de moteros. ¿Os suena, tal vez? Este es Skid.

Toke taladró al recién llegado con la mirada y Deke tuvo que contener una sonrisa. No estaba seguro de si el tal Hunter era un completo idiota, pero había que reconocer que los tenía bien puestos.

—Picnic —se presentó el presidente de Coeur d'Alene—. Estos son mis hermanos Deke, Toke, Horse y Ruger. Deke es el presidente aquí, en Portland. Tengo que deciros que está un poco dolido por el hecho de que no hayáis aparecido para presentaros hasta ahora. Tal vez no estéis al corriente, pero Portland pertenece a los Reapers.

Hunter alzó las manos y mostró las palmas.

—Ningún problema —dijo—. Mi parche dice «nómada». No voy a reclamar Oregón. Vuestra ciudad, vuestras reglas.

—Estáis respirando nuestro aire —respondió Toke con voz fría—. Normalmente cobramos por eso. Creo que discutimos ese asunto con uno de vuestros chicos el invierno pasado. Se quedó entre nosotros casi una semana, si no recuerdo mal.

Skid lo observó con ojos entrecerrados, pero guardó silencio. Hunter se encogió de hombros.

—Son cosas que pasan —comentó con tono conciliador—. Sabemos que las cosas están jodidas entre los Jacks y los Reapers, pero estamos aquí porque nos ayudasteis. Teníamos la intención de venir desde hacía tiempo y esto nos ha dado la ocasión. Queríamos daros las gracias y hablar sobre la posibilidad de una tregua. El cabrón que nos entregasteis en Seattle era un problema para nosotros, un problema serio, más de lo que imagináis. Ahora el problema ha desaparecido. Apreciamos vuestro gesto, eso es todo.

—¿En serio? —dijo Deke—. Porque nosotros también tenemos algunos problemas. Si realmente agradecéis el favor, tal vez podríais ayudarnos a resolver algunos de ellos. No sé si me explico.

La mirada de Hunter se ensombreció.

—Sí, te entiendo —dijo—. Aquello fue mal asunto.

—No, era mi sobrina —cortó Deke y dejó caer la mano sobre la mesa—. Una chica preciosa. Nunca podrá tener hijos, gracias a la forma en que vuestros chicos la destrozaron por dentro. Ha pasado un año en una clínica psiquiátrica y todavía tiene miedo de salir de casa.

Toke dejó escapar un gruñido, sacó su cuchillo y lo colocó sobre la mesa. Hunter se inclinó hacia delante, sin prestar atención al cuchillo, con expresión tan intensa como la de Deke.

—Ese problema quedó resuelto —dijo—. Os ofrecimos pruebas.

—No es suficiente —replicó Deke—. Morir es fácil. Tenían que sufrir y yo tenía que ser el que les hiciera sufrir. Me quitasteis eso.

Hunter miró a su amigo y después hizo un gesto a la camarera. Ella se acercó al grupo con precaución, consciente de la tensión reinante.

—Otra ronda para la mesa —ordenó. Ella se retiró y se hizo el silencio. La chica regresó con las bebidas, Hunter tomó su cerveza y bebió un trago, pensativo. Ruger lo imitó, preguntándose cómo acabaría todo aquello. Si se proseguía con las hostilidades, él estaría junto a Deke y Toke —eran sus hermanos, con razón o sin ella—, pero atacar a unos chicos que no habían tenido nada que ver con el incidente de Gracie no serviría de mucho.

—Las cosas están cambiando entre los Jacks —dijo Skid al fin—. Hay mucho en juego. No hay excusa por lo que pasó con tu sobrina y para nada pretendemos decir que estuviera bien. Ninguno de nosotros tomó parte en eso y ya nos encargamos de los que lo hicieron. Solo dos de ellos eran nuestros hermanos. Los demás eran solo satélites. Todos están bajo tierra.

—Deberíamos habéroslos entregado —terció Hunter—. Ahora lo comprendemos, pero en aquel momento consideramos que era asunto nuestro y que teníamos que ocuparnos nosotros. Lo de vuestra chica fue la última gota de algo que venía ya de muy atrás y que era muy jodido. Es lo que me gustaría hacer que entendierais. Entonces imaginábamos que, actuando como lo hicimos, minimizábamos el riesgo y hacíamos lo correcto al recoger nuestra propia basura. No podemos volver atrás e impedir lo que le ocurrió a ella, ni tampoco podemos ponerlos a ellos en vuestras manos. Lo único que podemos hacer es mirar hacia delante y procurar que algo así no vuelva a ocurrir. Estamos cansados de esto.

—¿Cansados de qué? —preguntó Picnic.

—Cansados de gastar tiempo y energía en luchar contra los Reapers, cuando deberíamos concentrarnos en cosas más importantes —repuso Hunter.

—Es gracioso —terció Horse—. En diciembre pasado no se os veía tan pacíficos. Mi mujer estaba en peligro y no me gusta que ningún cabrón amenace a mi dama.

Hunter suspiró y se reclinó hacia atrás en su silla, mientras se frotaba la nariz.

—Los tiempos cambian —dijo por fin—. Todos lo sabemos. Algunos de nuestros hermanos son un poco lentos, se quedan en el pasado. Fue cosa de ellos y fue una puta estupidez, la verdad. Sin embargo, la mayoría de mis hermanos y yo queremos mirar al futuro. Luchar contra vosotros es una pérdida de tiempo y de energía. Antes éramos minoría los que pensábamos así, pero ahora ya no lo somos, así que estoy tratando de abrir la puerta. No ha sido fácil organizar un encuentro como el de hoy, pero por fin todos hemos guardado las pistolas y estamos aquí, hablando. Es un comienzo.

—Yo no he guardado mi pistola —replicó Deke.

Hunter sonrió y sacudió la cabeza.

—Joder, eres duro ¿eh? —le dijo—. Mis respetos. Sin embargo, dado que estoy vivo, creo que llevo algo de razón. Estamos hablando y no disparándonos. Ya es todo un récord.

—¿Con que ese es tu juego? —dijo Picnic, mostrando su escepticismo abiertamente—. ¿Habéis tenido algún tipo de revolución en casa y por eso queréis hacer las paces? Déjame que adivine. ¿Pretendes que nos demos un abrazo y todos tan amigos? ¿Tal vez intercambiar recetas u organizar una cenita improvisada?

Hunter rió y su lenguaje corporal transmitía tanta tranquilidad que era casi insultante. ¿No se daba cuenta de que podía estar muerto al segundo siguiente?

Sí, decidió Ruger. Lo sabía perfectamente.

Pero le importaba una mierda y un hombre así es muy peligroso.

—Basta de mierdas —cortó Ruger—. ¿Qué es lo que quieres?

Hunter sostuvo su mirada y adoptó un tono serio.

—Estoy aquí porque llevamos años perdiendo territorio e influencia y las cosas están empeorando —dijo—. Hay chicos que vienen del sur, de la zona de Los Ángeles, y que están buscando expandirse. Deberíamos luchar contra ellos, pero en vez de eso luchamos entre nosotros. Por lo que yo veo, lo estamos haciendo solo por costumbre, como una puta manada de monos a la que no se le ocurre nada mejor que hacer.

—Matar moscas no es solo una costumbre, es mantener la casa limpia —murmuró Deke—. Con los Jacks es lo mismo.

Hunter sacudió la cabeza.

—De acuerdo —dijo—, lo de tu sobrina estuvo mal, pero antes de eso los Reapers mataron a tres de nuestros hombres en Reading. Dos de ellos tenían hijos. ¿Os acordáis de eso?

—Asumiendo que eso ocurriera, que no lo admito oficialmente, tal vez fuera porque vuestros chicos atacaron a los nuestros la noche anterior —dijo Picnic—. Eso se llama defensa preventiva.

—Vuestros chicos habían venido a robar uno de nuestros cargamentos —replicó Hunter— y ya puestos prendieron fuego al edificio de nuestro club. ¿Por qué se les ocurriría hacer algo así?

 101

Picnic se encogió de hombros.

—No sé —dijo—. Yo no tomé parte en esa decisión. Fue cosa de los de Roseburg.

—Sin embargo, las cuentas siguen pendientes y no pensamos más que en cobrarnos con sangre —dijo Hunter—. Cada vez que uno responde, la cosa empeora. Tarde o temprano nos vamos a liquidar unos a otros hasta que no quede nadie, que es justamente lo que quieren las bandas del sur. Nuestros dos clubes han tenido ya muchas historias y no precisamente buenas, pero en el fondo los Jacks y los Reapers somos iguales. Sabemos lo que significa ser hermanos. Nuestra vida es nuestra Harley y... ¡que le jodan al mundo entero!

Ruger asintió con la cabeza.

—Ahora lo que vemos es a esos niñatos que están invadiendo nuestro territorio, que no son parte de ninguna hermandad —continuó Hunter—. Y cuando digo niñatos, lo digo en serio. Tienen a chicos en las calles que parece que no tienen más de diez años y que reciben órdenes de generales que nunca se manchan las manos ni responden por ellos. No les dejan votar, no les dejan pensar y no saben siquiera por lo que están luchando. Son una amenaza para nuestra forma de vida. Estoy cansado de perder tiempo y energía preocupándome de los Reapers, mientras en cada esquina me encuentro a un puto fracasado escolar de esos apuntándome con su pistolita. Lo único que quiero hacer es montar en mi moto tranquilamente y tirarme a alguna zorra cuando me apetezca.

Ruger miró a Picnic, que parecía pensativo, aunque su cara se mostraba totalmente inexpresiva. Horse gruñó y apuró su cerveza de un trago.

—No soy el único que piensa así —prosiguió Hunter—. Muchos de mis hermanos están cansados de esta guerra y han empezado a mover las cosas en sus secciones. Creen que tal vez haya llegado la hora de que nos situemos en el mismo lado del tablero. Se trata de defender los valores en los que creemos. Somos hermanos y somos moteros, el resto son detalles. En cambio esos cabrones... no tienen nada dentro. Tenemos que pararles los pies antes de que sea demasiado tarde, pero no será posible si guerreamos en dos frentes.

—¡Ya basta! —cortó Deke—. No eres más que un lameculos que no sabe una mierda. Lo que ha habido entre nosotros no va a borrarse porque tú y tus amiguitos estéis cagados de miedo porque alguien nuevo está entrando en vuestro territorio. Quisisteis la guerra con los Reapers

y ahora la tenéis. Vamos a liquidaros a todos. Puede que nos lleve cierto tiempo, pero soy paciente.

—Deke —dijo Picnic con voz suave, pero con un claro tono de mando—, hermano, lo de Gracie no tiene arreglo, pero los cabrones que lo hicieron ya pagaron por ello. Cuanto más dure la lucha, más probabilidades habrá de que otra chica salga herida. Yo tengo dos hijas. La paz entre los clubes no es siempre mala cosa, sobre todo cuando el cartel del sur está avanzando posiciones. Oigo historias...

—Ya sabemos que tienes dos hijas —intervino Hunter, taladrando a su interlocutor con la mirada—. En realidad sabemos mucho más de lo que tú te crees. Lo sabemos porque hay gente en mi club que cree que deberíamos ir a por vosotros, que deberíamos utilizar al cartel del sur para borraros del mapa. Para que lo sepas, en diciembre eran ellos quienes marcaban el paso, pero ya no están al mando y quiero que siga siendo así. Tenéis dos opciones aquí. La primera es trabajar conmigo para controlar esta nueva amenaza y, una vez resuelto el tema, cada uno se marcha a su casa y colorín colorado, este puto cuento se ha acabado. La otra, continuáis la guerra contra nosotros hasta que el cartel nos lleve a todos por delante. ¿Es eso lo que queréis? Muy bien. Yo no me asusto, pero piensa en esto. Tienes dos hijas, una en Bellingham y la otra en Coeur d'Alene. Muy guapas las dos. Lo sé porque las he visto. Hace poco.

—¡No metas a mis chicas en esto! —advirtió Picnic, mientras echaba mano a su pistola. Sin embargo, Ruger fue más rápido y le sujetó.

—Escucha lo que tenga que decir —murmuró.

Una sonrisa salvaje se dibujó en el rostro de Hunter.

—Deberías preocuparte, viejo —dijo—, porque te aseguro que a esos cabrones del sur no les importará en absoluto lo guapas que sean cuando den la orden de que las liquiden en plena calle, como a perros. Lo que es yo, en cambio, no tengo ni un puto pez dorado como mascota. ¿Quién tiene más que perder aquí? Llámame cuando estés preparado para hablar.

Dicho esto, Hunter se levantó y empujó su silla. Deke enrojeció de furia, pero el rostro de Picnic parecía tallado en piedra. Hunter lanzó unas monedas en la mesa y él y Skid se marcharon por donde habían venido.

—Nos quieren enredar en su mierda —dijo Toke—. ¿En qué nos afecta a nosotros esta historia del cartel? Están perdiendo territorio, pero ese no es nuestro problema.

—¿De verdad piensas que pueden aguantar? —dijo Ruger—. El cartel tiene a mil chicos de esos dispuestos a morir. Tienen tanta sed de gloria que matarían a sus propias madres. Los Jacks son duros, pero como dejen entrar a esos, están bien jodidos y nosotros seríamos los siguientes. Lo sabes muy bien. Esas bandas existen por una sola razón, para ganar dinero. Si les dejamos que entren, perderemos nuestro territorio y nuestra libertad. Sin eso no podremos ni respirar. A los del cartel no les importa nada dónde tengan que cagar o a quién tengan que matar. ¿Los quieres aquí, en Portland?

—Este asunto es demasiado grande como para que tomemos una decisión aquí —dijo Picnic, lentamente—. Nos reuniremos con el resto de los hermanos y veremos qué piensan. Hay que contar con todos.

—Nunca haré las paces con los Jacks —dijo Toke—. Si queréis paz, será por encima de mi cadáver.

—¿Eso es una amenaza? —replicó Ruger—. No me gusta nada la idea de tener que quitar de en medio a un hermano, pero no creas que no estoy dispuesto. Estamos juntos en esto, Toke, y la decisión se toma en grupo.

—¿Crees que podrías quitarme de en medio? —inquirió el aludido, arqueando una ceja.

—Solo hay una forma de averiguarlo —respondió Ruger, mirándolo sin pestañear—, pero te diré una cosa: si encima nos peleamos entre nosotros, es seguro que el cartel ganará la partida. Mira lo que podemos ganar, hermano. Si fumamos la pipa de la paz con los Jacks, ellos serán nuestro colchón frente al cartel. Así podremos dedicar nuestras energías a lo que queremos, a hacer dinero y a joder a todo lo que se mueve. Podemos probarlo y, si se va a la mierda, al menos habremos conseguido buena información por el camino. Así será más fácil ir a por ellos en el futuro, si es necesario.

Toke inspiró profundamente y después soltó el aire de golpe, tratando visiblemente de recobrar la calma.

—Nunca les perdonaré por lo que hicieron —dijo por fin—. Mierda, Gracie está aún tan jodida... No os podéis hacer idea.

—Y no deberías perdonarles —intervino Horse—. Lo que ocurrió no puede arreglarse y los cabrones que lo hicieron merecían la muerte. Sin embargo, la buena noticia es que están muertos. Hay que mirar al futuro. Si convertimos a los Jacks en nuestros aliados, tendremos la mitad de la costa oeste como línea de defensa contra el cartel. Eso es algo que debemos tener en cuenta.

—A mí lo que me importa es proteger a mis hijas —murmuró Picnic—. El maldito hijo de puta sabe dónde están y tal vez las tenga vigiladas. ¿Sabéis lo que eso significa?

—Significa que nadie está seguro —dijo Horse en voz baja— y la verdad es que el cabrón tiene razón en una cosa. En nuestro mundo no jodemos a la gente normal, siempre que muestren respeto. Mantenemos seguras nuestras ciudades y controlamos lo que entra en ellas. Sé lo que los Jacks le hicieron a tu sobrina, Deke, pero aplicaron la justicia hasta donde podían. En cambio el cartel... ellos matan a mujeres y a niños, no les importa a quién se carguen con tal de conseguir su dinero. No tienen valores. Prefiero a los Jacks, mil veces.

—Eso si nos están diciendo la verdad —intervino Ruger—. Recuerda que mienten mucho. Necesitamos más información.

—Es hora de convocar una reunión de los hermanos —concluyó Picnic—. No hay otra manera. ¿Quieres ser tú el que los reciba, Deke?

—Mejor en Coeur d'Alene —respondió el jefe de la sección de Portland, sacudiendo la cabeza—. Aquí no tenemos nada como el arsenal. Sean lo que sean los Jacks, no son magos, eso desde luego. En el arsenal tendremos sitio de sobra para hablar. Voy a empezar a hacer llamadas.

Capítulo 6

Sophie

Ninguna chica debería tener que sufrir la pérdida de unas bragas tan caras.

Casi sentí melancolía cuando las encontré en el sofá de Ruger. Seda de color morado oscuro, de buena calidad, con delicados lacitos al frente. Quienquiera que fuese, se había gastado demasiado dinero en ponerse *sexy* para una noche —y si te he visto, no me acuerdo— con el putero mayor del reino.

Sabía lo que era aquello. Aún me acordaba de cómo tuve que abandonar a la carrera y sin las mías el apartamento de Ruger, en la poco gloriosa noche en que Noah fue concebido.

Con un suspiro, volví a dejar en su sitio el cojín del sofá que había levantado para aspirar debajo. Ya había dado la primera pasada a la casa de Ruger, lo que podríamos llamar limpieza superficial. Ahora tocaba ir más a fondo y hurgar en las entrañas de los muebles, entre otras cosas.

Ya era jueves por la tarde y habíamos pasado muy bien la semana. Después de visitar a Kimber, había entablado contacto con algunas de las chicas del club que habían dejado sus números de teléfono. Tenían planeado venir a buscarme el viernes por la noche y salir por ahí a tomar algo. Por teléfono todas me parecieron tan simpáticas como nunca me habría imaginado y estaba deseando poner caras a sus voces.

También había conocido a la vecina más próxima, la de la casa que había al borde de la carretera, a unos cientos de metros de la de Ruger. Se llamaba Elle y era una mujer de cerca de cuarenta años, que había enviudado hacía dos y vivía sola. Noah y yo la conocimos el martes por la tarde cuando, al explorar los alrededores, nos metimos sin darnos cuenta en su propiedad.

Nos recibió muy bien y ella y yo nos pasamos un par de horas sentadas en el porche de su casa, charlando y tomando té helado —era una de las granjas tradicionales, lo que significaba un porche de puta madre, equipado al completo con su columpio y sus mecedoras—. También a Noah le cayó estupendamente nuestra vecina y Elle enseguida se ofreció a que el niño se quedara en su casa si alguna vez yo tenía que salir. Me dio muy buenas vibraciones, la verdad, y nos quedamos encantados cuando nos invitó a cenar el miércoles.

El mismo día en que decidí limpiar la casa de Ruger.

En parte era por aburrimiento, pero también porque me sentía culpable, de alguna manera. Él era un hombre soltero, que sin duda apreciaba su libertad, y sin embargo nos había traído a su casa. Aquello tenía por fuerza que obligarle a cambiar su estilo de vida. Si soy sincera, me gustaba en cierta medida la idea de que se sintiera algo coartado en su libertad. Sabía bien que no podía tenerle, pero no dejaba de joderme la idea de que anduviera por ahí con otras mujeres.

Soy consciente de lo absurdamente embrollado que era todo aquello, pero ser consciente no cambiaba mis sentimientos.

En resumidas cuentas, decidí que la mejor manera de corresponder a Ruger era convertirme en su empleada del hogar no oficial. Él no pretendía cobrarnos ningún alquiler, pero yo no me habría sentido bien si no me hubiera ganado el alojamiento.

Lo que me lleva de vuelta a las bragas moradas que acababa de encontrar en el sofá.

Por desgracia, aquella no era la única prenda íntima que había encontrado en las últimas veinticuatro horas. Había más y no eran todas de la misma talla —se veía que a Ruger le gustaba que hubiera variedad entre sus numerosas amigas con derecho a roce.

Recogí las bragas con unas pinzas de cocina y las llevé al cuarto de la lavadora. No sabía a quién podían pertenecer, pero no pensaba que

debiera tirar nada de lo que encontrara, por muy... usado que estuviera. Dejé caer las bragas en una de las cajas de plástico que había alineado sobre la secadora.

En la primera de las cajas había dinero. Hasta el momento había encontrado noventa y dos dólares y veintitrés centavos. En la segunda había condones. Había encontrado recipientes de camuflaje con preservativos dentro en casi todas las habitaciones —en vista de que estos estaban allí a propósito, los había dejado en su sitio. Sin embargo, había otros en bolsillos de pantalones de Ruger, en el cajón de la cubertería, en la estantería... había incluso un par de ellos en la caja de *pizza* que se había dejado olvidada sobre la mesa del café. Con sabor a chocolate, esos dos últimos. Aquello me provocó algunas fantasías sexuales con *pizza* por medio.

Y también me dio hambre...

Fue entonces cuando decidí que necesitaba cajas para meter todas aquellas cosas. Así podría cerrar la tapa y hacer como que no existían. Hasta el momento me había funcionado bastante bien. La tercera caja contenía prendas íntimas femeninas y una media de seda desparejada. La cuarta estaba reservada para «varios»: pequeñas y extrañas piezas de metal, herramientas diversas, una navaja y los resguardos de dos billetes para un partido del Spokane Indians.

Absurdas punzadas de celos aparte, quería que la casa de Ruger estuviera limpia, fresca y acogedora cuando él llegara. Era lo menos que podía hacer. Limpié todo menos su habitación, aunque me aventuré dentro lo justo como para recoger el grueso de la ropa sucia.

Aquella noche Noah me preguntó cuándo regresaría el tío Ruger. No tenía ni idea de qué responder y me pregunté si alguna vez tendríamos una vida normal en aquella casa. No tener que pagar alquiler era estupendo, pero seguramente Kimber tenía razón. Al final necesitaría tener mi propia casa, donde los almohadones de los sofás no escondieran debajo prendas íntimas ajenas y el cajón de la cubertería estuviera libre de condones.

Alrededor de las tres de la madrugada me despertaron pisadas arriba. Ruger ha vuelto, me dije, soñolienta, y parece que ha organizado una fiesta. Por suerte tanto Noah como yo teníamos un sueño tan profundo que no nos despertaba ni un bombardeo, así que cinco minutos más tarde ya estaba dormida de nuevo.

Por la mañana Noah y yo procuramos no hacer ruido y salimos por nuestra propia puerta. Cuando regresé después de dejar al niño en el colegio, olvidé que estaba puesta la alarma y, en mi nerviosismo, casi me lié a golpes con la consola hasta que conseguí meter el código. La obsesión de Ruger con la seguridad resultaba un poco incómoda a veces.

Me di una ducha y recogí nuestras habitaciones. Para entonces eran ya casi las diez de la mañana y seguía sin haber señales de vida por arriba. ¿Tal vez había sido un sueño lo del ruido de anoche? Quién sabe, Ruger tenía una gran facilidad para invadir mis sueños.

Subí las escaleras de puntillas para evitar despertarle. Llegué a la planta baja, me dirigí a la cocina y... casi perdí el equilibrio del susto.

Aparentemente un huracán había arrasado la casa durante la noche.

Había botellas de cerveza vacías en cada palmo cuadrado de la cocina. Los muebles habían sido movidos de sitio. Habían alzado el sofá pequeño, el de dos plazas, y habían apoyado uno de sus extremos sobre el respaldo del grande. También había cajas de *pizza* a medio vaciar, charcos de cerveza y... ¿lo más perturbador de todo?

Una rubia completamente desnuda que estaba sentada en la barra, encendiendo un cigarrillo.

Aquella visión me golpeó físicamente —incluso me quedé sin respiración durante unos segundos y sentí que me mareaba. Sabía que Ruger disparaba contra todo lo que se movía. Había visto pruebas con mis propios ojos, pero ahora tenía el hecho en sí delante de mí.

La chica era muy guapa y se comportaba con total naturalidad. Por supuesto yo llevaba puesto un top y unos *shorts* muy viejos, el pelo recogido en un moño hecho con descuido y ni gota de maquillaje. Sentí deseos de matar. De ver muerta a aquella chica. De estrangularla allí mismo por ser una maldita zorra, por ser mucho más guapa que yo y por joder con mi hombre.

Me di una bofetada mentalmente.

No tenía nada que reclamar a Ruger. Nada. Aquella era su casa y podía hacer lo que quisiera, incluso traerse a aquella puta.

Yo ni siquiera sentía deseo por él. No realmente.

—Vaya ¿eres la chica de Ruger? —me preguntó al verme, con ojos hostiles y mientras tamborileaba perezosamente sobre la barra del bar con sus uñas pintadas de rojo.

—Mmm, creo que no entiendo la pregunta —respondí sin saber adónde mirar, si a sus pechos que se movían sensualmente o a la columna

de humo de su cigarrillo, que se elevaba hacia el techo. Una vez que el olor a humo de tabaco entra en una casa, ya no se quita con nada.

Una razón más para odiar a la zorra.

—Es simple, sí o no —explicó ella—. ¿Le perteneces? ¿Llevas su parche?

—No sé de qué estás hablando —respondí mientras miraba a mi alrededor. Cuanto más veía, más me cabreaba, por mucho que nada de aquello fuera de mi incumbencia. Se iban a necesitar horas para recoger y limpiar todo aquello y no iba a ser yo la que lo hiciera, decidí. Que lo hiciera la puta, o tal vez Ruger. Sí, buena idea...

—Eso significa no —dijo la rubia lentamente—. Entonces ¿qué estás haciendo aquí? ¿Te llamó esta mañana? En serio, si quería un trío, debería habérmelo comentado antes. No te ofendas, pero creo que puedo aspirar a algo mejor.

Mientras decía aquello, me miraba de arriba a abajo, examinando cada centímetro cuadrado de mi cuerpo.

—Creo que debería volver abajo —dije, procurando mantener el autocontrol. Me di la vuelta, pero en aquel momento la voz de Ruger me detuvo en seco.

—¿Aún estás ahí? —dijo.

—Por supuesto, cariño —dijo la rubia con voz melosa y ojos brillantes de triunfo posesivo— ¿Me necesitas?

Ruger descendió por las escaleras a la sala de estar, vestido solo con unos *jeans* desabrochados. Lo noté porque los llevaba tan abajo que poca cosa quedaba oculta a la vista.

Yo sabía que era *sexy*, pero parecía olvidar hasta qué punto lo era en cuanto pasaba cierto tiempo sin verle, ya que todavía me sorprendía. Podría pasarme un año entero describiéndole, pero no llegaríais a saber de qué os estoy hablando hasta que las bragas no os entraran en combustión espontánea la primera vez que os dedicara una sonrisa.

O, como en este caso, la primera vez que cruzara una habitación con pantalones medio desabrochados y ojos soñolientos.

Los míos se dirigieron a su pecho y descendieron a lo largo de las líneas de sus músculos. Oh, Dios.... pectorales perfectos, oblicuos y abdominales de escultura. La pastilla de chocolate se perdía bajo la tela de los *jeans*, que apenas le rodeaba las caderas, lista para deslizarse hacia abajo en cualquier momento. Sentí ganas de lamerle por todas partes.

 111

Justo después de liquidarlo por joder con La Puta Rubia.

—Buenos días —dijo, mirándonos alternativamente, a mí y a LPR. Alcé la mano y saludé con una leve agitación de dedos, mientras me preguntaba si la navaja que había dejado en el cuarto de la lavadora estaría bien equilibrada para practicar el lanzamiento.

—Bienvenido, Ruger —respondí, tratando de no sonar como una esposa presa de los celos—. ¿Tuviste un buen viaje? Noah te ha echado de menos. Ya me iba para abajo. Que tengas un buen día.

LPR sonrió satisfecha, interpretando mi retirada como una clara victoria para ella. O al menos eso fue lo que yo creí que significaba su sonrisa. Tal vez era su cara de «gracias a Dios por no tener que participar en un trío con esa perdedora».

Fuera lo que fuese, por mí podía meterse su sonrisa por el culo.

—No —dijo Ruger, mirándome fijamente. Sus ojos recorrieron mi cuerpo y pude ver que, sin importar lo *sexy* que pudiera ser la chica de la cocina, aún me encontraba atractiva. Sus ojos eran oscuros y estaban llenos de deseo, como la otra noche —como entonces, hacía tantos años...

No, nada de eso, le recordé a mi cerebro. Esta situación ya está bastante jodida.

—Tenemos que hablar, es importante —me dijo y después miró a LPR.

—Ya hemos acabado, es hora de irse —le dijo a ella—. No me llames.

Uau. Eso fue bastante frío.

Me gustó.

—¿En serio la prefieres a ella en vez de a mí? —preguntó LPR, con expresión genuinamente confusa.

—Sophie es la madre de mi sobrino —respondió Ruger, con voz seca y dura—. Ella con una camiseta sucia es mejor que diez de vosotras en pelotas y de rodillas, así que saca el culo de aquí.

Oh, eso sí que fue frío. En efecto, Ruger podía ser un auténtico cabronazo, pero estaba siendo un cabronazo más grande con ella que conmigo. Había justicia, por una vez.

—Eres un poco gilipollas —dijo LPR, haciendo un mohín de disgusto.

—¿Ah, sí? —replicó Ruger y pasó junto a nosotras en dirección al frigorífico. Lo abrió, sacó un recipiente lleno de jugo de naranja y bebió a grandes tragos, sin molestarse en utilizar un vaso. Al acabar, se secó la boca con el dorso de la mano y colocó el recipiente con brusquedad sobre la

encimera. El jugo de naranja saltó, salpicó a su alrededor y me recordó al gigantesco desorden que reinaba por toda la casa.

Un caos que yo no pensaba recoger. Ya estaba bien de todo aquello.

Tenía que retirarme al sótano, lejos de aquella zorra y de Ruger, el mayor cabrón del universo. También podía figurar en la lista de los mayores puercos, en vista de lo que él y sus amigos habían hecho con la casa en una noche. Me dirigí hacia las escaleras, pero él me agarró con una mano tan fuerte que me sentí como si me hubieran puesto unas esposas. Me arrastró por la cocina en dirección a la barra y me hizo sentar en una silla.

—Quédate —me ordenó, con expresión acerada.

—Vete —dijo acto seguido, mirando a la rubia.

Su tono no dejaba lugar a la discusión y LPR se levantó, con fuego en la mirada. Entonces Ruger se dirigió rápidamente a las escaleras y las subió de dos en dos. La rubia le siguió, pero nada más llegar arriba retrocedió y bajó a todo correr mientras su ropa salía despedida por encima de la barandilla del *loft*.

Cinco minutos después, la chica salió con un violento portazo y Ruger regresó a la cocina, lo que me puso bastante nerviosa. No sabía muy bien qué decirle. Le odiaba por haber traído a casa a aquella guarra. Me sentía celosa, porque ella tenía un cuerpazo y porque la noche pasada había sentido dentro el miembro de él, mientras que yo había tenido que conformarme con mi vibrador. Mierda, ni siquiera funcionaba bien —debía de tener mal un contacto o algo así. La mitad de las veces no se ponía en marcha y no tenía dinero para comprarme uno nuevo. ¿Con qué grado de patetismo deberíamos calificar esto?

Tan pelada que no podía permitirme ni comprar un vibrador.

Tal vez debería colocarme junto a la puerta de alguna tienda erótica, con una gorra y un cartel que dijera «madre soltera: se agradece cualquier ayuda».

Ruger me miró con los ojos entrecerrados. Aún no se había abrochado los pantalones. Mierda. Solo esperaba no ponerme a babear sin darme cuenta.

—Bueno... las chicas de tu club pensaban venir a verme esta noche —dije, tratando de encontrar un sitio seguro de su cuerpo donde posar la mirada—. Creo que están planeando algún tipo de fiesta en el arsenal. Por cierto ¿puedo preguntar por qué tiene tu club un arsenal?

—Es un verdadero arsenal, que antes pertenecía a la Guardia Nacional —respondió Ruger—. Hace años entró en proceso de liquidación y el club lo compró. Tiene de todo, una gran cocina, un bar y habitaciones arriba, por si la gente necesita algún sitio donde pasar la noche.

Claro. En su club había camas. ¿Por qué aquello no me extrañaba?

Sentía deseos de preguntarle por qué no se había quedado en una de ellas con su amiga la zorra rubia en lugar de traérnosla a casa, pero no se me ocurría ninguna manera de hacerlo que sonara cuerda. En lugar de eso, decidí continuar hablando sobre mis planes.

—Me han hecho organizar todo para que Noah se quede a dormir en casa de mi amiga Kimber mañana —dije mirándole fijamente a los ojos, sin detectar ninguna señal de que le sonara el nombre, lo que me agradó—. En fin, me han invitado y, dado que además te prometí que le daría una oportunidad al club... ¿nos veremos en la fiesta?

Él me observó a su vez con expresión inescrutable. Nadie dijo nada durante un rato y luché por no ponerme a parlotear solo para llenar el incómodo silencio.

—Va a ser una fiesta mayor de lo que se creen —dijo por fin, en voz baja—. Van a venir un montón de hombres, hoy y mañana. No sé si quiero verte por allí.

Ruger sacudió la cabeza lentamente. Rozó con la lengua el anillo del labio y sentí deseos de hacer lo propio con la mía. Entonces entreví algo más. Mierda, también tenía la lengua perforada. En el centro había una pequeña bola de metal.

Aquello no estaba allí hacía cuatro años. Me habría acordado.

¿Qué sentiría si la tuviera en la boca? ¿Y más abajo? Nunca había besado a un hombre con la lengua perforada, ni mucho menos había estado con uno que la hubiera empleado entre mis piernas. Empecé a sentir un ligero cosquilleo precisamente en esa zona, lo que no me venía muy bien en aquellos momentos. Los cabronazos de semejante calibre no deberían ser tan *sexys*.

«Orejas peludas», me dije, «imagina que tiene las orejas peludas».

—Eres una persona muy frustrante, Ruger —le dije, sin saber si debía decirle a la cara lo que se merecía por ser el presidente mundial de los puteros o si lanzarme sobre él, arrancarle los pantalones y cabalgar sobre su miembro. No era la mejor actitud para poder manejar aquella situación.

Lo sabía.

De veras.

—Dijiste que no debía juzgar al club —continué, tratando de llevar el tema hacia donde quería— y que debería conocer a todo el mundo.

Según tú, la vida de Noah sería mejor si tuviera al club detrás. Si es así ¿por qué no puedo ir a una de sus fiestas?

—Porque esta en concreto va a ser muy salvaje —repuso—. No es el mejor día para una fiesta de iniciación.

Ruger se apoyó sobre la encimera de la cocina y vi cómo sus bíceps se flexionaban bajo los tatuajes que cubrían por entero sus brazos. En los hombros tenía más tatuajes, una especie de círculos cortados por la mitad, además de los dibujos que llevaba en el pecho. Otro más le daba la vuelta al vientre desde la cadera: era una pantera negra que desaparecía bajo sus pantalones.

Un gatito con suerte.

Realmente me encantaría ver el resto del animal.

—El otro día dijiste no sé qué mierda que me gustaría que me aclarases —dijo—. Mmm, Sophie, tengo cara ¿sabes?

Al oír aquello, mis ojos saltaron del estómago de Ruger y encontraron su mirada. Sentí que me ponía tan colorada como un pimiento, pero él guardó silencio y se limitó a observarme, inexpresivo. Entonces se llevó la mano a la nuca para rascársela y me ofreció una excelente vista de sus bíceps y tríceps flexionándose. Los músculos entre mis piernas tomaron nota y emitieron pulsaciones de aprobación.

—¿Qué tengo que aclarar? —pregunté, con las mejillas cada vez más calientes.

—Nada de amigos con derecho a roce —me dijo Ruger sin rastro de buen humor—. Nada de andar follando por ahí, ni de besar, ni siquiera de hacer ojitos a ninguno de los moteros del club. Solo con esa condición podrás ir a la fiesta o a cualquier otro evento del club.

Alcé las cejas y sacudí la cabeza. Por muy incómoda que fuera aquella conversación, tenía que establecer algunos límites.

—Eso es una estupidez —dije—. Estoy soltera. Es asunto mío si conozco a un hombre, si flirteo con él, si le beso, o lo que sea. Encima, mira quién habla. Acabas de echar a la calle a una tipa desnuda sin siquiera despedirte. Algo hipócrita ¿no te parece?

—Esta es mi casa y aquí las reglas las pongo yo —replicó él—. Si vas a ir a la fiesta, procura que no pase nada, igual que si fueras la Virgen María ¿me has entendido? Si no, te quedas aquí.

Pensé durante unos segundos sobre lo que acababa de decirme y, acto seguido, me erguí y apoyé a mi vez las manos sobre la encimera. Hasta el momento había mantenido una actitud de cautela en lo que se refiere a la fiesta. Quería dar una oportunidad al club, pero me inquietaba la idea de lanzarme a la piscina de cabeza. Sin embargo, ahora, después de lo que acababa de oír, me presentaría en el arsenal aunque me fuera la vida en ello y flirtearía hasta con el último mono.

Que le den por el culo a este impresentable y a la puta de su amiga.

Le miré fijamente y él me sostuvo la mirada. Ninguno de los dos parpadeó.

Había muchas cosas de las que Ruger y yo no hablábamos y desde luego era muy capaz de ocultarme sus pensamientos. Sin embargo, ahora yo ya no entendía ni siquiera su comportamiento. Había dejado muy claro que no iba a haber nada entre nosotros. Entonces... ¿a qué venía este juego del chico celoso?

—¿Pero qué es lo que pasa? —dije por fin—. ¿Es que son tan peligrosos tus amigos? Tanto tiempo poniéndome la cabeza como un bombo por considerarlos delincuentes peligrosos en lugar de darles una oportunidad y, ahora que estoy dispuesta, me vienes con estas. Bueno, pues o ellos son delincuentes peligrosos o es que tú estás celoso, una de dos. Es decir, no quieres nada conmigo, pero tampoco que yo tenga nada con nadie más. ¿No sería más fácil si me mearas encima para que los demás supieran que no estoy libre?

—Sería más fácil si cerraras la puta boca —respondió, con mirada sombría.

—¿Eso es lo que quieres de mí? ¿Silencio? —pregunté, sintiendo que comenzaba a hervir por dentro—. Dime que soy una estúpida, pero me pareció que querías mucho más la otra noche. No puedes pretender tenerlo todo, imbécil. O hay algo entre nosotros o soy libre para hacer lo que me dé la gana.

Ruger se retiró de la encimera y continuó mirándome fijamente mientras se movía por la cocina.

—Oh, claro que puedo —replicó él—. No deberías hacer suposiciones respecto a lo que puedo y a lo que no puedo tener, Soph. Voy a ser bueno y te voy a dar una pista sobre lo que está pasando aquí. Quiero follarte.

Ruger dio una vuelta a la cocina, moviéndose como el gran felino que llevaba tatuado en la cadera, y sentí que la habitación se volvía más pequeña. Estaba muy atenta a su pecho desnudo y observaba cómo sus tatuajes ondulaban al moverse. Mantenía bajo estricto control su propia fuerza de animal. Tal vez la confrontación directa había sido un error...

—Eso es lo que pasa con los tipos como yo —dijo en voz baja y muy tranquilo, mientras me taladraba con la mirada—, no hacemos lo que la gente supone. Si queremos algo, lo tomamos. ¿Y qué quiero yo? Pues muchas cosas. Quiero atarte a mi cama con mi cinturón. Quiero arrancarte la ropa y follarte por todos tus agujeros. Quiero correrme encima de ti y untarte todo el cuerpo con mi leche. Quiero lamerte la raja hasta que grites y me supliques que me detenga, porque si te corres una vez más te puedes morir. Y después de todo eso, quiero hacerlo otra vez. Quiero ser tu dueño, Sophie.

Ruger se detuvo junto a mi taburete, tan cerca que sentí que el calor de su cuerpo me envolvía. Ni siquiera me atrevía a volverme hacia él. Estaba paralizada, como un conejo frente a un depredador. Sus palabras daban vueltas sin cesar en mi cabeza y su olor me rodeaba. Respiré hondo mientras él se inclinaba sobre mí, aún más cerca, y me susurraba al oído.

—Quiero poseer cada parte de ti —susurró y sentí en mi piel el calor de su aliento—. Quiero lanzarte sobre la mesa, arrancarte los *shorts* y follarte con fuerza, rápido, hasta que deje de dolerme el puto rabo y tenga vacías las pelotas, porque siento que van a explotarme desde hace ya demasiado tiempo y empiezo a pensar que es hora de que haga algo al respecto.

Tuve que esforzarme al máximo para no dejarme ganar por el pánico y ponerme a chillar. Sentía un fuerte cosquilleo en todo el cuerpo y apreté con fuerza las piernas, haciendo presión justo en el centro del placer, que me palpitaba con cada latido de deseo. Oh, aquello me daba gusto, pero no lo suficiente, necesitaba más. Sentí calor en las mejillas y mi respiración se aceleró. Consideré la posibilidad de agacharme y meter la mano en aquellos pantalones medio desabrochados, descubrir por mí misma si Kimber había dicho la verdad respecto a la criatura que albergaban...

Ruger ni siquiera me había rozado. Reprimí un gemido.

—Quiero todo eso... pero seguramente no es una buena idea —dijo de pronto, apartándose de mí y enfriando el tono—. Los dos lo sabemos. No es lo que Noah necesita y para nosotros sería también una jodida ratonera. El problema es que no dejo de dar vueltas a tu idea de enrollarte con uno de mis hermanos y enseguida pienso en pegarle un tiro a alguien. No tengo ningunas ganas de matar a nadie mañana ¿entiendes? Sería una auténtica mierda como fin de fiesta, por no mencionar que al presidente podría sentarle bastante mal.

Imagínate, uno de los Reapers locales pierde el control con los hermanos de todas las secciones reunidos aquí...

Vaya mierda.

Asentí, con sensación de opresión en el pecho.

—Visto lo que hay, tal vez podrías considerar la posibilidad de comportarte en la puta fiesta tal y como te he dicho —prosiguió Ruger, con tono de sugerencia, pero que en realidad era una orden—. Entiendo que no quieres a alguien como yo en tu cama, ni tampoco a un guardián. No quiero que nuestra relación se enrarezca aún más, pero si vas a joder con un motero, Soph, ese motero solo puedo ser yo. No permitiré que te lo hagas con ninguno de mis hermanos.

—No puedo creer lo que acabo de oír —respondí, en un susurro—. Está mal en tantos niveles que no sé ni por dónde empezar.

Él me observó en silencio, con dureza en la mirada.

—No me importa que esté mal —dijo por fin, fríamente—. Es así y punto. Esta es mi casa, mi mundo y aquí se aplican mis reglas. Dime que lo entiendes y te dejaré ir a la fiesta.

—Soy una mujer adulta —conseguí decir, aunque la voz me temblaba—. No puedes decirme lo que tengo que hacer.

—Y sin embargo lo hago —respondió él, encogiéndose de hombros—. ¿Crees que no voy a obligarte a seguir las normas? Lo haré, Sophie, joder, vaya si lo haré. No me pongas a prueba.

—No sé qué voy a hacer con lo de la fiesta —murmuré—, pero esta conversación se ha terminado. Me marcho abajo.

—No, no te vas —respondió él. En aquel momento, la vocecilla interior que me repetía que echara a correr se impuso al fin. Me levanté a toda velocidad del taburete y me dirigí rápidamente hacia las escaleras, lo que fue un gran error, ya que Ruger fue más rápido, me agarró por la cintura, me levantó en volandas y me colocó sobre la encimera de la cocina, con ojos llameantes. Un segundo después, me separó las piernas, metió su pelvis entre ellas, me agarró el pelo con una mano y me lo estiró hacia atrás.

—Suéltame —susurré. Ruger alzó la barbilla, como si considerara la idea, pero a continuación negó lentamente con la cabeza.

—No puedo —dijo. Sus labios cubrieron los míos y dentro de mi cabeza se fundieron de golpe varios fusibles.

Capítulo 7

Aquel no fue desde luego un beso tierno. No fue lento, ni seductor, ni lleno de profundo significado. Fue más bien una explosión de lujuria largo tiempo contenida. Años, para ser más precisos. El pecho de Ruger era como un muro de hormigón y, sin pensar en lo que hacía, le rodeé la cintura con las piernas. Él me tiró con más fuerza del pelo y me obligó a volver la cabeza hacia un lado, para acceder mejor a mi boca. Su lengua entraba profundamente, sin miramientos. Al moverse, la bolita metálica que tenía en el centro me estimulaba, recordándome que el sexo con él sería algo totalmente diferente de todo lo que había sentido antes en mi vida. Mientras, su miembro duro como una roca presionaba contra mi vientre con tanta fuerza que casi dolía.

Mierda, ojalá no lleváramos tanta ropa puesta...

Ruger me metió la mano bajo el top, retirándose hacia atrás lo justo para poder agarrarme los pechos. Sus dedos encontraron uno de mis pezones y lo pellizcaron a través de la fina tela, mientras yo arqueaba la espalda, ardiendo de deseo. De pronto apartó la boca y nos quedamos mirándonos el uno al otro, jadeantes, como hipnotizados.

—Habíamos decidido que esto no es una buena idea. Hoy no estoy borracha, no hay excusas —dije con cierta desesperación, mientras me preguntaba para mis adentros cómo reaccionaría él si le chupaba el labio. No podía apartar los ojos de aquella carne de color rojo oscuro, brillante por la capa de saliva que la cubría, producto de nuestro beso.

—Dijiste que querías acostarte con alguien —replicó Ruger, con las pupilas muy dilatadas—. Pues aquí me tienes a mí. Ya que todo se ha ido a la mierda entre tú y yo, aprovechemos. El daño está hecho y estamos totalmente jodidos. No puedo olvidar el sabor que tenías la noche pasada y la sensación de estar encima de ti en ese sofá. Necesito estar dentro de ti, Soph.

Uf, qué tentador...

Pero... ¿podía enrollarme a cada paso con Ruger y seguir viviendo allí? Yo lo había deseado toda la vida y no había duda de que él me deseaba a mí, pero de pronto recordé a la rubia desnuda que hacía solo media hora había estado sentada en aquella misma cocina. Las bragas de color morado... todo en la casa de aquel hombre, el lugar que se suponía que tenía que ser el refugio de Noah.

Acostarme con él era un suicidio.

Sentí ganas de golpearme la cabeza contra algo duro, pero lo único que tenía a mi alcance era su pecho y acercarme más a esa amplia extensión de piel desnuda era lo último que me convenía.

—Mala idea —respondí por fin y, como respuesta, sus dedos me retorcieron el pezón. La otra mano de Ruger se dirigió a mis caderas, mientras frotaba toda la rígida extensión de su miembro contra mi entrepierna, arriba y abajo. Si aquello ya me daba gusto, cómo sería ese mismo movimiento con él dentro de mí...

Estaba a cien mil, casi mareada de la excitación. Nunca en mi vida había sentido un deseo tan fuerte como el que me poseía en aquel momento, por nada ni nadie...

Excepto el de dar a Noah una vida decente.

—Si lo hacemos, tal vez tú puedas seguir adelante como si tal cosa —le dije, cerrando los ojos y tratando de ignorar las llamadas desesperadas de mi sexo—. A ti te da igual con quién te acuestas, Ruger, pero a mí no.

—Tú eras la que hablaba de amigos con derecho a roce —replicó él—. ¿Por qué cambias el rollo ahora? ¿Tienes miedo?

—Pues sí, joder, estoy asustada —respondí mirándole fijamente, buscando comprensión, aunque en su rostro solo había lujuria pura y dura—. Vivo contigo y no tengo ningún otro sitio adónde ir. Ayer encontré tres bragas bajo los almohadones de tus sofás, todas de tamaño

diferente. No creo que pueda acostarme contigo y después sonreír mientras veo un desfile completo de mujeres por la casa. Me parece una razón suficiente como para no hacer esto.

—¿Y por qué demonios rebuscas entre los almohadones? —preguntó Ruger y sus caderas se detuvieron.

Ahí le había pillado.

—Estaba limpiando la casa —respondí—. Quería darte una sorpresa, para agradecerte todo lo que has hecho, pero en fin... la compañía que trajiste anoche ya se encargó de que todo volviera a su estado original.

—Dios... —susurró Ruger, sacudiendo la cabeza—. Lo siento. No sabía que iban a venir, aunque ya sé que no es una gran excusa.

Mientras hablaba, había reanudado el movimiento de caderas y creí morirme de gusto al notar el roce contra mi punto más sensible. ¿Podría llegar al orgasmo solo con aquel movimiento, a pesar de la tela que nos separaba? Sin saber qué decir, me encogí de hombros y me concentré en sus tatuajes. La mayoría eran dibujos muy buenos, elaborados sin duda por un artista de verdad. Ruger se tomaba muy en serio lo de sus tatuajes. Para él no eran solo un capricho. Habría apostado a que cada uno de ellos tenía una historia detrás y sentía deseos de conocerlas todas, un deseo más fuerte de lo que sería recomendable.

Ruger me observó, pensativo, mientras me rozaba un pezón con la punta del dedo, en lentos círculos. De pronto me agarró la mano y la llevó hasta su largo y poderoso miembro. Al hacerlo, sus nudillos presionaron contra mi zona del placer y yo jadeé y me retorcí de gusto. Agarré con fuerza y noté toda su masculinidad a través de la fuerte tela de los *jeans*. Su miembro era grande y grueso, mucho más que mi vibrador. ¿Era aquel bulto especialmente duro cerca de la punta su...? Ni siquiera sabía cómo llamarlo. Quería verlo, verlo todo, me moría de deseo. Ruger mantenía los nudillos aplastados contra mi abertura y lancé un gemido, sin poder contenerme.

Su mirada se ensombreció.

—Deseas esto tanto como yo —dijo por fin— y no se nos va a pasar así como así. Vamos a arder hasta que uno de los dos explote y salgamos heridos. Terminemos con esto de una vez. Necesito estar dentro de ti, Sophie.

—También necesitabas estar dentro de tu rubia la otra noche y mira cómo acabó todo —repliqué—. ¿Vas a darnos una patada también, a mí y a Noah, si la cosa se pone incómoda?

 121

—Si piensas eso, estás muy equivocada —respondió él.

—¿Sobre lo de darnos la patada? La cosa no va a funcionar, Ruger —le dije—. Tú y yo durmiendo juntos y tú acostándote con otras por ahí. A un rollo de una noche lo puedo dejar sin problemas, pero contigo sería diferente.

—No, te equivocas en lo de que necesitaba estar dentro de esa chica la noche pasada —corrigió—. Te necesitaba a ti. No hice más que pensar en ti mientras estaba fuera. Cada puta noche me acosté con el miembro tieso y me desperté aún peor, sin que importara cuántas veces me lo sacudiera o a quién me follara por el camino. Cuando regresaba desde Portland, la noche pasada, sabía que si entraba en esta casa, con todo oscuro y tranquilo, bajaría a buscarte a tu cuarto, me metería en tu cama, te metería los dedos y te abriría para mí, quisieras o no. Así pues, decidí probar otra cosa, porque habíamos decidido que no íbamos a acostarnos juntos. No funcionó.

Yo había empezado a frotarle el miembro con la mano, a través de la tela de los pantalones. Me resultaba complicado concentrarme en sus palabras mientras lo hacía y sentía sus nudillos apretados contra mi abertura. Ahora nos movíamos rítmicamente, arriba y abajo, y mis caderas presionaban hacia delante, rebelándose contra todo pensamiento racional.

—¿Lo dices para que me sienta mejor? —pregunté—. Lo digo porque, al verla, sentí ganas de matarla. Y a ti. No tengo ningún derecho a sentirme así.

—Tampoco yo tengo ningún derecho a ponerte límites, pero pienso hacerlo de todos modos —respondió él—. Nada de joder con los del club. Mejor dicho, nada de joder por ahí y punto. Eres mía.

A esto no repliqué con palabras, sino que le metí la mano por debajo de los pantalones y mis dedos buscaron el miembro desnudo. Palpé la barra de metal que le perforaba el glande, con dos bolas de hierro en cada extremo, arriba y abajo. Las rocé lentamente y él gruñó de placer.

—Imagínate estas dos dentro de ti —murmuró con los ojos cerrados, mientras sus caderas saltaban hacia delante, como en un espasmo—. Primero te las frotaría contra el clítoris y después te rozarían el punto G durante todo el tiempo que te estuviera follando. No has sentido algo así en tu puta vida.

Al imaginar aquello me puse muy tensa. Jugueteé con las bolas de metal unos segundos más y después escarbé más a fondo con la mano y le

agarré firmemente el tronco del miembro. Él gimió de gusto y yo apreté con fuerza, casi furiosa por desearlo tanto

Abrió los ojos y me dedicó una sonrisa perezosa.

—¿Quieres hacerme daño? —susurró—. Nunca podrás, nena. Aprieta todo lo que quieras, que no me harás nada. Soy más fuerte que tú, lo que quiere decir que al final venceré. Así es como está hecho el mundo.

—No es justo —repliqué, en voz baja. Ruger se inclinó hacia mí y apoyó la frente contra la mía. A continuación, sus dedos se deslizaron hacia el interior de mis *shorts*. Sentí como descendían, uno por cada lado de mi centro del placer, agitándose y apretando alternativamente. Su miembro palpitaba en mi mano, duro y caliente.

—La vida no es justa —repuso él—. A veces tienes que conformarte con lo que tienes.

—¿Esto sería solo una vez? —pregunté, debatiéndome en la tentación. ¿Podía hacerlo? ¿Entregarme a él una vez y después seguir igual y pretender que no había pasado nada?

—No tengo ni idea —respondió él y su voz se endureció—. Seguramente no sería la única vez. Hace mucho tiempo que te deseo, Soph. Nunca he olvidado tu sabor, ni un solo día en los últimos cuatro años. Dios, era increíble.

Se me cortó la respiración.

—¿Y después? —pregunté.

—Pues seguimos adelante con nuestra vida —respondió él—. Te guardaré respeto y tú también a mí. No traeré más mujeres aquí. No debería haberlo hecho de todos modos. Hay camas en el club.

—Tú sigues adelante —dije lentamente, mientras notaba cómo algo se desgarraba en mi interior— y yo no seré más que una muesca en tu cinturón, porque eso es lo que haces. Te lo haces con mujeres y después les das la patada.

—Bueno, es mejor que hacerlo solo con la mano —replicó él—. Nunca he pretendido ser lo que no soy, nena. No voy a sentar la cabeza. No quiero compromisos. Me gusta mi vida tal como es. La mayoría de los hombres piensan lo mismo, pero la diferencia es que yo no lo oculto.

—Por eso es un error todo esto —le dije—. Sería mejor que me marchara abajo ahora mismo y que olvidáramos lo que ha ocurrido.

Ojalá fuera diferente, pensaba para mis adentros. Siempre había sabido cómo era Ruger, pero oírle decirlo tan a las claras me llegó muy adentro. Sin embargo, mi mano continuaba deslizndose arriba y abajo de su miembro, rozando las bolas de metal, recogiendo las gotas de líquido que ya habían escapado y utilizándolas para lubricar el movimiento. Él por su parte continuaba trabajándome con sus dedos y un violento escalofrío me recorrió la columna vertebral. Noté cómo los músculos internos se me contraían y la humedad comenzaba a inundarme.

—Enseguida paramos —dijo Ruger, frotándome lentamente la nariz con la suya—. Solo un poco más.

Sus labios abrieron los míos de nuevo y su lengua penetró en mi boca y la llenó, tal y como yo quería que su masculinidad llenara mi cuerpo. Me resultaba muy difícil estar atenta a todas las sensaciones que me asaltaban, los besos hambrientos de Ruger, sus dedos en mi abertura, su miembro palpitante en mi mano... Todo aquello se mezclaba en una única sensación de ardiente deseo. Entonces él aceleró el movimiento de los dedos y lo olvidé todo excepto mi propio placer, aunque la sensación pronto fue superada por otra aún más intensa, la violenta tensión que creció en mi interior en el momento en que él retiró la boca y me subió la camisa. Acto seguido me descubrió los pechos y succionó con fuerza uno de mis pezones, acariciándolo con la punta de la lengua. El contraste entre el duro metal del *piercing* y la carne caliente y húmeda de su lengua destruyó toda la capacidad de pensar con claridad que me quedaba. El poderoso cuerpo de Ruger me rodeaba. Sus dedos jugueteaban sin cesar en el epicentro de mi placer y yo no podía hacer nada excepto dejarme caer arrastrada por aquella increíble catarata de sensaciones.

Jadeé con fuerza, cerca del clímax.

Mientras la boca de Ruger mantenía mi pezón atrapado, agarró el otro con los dedos, tiró de él y lo retorció. Gemí sin poder contenerme. Sentía cómo llegaba la explosión y solo necesitaba un poco más para precipitarme sobre el borde. Entonces él dejó de agitar los dedos y presionó con fuerza. Sentí que las caderas me palpitaban descontroladas mientras caía al abismo y todo mi cuerpo se agitó con furia sobre la mesa, como sacudido por calambres. Ruger volvió a cubrir mi boca con la suya y me besó lentamente, mientras los temblores que recorrían mis miembros iban perdiendo intensidad. Cuando todo acabó, quedé totalmente relajada, como una muñeca inerte en sus brazos.

Ruger me miró fijamente a los ojos.

Era el rostro del deseo, un deseo como nunca había visto en ningún hombre. Ya había parado de agitarle el miembro, pero seguía sujetán-

doselo en mi mano. Se había hecho más grande y grueso y no tardé en reanudar el movimiento, con más fuerza. Sus fluidos lo impregnaban todo y mis dedos se deslizaban desde la base hasta su cabeza perforada. Así permanecimos durante unos segundos que me parecieron eternos, mirándonos fijamente, mientras yo aceleraba sin cesar mi movimiento de vaivén. Al cabo de un minuto, su rostro pareció oscurecerse y su respiración se aceleró. Entonces se llevó las manos a los pantalones, los bajó de golpe y liberó completamente a la criatura que habitaba en ellos. Cubrió mi mano con la suya y reanudamos juntos el movimiento, arriba y abajo, con mucha más fuerza que cuando lo hacía yo sola. Con cada acometida, la palma de mi mano frotaba las bolas de acero y él lanzaba un rugido de placer, hambriento, primitivo.

—Déjame entrar, Sophie —dijo Ruger, jadeante, con voz dolorida de deseo. Sacudí la cabeza y cerré los ojos, porque no quería que viera lo cerca que estaba de dar mi brazo a torcer.

—No —dije, a punto de echarme a llorar—, no voy a follar contigo para después verte con otras mujeres. No puedo hacerlo. Me conozco, Ruger. A menos que me digas aquí y ahora que quieres intentar algo conmigo en serio, no puedo acostarme contigo. Déjame acabar esto y lo dejamos aquí.

Ruger apretó con más fuerza aún la mano con la que yo le mantenía sujeto el miembro, cerró los ojos y se estremeció con violencia. Entonces, repentinamente, me apartó la mano, me la llevó a la espalda y apretó mi cuerpo contra el suyo, haciéndome pasar de amante a prisionera con tal facilidad que me aterrorizó.

—Sin mentiras —dijo con voz ronca. Su rostro estaba enrojecido y el pecho le subía y le bajaba, agitado. Todo en él estaba duro como una roca, desde los pectorales que aplastaban mis pechos hasta el miembro que presionaba contra mi vientre.

—No habrá manipulaciones entre nosotros, nena —prosiguió—. Lo que hay es lo que hay, pero puedo hacértelo como nunca te lo han hecho en tu vida. Te lo garantizo.

—¿Como nunca en mi vida? —dije y mis propias palabras cayeron sobre mí como un jarro de agua fría, que atravesó la niebla de mi atontamiento.

Mierda, joder ¿qué es lo que estaba haciendo?

Había perdido la puta cabeza.

Ruger podía ser un tío maravilloso para Noah, pero no permitiría que jugara con mi cuerpo y no digamos con mi corazón.

 125

—Zach ya me lo hizo como nunca en mi vida, Ruger —dije y subrayé cada una de las palabras— y aprendí bien la lección. El sexo dura poco, pero lo cambia todo. Eso es algo que los hombres como tú no pueden entender.

Se separó de mí bruscamente y me taladró con la mirada.

—Dios, eres una auténtica perra —dijo.

—No soy ninguna perra —dije, esforzándome por mantener la voz tranquila—. Soy una madre. No puedo permitirme jugar a este juego contigo, Ruger. Me destrozaría y también a Noah.

—Joder, no puedo creerlo —murmuró y dejó caer la mano con fuerza sobre la mesa, junto a mí. Di un respingo, sorprendida, mientras él se subía los pantalones y se los abrochaba. Su rostro reflejaba dolor y frustración. Sin embargo, no se apartaba de mí ni me dejaba ninguna vía de escape. Al contrario, me agarró los hombros con sus grandes manos y me sacudió.

—Nada ha cambiado —rugió, con ojos ardientes de rabia y de deseo contrariado—. Si vas a esa fiesta, mantendrás las manos quietas. Es una puta orden. Nada de flirteos, nada de tocar a nadie, nada de nada. Los que van ahí no son boy scouts precisamente y no estarán muy contentos si empiezas algo y después no quieres terminarlo. Mantén la distancia ¿está claro?

—Como el agua —respondí—. Te entiendo perfectamente.

—Te lo agradezco —dijo mientras se apartaba para dejarme pasar, lo que me hizo respirar hondo, casi mareada de alivio. Su expresión me asustaba. Siempre lo había hecho, en cierta medida, pero como había dentro de mí algo definitivamente mal ajustado, me ponía caliente en la misma medida que me asustaba. Ruger era capaz de extraer todo el sentido común de mi organismo.

—Ahora, lárgate de mi casa —añadió mientras se echaba el pelo hacia atrás—. Vete por ahí a dar una vuelta, de compras, lo que te dé la gana, pero no vuelvas hasta que no hayas recogido a Noah en el colegio. A esa hora yo ya me habré ido.

—¿A dónde vas? —pregunté.

—¿De veras crees que eso es asunto tuyo? —inquirió a su vez, arqueando las cejas—. No somos amigos con derecho a roce, tú no eres mi dama y no recuerdo haberte puesto a cargo de mi vida.

—No me debes nada —dije. «Pero tampoco puedes controlarme», quise añadir, pero no me atreví. Demasiado gallina para decir aquello en

voz alta. Ruger me observó sin decir nada, con una interrogación en la mirada.

—Lo siento —continué—. No eres para nada como Zach, lo sé muy bien, pero esto no nos afecta solo a ti y a mí, afecta también a mi hijo. Él no puede perder otro hogar simplemente porque no seamos capaces de mantener los pantalones puestos, Ruger.

—¿He hecho alguna vez algo que pudiera herir a ese niño? —preguntó.

—No digo que lo hicieras a propósito —respondí.

—Lárgate de una puta vez antes de que cambie de idea, Sophie, joder —dijo.

Me largué de una puta vez.

Kimber: *¡No me jodas! ¿Te estás quedando conmigo? ¿Su rabo en tu mano y dijiste que noooo?*

Yo: *Ojalá fuera broma. Va en serio.*

Kimber: *Por un lado creo que te libraste de una buena. Por otro, creo que deberías haberte abierto de patas.*

Yo: *Eso lo habría empeorado todo. Me dijiste que me mantuviera a distancia de él ¿recuerdas?*

Kimber: *Bueno, ya ha empeorado lo suficiente, tonta del culo. La has cagado y estáis bien jodidos. El sexo solo es el síntoma. El problema es el rollo tan complicado que tenéis entre vosotros. Te desea más de lo que yo pensaba.*

Yo: *No jodas.*

Kimber: *Y tú no seas lerda. Las reglas han cambiado ¿no lo ves? Recuerda: yo le conozco. No es así con otras mujeres. Retiro lo dicho sobre que era una mala idea. Deberías ir a por él. De todos modos vas a pagar el precio, así que al menos pásatelo bien. La cosa ya se ha jodido sin vuelta atrás.*

Yo: *Eso es verdad. La situación se me hace cada vez más dura.*

Kimber: *¿Más DURA? Pues estupendo entonces:-)*

Yo: *¡Pervertida!*

Kimber: *Estás celosa de lo sabrosona y pervertida que soy. Bueno, creo que te quiere de verdad, digo, para tenerte a su lado.*

Yo: *¿Cómo que tenerme? No soy un gatito.*

Kimber: *Así te vas a quedar si no te pones las pilas, como un gatito mojado. Te lo digo en serio. Piénsalo.*

Yo: *Te odio. Aunque me quiera, de todas formas no va a parar de ir follando por ahí. Mal negocio.*
Kimber: *Eso sí. Necesitamos un plan. Y también margaritas. Eso lo cura todo. ¿Vienes esta noche?*
Yo: *Mmm, no sé si hay tiempo. Hoy vienen a verme las chicas del club.*
Kimber: *¿A qué hora?*
Yo: *Siete.*
Kimber: *Me paso y llevo el mezclador y la bebida. Compra hielo, si no tienes.*
Yo: *No se...*
Kimber: *Es mejor que te decidas de una vez, Soph. Más tarde o más temprano te vas a acostar con él. Voy para allá, lo hablamos y vemos qué es lo mejor para hacer que se porte bien.*
Yo: *Le encanta decirme todo el rato lo que tengo que hacer. Va de jefe el caraculo este.*
Kimber: *Jajaja.*
Yo: *Zorra.*
Kimber: *Gracias, sé que me adoras. Te veo esta noche.*

Sentí que me iban a estallar los globos oculares.

O tal vez a saltar disparados de mi cabeza.

Nunca había probado nada tan fuerte como el trago que acababa de prepararme mi nueva amiga Em. Faltó un pelo para que se me fuera por la nariz, pero conseguí a duras penas mantener un mínimo de dignidad, mientras me ardía la garganta como si me bajase lava y los ojos se me llenaban de lágrimas. Las mujeres sentadas en torno a la mesa de la terraza se echaron a reír todas a una, como un grupo de brujas. Como no podía decir palabra, les dediqué a todas un gesto amistoso con el dedo corazón hacia arriba.

Lo que las hizo reír más fuerte aún.

Aunque el día había empezado fatal, con mi extraño y frustrante episodio junto a Ruger, por la tarde las cosas habían mejorado notablemente. Poco después de las siete habían llegado cuatro de las chicas de los Reapers, Maggs, Em, Marie y Dancer. Llegaron con *pizzas* y un montón de botellitas de licor fuerte, de esas que dan en los aviones. Al principio me había sentido un poco abrumada, sin saber quién era quién, pero al cabo del rato ya me había aclarado bastante.

Maggs era la dama de Bolt, uno de los moteros, que estaba en la cárcel. Parecía muy normal para tratarse de la mujer de un presidiario

y no digamos para ser su chica o, como ellos decían, su «propiedad». La verdad, a mí aquel término me sonaba de pena, pero las chicas parecían aceptarlo con orgullo. Maggs tenía el cabello rubio, lleno de rizos salvajes, y lo llevaba por los hombros. Era menuda y muy atractiva, con una sonrisa tan simpática que te la contagiaba sin que pudieras evitarlo.

La verdad es que tenía muchísimas ganas de preguntarle por qué estaba su hombre en la cárcel, pero por una vez me las arreglé para mantener la boca cerrada.

Dancer era alta y elegante, con la piel muy bronceada y pelo largo y liso. Tenía que ser medio india, decidí. ¿De la tribu de los *coeur d'alene*, quizá? Tampoco quise preguntarle, pero me parecía probable, puesto que había crecido allí. Estaba casada con un tipo llamado Bam Bam y Horse era su medio hermano —la madre de ambos lo había tenido a él muy poco después de casarse con su segundo marido, cuando Dancer tenía dos años. Em era muy joven, creo que más que yo. Tenía unos increíbles ojos azules, con finos anillos oscuros alrededor del iris. Era más o menos como yo de alta y llevaba su cabello castaño recogido en un moño bastante desaliñado. Era la hija de un tal Picnic.

Por último, estaba Marie, una chica menudita de cabello castaño muy largo y muy espeso, y de personalidad chispeante. Era la dama de Horse, lo que me resultaba algo difícil de imaginar —con lo enorme que era él, parecía increíble que no la rompiera en dos cuando... en fin—. Llevaba un anillo de compromiso de un tamaño muy llamativo, una piedra azul rodeada de pequeños diamantes. Al parecer la boda estaba prevista para fin de mes. El duro motero al que había conocido en Seattle no parecía el tipo de hombre fácil de arrastrar al altar, pero al parecer Marie lo había conseguido.

Enseguida dejó claro que yo estaba invitada a la boda y a su despedida de soltera, la cual, como era costumbre entre ellas, sin duda haría sonrojar a los mismísimos Reapers.

La asistencia no era optativa...

Cuando llegaron y subí a abrirles la puerta, era la primera vez que cruzaba la devastada sala de estar y la cocina desde la escena de la mañana. Sin embargo, para mi sorpresa, Ruger había recogido bastante. El suelo no brillaba como antes, pero las botellas vacías habían desaparecido y los asientos estaban en su sitio. Las mujeres entraron en tropel, todo abrazos, sonrisas y bolsas de comida y bebida. Las conduje al piso de abajo y les presenté a Noah, que había pasado la tarde recogiendo flores para adornar la mesa. El pillín de mi hijo se hizo con ellas al instante, como cabía esperar.

—Tengo un niño que es un año mayor que tú y otro que es un año más pequeño —le dijo Dancer—. Si quieres un día te llevo para que los conozcas y puedas jugar con ellos.

—¿Tienen Skylanders? —preguntó Noah, que nunca se cortaba—. Si los tienen, podemos ir a tu casa. Si no, mejor que vengan aquí y así les enseño el estanque.

—Mmm, bueno, deja que le pregunte a tu madre y lo vemos —respondió Dancer.

Noah se encogió de hombros y salió corriendo al jardín. No iba con él eso de perder el tiempo en conversaciones inútiles.

El único momento incómodo se produjo al llegar Kimber, justo cuando Noah acababa de acostarse. Mi amiga bajó por las escaleras muy sonriente, pero cuando Maggs y Dancer la vieron, pusieron una cara bastante extraña. Sabían algo de ella, estaba claro, pero fuera lo que fuese, Em y Marie no estaban al corriente. Kimber depositó la licuadora que traía sobre la encimera de nuestra cocina, se dio la vuelta, cruzó los brazos y miró a su alrededor sin una pizca de timidez.

—Hola, soy Kimber —dijo— y voy a dejar las cosas claras. Durante un tiempo trabajé en The Line y ahí me «trabajé» a Ruger y a un montón de tipos, la mayoría clientes del bar, pero también a algunos Reapers. ¿Queréis que os dé más detalles o con esto es suficiente?

—Jooder —dijo Em—. Eso es lo que se dice hacer una entrada.

—Habría sido mejor si hubiera podido llevar el vodka e ir preparando los cócteles por el camino —respondió Kimber—. Bueno, chicas ¿os van los margaritas de arándanos? Soy una auténtica artista de los margaritas, o al menos eso he oído. Podemos pasarlo de puta madre todas juntas bebiéndonos unos cuantos de estos o también podéis turnaros para llamarme puta, lo que será mucho menos divertido, pero en fin, también es posible. En todo caso, pienso quedarme aquí, así que adelante con lo que sea.

—¿Jodiste con Bolt, Horse o Bam Bam? —preguntó Em, claramente fascinada. La tensión en el ambiente se hizo de pronto palpable, pero Kimber sacudió la cabeza.

—No, qué va —respondió—. No sé ni quién es Horse. Conocí a Bolt y a Bam Bam, pero nunca de cerca. Estaban bien pillados, por lo que oí.

—Me gusta oír eso —murmuró Dancer y sus labios esbozaron una sonrisa—. Entonces dejamos lo de puta ¿no?

La tensión desapareció y Kimber demostró que, efectivamente, era una auténtica artista de los margaritas.

Ya era medianoche y llevábamos metidos en el cuerpo unos cuantos cócteles. Kimber había sido la reina de las fiestas en la época del instituto y era evidente que no había renunciado al título del todo.

—Ya me entendéis —decía con voz seria al resto de nosotras, todas sentadas alrededor de la mesa de la terraza de Ruger—. Me encanta ser madre, pero tengo que salir de vez en cuando. ¡No tenía ni idea de que sus pequeños cuerpos pudieran contener tantos fluidos!

Dancer rió con tantas ganas que casi se cayó de la silla.

—Ya sé lo que es eso —dijo—. A veces empiezan a soltarlos y crees que van a desinflarse como un globo o algo así.

Choqué los cinco con Kimber, feliz de que tuviera un hijo al que quería y feliz también de que el mío hubiera pasado hacía tiempo la edad de los fluidos.

—Es por eso por lo que no pienso tener bebés de momento —declaró Em—. Está claro que no solo pierdes la libertad, sino también la cabeza. Joder, sois patéticas.

—Para tener un bebé antes hay que tener sexo —intervino Marie mientras movía teatralmente las cejas y daba un codazo a Em—. Por eso no paro de repetirte que tenemos que salir y conseguirte un hombre. Vamos, decídete, hay que romper de una vez ese himen.

—¿Me dan una *pizza* gratis si me lo rompen diez en una noche? —replicó Em—. En serio, no sé a qué estoy esperando, llegado este punto.

—Bueno, en todo caso no te molestes en esperar a Painter —terció Maggs—. Ya hace tres meses que lleva su parche, pero no vemos que madure.

—No es eso —replicó Em, con el ceño fruncido y sacudiendo la cabeza—. Yo estaba por él ¿sabes? La verdad es que me gustaba mucho, pero lo jodió todo. Le importa mucho más no cabrear a mi padre que estar conmigo.

—Para ser justos, tu padre tiene una reputación que impone un poco —intervino Dancer, con voz seca—. A tu último novio le pegó un tiro. Ante eso, cualquiera se lo pensaría.

 131

Miré a Em con interés renovado, tratando de recordar quién era su padre. Ah, claro, su padre era Picnic. ¿Picnic? ¿Qué clase de nombre era ese? Casi tan raro como Horse...

—¿De dónde demonios salen todos esos nombres? —pregunté abruptamente, removiéndome en mi silla, y todas me miraron con asombro—. ¿Picnic? ¿Bam Bam? ¿Horse? ¿Qué madre le pone Horse a su bebé? ¿Y qué hay de Ruger? Su nombre es Jesse, joder, así es como le llamaba su madre.

Las chicas se echaron a reír al unísono.

—¿Qué os hace tanta gracia? —pregunté, algo mosqueada. La pregunta iba en serio.

—¡Ja, ja, creías que eran nombres de verdad! —exclamó Marie—. Es gracioso, porque sé exactamente lo que piensas. Yo hice la misma pregunta. Horse es un nombre ridículo ¿no crees?

La miré fijamente.

—¿Es una pregunta trampa? —inquirí—. No quiero insultar al hombre con el que vas a casarte y que por cierto da bastante miedo. Va por ahí con un bate de béisbol y un rollo de cinta adhesiva. Con un paquete de bolsas de basura de las grandes, ya tendría el kit completo del asesino en serie. Conozco esas cosas. Veo mucho la televisión.

De la risa, el margarita se le fue a Marie por la nariz.

—El verdadero nombre de Horse es Marcus —dijo Dancer, con cara de exasperación pero entre risas—. Es mi hermano, por cierto. Horse es solo su nombre de carretera, como un apodo, ya sabes. La mayoría de los chicos del club los tienen y las chicas también. Dancer es mi nombre de carretera.

—¿Y cuál es tu nombre real? —pregunté.

—Sin comentarios —respondió Dancer.

—Agripina —declaró Em, orgullosa—. Créetelo.

Dancer le sopló un chorro de margarita helada a través de su pajita.

—¡Zorra traidora! —le espetó.

—¿Os estáis quedando con nosotras? —dijo Kimber, mirando a las dos chicas alternativamente—. ¿Agripina? ¿Por Agripina la Joven o la Vieja?

Todos la miramos boquiabiertas.

—Mi madre era un poco friki con la historia de Roma —comentó Dancer y yo sacudí la cabeza, ya que había perdido el hilo de la conversación. Las margaritas no ayudaban. ¿De qué narices iba aquello? Ah, sí, de nombres de carretera.

—Entonces... ¿por qué le llaman Horse? —pregunté por fin. Marie se puso roja hasta la raíz del pelo y miró hacia otro lado.

—¡Aja! —exclamó Dancer y estampó la mano contra la mesa, para dar énfasis—. Horse dice que le llaman así porque es un superdotado, pero yo conozco el verdadero motivo. Cuando era un niño, como de tres o cuatro años, llevaba siempre un caballito de peluche que tenía y con el que dormía y todo. Un día nos peleamos y él empezó a pegarme con el peluche. Entonces mi madre se lo quitó y me dio a mí, y él empezó a perseguirme gritando «caballito, caballito». Por eso empezamos a llamarle así, para tomarle el pelo, y se le quedó.

Marie abrió ojos como platos.

—¿Estás hablando en serio? —preguntó y la cara de Dancer se iluminó con la alegría malévola que solo una hermana mayor puede sentir.

—Su padre insistió hasta el día de su muerte en que el nombre se debe a que la tiene como un caballo —dijo Dancer—, pero te juro que en realidad es por el caballito de peluche. No dejes que te engañe.

—¿Y se lo devolviste? —preguntó Em, sin aliento. Dancer sacudió la cabeza.

—Aún lo guardo —respondió— y te prometo, Marie, que te lo voy a regalar el día de tu boda con ese borrico. Te ayudará a mantenerlo en su sitio.

Casi explotamos de la risa y Kimber sirvió otra ronda de margaritas con un cucharón gigante que había encontrado en la cocina de Ruger. La fiesta no tenía pinta de acabar pronto...

—¿Y todos los nombres son así? —quise saber, para continuar con el tema—. Quiero decir... ¿los moteros no deberían tener nombres como Asesino, o Tiburón o, yo qué sé... la Venganza de Thor?

—¿La Venganza de Thor? —preguntó Maggs, elevando una ceja—. ¿Hablas en serio?

—Ese es simplemente tonto —terció Em—. Los nombres de carretera se pegan porque pasa algo que hace que se peguen, ya sabes, una historia divertida o una cosa estúpida que hace uno. Te los ganas, como cualquier apodo de los que daban en el colegio.

—Emmy Lou Who, por ejemplo —dijo Dancer, pestañeando con expresión inocente. Em la taladró con la mirada.

—Cierra el pico, Agripina —le replicó Em.

—No, en serio, también tienen una función —explicó Maggs—. Si la gente no conoce tu verdadero nombre, es más difícil que puedan denunciarte a la policía.

—¿Y qué pasa con Ruger? —pregunté—. Que yo sepa, siempre le han llamado así.

—Ni idea —dijo Dancer con el ceño fruncido—. Tendrás que preguntárselo a él. Ruger es una marca de armas de fuego, tal vez sea eso. A Picnic le dieron su nombre porque le rompió a un tipo una mesa de picnic en la cabeza.

—Hablando de... —cambió el tercio Marie—, no hemos terminado la conversación sobre la situación de Em. Nena, tienes que conseguir que tu padre se tranquilice un poco. Nadie querrá salir contigo si sigue con su costumbre de disparar contra tus novios.

—No le pegó un tiro por estar saliendo conmigo —repuso Em—. Aquello fue un accidente de caza y el chico salió ileso. El hecho de que estuviera poniéndome los cuernos no fue más que una coincidencia.

Las chicas rieron de nuevo, excepto Kimber y yo, que nos limitamos a mirarlas en silencio.

—Sigue repitiéndote a ti misma esa historia todo el tiempo que quieras —murmuró Dancer.

Tomé nota mentalmente de que debía averiguar lo que había ocurrido en realidad con Em y su novio.

—Cambiemos de tema —dijo Em y miró a su alrededor, en busca de una nueva víctima, hasta que sus ojos se posaron en mí—. Como por ejemplo... Mmm. Bueno, Sophie, cuéntanos. ¿Qué noticias hay entre tú y Ruger? ¿Os acostáis o qué?

Todas —Kimber incluida— se volvieron para mirarme. Mi amiga me hizo un gesto apremiante, incitándome a hablar, pero yo sacudí la cabeza y mantuve la boca cerrada.

—Mierda, tengo que hacerlo yo todo —explotó Kimber—. Bueno, aquí va la historia.

Diez minutos más tarde, las chicas lo sabían todo —demasiado— sobre lo mío con Ruger y me juré para mis adentros que jamás volvería a decirle nada a Kimber. Nada, ni siquiera dónde guardaba el papel higiénico, ya que no podía confiar en ella.

—¿Y entonces se guardó la herramienta en los pantalones y se largó? —preguntó Em por tercera vez, claramente pasmada—. ¿Ni siquiera se puso a gritar y a decir palabrotas?

Negué con la cabeza. Debería haberme sentido avergonzada, pero estaba un poco demasiado bebida como para apreciar totalmente mi humillación. Estúpida Kimber. Perra traidora.

—Es un cerdo que va de cama en cama —declaró Kimber, encogiéndose de hombros—. ¿Quién sabe las razones que mueven a los tipos así? En lugar de preguntarnos por qué lo hace, tenemos que concentrarnos en resolver el problema real. ¿Cómo lo hacemos para conseguir que os acostéis de una vez?

—¡No! —exclamé—. No pienso meterme en la cama con él. ¿Es que no has entendido nada? Eso lo fastidiaría todo aquí, para mi hijo y para mí.

—No seas estúpida, ya está todo jodido —replicó ella—. Te dije que mantuvieras la distancia, pero tú decidiste cruzar el Rubicón.

—¿Qué demonios significa eso? —pregunté.

—Significa que tenemos que elaborar un plan de acción —respondió—. Mantener la distancia ya no es una posibilidad.

—No, digo que qué narices es eso del Rubicón —insistí y Kimber suspiró, frustrada.

—Es el río que separa la Galia Cisalpina de Italia —explicó—. Ahí es donde los generales romanos solían dejar a sus ejércitos antes de regresar a casa, como señal de que no eran una amenaza para la República. Hace dos mil años, Julio César tuvo que tomar una decisión sobre si debía obedecer al Senado o llevar consigo a sus tropas y dar comienzo a una guerra civil. Sus legiones cruzaron el Rubicón y aquello condujo al final de la República, aunque no de manera oficial, al principio. Fue Octavio Augusto el primero que se proclamó emperador. Un giro de pelotas en la historia de Occidente, pedazo de burra.

Todas la miramos con los ojos muy abiertos.

—¿Dónde demonios aprendiste todo eso? —le pregunté y ella me observó con rostro de exasperación.

—En el instituto —respondió—. Soy graduada en Historia. Joder ¿hay alguna ley que prohíba leer a las *strippers*? Ahora, por favor, concentración. Todas.

—A mi madre le caerías bien —dijo Dancer—. Muy bien, en realidad.

Kimber se encogió de hombros.

—Toda esta situación es como un grano enorme que hay que reventar —dijo—. El daño ya está hecho. Por tu cara se nota que estás hecha una mierda y no hay maquillaje que lo tape. Para lo que hay, más te valdría abrirte bien de piernas y después que te pague. Los dos os sentiríais mejor.

—¡Aaarggh!

—Es lo menos *sexy* que he oído decir nunca a nadie sobre el sexo —comentó Maggs—. Por primera vez en dos años, casi me alegro de que Bolt esté en la cárcel, porque no habría manera de que le pusiera un dedo encima después de oír eso.

—Lo digo como lo veo —explicó Kimber—, y ahora pensemos cuál es la mejor manera de que Sophie pueda empezar a follarse a Ruger sin que él pueda pensar que ha vencido.

—¡Kimber! —rugí y me acerqué hacia ella en son de guerra, pero al hacerlo tumbé el recipiente de las margaritas, cuyo dulce, pegajoso y delicioso contenido se derramó y salpicó a Maggs, Dancer y Marie.

Todas se echaron a reír de nuevo y esta vez Dancer se cayó de la silla, lo que añadió comicidad a la situación.

—Eso os pasa por burlaros de mis analogías históricas —proclamó Kimber, mirándonos radiante—. Soy la REINA y vosotras haréis lo que yo os diga, zorras.

—Estás loca —repliqué y metí el dedo en el pringue que cubría la mesa, para probarlo. Qué bueno estaba. Vaya desperdicio.

—Sin embargo, tienes razón en una cosa —continué—. Tal vez yo sea una persona un tanto ruin y egoísta, pero no quiero que Ruger salga ganando. Siempre gana. Tal vez sea necesario reventar el grano.

—Este debate es muy importante —sentenció Maggs, alzando una mano para hacernos callar—. Dado que somos las más veteranas, Dancer y yo seremos las moderadoras, pero en cuanto nos cambiemos de ropa. ¿Podemos sacar alguna cosa de tu armario?

—Pues claro —dije—. Voy a ayudaros.

—No te preocupes —respondió Dancer con una risilla—, lo encontraremos nosotras. Ya conocemos bien el apartamento.

Sonreí.

—Gracias de nuevo —les dije a todas—. No podéis imaginar lo increíble que fue llegar aquí y encontrarlo todo preparado. A Noah también le encanta su habitación.

—Es lo que hacemos siempre —respondió Maggs. Marie me sonrió y después se estremeció de frío, frotándose los brazos arriba y abajo.

—Uf, que frío —dijo—. Es mejor que nos cambiemos.

Dicho esto, las tres descendieron las escaleras de la terraza, en dirección a nuestras habitaciones.

—Voy a buscar un poco de agua caliente para fregar esto —dije mientras contemplaba el gran lago de margarita—. Tiene que haber algo en la cocina que nos sirva.

Entramos y comenzamos a rebuscar en los armarios de la cocina hasta que encontré dos grandes ensaladeras, que utilizamos para llevar agua caliente y echarla sobre la mesa de la terraza. Una vez recogido el desaguisado, nos sentamos de nuevo en las sillas y Kimber hizo algo útil por primera vez aquel día, al formular la pregunta que había estado hormigueándome por dentro durante toda la velada.

—Entonces... ¿eres virgen? —le preguntó a Em.

—Prácticamente —respondió ella.

—Ooh, prácticamente —repitió Kimber, inclinándose hacia delante y casi temblando de curiosidad—. Pero bueno ¿qué es lo que te pasa con lo de la virginidad? ¿Cuántos años tienes, en realidad?

—Veintidós —respondió Em, a quien las preguntas no parecían incomodar en absoluto—. Soy virgen porque no he querido hacerlo con cualquiera, solo por hacerlo. Lo malo es que los que no son cualquiera se asustan de mi padre. La verdad es que da miedo. Mi hermana se enfrenta a él, pero parece que yo soy incapaz. Sigo en casa sin poder independizarme, mientras ella disfruta de la vida en Olympia y es mi hermana pequeña. Aún sigo sin entender cómo me ha podido pasar esto.

—¿Siempre has vivido en casa de tu padre? —preguntó Kimber—. No me extraña que seas virgen.

—No, viví en Seattle durante mi primer semestre en el instituto —respondió Em—, pero no tenía muy claro qué quería ser y además, en cuanto se corrió el rumor sobre quién era mi padre, los chicos empezaron a evitarme. No me ayudó el que apareciera un día en el colegio mayor para anunciar que al primero que me quitara la ropa le quitaría él sus partes.

—La hostia —murmuré y Kimber tragó saliva.

—Es un poco fuerte, ya lo sé —comentó Em, mientras hacía un gesto de rechazo con las manos—. Así es mi padre. Mi madre lo mantenía bajo control, pero murió hace tiempo. Es el presidente del club, aquí, en Coeur d'Alene, así que no hay mucha gente que pueda enfrentarse a él.

—¿Y qué hay de ese chico, Painter? —pregunté. Em dejó caer la cabeza sobre la mesa y se la golpeó contra ella de forma teatral.

—Painter —dijo—. Painter es un grano en el culo para mí. Hasta hace unos meses era un aspirante, pero ahora ya es un miembro pleno de los Reapers, con su parche y todo. Parece que le gusto, ha flirteado conmigo y espanta a los otros chicos que se acercan a mí, pero cada vez que me lanzo sobre él, sale corriendo como una puta gallina mojada. Siempre.

Kimber sacudió la cabeza, con aire de quien está al corriente de todo.

—Ya, asustado de tu padre —dijo—. Es una causa perdida, nena. Tienes que buscarte a otro.

—Sí, lo sé —respondió Em con tono melancólico—. Entendía su actitud antes, cuando era un aspirante, y procuraba no presionarle demasiado. Siempre es dura la etapa de ingreso en el club. Sin embargo, ahora ya ha conseguido su parche. Tendría que dar un paso al frente o retirarse, así que lo nuestro se ha acabado.

—¡Por la puta vía directa, entonces! —exclamó Kimber mientras daba un puñetazo en la mesa, sobresaltándonos a todas—. Vámonos a Spokane el próximo fin de semana, nosotras tres. Por lo que sé, Maggs, Marie y Dancer están obligadas a vigilarte, porque son parte del club, pero nosotras no. Sophie y yo vamos por libre. Encontraremos a alguien que te desvirgue y después a un hombre que tenga lo que hay que tener. Está claro que ese Painter es un saco de mierda.

—La verdad es que he estado en contacto con alguien, por Internet —dijo Em, sonrojándose un tanto—. Me gusta mucho. Hemos estado chateando durante unos dos meses y hace poco que hemos empezado a llamarnos. Me gusta, de veras, pero aún sigo pensando que Painter...

—¡Que le jodan a ese Painter! —declaró Kimber con énfasis—. No es un hombre de verdad. Tal vez tu chico online tampoco lo sea, pero nosotras te cubriremos. Mira a ver si está libre la semana que viene y lo organizamos todo. Nos vemos en un lugar público y alquilamos habitaciones en el mismo hotel. Así estarás segura.

A Em le brillaron los ojos. La idea me parecía un poco disparatada y fruncí el ceño.

—Bueno... —dijo Em por fin—. Uf, no puedo creer que vayamos a hacer esto. ¿Y qué pasa con Sophie? No creo que a Ruger le apetezca que salga por ahí así como así.

De pronto sentí que no me importaba nada lo estúpido que sonara lo que fuera a decir. Mi cuñado no mandaba sobre mí. Que le dieran. Nada como unos buenos tragos para infundir valor a una chica.

—Contad conmigo —dije—. Ruger no me dice lo que tengo y lo que no tengo que hacer.

—¿En serio? —preguntó Em, escudriñando mi expresión en la oscuridad—. ¿Estáis dispuestas a que salgamos y hagamos esto?

—¿Por qué no? —repuse—. Ruger no es mi jefe y Kimber tiene que salir de vez en cuando. Comprobaremos quién es ese chico con el que has contactado. Haremos un par de llamadas para averiguar si merece la pena. Si no es así, siempre hay donde escoger. Créeme, si Kimber no te consigue un hombre, es que no existe. Es un auténtico sabueso sexual. Siempre lo ha sido.

—Así de claro, nena —confirmó mi amiga sin rastro de azoramiento—. Le preguntaré a Ryan si puede cuidar a Noah, Soph. Me lo debe. Él se va por ahí a jugar al póker todas las semanas. Cuando estaba embarazada, le dije que, si yo no bebía, él tampoco debía hacerlo y pasó de mí completamente. Para colmo, va y me compra un monovolumen. Un puto monovolumen. ¿Qué hombre le hace eso a una chica?

No pude evitar echarme a reír. Em se contagió y pronto las tres estábamos ahí, «ja, ja, ja», sin saber muy bien por qué. Todavía reíamos como hienas borrachas cuando regresaron Marie, Dancer y Maggs. Tenían una pinta muy rara con mi ropa puesta, sobre todo Dancer, que era demasiado alta —y con demasiadas curvas— como para ajustarse bien dentro de mis prendas. Había encontrado unos pantalones de yoga y una vieja camiseta, que llevaba muy apretados en las zonas críticas.

—A Bam le va a encantar esto —comentó bailoteando y sacudiendo vivamente el trasero ante nosotras—, si es que llega hoy a casa. ¿Alguien sabe cuál es el plan de los chicos?

—Hay una fiesta para los hermanos invitados de las otras secciones —dijo Marie—. Creo que han organizado una gran reunión del club. Horse estará aquí en una hora para llevarnos a casa. Maggs y yo vamos a ayudar a preparar el desayuno mañana, por si alguien más quiere unirse. Lo que es la comida, ya está casi resuelta. Tienen preparado un cerdo entero para asar, así que solo tenemos que preocuparnos de los aperitivos y los acompañamientos.

—Yo puedo acercarme al supermercado a comprar por la mañana —dijo Dancer—. ¿Te vienes, Em?

—Fijo —respondió la joven—. Mi padre me dijo que la misa acabaría sobre las cuatro. Puedes venir cuando quieras después de esa hora, Sophie.

—¿La misa? —pregunté, sorprendida, y Dancer sonrió de medio lado.

—Así es como llaman a sus reuniones —aclaró—. No tengo ni idea del motivo y al parecer ya no se acuerda nadie. Bueno, en todo caso esa parte no nos concierne, son asuntos del club. No te preocupes, tu tarea consiste en pasártelo bien en la fiesta.

—No estoy segura de que vaya a ir —repuse, un tanto desinflada en mi ánimo—. Después del pequeño escándalo organizado por Ruger, me parece que es mejor que me quede en casa.

—Eso ni de broma —replicó Dancer con tono firme—. Sea lo que sea lo que haya pasado entre vosotros, hay que resolverlo y, por cierto, no hemos olvidado que la conversación de antes se interrumpió justo en lo más interesante. Bueno, a lo que iba, hay que poner fin a esta situación o acabaréis matándoos. Asistir a la fiesta es perfecto.

—¿Por qué? —quise saber.

—Porque pueden pasar dos cosas, que Ruger se cabree más que una mona o que no —respondió Dancer—. Quiero decir, algún chico acabará por dirigirte la palabra. Si a Ruger se le va la cabeza por ello, veremos algo de acción y tú ya sabrás lo que hay y a qué atenerte. Si no reacciona, entonces quiere decir que estás libre y que todo puede volver a la normalidad. En cualquier caso, nosotras estaremos presentes para verlo todo. A fin de cuentas, esto es algo que nos concierne a todas ¿cierto?

—Uf, puede que os sorprenda, pero Ruger a veces me da miedo —repuse, intranquila—. No me apetece nada verle cabreado. Ya le he visto otras veces y no es divertido.

—No habrá problema —me aseguró Maggs—. Estas cosas se arreglan en el arsenal, no hay nada de qué preocuparse. Tal vez necesite una buena pelea para aclararse las ideas.

—Estoy de acuerdo —corroboró Marie—. Lo mejor es airearlo todo. Delante de todo el club, Ruger estará obligado a reclamarte como suya o bien a dejarte en paz. Así es como funciona.

—¿No os da siquiera un poco de cosa eso de que os «reclamen como suya»? —pregunté y todas se echaron a reír a coro.

—Este es un mundo diferente, Sophie —respondió por fin Marie—. Créeme, sé lo raro que suena. Cuando Horse me pidió por primera vez que lo fuera, le mandé directamente a tomar por el culo, pero luego

entendí que era solo una manera de hablar. Para los moteros, decir que eres suya significa que eres importante, especial. Lo consideran un honor y te tratan con gran respeto.

—Una cosa me pregunto —intervino Kimber—. Sé algo sobre la vida en el club, por la época en que trabajaba en el bar, pero hay algo que nunca he entendido. Si toda vuestra identidad depende de la relación con un hombre ¿no es eso un poco jodido?

Era una buena pregunta.

—Tal vez —admitió Dancer—, pero no me preocupa demasiado. Mi identidad es toda mía, siempre lo ha sido y siempre lo será. Es cierto que el club es para hombres y que suelen ser ellos los que controlan la cosa cuando están con sus amigos, pero en casa todo es distinto. Si Bam me toca las narices, no me faltan maneras de hacérselo pagar.

—¿Por ejemplo? —pregunté.

Dancer sonrió, burlona, y arqueó una ceja.

—¿Es que no te lo imaginas? —dijo—. Vaya, eso lo sabe hasta nuestra preciosa virgencita.

—Cierra la boca —gruñó Em—. ¿Es que nunca os cansáis de meteros con mi vida sexual?

—¡Nooo! —exclamaron a coro las mujeres de los Reapers y todas nos echamos a reír a una vez más.

—Bueno, la cuestión es que tienes que marcar cuáles son tus líneas rojas —me dijo por fin Maggs, cuando las risas se apagaron—. Haga lo que haga Ruger, tú tienes que defender tu terreno. Si sobrepasa el límite, a la mierda, te lo digo en serio. Tendrías que encontrar otro sitio para vivir, pero no permitas que te haga creer que no tienes otra opción. Siempre hay opciones.

—Pues claro y la mejor para Sophie es joderle y después mandarle a tomar por culo —dijo Em, estremeciéndose de gusto—. Si se pone bruto, lo mejor es que lo deje seco y después, a paseo. ¿Es bueno en la cama al menos, Kimber?

—No te atrevas —advertí a mi amiga, con la mano levantada—. Mantén esa boca cerradita.

—¡Esperad un segundo! —intervino de pronto Marie—. Aparte de los planes para la fiesta, hemos olvidado un motivo importante de nuestra presencia aquí. No puedo creer que ni hayamos mencionado el tema del trabajo. Claro, el sexo es bastante más interesante ¿verdad? Sophie ¿te ha dicho algo Ruger sobre algún trabajo para ti?

 141

—Pues no —respondí, muy contenta por el cambio de tercio—. El lunes empiezo a buscar. Cuando veníamos me dijo algo sobre la posibilidad de trabajar para el club, pero después de lo de esta mañana me resulta un poco incómodo volver a sacar el asunto a colación.

—Yo llevo una tienda de café para una amiga —dijo Marie y las otras chicas intercambiaron miradas cuyo significado no acerté a captar—. No me vendría mal un poco de ayuda por las mañanas, si encuentras alguna manera de llevar a Noah al colegio. Por la tarde ya estarías libre, a tiempo para recogerle.

—Mmm, bueno, puedo mirarlo —respondí—. Tal vez mi vecina podría acompañar a Noah al autobús o puede que en el colegio tengan organizada alguna ruta para recoger a los chicos...

—Yo creo que podría trabajar de stripper en The Line —terció de pronto Kimber. Marie abrió mucho los ojos.

—Ni de coña —dijo esta última, con visible disgusto—. Ese sitio es asqueroso.

—Es una buena forma de ganar dinero —insistió mi amiga—, perfecta para una madre soltera. Podría trabajar dos noches por semana y estar todos los días con Noah. ¿Qué tiene eso de malo?

—¿Tal vez la parte en la que le chupa el rabo a algún desconocido? —replicó Marie—. Estoy segura de que a Ruger le encantaría eso.

—¿Quééé? —intervine—. Creía que hablábamos de bailar, no de chupar rabos. Eso sí que es una línea roja.

—Estamos hablando de bailar —dijo Kimber, mirando hacia arriba con cara de exasperación—. Ahí nadie te obliga a trabajar en las salas VIP, eso debes decidirlo tú y nadie más. También puedes trabajar de camarera. No ganan tanto dinero, pero no les va nada mal, sobre todo si tratan bien a las bailarinas. Las propinas son jugosas...

—No es el sitio para ti, en serio —me dijo Marie—. La mayoría de las chicas son putas. No me refiero a ti, Kimber, pero ¿qué me dices del resto? No puedes fiarte ni un pelo de ese lugar.

—Yo era una puta, de hecho —anunció Kimber con un tono de lo más tranquilo—, si por la palabra «puta» entiendes que recibía dinero a cambio de sexo. La mayoría de las veces era solo con la mano, pero si alguno pagaba bastante, la cosa podía ir más allá. Ahora tengo una casa preciosa, un título universitario e incluso he abierto una cuenta para financiar los futuros estudios de mi hija. Si me preguntáis, lo cierto es que volvería a hacerlo sin dudar un segundo.

Todas nos quedamos mirándola, sin decir nada.

—¡Oh, vamos, chicas! —exclamó ella, impaciente—. Vivís en medio de una puta banda de moteros. ¿Realmente os creéis con derecho a juzgarme?

—Un club —corrigió Em—. Es un club de moteros. No es un crimen formar parte de un club, que yo sepa.

—Lo que sea —dijo Kimber, agitando la mano—. Yo soy dueña de mi cuerpo, lo he sido en todo momento y lo que haga o haya hecho con él es solo asunto mío. Bailé para hombres, les toqué de vez en cuando y me dieron montones de dinero por ello. ¿Cuántas mujeres joden con desconocidos a diario? Al menos a mí me pagaban por hacerlo y creo que Sophie también debería intentarlo, si quiere que Noah tenga todo lo que se merece.

—Ni hablar —dije, rotunda.

—Trabajar en The Line no es una mala idea —intervino Maggs, para mi sorpresa—. Yo estuve ahí, detrás de la barra, y me fue bastante bien. Así fue como conocí a Bolt.

—¿Y te sentiste acosada por alguien? —le pregunté. Ella negó con la cabeza.

—Todo está muy controlado en el bar —respondió—. No entra nadie sin que den el visto bueno los de seguridad y vigilan constantemente. Incluso en las salas VIP, siempre hay alguno de ellos junto a la puerta. La verdad, creo que estaba más segura ahí que en mi propia casa.

—¿Tuviste que...? —comencé, pero me interrumpí—. Bueno, no sé bien cómo debo decir esto, así que lo soltaré tal cual se me pasa por la cabeza. ¿Tuviste que ir desnuda por ahí?

—No, para nada —respondió, con una media sonrisa—. Las camareras de The Line tienen que ser como muebles de IKEA, con buen aspecto, pero no como para llamar la atención. Llevaba un top, falda corta y medias, todo de color negro. Lo perfecto para pasar desapercibida.

—No suena tan mal —comenté. Marie me miró fijamente, con el ceño fruncido, y sacudió la cabeza, pero Maggs me dedicó una amplia sonrisa.

—Mañana te presento al jefe del local —dijo—. Estará en la fiesta y, por cierto, vas a venir, sin excusas. No hay negociación posible. Aunque no aclares las cosas con Ruger, tal vez regreses a casa con trabajo.

Capítulo 8

Ruger

—**E**s una grandísima cagada —declaró Deke. Se encontraba en el centro de la sala de juegos, en el segundo piso del arsenal, rodeado por miembros de casi todas las secciones de los Reapers. Normalmente la «misa» era en el piso de abajo, pero no había sitio suficiente para todos los hermanos que habían acudido a la cita. En la reunión participaban jefes tanto de nivel local como nacional y las decisiones que se tomaran serían vinculantes para todo el club.

—No podemos permitirnos confiar en ellos, todos lo sabemos perfectamente —continuó—. ¿Qué clase de descerebrado mete su puta cabeza en la soga para que le ahorquen? Si hacemos esto, nos mereceremos todo lo que nos pase.

Picnic suspiró y meneó la cabeza de un lado a otro. Ruger se encontraba detrás de él, apoyado en la pared, y se preguntaba para sus adentros cuánto tiempo más pasarían dando vueltas a los mismos asuntos. Quería que aquello terminara cuanto antes, porque estaba de los nervios desde el día anterior por la mañana.

La maldita Sophie le había vuelto la cabeza del revés.

Ni siquiera una mamada a cargo de una de las zorras del club le había hecho efecto. Nada más bajarse los pantalones, se había acordado de Sophie y de Noah y se le había aguado la fiesta. La noche anterior la había pasado en compañía de treinta de sus mejores amigos y hermanos, con más bebida de la que podía deglutir y putas por doquier, y sin embargo se había aburrido más que una ostra. Lo único que quería hacer, en realidad, era irse a casa, leerle un cuento a Noah y después follarse a Sophie hasta reventarla.

Picnic cambió de posición y el chirrido de las patas de su silla sacó a Ruger de sus pensamientos.

Llevaban ya dos horas con lo mismo y nadie había cedido ni un ápice en su postura respecto a la oferta de tregua. La mayoría quería darle una oportunidad y Ruger estaba de acuerdo. Para él los Jacks no eran más que sacos de mierda con patas, pero al menos eran un mal conocido. A fin de cuentas —y dejando aparte todas las otras cuestiones—, entendían su modo de vida, eran moteros también. No estaba dispuesto a dar la cara por uno de ellos, pero evitar la agresión mientras durase la crisis... aquello tenía sentido.

Sin embargo, Deke no estaba de acuerdo. Para nada.

—¿Alguien más quiere intervenir? —preguntó Shade. Aquel hombretón con pelo rubio de pincho y una fea cicatriz todo a lo largo del rostro era el presidente nacional de los Reapers desde hacía algo menos de un año. Ruger no le conocía demasiado, pero lo que había oído de él era bueno. Shade vivía en Boise, aunque había comentado que planeaba mudarse más al norte.

—Yo tengo algo que decir —anunció Duck mientras se levantaba del sillón. Duck era el motero más viejo de Coeur d'Alene y uno de los más veteranos del club. Ya no ostentaba ningún cargo, pero nadie era lo suficientemente estúpido como para pretender negarle su derecho a intervenir. Ruger sabía bien que las palabras de Duck podían inclinar la balanza en un sentido o en otro.

—Odio a los Jacks —empezó por decir Duck—. Son todos unos hijos de puta. Todos lo sabemos bien. Por eso me duele tanto admitir que, en mi opinión, debemos dar una oportunidad a la tregua.

Ruger levantó la cabeza, atento. Aquello no se lo esperaba. El viejo veterano de Vietnam nunca había sido precisamente un defensor de la paz.

—Esta es la cuestión —continuó Duck—. Ese pequeño cabrón de Hunter tiene algo serio entre manos. En lo que importa, ellos y nosotros somos el mismo tipo de gente. Sabemos la vida que queremos llevar, con

146

la libertad de ir a donde nos dé la gana y seguir nuestras propias reglas. Nos unimos a este club porque nos importa una mierda la sociedad y sus reglas. Yo siempre he tomado lo que quería, cuando me ha dado la gana y sin pedir excusas. Soy libre. Si he violado alguna ley por el camino, para mí es un daño colateral.

Los Reapers lanzaron murmullos aprobatorios, incluido Deke.

—Sin embargo, esos chiquillos que han aparecido ahora no son como nosotros —continuó Duck, mirando por turno a los ojos a todos los que se encontraban a su alrededor—. No son como nosotros. No tienen libertad ni ninguna razón para vivir, excepto la de hacer dinero. Se levantan cada mañana planeando cómo violar la ley, lo que quiere decir que la ley gobierna sus vidas. A mí no me asusta luchar, ya lo sabéis, pero ¿por qué luchar si podemos dejar que los Jacks lo hagan por nosotros? Vive para montar, monta para vivir. No son solo palabras, hermanos. Cualquier cosa que se interponga entre mí y estas dos cosas es una pérdida de tiempo, incluida la guerra contra el nuevo cártel.

La habitación se llenó de voces que expresaban asentimiento. Deke sacudió la cabeza de un lado a otro y Ruger, que lo conocía, se dio cuenta de que estaba bien jodido. Había sido derrotado y aquello no era algo habitual para él. En cuanto a Toke, prácticamente estaba temblando de rabia, aunque al menos mantenía la boca cerrada. Los niñatos imberbes como él no tenían derecho a hablar allí.

—Todos pagaremos por esto —dijo el presidente de Portland—, pero la cosa está clara. No hay razón para seguir hablando. Votemos y adelante.

—¿Alguien se opone? —preguntó Shade. Ruger miró a Toke, preocupado, pero nadie dijo nada.

—De acuerdo, entonces —continuó el presidente de los Reapers—. ¿Todo el mundo a favor de la tregua?

Un coro de síes se dejó oír en la habitación, que ocupaban cerca de cuarenta hombres.

—¿Alguien en contra? —preguntó de nuevo Shade.

Solo seis de los presentes expresaron su desacuerdo, cuatro de Portland y dos de Idaho Falls. Como era de esperar, Toke era uno de ellos. Mal asunto, pensó Ruger, dada el área en que operaba Hunter. No es que el tipo le importara una mierda, pero desde luego era mejor que cualquiera de los Jacks que hubiera conocido antes. Lo que les había comentado acerca del cártel cuadraba —suponía un gran problema, con el que tendrían que lidiar tarde o temprano. Ruger no quería ver ni rastro de aquella mierda en su territorio ni tampoco ninguno de sus hermanos. Si los Jacks se ofrecían a ser la carne de cañón, por él no había inconveniente.

—¿Tendremos algún problema con esto? —preguntó Shade a Deke, mirándole fijamente.

—Si no se cruzan en nuestro camino, no habrá ningún problema —respondió este después de una pausa—. Con razón o sin ella, somos Reapers y estamos con el club.

—Te tomo la palabra, hermano —dijo Shade.

—Las chicas han trabajado duro y nos han preparado un montón de comida —dijo Picnic, levantándose—. Al cerdo aún le falta una hora, pero los barriles ya están destapados. Gracias a todos por venir. Siempre apreciamos vuestra compañía. ¡Reapers para siempre, para siempre Reapers!

—¡Reapers para siempre, para siempre Reapers! —corearon todos y los cristales de las ventanas retumbaron. Toke no parecía contento, pero Ruger sabía que respetaría la decisión del club. Los hombres se levantaron, algunos de ellos bajaron al primer piso y otros formaron grupos para charlar.

—¿Tienes un momento? —le dijo Picnic a Ruger antes de que pudiera escabullirse.

—¿Qué hay? —respondió este, volviéndose hacia su presidente.

—Em estaba hecha polvo esta mañana —comentó Picnic, con una interrogación en la mirada—. Me da que anoche bebió lo suyo. Y tu chica... ¿qué tal está?

—No es mi chica —gruñó Ruger— y no tengo ni idea. Anoche no dormí en casa.

—¿Ah, no? —replicó Picnic, arqueando una ceja—. ¿Y eso? ¿Tenías asuntos aquí o es que las cosas están jodidas en casa? A Em le parece que están bastante jodidas. ¿Va a ser eso un problema para el club?

—Parece que Em habla mucho —respondió Ruger, estrechando la mirada.

—Em aún no ha aprendido a engañar a su papá cuando ha bebido y eso me resulta útil —dijo Picnic—. Al parecer cree que vas a reclamar a esa chica como tuya. Según ella, le has dicho que no puede hablar con ningún hombre. ¿De qué va la historia?

—No creo que sea asunto tuyo —replicó Ruger, cada vez más tenso—. Sophie sabe cuál es la situación y yo también. Es suficiente con eso.

—Estupendo, mientras no haya ningún malentendido —advirtió Picnic—. Si la chica es tuya, ningún problema. Ahora bien, si no lo es, aquí va a haber un montón de hombres hoy, gente que normalmente no está por aquí. Si no puedes explicarme a mí la situación ¿cómo piensas explicársela a ellos?

—No habrá problema —respondió Ruger con voz firme—. Le he puesto las cosas claras y sabe lo que debe hacer.

Picnic estudió a su interlocutor con la mirada.

—Dile que se vaya a casa —dijo por fin—. Tráela a una fiesta en familia, empieza poco a poco, a ver cómo funciona a la cosa. Esto es como lanzarla a la guerra sin paracaídas y te va a salir el tiro por la culata.

—¿La asustará, quieres decir? —dijo Ruger—. Tal vez sea lo mejor. No sé qué mierda es lo que quiero hacer con ella.

—Quieres follártela —dijo Picnic—. Eso se nota cuando ves que se te pone gorda ¿lo sabías? Igual te cuesta un poco entenderlo, ya que te pasas casi todo el tiempo meneándotela, pero a la mayoría de los hombres les gusta meterla en...

—¡Cierra la puta boca! —le espetó Ruger, tratando de decidir si sería bueno sacudirle un puñetazo a su presidente delante de tantos testigos.

Seguro que sí. Merecía la pena...

Picnic se echó a reír.

—¿Entonces, vas a enviarla a casa? —dijo por fin. Ruger negó con la cabeza.

—Si la mando, habrá ganado —respondió y Picnic alzó una ceja.

—¿Qué es esto, de vuelta al instituto? —preguntó—. Tú eres el hombre, déjaselo claro.

Ruger respiró hondo, tratando de pensar en lugar de simplemente replicar. Necesitaba una buena pelea o algo así, para descargar la tensión. Después habría boxeo. Con suerte sería suficiente.

—Si lo hago, ella habrá ganado —insistió Ruger por fin, con el ceño fruncido y pasándose la mano por el pelo—. Ese es el problema. Ella ha visto mi apuesta y ahora no puedo echarme atrás. Si le digo que se vaya, será como admitir que tenía razón, que el club es peligroso y una mala influencia para Noah. Además, me hará quedar como una puta nenaza, que no es capaz de controlar la situación y tenerla por aquí sin problema.

—En primer lugar, eres tonto del culo —dijo Picnic—, y en segundo lugar, ella tiene razón. El club es peligroso para una mujer no reclamada como propiedad, sobre todo hoy.

—Ya lo sé —respondió Ruger—. Por eso voy a protegerla. ¿Tienes alguna cura para tontos del culo? Esa parte me jode, debo admitirlo.

—Pues no —dijo Picnic mientras colocaba una mano sobre el hombro de Ruger—, pero sé de algo que te puede hacer sentir mejor.

—¿Qué es? —dijo Ruger.

—Tómate un sándwich de jamón y una cerveza —dijo Picnic—. Después, si eres listo, que es mucho decir, llévate por ahí a la chica y métesela hasta que no pueda caminar en línea recta. Tal vez habrá ganado la partida, pero dará lo mismo, porque la tendrás ahí chupándotela durante mucho tiempo. Ese sistema no falla.

—Eres un cabronazo de mierda —dijo Ruger.

—Me lo dicen mucho —replicó Picnic.

Sophie

No me encontraba especialmente mal a la mañana siguiente, después de la velada con las chicas, pero tampoco sentía deseos de volver a beber. Era mejor así, la verdad. A pesar de mi firmeza verbal del día anterior —inspirada sin duda por el alcohol— no me apetecía nada armar jaleo en la fiesta del club. Busqué la dirección en Internet y conduje hasta el arsenal a primera hora de la tarde, después de dejar a Noah en casa de Kimber. Mi amiga se había quedado a pasar la noche en mi sofá y se había levantado en bastante peor estado que yo.

Tenía la sospecha de que se echaría a dormir en cuanto acostara a los niños.

Mi nerviosismo aumentaba a medida que me aproximaba al arsenal. La sede del club de los Reapers en Coeur d'Alene se encontraba a un par de millas de la autopista, hacia el final de una vieja carretera estatal. De camino adelanté a un grupo de cuatro moteros vestidos de forma muy parecida a la de Ruger —tatuajes, *jeans*, botas, chalecos de cuero negro— y con las maletas de las motos bien cargadas.

No parecían alegres excursionistas, vaya.

El arsenal me sorprendió. Creo que no esperaba que su denominación de «arsenal» fuera tan exacta, ya que se trataba efectivamente de un edificio que había pertenecido a la Guardia Nacional, apenas retocado. Tres pisos de altura, muros como para resistir el ataque de carros de combate y un recinto vallado con una puerta suficientemente amplia como para permitir el paso de un camión de los grandes.

150

Ya había allí bastante gente cuando llegué, un montón de moteros, cada uno con sus colores y distintivos. Los parches inferiores eran diferentes, según el estado o la ciudad de procedencia, pero los símbolos de los Reapers eran idénticos en todos los chalecos.

Como era de prever, había allí muchas motos, pero también automóviles. La mayoría de los vehículos se encontraban en un aparcamiento cubierto de grava, junto al edificio del arsenal. Un chico joven que llevaba pocos parches en el chaleco me indicó aquella dirección, así que le hice caso y aparqué junto a un pequeño utilitario Honda, de color rojo. Sus puertas se abrieron y salieron cuatro chicas que parecían haber estado bebiendo allí durante un rato. Eran jóvenes, llevaban ropas provocativas y se notaba que estaban preparadas para la fiesta. Durante la noche pasada me había dado cuenta de que las mujeres del club no eran tímidas a la hora de enseñar centímetros de piel —Dancer llevaba unos *jeans* y un top que dejaba la espalda desnuda—, pero aquellas que eran damas de algún motero se vestían con más clase y se comportaban con mayor aplomo que las jovencitas de aquel grupo.

¿Se trataba tal vez de la actitud? Me daba la impresión de que aquellas chicas habían ido allí a cazar y de que no iban a ser demasiado selectivas.

Las muchachas no me hicieron ni caso. Solo se reían y se hacían fotos las unas a las otras con sus teléfonos móviles. Supuse que no me consideraban digna de su atención, lo que me provocó una sensación deprimente y a la vez de cierto alivio. No es que me importara mucho mi aspecto —había acudido a la fiesta con una sencilla camiseta, mis *shorts* habituales y calzada con un par de sandalias. A pesar de la pelea con Ruger —por no mencionar mi beligerancia de anoche, inspirada por el tequila— tenía la firme intención de mantener un perfil bajo.

No estaba segura de lo que podía esperar en una fiesta de los Reapers, pero me daba la impresión de que todo iría bien si me mantenía bien pegada a mis amigas.

Antes de salir había enviado un mensaje de texto a Ruger para informarle de que iba para allá. Él me había respondido recordándome nuestra conversación, lo que me había dado ganas de vestirme un poco más provocativa, solo para fastidiarle. Sin embargo, no había tardado en cambiar de idea. No quería ver a Ruger cabreado, por mucho que me tentara la idea de desafiarle.

¿Desafiarle? Por Dios, ¿Cuántos años tenía yo?

También había enviado mensajes a Maggs, Em, Dancer y Marie. Me respondieron que fuera a la parte de atrás, donde estaban sirviendo las mesas para comer fuera. Me habían pedido que les trajera más patatas fritas, así que me había parado en Walmart para comprarlas.

Ahora seguía al batallón de las cuatro zorrillas, ya que sus espesos cabellos, su llamativo maquillaje y sus microscópicas ropas me proporcionaban una buena cobertura al entrar por la gran puerta que daba al patio. Un par de moteros permanecían junto a la entrada, obviamente controlando las visitas. El grupo de chicas flirteó con ellos un rato y pasaron sin problema. Sin duda debieron de pensar que yo era un auténtico adefesio en comparación, pensé con ánimo sombrío. Un poco de brillo en los labios no me habría matado, la verdad, pero al parecer unas cuantas bolsas gigantes de patatas fritas también contaban, ya que los hombres me dieron la bienvenida con gran entusiasmo.

El atractivo sexual es importante, pero no hay nada como la comida para ganarse el corazón de un hombre.

—Soy casi la cuñada de Ruger —le dije a uno de los chicos, que hizo un gesto para dejarme pasar, y seguí la pista asfaltada que rodeaba el edificio hasta llegar al recinto principal, en la parte de atrás, un amplio espacio al aire libre que era una mezcla de aparcamiento y de pradera. Unos altavoces gigantes emitían música a todo volumen. En los alrededores se veían montañas cubiertas por árboles de hoja perenne. La verdad era que el sitio era precioso, mucho mejor de lo que había imaginado.

Al llegar vi a un considerable grupo de niños que apareció corriendo entre los adultos y se dirigió hacia unos columpios gigantes que había allí, claramente de fabricación casera y con un fuerte de madera adosado que completaba el conjunto. Había hombres por todas partes, en mucho mayor número que las mujeres, aunque enseguida apareció otro grupo de chicas por detrás de mí.

Busqué a Ruger con la mirada, pero no estaba por ninguna parte. Junto a la pared del edificio vi una fila de largas mesas plegables cubiertas por manteles de colores dispares. A un lado había una barbacoa gigante, casi tan grande como mi automóvil, montada sobre un remolque de camión y de la cual salían densas nubes de humo. Un apetitoso olor a carne asada llenaba el aire.

—¡Sophie!

Era la voz de Marie, que me llamaba desde las mesas. Fui a su encuentro rápidamente, tratando de no mirar a nadie, aunque me resultaba

difícil. La mayoría de los chicos daban al menos un poquito de miedo. Quiero decir, algunos eran bastante normales, creo, aunque con aspecto un poco más rudo de lo habitual. Tenían la piel tostada por el sol y muchos de ellos llevaban barba. Otros, sin embargo, tenían un aspecto menos «normal». Vi muchos tatuajes y *piercings* y muy pocas camisas, aunque ninguno parecía haber olvidado su chaleco de cuero. Todos eran Reapers y todos parecían estar de muy buen humor.

Me llamó la atención el hecho de que algunos de los niños también llevaban sus pequeños chalecos de cuero, no como los de verdad, claro, sino confeccionados especialmente, para que pudieran jugar a imitar a sus padres. Mierda. Con mi suerte, Noah no tardaría en suplicar tener uno de esos también, en cuanto les echara el ojo encima. Menos mal que no lo había traído conmigo.

—¿Te ayudo con las bolsas? —preguntó un hombre junto a mí. Abrí la boca para rehusar, pero de pronto vi que era Horse. Sonreí, aliviada de reconocer a alguien aparte de las chicas que había conocido la noche anterior.

—Sí, gracias —respondí—. Oye, he conocido a Marie. Es estupenda.

—Y que lo digas —respondió, con una sonrisa de estrella de cine—. Vale cada centavo de los que pagué por ella.

Aquello me dejó desconcertada. Me detuve en seco, pensando que no podía estar hablando en serio. Sin embargo, por el tono de voz que ponía, creo que hablaba en serio.

—¿Vienes? —me dijo. Rápidamente recobré la compostura y continué adelante. ¿Qué demonios había querido decir con eso?

—¡Sophie! —llamó Em desde detrás de una mesa, en cuanto me vio. A continuación se acercó corriendo y me dio un fuerte abrazo.

—Estoy contentísima con nuestro plan para el fin de semana —me susurró al oído—. Esta mañana le propuse a Liam que nos conociéramos en persona y me dijo que sí. ¡Muchas gracias!

—¡Fantástico! —respondí, dando un paso atrás para observar lo guapa que estaba, con sus ojos brillantes de emoción—. Solo recuerda que debemos tener cuidado con el asunto de la seguridad. No le digas dónde vives ni nada de eso. Vamos a investigar un poco y, si es un rollo raro, le daremos una patada en el culo.

Em dejó escapar una carcajada.

—La verdad es que no habría ningún peligro en que conociera mi dirección —repuso—. ¿Recuerdas con quién vivo? Nuestra casa es una fortaleza. Por cierto, quería presentarte a mi padre.

Dicho esto, me tomó por la mano y me llevó hasta la barbacoa gigante, alrededor de la cual había varios hombres que bebían en vasos de plástico de color rojo. Al aproximarnos, varios de ellos se volvieron y me observaron con atención. Resultaba evidente que la sutileza no era un valor muy cotizado en el arsenal...

—Este es mi padre, Picnic —dijo Em, rodeando con el brazo al hombre que se encontraba más cerca de nosotros, quien la atrajo hacia sí con una sonrisa indulgente. Era alto y bastante atlético. Tenía los mismos ojos de Em, con su penetrante color azul, y era evidente que necesitaba un corte de pelo desde hacía por lo menos un par de meses. Se veía que no era tan joven por sus ligeras arrugas en torno a los ojos, pero solo tenía unas pocas canas dispersas en las sienes. ¿Y de cuerpo? No estaba nada mal para ser un hombre maduro.

No es que fuera a decírselo a Em. ¿A quién le gusta que le digan que su padre está buenorro?

Sin embargo, lo más llamativo de Picnic era su aire de autoridad, al que se añadía cierto matiz amenazador. Habría sabido que era el presidente local del club aunque no llevara puesto el parche de su rango.

No me extrañaba que a los chicos les diera miedo salir con Em.

—Papá, esta es Sophie —continuó—. Es... bueno... ¿qué eres de Ruger exactamente?

—Soy su cuñada, más o menos —respondí, con una sonrisa incómoda—. Su hermanastro, Zach, es el padre de mi hijo.

—Me comentó que habías vuelto a la ciudad —comentó Picnic, sin que su rostro delatara nada. No hubiera podido decir si se alegraba o si le fastidiaba que me hubiera autoinvitado a su fiesta.

—Estos son Slide y Gage —dijo Em, volviéndose hacia los otros hombres.

—Encantada —dije. Slide era un tipo de mediana edad, más bien bajo y con una barba no totalmente blanca, pero casi. Por lo demás no parecía tan viejo, así que debía de ser de esos hombres que encanecen pronto. Tenía cierto aspecto de Santa Claus, si os podéis imaginar al gordito de los regalos con *jeans* agujereados y un cuchillo tipo Rambo en el cinturón.

Gage en cambio era un guaperas. Tenía el pelo muy oscuro, casi negro, y su piel era de un color suficientemente tostado como para indicarme que sus antepasados no eran de raza blanca como la leche —indios o latinos, seguramente. Como a veces Dios es generoso, Gage no llevaba

camiseta debajo de su chaleco de cuero, lo cual me dejaba vislumbrar su pecho desnudo, tan musculoso como el de Ruger, aunque con menos tatuajes. En el chaleco llevaba cosido un parche bajo su nombre que decía «oficial de seguridad». Me sorprendió. Supongo que no había imaginado que los moteros tuvieron tantos «oficiales» y cosas por el estilo. Todo parecía allí tan... ¿organizado?

No solo eso, también daba la impresión de que debían de tener que superar alguna prueba de *sex-appeal* antes de poder acceder al grado.

—¿Eres la mujer de Ruger? —preguntó Gage, rompiendo el hechizo. Para mis adentros rogué que mis pensamientos lascivos no tuvieran la propiedad de reflejarse por toda mi cara. Su sonrisa de medio lado no me tranquilizaba al respecto.

—Mmm, no —respondí, mirando de reojo a Em, que sonrió de oreja a oreja—, pero me deja quedarme en su casa, en la planta del sótano. Tengo un hijo de siete años. No nos iba muy bien en nuestro piso de Seattle.

Vaya, a eso se llamaba saber quedarse corto cuando hacía falta...

—¿Y el chico? —preguntó, mirando a su alrededor.

—Le he dejado en casa de una amiga —respondí—. Este es mi primer evento en el club y quería ver un poco de qué va la cosa antes de traerle.

Picnic arqueó una ceja y me di cuenta de que probablemente acababa de insultarles. Fantástico.

—Bueno, aparte oí que las fiestas duran hasta bastante tarde —añadí rápidamente— y no me apetecía tener que irme justo al empezar la diversión. Mi amiga se ofreció a cuidar a mi hijo y aquí estoy.

Em me sonrió de nuevo y suspiré de alivio. Al parecer mi maniobra de emergencia había dado resultado.

—Bueno, si te aburres, ven a verme —dijo Gage, esbozando lentamente una sonrisa—. Estaré encantado de enseñarte esto y, si quieres, puedo darte una vuelta en moto más tarde.

—Mmm, gracias —repliqué, mientras las advertencias de Ruger resonaban en mi cabeza. Gage estaba de muy buen ver pero, aunque no deseaba reconocer el derecho de Ruger a darme órdenes, tampoco quería provocar una pelea con él.

—Bueno, encantada de conoceros a todos —añadí por fin—. Voy a buscar a Marie y a Dancer, por si necesitan ayuda para terminar de colocar las cosas, o algo.

—Voy contigo —dijo Em, mientras se ponía de puntillas para dar un rápido beso en la mejilla a Picnic. Era evidente que, a pesar de todas sus quejas, adoraba a su padre y sentí un aguijonazo de celos. Ya antes de que me pusieran de patitas en la calle, los míos no habían sido precisamente el tipo de padres a los que una se acerca espontáneamente para darles un beso.

No, no en casa de los Williams. Me habían dejado destrozada cuando me dijeron que no querían volver a saber nada de una hija que era una puta y mucho menos con su hijo bastardo. Ahora me daba cuenta de que estaba mejor sin ellos. El círculo familiar de Noah era estrecho, pero todo el que formaba parte de él lo quería sin reservas y no lo ocultaba.

Mis padres no se merecían conocer a su nieto.

Encontramos a Dancer, a Marie y a Maggs enfrascadas en distribuir una montaña de comida por las mesas, entre risas y palmeando las manos de los hombres que trataban de picotear algo antes de tiempo.

—Gracias por traer las patatas —dijo Maggs. Me llamó la atención que las tres llevaran chalecos de cuero negro.

—Creía que habíais dicho que el club solo admite a hombres —dije, mientras las señalaba con la cabeza.

—Oh, estos no son chalecos del club —respondió Dancer—. Obsérvalos bien.

Se dio la vuelta y vi un parche cosido en la espalda de su chaleco que decía «propiedad de Bam Bam», junto a un símbolo de los Reapers.

—No había pensado que lo de «propiedad» fuera algo tan... literal —comenté.

—Los chicos tienen sus colores y nosotras los nuestros —explicó Maggs—. La gente normal no lo pilla, pero todos los parches significan algo. Los moteros muestran sus colores porque se sienten orgullosos de su club, pero sus chalecos cuentan además muchas historias. Puedes averiguar mucho de uno de ellos por los parches que lleva. Es como un lenguaje, que le dice a todo el mundo dónde se sitúa cada cual.

—La gran ventaja de un parche de propiedad es que estás totalmente protegida —añadió Dancer—. No hay ningún hombre al que se le vaya a ocurrir ponerme un dedo encima, por muy borracho que vaya al final de la noche. El tema me preocupa poco aquí, en nuestra sede, pero a veces vamos a encuentros de moteros donde hay centenares o incluso miles de personas. Cualquiera que conozca lo mínimo de este mundo tiene claro que a mí no puede andar tocándome las narices.

—Sí —corroboró Em—, si jodes a una chica que es propiedad de un Reaper, prepárate a enfrentarte a todos ellos.

—Vaya —dije, tratando de no demostrar un exceso de interés. Me gustaba como a cualquiera la idea de la protección, pero me producía una gran incomodidad el que una mujer accediera a ser etiquetada como «propiedad» de alguien. Tal vez era por lo posesivo que había sido Zach, aunque la verdad era que ni Maggs ni las otras daban la impresión de vivir oprimidas precisamente.

Miré a mi alrededor para ver cuántas mujeres estaban llegando a la fiesta. Solo un puñado de ellas llevaban parches de propiedad.

—¿Y qué hay del resto? —pregunté. Em se encogió de hombros.

—No importan —dijo secamente—. Algunas son simplemente putas y otras son «culos ricos», chicas que merodean mucho por aquí y que ellos comparten. Algunas son de esas que buscan una aventurilla por el lado salvaje de la vida, pero no cuentan nada en comparación con nosotras. Para ellas la veda está abierta.

—¿Abierta? —pregunté.

—Sí, están disposición de cualquiera —terció Maggs, con tono de «es lo que hay»—. Solo vienen para la fiesta y, si tenemos suerte, nos ayudarán a recoger. Si le tocan a alguien las pelotas, las echarán a patadas a la calle. Lo bueno es que saben cuál es su sitio. Además, la mitad de ellas trabajan en The Line.

—¿Y qué pasa conmigo? —pregunté, inquieta—. Yo no tengo ningún parche.

—Por eso no puedes despegarte de nosotras —advirtió Dancer con tono serio—. A pesar de lo bestia que es, Ruger tiene razón en una cosa. Es mejor que no andes por ahí tonteando con los chicos. No se te ocurra poner caliente a uno si no estás dispuesta a llegar hasta el final. No salgas de aquí con ninguno de ellos ni entres en el arsenal, sobre todo en los pisos de arriba. Ahí pasan cosas muy fuertes y es mejor que no te veas mezclada en ellas, créeme.

—Joder, la vais a asustar —intervino Em, con el ceño fruncido—. Míralo así. ¿Irías a cualquier bar o fiesta sin tomar algún tipo de precaución básica? Solo tómate las bebidas que te hayas servido tú o las que te demos nosotras, no las que te traigan. ¿Has ido alguna vez a la fiesta de un club universitario? Piensa que es lo mismo. Mi padre, Horse, Ruger y Bam Bam son seguros. No vayas con nadie que no conozcas y quédate en las zonas comunes. Ten un poco de cuidado y todo irá bien.

Bueeeeno.

—Eh, una buena noticia, he visto a Buck por aquí —añadió Em, con tono más festivo—. Es el que lleva The Line. Luego te lo presento y le puedes preguntar a ver si hay posibilidad de que trabajes como camarera. Lo de que bailes no me parece bien, pero poner copas podría ser una buena opción.

—¿Tú trabajarías ahí? —le pregunté y se echó a reír, seguida por Maggs y por Dancer.

—Mi padre me mataría antes de incorporarme al puesto —respondió en cuanto pudo respirar con normalidad—. O tal vez le explotaría la cabeza cuando se lo contara. Aún está tratando de convencerme de que no trabaje para nada. Le encantaría que me quedara en casa a cuidarle toda la vida, con algún trabajo voluntario ocasional. Todavía no se ha enterado del siglo en el que estamos.

Pensé en el hombre alto y de aspecto autoritario que acababa de conocer y sonreí. Me lo imaginaba perfectamente como un padre sobreprotector.

—¿No desea tener nietos algún día? —pregunté—. Hay una vía intermedia, me parece a mí.

—No creo que haya pensado todavía tan a largo plazo —respondió Em, riendo de nuevo.

El silbido de un cohete pirotécnico nos interrumpió y todas miramos hacia arriba. Por encima del patio se produjo un estallido de luces blancas, rojas y azules.

—¿Eso no es ilegal? —pregunté, con ojos muy abiertos.

—No te preocupes —me dijo Dancer—. Estamos tan lejos de todo que a nadie le importa. Además, si a alguien le da por llamar al *sheriff*, tenemos buenas relaciones con él.

—¿Los Reapers se llevan bien con los polis? —quise saber de nuevo, sorprendida.

—No con todos —respondió Dancer—, pero el *sheriff* de aquí es un buen tipo. Mucha gente no se da cuenta de que hay un montón de bandas que intentan penetrar en el área. El *sheriff* no puede ni soñando enfrentarse a ellas. Aunque sepa perfectamente lo que hay, no puede hacer una mierda si no tiene pruebas. Los Reapers, en cambio, ayudamos a mantener el problema bajo control, a nuestra manera. Es un arreglo mutuamente beneficioso. En cambio con los de la ciudad es otra historia, la verdad. Nos odian.

Dispararon un nuevo cohete, que estalló con un potente resplandor. Aún no había oscurecido del todo, pero sí lo suficiente como para que aquella luz me deslumbrara. Cuando dejé de parpadear, vi que Ruger me estaba observando desde el otro lado de la explanada.

—Ahí está —le susurré a Maggs—. No lo he visto desde que tuvimos nuestro pequeño encontronazo. ¿Crees que debería acercarme?

—Sí —respondió ella—. Vas a tener que vértelas con él, tarde o temprano. Recuerda lo que hablamos. Le pones las cosas claras y, si no las acepta, te largas. Hay alternativa. Siempre.

Capítulo 9

El rostro de Ruger permanecía inexpresivo mientras me acercaba a él y por un momento temí que se negara a dirigirme la palabra.

—Hola —le saludé, nerviosa. Aunque se suponía que su presencia debía cabrearme o en todo caso asustarme, mi cuerpo no parecía acordarse del dato, ya que al estar junto a Ruger lo que hacía más bien era calentarse. Creo que en gran medida se debía a su olor —nada me llegaba tan adentro como aquella mezcla de sudor y aceite de máquina—. No llevaba camiseta, solo *jeans*, botas y el chaleco de cuero. Su bronceado dejaba ver a las claras que había pasado gran parte del verano vestido así.

Al acercarme más, vi de reojo parte del tatuaje de la pantera que desaparecía bajo sus pantalones y debo confesar que me sentí un poquito como si flotara. Tal vez la corriente sanguínea que me bajaba de la cabeza...

—Hola —respondió él y miré hacia arriba para poder verle la cara, consciente de nuevo de la gran diferencia de tamaño que nos separaba.

—Bueno —añadió—. ¿Vamos a andarnos con rodeos o a poner las cartas sobre la mesa de una puta vez?

—Mmm, no sé si te sigo —respondí, aún un poco desconcentrada. ¿Qué mujer podría prestar atención seriamente, delante de un cuerpo como aquel?

Ruger gruñó, exasperado.

—¿Vas a seguir mis reglas esta noche? —dijo—. Si no, más vale que metas el culo en tu automóvil y te largues.

—Seguiré las reglas, con una condición —respondí lentamente, con la mirada fija en su barbilla. Estaba sin afeitar, con la barba justa como para dejar una señal enrojecida en la piel de la muchacha que se frotara contra ella.

Ruger alzó una ceja con expresión suspicaz.

—¿Cuál? —inquirió.

—Que me expliques por qué quieres controlarme tanto —respondí—. ¿Es porque estás celoso y me quieres solo para ti o porque los Reapers son demasiado peligrosos?

Ahí estaba, las cartas boca arriba. Las chicas tenían razón. Dijera lo que dijese Ruger, me dejaría con las riendas de la situación en la mano. Él me observó durante unos instantes, pensativo, y de pronto pareció tomar una decisión.

—Vamos —me dijo y no era una invitación. Me agarró la mano y me condujo casi a la fuerza a través del recinto, hasta llegar al taller que había adosado a la fachada trasera del arsenal. La construcción estaba cerrada por los laterales, pero abierta al frente, como si se tratara de un enorme garaje.

Dentro hacía más fresco que fuera y daba cierta sensación de privacidad. La mitad del taller estaba ocupada por motos en reparación, incluidas algunas de las que no quedaba más que la carcasa. Al fondo se alineaban varios mostradores y de las paredes colgaban todos los tipos imaginables de herramientas. También había algunos aparatos de mayor tamaño, como una taladradora eléctrica de grandes dimensiones, una piedra esmeril y otros que no pude identificar. En el techo había un raíl del que colgaba un gancho móvil para izar cargas.

La otra parte del taller estaba casi totalmente ocupada por dos camionetas de reparto. Los mostradores se extendían hasta esa zona, donde había más colgadores para herramientas. Ruger me arrastró hasta el hueco entre la segunda de las furgonetas y la pared. Aunque la fiesta ya había empezado a menos de cien metros de donde nos encontrábamos, la sensación era de aislamiento total. Recordé la advertencia que había recibido de no ir a ningún sitio fuera de las zonas comunes.

¿Se aplicaba también a Ruger?

Mi instinto más animal me decía que no estaba segura con él en aquel momento. No es que me sintiera en peligro físico, por supuesto.

162

Ruger nunca me había puesto un dedo encima. Sin embargo, estaba segura de que lamentaría haberle acompañado hasta aquel lugar.

No es que hubiera tenido mucha elección, la verdad.

Me sujetó la cara con ambas manos y me observó detenidamente. Se lamió los labios y mi atención quedó fija de nuevo en aquel anillo que llevaba en uno de ellos. En aquel momento, avanzó hacia mí y me empujó contra la camioneta. Perdí el equilibrio y trastabillé. Ruger lanzó la mano y me agarró por el trasero, obligándome a incorporarme y apretándome contra el vehículo. Su pelvis aplastaba la mía y su pecho hacía lo propio con los míos. Yo le eché los brazos al cuello y envolví su cintura con mis piernas.

—¿De verdad quieres que responda a tu pregunta? —dijo él por fin, con voz baja pero firme— ¿O tal vez prefieres largarte cuando aún estás a tiempo?

Debía marcharme.

Lo sabía muy bien, pero el miembro de Ruger ya estaba duro, presionaba contra mí y cada gota de mi sangre corría hacia abajo, lejos del cerebro. El instinto de autoconservación dejaba el sitio libre a la lujuria salvaje.

—Quiero la respuesta —susurré. Ruger sonrió y no era una sonrisa agradable, sino hambrienta y totalmente despiadada, como era él.

—Estoy jodidamente celoso —dijo, con voz áspera—. No es propio de mí, pero es la puta verdad. No me gusta nada la idea de que otro hombre toque tu dulce culito y si alguno intenta meter el rabo en esa preciosa rajita que tienes, se lo cortaré. ¿Y bien, Soph?

Contuve la respiración.

—¿Sí? —fue mi respuesta, con miles de pensamientos agolpándose en mi cabeza. ¿Cómo me sentía? ¿Qué debía responder? Las chicas me habían dicho que trazara mis líneas rojas y que no cediera ni un milímetro. Sin embargo, la expresión de los ojos de Ruger no era la de un hombre que tiene intención de respetar mis límites.

¿A quién quería engañar? Ni siquiera recordaba cuáles eran mis límites en aquel momento.

—Hablo muy en serio —insistió él mientras bajaba la cabeza para aspirar mi perfume, lo que me electrizó de arriba a abajo—. Si otro hombre se atreve a tocarte, le corto el rabo y se lo hago comer. No es una amenaza, es una promesa. ¿Y si jodes con alguno? Está muerto, Soph. Hace cuatro años cometí dos serios errores. No te protegí de Zach, lo

 163

que lamentaré durante el resto de mi vida, y después, como me sentía culpable, hice lo que se supone correcto y te dejé marchar.

Cerré los ojos.

—No quiero hablar de eso —dije.

—Pues abre los oídos, porque empieza la programación —respondió él—. Tenemos que hablar de ello de una puta vez porque está ahí, siempre pendiente entre nosotros, y estoy harto de fingir que no ocurrió.

Me retorcí para intentar escapar. Todo en mí gritaba que me fuera de allí, ya que Ruger se disponía a arrastrarnos a los dos al lugar erróneo.

—¡Para! —ordenó con voz ronca y presionó contra mí para mantenerme inmóvil—. Vamos a afrontar el problema, Soph. A afrontarlo y avanzar, porque las cosas van a cambiar para ti a partir de ahora. Mi error aquella noche no fue joderte ni tampoco hacer que te corrieras, no, mi error fue hacerlo sin quitar antes a Zach de en medio. Si lo hubiera sabido... ¿por qué no me lo dijiste?

—De verdad, de verdad que no quiero hablar de eso —dije, entre dientes, tratando de ignorar su aliento en mi oído y la larga dureza de su miembro presionando contra mi cuerpo. Tenía los pezones erectos y todo mi cuerpo pedía abrirse para él, pero en las profundidades de mi cerebro acechaba una nube de oscuridad y de miedo que amenazaba escapar con cada palabra que él pronunciaba.

—Debía haberle matado por lo que te hizo —dijo, con ojos llenos de frustración—, pero entonces él estaba en la cárcel y no quería hacerle eso a mi madre, así que le dejé vivir. Tú te fuiste y me he odiado por ello desde entonces. No puedo dar marcha atrás y rehacer aquello, pero no cometeré el mismo error dos veces. Esta vez no te irás, Sophie.

Respiré hondo, tratando de calmar a mis hormonas lo suficiente como para poder pensar. Entonces me di cuenta. Tenía que decirle la verdad. Si no le convencía de que todo aquello era una causa perdida, nada lo haría.

—Fue culpa mía —dije y me sentí traspasada por una ola de desprecio por mí misma que me resultaba muy familiar.

—Nena, el que Zach te diera una paliza de muerte no es culpa tuya —dijo Ruger, con voz tan fría como el hielo.

—Sí —le respondí mirándole directamente a los ojos—, fue culpa mía, Ruger. Lo planeé. Cuando tú empezaste a tocarme y a besarme, yo sabía que Zach iba a venir. Me había mandado un mensaje de texto para asegurarse de que le tuviera la comida preparada. Sabía que nos sorprendería. Estaba muy celoso de ti, Ruger, se ponía como loco. Sabía

164

que, si nos pillaba juntos, perdería el control. Quería que me diera duro, porque sabía que solo así pondría fin a aquello.

Él respiró hondo.

—¿De qué mierda estás hablando? —preguntó.

—Necesitaba que Zach me dejara marcas —susurré—. Estaba muy asustada, Ruger. Nunca sabía lo que iba a hacer. Algunos días estaba de buenas y todo iba estupendamente, como antes de tener a Noah, pero entonces yo bajaba la guardia y él volvía a tomarla conmigo. Llamé varias veces a la policía, pero él nunca me dejaba marcas, así que no podían hacer nada. Me había amenazado con matarme si le dejaba.

La mirada de Ruger se oscureció.

—Cuando tú viniste aquel día, vi mi oportunidad —continué, asqueada conmigo misma—. Aquella tensión, deseo, lo que hubiera entre nosotros, iba a más cada día. Yo lo sentía siempre que te veía. Además, eras tan bueno con Noah, me reparabas la camioneta o segabas la hierba del jardín... Yo te traía algo de beber y tú me mirabas como si quisieras arrojarme al suelo y follarme hasta hacerme gritar. ¿Y sabes qué? Quería que lo hicieras, así que dejé que ocurriera.

Ruger dejó escapar una risa áspera y oscura, que nada tenía que ver con la alegría.

—Sí, nena, recuerdo esa parte —dijo—, aunque nunca llegué hasta el final feliz. Ahora, eso de que Zach llegara a casa y nos encontrara ¿en serio me dices que fue planeado?

—Lo siento, lo siento muchísimo —dije y noté cómo los ojos se me llenaban de lágrimas—. Sabía que, si nos veía juntos, se volvería loco y perdería el control. Noah estaba seguro en casa de tu madre, así que permití que nos sorprendiera y tuviera su pequeño «cruce de impresiones» contigo. Tú te marchaste, él se marchó y yo esperé a que regresara para castigarme, como siempre. Sin embargo, esta vez fue a más, estaba tan furioso que me dejó marcas. La verdad, yo me aseguré de ello. Le dije que eras mucho mejor en la cama que él y que llevaba mucho tiempo jodiendo contigo. Hubo un momento en que pensé que iba a matarme y ¿sabes qué? No me habría importado, con tal de que aquello terminara. El resto ya lo sabes. Lo detuvieron, conseguí la orden de alejamiento y Noah y yo fuimos libres, por fin.

Los ojos de Ruger se entrecerraron, mientras su rostro se crispaba por la emoción. Rabia. Horror. ¿Asco? Durante un segundo pensé que iba a tomarla contra mí, de lo furioso que estaba.

No. Lo vi claro. Esa era la diferencia entre Ruger y Zach. Los dos tenían temperamento, pero Ruger jamás me pondría un dedo encima.

Jamás, sucediera lo que sucediese.

—Te sacudió casi hasta matarte —dijo por fin—. ¿Por qué no me lo dijiste, Soph? Me lo habría cargado por ti. No tenías que haber dejado que las cosas llegaran a ese punto. Deberías habérmelo contado todo desde el principio, desde la primera vez que te pegó. No podía creer lo que estaba ocurriendo, era demasiado estúpido para verlo.

—¡Porque es tu hermano! —exclamé mientras las lágrimas rodaban por mis mejillas—. Tu madre le quería, Ruger. Lo que me hizo casi la destrozó para siempre. Si hubieras perdido la cabeza y hubieras ido a por él, ahora estarías en la cárcel y tu madre habría muerto sola y desgraciada. ¿Qué clase de zorra sin corazón sería yo si hubiera permitido algo así?

—Podrías haber ido a uno de esos lugares de acogida para mujeres —dijo Ruger, sacudiendo la cabeza—. No lo entiendo, Sophie.

Reí sin alegría.

—Pues más claro no puede estar —respondí—. Era su palabra contra la mía. No tenía ninguna prueba, nada. Sí, podía haber ido a un hogar de acogida, pero Zach habría tenido derecho a ver a Noah y tal vez me habría disputado la custodia. ¿Crees que podía arriesgarme a dejarle solo con mi bebé? Nadie iba a ayudarme, a menos que él decidiera dar un paso más. No soy una idiota. Una mujer maltratada no consigue una mierda, a menos que tenga pruebas.

—Pero no eran solo moratones —replicó Ruger—. Tres costillas rotas y un pulmón perforado no los produce unos golpecitos. ¿Y por qué mierda crees que yo estaría en la cárcel? Mírame, Sophie. ¿Parezco el tipo de hombre que acaba a la sombra así como así? Simplemente, Zach habría desaparecido. ¡Puf! Problema resuelto. Mírame a los ojos y dame una sola razón por la que un tipo como Zachary Barrett aún siga respirando, porque a mí no se me ocurre ninguna. Estuve a punto de liquidarlo cuando aún estaba en la jaula, pero al final me lo pensé, porque un muerto no podría pagar la ayuda familiar.

Abrí mucho los ojos y se me cortó la respiración.

—Sí, Sophie —dijo con voz casi fatigada—. Lo digo muy en serio. Joder, soy lo primero que Noah vio al venir al mundo. Lo sostuve con mis propias manos en el arcén de aquella carretera, nena, y en aquel momento abrió los ojos y me miró. Te aseguro que no hay nada en este

mundo que no esté dispuesto a hacer para protegerle y para protegerte a ti. ¿Cuánto tiempo duró?

—¿El qué? —pregunté.

—¿Cuánto tiempo te estuvo maltratando antes de que todo se destapara? —dijo Ruger.

Sacudí la cabeza y miré hacia otro lado, tratando de pensar.

—Al principio no era algo que se diga grave —respondí por fin—. Me gritaba y me hacía sentir como una mierda. Después empezó a hacerlo delante de Noah.

Al decir aquello, noté cómo el cuerpo de Ruger se tensaba de la cabeza a los pies y su mandíbula se crispaba espasmódicamente. Le miré fijamente a la barbilla y continué.

—Tenía que hacer algo, Ruger —dije—. No podía permitir que mi hijo creciera en un ambiente así. Entonces, uno de aquellos días, viniste a casa para arreglarnos el calentador del agua. Mientras lo hacías, yo te observaba y sentí que algo moría en mi interior, porque entendí que había escogido al hermano equivocado. Entonces te volviste hacia mí y todo me vino de golpe a la cabeza.

—Joder —murmuró Ruger y apoyó su frente contra la mía—. Eres una caja de sorpresas ¿lo sabes?

—¿Quieres que me vaya de tu casa? —pregunté.

Ruger retrocedió, con el ceño fruncido.

—Acabo de decirte que mataré a cualquiera que se atreva a tocarte... ¿y tú crees que quiero que te marches de mi casa? —dijo.

—Eso lo dijiste antes de que yo te hubiera confesado lo que hice — repliqué—. Te utilicé.

—Contéstame a una pregunta, con toda sinceridad —pidió él, lentamente, y yo asentí con la cabeza—. ¿Fue real? Ayer, cuando te besé, cuando te lamí los pezones y te jodí con la mano. Y cuando pasó aquello entre nosotros, hace cuatro años, y tú gritaste mi nombre, antes de que Zach nos encontrara y todo se fuera a la mierda. ¿Lo fingiste?

—No —susurré—. Aparte de Noah, esa es la única parte de aquellos años que quiero recordar, porque fue bonito, Ruger. Por encima de todo lo que ocurrió, aquello fue bonito.

—Joder —murmuró él y sentí que sus manos me agarraban por detrás y su pelvis se apretaba aún más contra la mía, desencadenando corrientes de deseo por todo mi cuerpo. En aquellos tiempos me había sentido segura en sus brazos y así me sentía ahora.

Entonces me di cuenta. No solo deseaba a Ruger.

Le quería. Le quería desde hacía años.

Me abracé con fuerza a su cuello y me erguí para frotar mis labios contra los suyos. No respondió, así que repetí el gesto y esta vez le chupé y le mordisqueé el labio inferior.

Aquello lo encendió.

Ruger alzó una mano, me agarró el pelo y me besó prolongadamente, con una mezcla de furia y de deseo. No podía culparle por nada de lo que estuviera pensando, ya que yo lo había utilizado y aquello no estaba bien. Le agarré con más fuerza y agité las caderas, desesperada por sentir su miembro frotándose contra mi zona del placer. Sin embargo, él se detuvo bruscamente, retrocedió y me miró con ojos ardientes.

—Un grave error, nena —dijo.

Abrí mucho los ojos. Todo mi cuerpo ardía por él. El áspero cuero de su chaleco me rozaba los pezones. Cada parte de mí anhelaba su contacto, lo que explica por qué mi cerebro no funcionaba muy bien.

—Eso tiene muchas interpretaciones —respondí, en voz baja.

—Acabas de admitir que eres mía —dijo él, lentamente—. Durante todo este tiempo no he dejado de preguntarme si podía follarte, si debía hacerlo. Pensaba en Noah, en si eso sería bueno para él, pero ahora me doy cuenta de que no importa, porque ya eres mía. Lo eres desde hace mucho tiempo y no me había dado cuenta.

—He trabajado mucho para poder vivir mi propia vida —repliqué—. No pertenezco a nadie.

—¿Con cuántos hombres lo has hecho? —preguntó él, bruscamente.

—¿Cómo dices? —respondí a mi vez.

—Responde —exigió—. ¿Con cuántos hombres lo has hecho? ¿Cuántos rabos han entrado en tu culito?

—Eso no es asunto de... —comencé, pero él me cortó en seco.

—Harías bien en contestar, nena —dijo, presionándome con movimientos de su pelvis—, dado que aquí el que manda soy yo. Este es mi club. Puedo hacerte lo que me dé la gana y los demás me cubrirán. No tires demasiado de la cuerda.

Se me cortó la respiración.

—¿No me harás daño? —quise saber.

—No, no te haré daño —respondió—. Responde a la puta pregunta.

—Me he acostado con tres hombres —dije—. Zach, un tipo en Olympia y otro en Seattle.

—¿Y cómo fue? —inquirió él.

—¿Qué quieres decir? —fue mi respuesta.

—¿Hicieron que te corrieras? —preguntó—. ¿Te dieron ellos la patada a ti o fue al revés?

—Yo les di la patada a ellos —respondí, lentamente.

—Porque me pertenecías —dijo Ruger, con los ojos brillantes de satisfacción—. Estuvimos haciendo el idiota, perdimos tiempo y nunca sabrás lo mal que me siento por lo de Zach, pero ahora ya nada de eso importa. Eres mía, Soph, y ya es hora de que los dos lo entendamos. Se lo haré saber al club y acabaremos con esta mierda.

—¿Me estás pidiendo que sea tu dama? —pregunté—. Te lo digo porque no veo que nada haya cambiado. No podemos permitirnos implicarnos el uno con el otro y que después todo se estropee. Noah se merece algo mejor.

—No te estoy pidiendo nada —replicó Ruger y redobló los embates de sus caderas contra las mías, hasta hacerme gemir. ¿Qué demonios tenía aquel hombre, que me ponía a cien mil? Tal vez era algún impulso primitivo, que hacía que me sintiera atraída por un hombre lo suficientemente fuerte como para cuidar de mi hijo...

—Te estoy diciendo que eres mi propiedad —continuó Ruger—. Os cuidaré a los dos, a ti y a Noah, y tú me cuidarás a mí. Eso sí, solo un rabo para ti, el mío, y fin de la cuestión. ¿Me has entendido?

Parpadeé, confusa.

—Pensaba que no tenías intención de sentar la cabeza —dije.

—Quiero ocuparme de ti y de Noah —respondió él—. Ninguno de los dos quiere joderle la vida al crío, pero ¿sabes una cosa? Yo soy bueno para él. Es un hecho. Los chicos necesitan a hombres en su vida y yo le quiero con locura. Somos como uña y carne desde siempre y ahora todo será a las claras.

—No pienso convertirme en tu puta —murmuré y Ruger asintió con un gruñido. En su mirada había ahora un toque de humor sombrío.

—Créeme, nunca le he dedicado tanto tiempo y esfuerzo a las putas —repuso él, con voz melancólica—. Las putas no son nada. Tú serás mi mujer, mía. Sé que esto es nuevo para ti, pero en mi mundo significa mucho.

Intenté sopesar aquella idea en mi cabeza, lo que me resultaba difícil, ya que Ruger se inclinó sobre mí y comenzó a besarme en el cuello. No era su habitual invasión por las bravas, no. Esta vez iba despacio y era seductor. Al cabo del rato comenzó a chuparme suavemente y casi grité de gusto. Me retorcí contra su cuerpo, pues mis caderas estaban ansiosas de recibir un mayor estímulo, pero él no me lo proporcionaba. En lugar de ello, comenzó a mordisquearme la barbilla antes de encontrar nuevas zonas de mi cuello donde lamer y chupar.

Al fondo se oía la música de la fiesta, e incluso las risas y las voces de la gente, pero allí dentro, en la fría oscuridad del taller, parecía que nos encontrábamos en un mundo aparte. El olor y la fuerza de Ruger me envolvían, la poderosa y vibrante energía que definía su masculinidad saturaba mis sentidos.

Nunca nadie me había hecho sentir algo parecido.

Al cabo de un tiempo que se me antojó eterno, Ruger me separó de la camioneta y me llevó por el taller, sin dejar ni un segundo de prestar atención a mi cuello. Antes de poder darme cuenta, estaba tumbada sobre un mostrador y él encima mí. Yo le agarraba la cabeza con fuerza, mientras su lengua entraba profundamente en mi boca y él hacía pausas cada pocos segundos para continuar chupándome el cuello. Pronto su mano comenzó a explorar hacia abajo y sus dedos acariciaron arriba y abajo las caras interiores de mis muslos.

Yo llevaba una camiseta negra con cuello en pico, que no supuso ninguna barrera para él. Sus dedos me la subieron y después me desabrocharon la parte de arriba de mi ropa interior con alarmante rapidez. Menos de un segundo después, su boca chupaba con fuerza uno de mis pezones —la bola de metal en su lengua se dejaba sentir, de forma casi dolorosa— y arqueé la espalda sobre el mostrador.

La mano que Ruger tenía más abajo me soltó la cremallera de los *shorts* y me alzó lo justo como para quitármelos, junto con las bragas. Sentí el frío metal del mostrador en mi trasero desnudo, mientras los rudos dedos de Ruger frotaban arriba y abajo mi región del placer.

—Joder, qué gusto —susurré tratando de procesar lo que acababa de oír. Aquel no era para nada el plan que me había traído allí, ni siquiera se le parecía. Para empezar, yo no había previsto ni mucho menos soltar toda aquella historia sobre Zach, ni entonces ni nunca. Las chicas me habían dicho que me enfrentara a Ruger cara a cara, que trazara mis líneas rojas y que después me mantuviera allí.

En lugar de eso, él había dado las órdenes y yo me estaba derritiendo como mantequilla en una sartén, tumbada en el sucio mostrador de un taller de reparaciones.

170

¿Y si alguien entraba y nos sorprendía?

Abrí la boca para protestar, pero en aquel momento Ruger se despegó de mí y me hundió los dedos con fuerza en la entrepierna. Acto seguido se arrodilló, sus labios encontraron mi clítoris y mi cabeza se olvidó de todo.

La lengua de Ruger comenzó a jugar con mi punto más sensible, estimulándome con la enloquecedora mezcla de sensaciones que me provocaba su suave y húmeda carne y la dureza de la bola metálica. Cuando a ello añadía la succión de sus labios, entonces me colocaba justo en el borde y a punto de despeñarme por el terraplén. Su dedo penetraba más y más a fondo, hasta que encontró aquel punto perfecto en una de mis partes internas y la sensación del rozamiento me provocó calambres por todo el cuerpo. Ruger frotaba de manera insistente, hacia dentro y hacia fuera, mientras su lengua me volvía loca con su incesante aleteo.

De pronto se retiró.

—Juega con tus tetas —me dijo.

No se me ocurrió la posibilidad de discutir.

Gemí y me agarré los pezones, los pellizqué y me los retorcí, como él había hecho la mañana anterior. Entonces me había resistido —había pensado en el bien de Noah, ya que consideraba que cualquier relación entre Ruger y yo acabaría en desastre y podríamos vernos de nuevo sin hogar.

Aquella vez, en cambio, no me sentía con fuerzas como para decir no.

Existe un límite al autocontrol que una mujer puede ejercer antes de derretirse y el mío estaba oficialmente agotado. Aquellos dedos que rozaban mi punto G, ejerciendo una extraña y terrible presión desde mi interior... Aquella lengua vibrante con su bola metálica... La fuerza de sus brazos, que separaban mis muslos sin contemplaciones...

Sentía deseos de retorcerme, de patearle, de empujarle. Sin embargo, Ruger colocó su mano libre sobre mi vientre, para controlarme. De esta manera me llevó al borde del clímax tres veces, como habría hecho un verdadero sádico, y le odié sinceramente cuando se separó de mí para tomar aliento. Entonces oí voces a lo lejos y la realidad penetró a través de la niebla del placer.

Había gente cerca. Mucha gente.

Podían entrar en el taller en cualquier momento, ya que allí ni siquiera había puerta. Abrí la boca para decirle a Ruger que debíamos parar, pero él eligió precisamente aquel momento para atacar de nuevo mi sexo con la lengua y para clavarme los dedos a mayor profundidad. Incapaz de emitir la menor protesta, arqueé la espalda sobre el mostrador y estallé en un orgasmo violentísimo. Aunque trataba con todas mis fuerzas de no gritar, el resultado no fue lo que se dice completo.

Ruger alzó la cabeza lentamente entre mis piernas, mientras sus manos recorrían mi cuerpo, desde los pechos hasta los muslos. Sus ojos fulguraban de oscura satisfacción. Yo me quedé allí inmóvil, casi mareada, mientras él se inclinaba sobre mí y me tomaba por las manos. Antes de que pudiera darme cuenta de lo que sucedía, me las echó atrás, por encima de la cabeza, se quitó el cinturón y me ató con él las muñecas a algo sólido que había detrás de mí.

El proceso le llevó unos treinta segundos —demostraba una rapidez inquietante a la hora de atar a una persona—. Traté de liberarme, sin conseguirlo, y me di cuenta de que aquello no era una broma. Me tenía totalmente dominada. Abrí mucho los ojos y Ruger me dirigió una sonrisa feroz mientras se desabrochaba la cremallera del pantalón.

—Sí, ahora eres mía —susurró—. No te muevas hasta que yo te lo diga.

De pronto oí más voces y me volví para intentar ver quién era. ¿Estaban dentro del taller? Abrí la boca para protestar, pero Ruger me la selló con su dedo.

—No empieces, Soph —dijo, con voz baja pero despiadada. Bajó las manos y, un segundo después, sentí cómo la cabeza de su miembro comenzaba a frotarse, lenta y letal, contra mi zona del placer. Oh, Dios, mierda. Kimber no había mentido. Allí había sin duda algo metálico y la sensación que me provocaba era jodidamente fantástica.

Dado que acababa de llegar al clímax, se podía esperar que Ruger se encontraría en mucha mejor forma que yo. Sin embargo, me encontraba hipersensibilizada. Si sus dedos me habían dado gusto, desde luego no había sido nada en comparación con lo que me provocaba su miembro deslizándose por mi clítoris. No paró de estimularme de esa manera hasta que me tuvo otra vez al borde de la explosión, con los ojos fijos en el gancho elevador que colgaba del techo. Entonces se inclinó y absorbió dentro de su boca uno de mis pezones, con tanta fuerza que casi me hizo daño. Moví las caderas para frotar mi sexo contra su miembro, pero él me presionó con las manos hacia abajo para mantenerme inmóvil.

—No vas a correrte hasta que yo lo diga ¿entendido? —me espetó. Asentí con la cabeza.

172

»Mírame —ordenó Ruger. Lo hice y comprobé que en su rostro reinaba una sombría satisfacción. Frotó de nuevo el miembro contra mí clítoris, una, dos, tres veces. Me notaba más y más húmeda con cada pasada y, por mucho que lo intentaba, no podía recordar cómo había llegado hasta allí.

Entonces enfiló el miembro hacia mi abertura y empujó hacia dentro.

Capítulo 10

Ruger

Ruger entró en Sophie como si se moviera a cámara lenta, saboreando cada centímetro del dulce túnel del placer. Ella lo tenía jodidamente apretado y él sentía como si tuviera el miembro atrapado en el interior de un cepo, aunque el metal del piercing le facilitaba mucho la tarea. Podía sentir con claridad los latidos del corazón de ella. Si no supiera a ciencia cierta que había dado a luz a un hijo, habría pensado que estaba con una virgen de carne caliente e hinchada, perfecta.

Tal vez debería sentir cierto remordimiento por poseerla de aquella manera.

Sabía que Sophie estaba desbordada emocionalmente y que era muy vulnerable. Era comprensible. Su pequeña confesión acerca de Zach había dejado devastado a Ruger. Aún no podía asimilar el haber estado tan ciego, pero había tomado una decisión.

La próxima vez que se encontrara con su hermanastro, lo mataría.

En cuanto a Sophie... la había cagado por no mantenerla mejor vigilada, a ella y también a Zach, y la había cagado aún más por permitir a la poli y a los jueces resolver el problema. Cuatro años atrás no había estado dispuesto a admitir que Sophie era su responsabilidad, a pesar de lo ocurrido entre ellos durante el nacimiento de Noah. Había pasado demasiado tiempo jugando a ser el tío simpático y sin hacer caso de lo que sentía realmente, porque pensaba que no era lo mejor, ni para ella ni para su hijo. Sophie merecía ser libre y... ¿quién era él para impedírselo?

Bueno, ahora a la mierda con todo aquello.

Sabía que era un estúpido celoso y pensar en un miembro que no fuera el suyo dentro de la jugosa Sophie... Picnic tenía razón. Debía reclamarla como su dama o dejarla ir y desde luego aquello último no sucedería. Nunca. Podía no estar preparada para llevar su parche, pero no importaba. La señalaría de otra manera, con un anillo de marcas moradas alrededor de su cuello. Ese sería su collar, que le diría bien claro al mundo que Sophie tenía un hombre y que le pertenecía.

Dios, le ponía a mil la imagen de ella tumbada en el mostrador con las manos atadas, los pechos al descubierto y moviéndose con cada uno de sus embates. Mejor de lo que nunca hubiera imaginado y, mierda, era mucho el tiempo que había pasado imaginándola precisamente así. Intentaba ser cuidadoso, pero cuando ella empezó a gemir y a retorcerse, aquello ya fue demasiado. Ruger embistió con más fuerza, gozando con cada gritillo que ella emitía, y no tardó en perder el control. Algo primitivo y poderoso se había liberado en su interior.

Agarró las nalgas de Sophie y sus dedos se deslizaron hacia su puerta trasera. Qué pelotas, voy a meterle el dedo, pensó y fue dicho y hecho. Ella se puso muy tensa y gritó al notar lo que la invadía. Sus músculos internos se crisparon con tanta fuerza que Ruger se vio obligado a detenerse, ya que estaba a punto de explotar de gusto.

Aquel no había sido un grito de dolor, desde luego.

Sophie lo miró con ojos muy abiertos, jadeando con tanta violencia que los pechos prácticamente le bailaban. Aquello excitaba a Ruger hasta la locura. Recordaría aquel momento mientras viviera. Al reanudar sus movimientos y saborear cada espasmo de la carne íntima de ella contra su miembro, pensó si sería posible morir de gusto.

Parecía muy posible, visto lo visto.

Ruger utilizaba el dedo que mantenía en el interior de Sophie y la mano sobre su cadera para controlar su postura. Por la forma que tenía ella de jadear sabía que estaba estimulándole justo en el punto exacto para llevarla hasta la explosión. Ahora cada empujón de sus caderas hacía que una de las bolas metálicas de su *piercing* rozara el punto G de Sophie. A él le gustaba hacer que una chica llegara al éxtasis jugando con su clítoris, pero lograrlo desde dentro, con el miembro, era algo jodidamente incomparable.

Quería aquello de Sophie, convulsión total y sumisión total. De pronto ella se puso muy rígida y gimió. Estaba muy cerca.

—Muy bien, nena —dijo Ruger, mirándola fijamente—, vamos, explota conmigo dentro de ti, muéstrame de lo que eres capaz.

Ruger oía voces al fondo y sabía que algunos de los hermanos del club habían entrado en el taller. Pensar que pudieran verlo así, marcando a Sophie como su hembra, casi le hizo estallar. No se trataba solo de follarla, aunque fuera algo increíble. No, se trataba de reclamarla como suya de una vez por todas y, cuanto más gente lo viera, mejor.

Intensificó sus embestidas, cada vez más excitado con los débiles gritos que lanzaba ella. Sabía que estaba cerca, muy cerca, así que se retiró lo justo como para enfilar bien la cabeza de su miembro contra el punto G y lanzó una auténtica andanada de caderazos. Ella llegó al final con un potente grito, mientras sacudía la pelvis y los pechos. Ruger sentía que la abertura de ella era como una jodida tuerca apretada alrededor de su miembro. Era el final también para él. Se retiró justo a tiempo para dispararle su carga contra el vientre.

Perfecto.

Nunca la había visto tan hermosa, a su merced, cubierta por su semen y marcada, de forma que cualquier otro hombre que la viera sabría que tenía dueño. Quería tatuarle su nombre en el trasero y tenerla así todo el día, atada y preparada para él.

Sin embargo, dudaba de que ella fuera a seguirle en aquel viaje. Iba a sonreír, pero se contuvo. Sophie abrió los ojos y le miró, aturdida.

—Uau —susurró.

—Y que lo digas —confirmó él, preguntándose si algún otro hombre se habría sentido alguna vez tan satisfecho como lo estaba él en aquellos momentos. Probablemente no. Bajó la mano al vientre de ella y le untó su propia crema por el cuerpo, hacia los pezones.

Uf, estaba de verdad enfermo, ya que hasta aquello le excitaba.

No estaba mal tener una dama. Nada mal.

Sophie

Mierda, mierda y mierda. Aquello... no tenía precedentes.

Ruger me había preguntado con cuántos hombres había estado en mi vida y yo le había respondido que con tres. Sin embargo, en comparación con él, creo que ninguno de ellos contaba. Nunca antes había

sentido algo como lo que acababa de experimentar con él, ni de lejos. Ahora me miraba con ojos perezosos y con una sonrisa de triunfo total.

Estaba justificada.

Le sonreí yo también. Tal vez aquello no fuera una equivocación tan grande.

—Joder, gritaba igual que un puto cerdo —dijo de pronto un hombre, a nuestra derecha. En menos de un segundo pasé de flotar en una nube al más absoluto horror. No solo estaba tumbada en el mostrador y totalmente expuesta a la vista, sino que tenía las manos atadas. Tiré de ellas con fuerza, tratando de soltarme y rezando por que solo me hubieran oído y no hubieran visto todo el espectáculo.

Ruger se echó a reír, lo que no era una reacción aceptable. Ni un poquito.

—Que os den por culo —dijo a los tres hombres que se habían acercado a la furgoneta, pero su tono no era de enfado, sino de satisfacción consigo mismo—. Esta es mía. Iros por ahí a joder con vuestras chicas.

Los tres hombres rieron de buena gana y se alejaron para observar las motos en el otro lado del taller, como si no acabaran de ver cómo me perforaban viva en público.

Oh, Dios mío.

—Ruger, bájame la camiseta y suéltame ahora mismo —lancé entre dientes.

Él me colocó bien la camiseta y se volvió para guardarse el miembro de vuelta en el pantalón. Aquello no me calmó ni por un segundo. Quería que me soltara las manos y poder subirme los *shorts*. Ahora. En lugar de eso, se colocó entre mis piernas y se inclinó sobre mí, con los codos apoyados uno a cada lado de mi cuerpo.

—Bueno, bueno ¿está todo claro ahora? —inquirió y yo le miré fijamente.

—¿Qué demonios estás haciendo? —repliqué—. Joder, Ruger, suéltame. Tengo que vestirme. No puedo creer que me hayan visto así.

—Como si tuvieras algo que no hayan visto nunca... —comentó él, con una sonrisa sarcástica—. Te preocupas demasiado, Soph. Son moteros. Han visto gente follando muchas veces y es mucho mejor que nos hayan visto ahora.

—¿Pero qué estás diciendo? —pregunté.

—Claro, porque ahora ya saben que me perteneces —fue su respuesta—. Estaba tan preocupado por Noah que no me había dado cuenta hasta hoy.

—¿Cuenta de qué?

—Pues de que lo nuestro es real y ya está ahí fuera —dijo Ruger—. No podemos hacer que desaparezca. Estamos juntos y de nosotros depende hacer que funcione. De todos modos, el sexo es lo de menos. Esto va mucho más allá del sexo.

Durante unos instantes sus palabras me dieron esperanzas, pero enseguida sacudí la cabeza pensando «no seas estúpida». Se trataba de Ruger al fin y al cabo. Podía quererle, pero no estaba ciega.

—¿Me estás diciendo que te importo? —le pregunté, escéptica—. ¿Que te importo de verdad?

—Bueno, sí —respondió, arrugando la frente—. Siempre me has importado, Sophie, eso no es ningún secreto. Joder, te sostuve al borde de la carretera mientras echabas un bebé al mundo. No quiero que esto suene mal, pero no lo habría hecho cualquiera. Algo pasó aquella noche. Durante mucho tiempo hemos pretendido que no fue nada, pero ya se acabó el fingir.

—Pero tú vas por ahí tirándote todo lo que se mueve —le espeté, llanamente, odiando cada palabra, pero sabiendo que tenía que decirlo—. No pienso estar con un hombre que me sea infiel y mira, aquí estamos en una fiesta en la que una pareja jodiendo en un garaje no llama ni un poquito la atención. ¿Piensas mantener tu cosa dentro de los pantalones?

Su mirada era oscura y fría y yo conocía la respuesta antes de que abriera la boca.

—No traeré a nadie a casa —dijo—. Ahora mismo no me imagino jodiendo con nadie que no seas tú, pero en esta vida lo que cuenta es la libertad. Me convertí en miembro de los Reapers para poder jugar con mis propias reglas. No pienso ponerle una correa a mi rabo y dársela a una mujer, como si fuera un puto perrito.

Sentí una fuerte punzada en mi interior y recordé lo que me había dicho Maggs.

«Le pones las cosas claras y, si no las acepta, te largas.»

No parecía muy dispuesto a aceptarlas y aquello quería decir que nos encontrábamos de nuevo ante un callejón sin salida. Mi instinto de conservación, que había estado ausente todo aquel tiempo, regresó de pronto. Dios ¿pero es que era idiota del todo?

—¿Vas a soltar ese cinturón de una vez o qué? —le dije, de nuevo consciente de la realidad. Ruger y Zach podían ser hombres muy diferentes, pero tenían una cosa en común: los dos me veían como una posesión, como un objeto de su propiedad. Ruger estrechó la mirada.

—No te pongas pesada —me respondió—. No es que vaya a echarme a dormir, pero no creo que...

—Suéltame, Ruger —dije, con tono suave—. Tengo que ponerme la ropa y lavarme un poco. Después iré con mis amigas y fingiré que nada de esto ha ocurrido.

—Ha ocurrido —replicó él.

—Suéltame —insistí.

Frunció el ceño, pero alargó la mano y soltó el cinturón. En cuanto conseguí liberar las manos, me incorporé y le empujé en el pecho para quitarle de en medio. Salté del mostrador, agarré mi ropa interior y mis *shorts* y me los puse rápidamente. Acto seguido, me dirigí con paso firme hacia la salida. Necesitaba encontrar un cuarto de baño donde poder limpiarme un poco. Ni siquiera se había puesto un puto condón.

Micrda. MIERDA.

¿Cómo podía ser tan estúpida? Al menos estaba tomando la píldora, gracias a Dios. Ni pensar en darle un hermanito o una hermanita a Noah. Aun así, tenía que hacerme la prueba del sida. Idiota. Bueno, al menos sabía que Ruger usaba condones cuando iba por ahí. Había encontrado bastantes por la casa... Después hablaría de eso con él.

—Quieta ahí —oí decir a mi espalda.

No le hice caso.

—Sophie, he dicho que no te muevas —dijo con tono más amenazador. Uno de los hombres que se encontraban en el otro extremo del taller miró hacia nosotros, con una interrogación en la mirada. Fantástico. Al parecer no bastaba con dar a los invitados el primer espectáculo de la noche. Sin embargo, aún estábamos en el terreno de Ruger, así que decidí que seguiría sus reglas. Por el momento.

—¿Qué quieres? —le dije.

—Ahora estamos juntos ¿lo tienes claro? —dijo—. Hablo en serio, Sophie. Eres mía.

—Yo no soy de nadie más que de mí misma —repliqué, lenta pero claramente—. No tenía esto previsto para nada. Tengo que reconocer una cosa, sabes cómo hacer que una chica lo pase bien. Disfruté cada segundo. También creo que tienes razón en lo de Noah, necesita que haya un hombre en su vida. Sin embargo, el hecho de que nos acostemos no cambia nada. La cosa no va a funcionar entre tú y yo, pero eso no significa que él tenga que sufrir. Vosotros podéis continuar haciendo vuestras cosas, como siempre. Yo no me meto.

—La cosa está funcionando bien por primera vez, joder —respondió él. Sin embargo, yo sacudí la cabeza, decidida.

—Permíteme que te diga lo que va a pasar en los próximos días —repliqué—. Voy a encontrar un trabajo y después un sitio barato para vivir. Métetelo en la cabeza.

—Solo hablas mierda —repuso Ruger.

—No —contesté a mi vez—, es la realidad. Tú quieres libertad para acostarte con quien te dé la gana, pero yo no voy a dártela. Quiero algo más. Parece que en esto tenemos una pequeña diferencia de opiniones y no voy a intentar convencerte. Sin embargo, te diré algo, Ruger. Merezco estar con alguien a quien yo le importe algo como persona. Alguien que me valore lo suficiente como para no ir por ahí follando con otras mujeres. Prefiero pasar sola el resto de mi vida antes que conformarme con lo que me ofreces. Como mucho, te consideraré un gran amigo con derecho a roce, pero nada más. ¿Queda claro?

Dicho esto, me alejé de él. Solo esperaba que mi aspecto no delatara demasiado a las claras que acababa de pasarme por encima una apisonadora sexual.

No es que me importara demasiado.

Por mucho que odiara admitirlo, seguramente no iba a volver a ver a ninguna de las personas que se encontraban en aquella fiesta. Era evidente que las mujeres pasaban a formar parte del club solo si se convertían en la dama de alguien y yo era libre. Recogería mis llaves y mi bolso de la mesa del comedor y abandonaría el club de los Reapers para siempre.

Una pena por las chicas. La verdad era que me caían muy bien.

—Mierda, ¿qué es lo que te ha pasado? —preguntó Maggs, mirándome de arriba a abajo y entre risas—. Eh chicas, mirad esto.

Me ruboricé hasta la raíz del pelo cuando todas centraron su atención en mí y deseé poder evaporarme. Ya podía irme olvidando de disimular lo que había estado haciendo.

—Vaya, ya veo que Ruger y tú habéis tenido vuestra pequeña discusión —comentó Dancer mientras me observaba con detenimiento—. Joder ¿qué es este hombre, un vampiro o qué?

—¿Qué quieres decir? —pregunté, alarmada.

—Tienes moratones todo alrededor del cuello —dijo Em, con una sonrisa burlona—. Bastante grandes. Lo ha hecho a propósito. Es imposible hacer eso sin querer.

 181

Maldito cabrón.

—Es un jodido descerebrado —dije—. Solo piensa con el rabo.

—Vaya noticia —repuso Maggs—. Como todos los hombres. Es su característica definitoria. Ya sabes, lo da esa cosa que tienen colgando entre las piernas.

—No aguanto esto, me voy a casa —dije.

Maggs dejó de reír y se puso en jarras.

—Oh, no, ni hablar —dijo—. ¿No era ese el plan? ¿Averiguar lo que quería realmente de ti? Parece que ha dado un paso al frente, pero eso no quiere decir que no puedas divertirte con tus amigas.

—Oh, ya sé lo que quiere de mí —murmuré, muy abatida—. Quiere que me convierta en su dama.

Las chicas gritaron de entusiasmo y Marie trató de darme un abrazo.

—¡Es estupendo! —exclamó Em, pero yo negué con la cabeza y a todas les cambió la cara. Me miraron confusas.

—Me dijo que si se me ocurría acostarme con otro hombre, le cortaría las pelotas y se las haría comer —expliqué—. Después me dijo que no pensaba prometerme que no iría él por ahí acostándose con otras mujeres. Eso sí, dijo que no se traería ninguna a casa y se supone que con eso tengo que estar contenta ¿verdad? Pues no.

—¡Uf! —exclamó Marie—. Esto no va a funcionar.

—No, desde luego —corroboró Maggs—, aunque ya sé de dónde se saca todo eso. Algunos de los chicos del club van follando por ahí mientras sus mujeres les esperan en casa y todo el mundo hace como si no pasara nada.

—¿Y cómo puede la gente pensar que eso está bien? —dije—. No lo entiendo.

—Yo tampoco —aseguró Marie—, pero no soy quién para decirle a otros cómo tienen que vivir. Eso sí, sé lo que le haría a Horse si se atreviera a dármela por ahí. Me suplicaría que lo matara, solo te digo eso.

—Lo haría, seguro —confirmó Em—. Marie es muy buena con una pistola en la mano.

—Sí, sí —afirmó ella—. Le volaría el rabo a tiros, centímetro a centímetro y, creedme, lo sabe.

—Está bien, me da igual cómo viva otra gente —dije por fin—. Si permiten que sus hombres se acuesten con quien quieran, es su problema, pero yo por ahí no paso. Me merezco algo mejor y de ninguna manera voy a permitir que Noah crezca pensando que esa es manera de

tratar a una mujer. En lo que a mí respecta, Ruger puede agarrar su oferta, clavarla en un tenedor y metérsela bien adentro por el culo. Ahora necesito encontrar trabajo y un sitio para vivir, porque tengo muy claro que no voy a seguir viviendo en su casa.

Maggs asintió con la cabeza y sacó de su bolso un pequeño frasco.

—Es medicinal —dijo, con tono serio. Quité el tapón y olisqueé rápidamente el interior, lo que me provocó un ataque de tos.

—¿Qué demonios es esto? —dije.

—Mi propio combinado especial de la casa —respondió ella, moviendo las cejas—. Créeme, no resolverá nada, pero ¿sabes lo que sí hará?

—¿Qué? —quise saber.

—Distraerte —repuso ella—. Estarás demasiado ocupada intentando apagar el fuego de tu garganta como para ocuparte de nada más. ¡Arriba!

Di un trago y... vaya si tenía razón.

Cuatro horas después, la garganta aún me ardía por efecto de la «medicina» de Maggs. Al final había decidido quedarme. Las chicas me habían convencido de que no debía dejar a Ruger escapando a la carrera.

No concederle ni siquiera una victoria era para mí una prioridad muy importante.

Para mi sorpresa, la fiesta estaba resultando muy divertida. Maggs y yo, las dos sin pareja, estábamos siempre juntas. Ella llevaba el parche que la señalaba como la chica de Bolt, lo cual mantenía a los hombres a distancia. Yo, por mi parte, llevaba mi collar de moratones, que no hacía más que oscurecerse y cobrar peor aspecto a medida que avanzaba la noche y que no sé si provocaba el mismo efecto. Aquello podría haber resultado de lo más humillante si no fuera porque había decidido que me importaba una mierda voladora todo lo que tuviera que ver con los Reapers y con sus zorras.

Y desde luego había un montón de zorras revoloteando por allí, incluida la rubia de la cocina, que al verme me saludó con un gesto no muy amistoso —el del dedo hacia arriba—. Iban llegando más y más, multiplicándose a nuestro alrededor como conejos. Para ser honestos, hay que reconocer que la mayoría parecían gente bastante simpática, pero a mí me interesaba mucho odiarlas y en ello estaba.

No paraba de preguntarme a cuáles se habría tirado Ruger.

Las mujeres del club —diez en total—, las que eran damas de alguno de los moteros, eran un grupo aparte, por supuesto. Me caían muy bien y lamentaba muchísimo no poder tener tiempo para conocerlas mejor. Maggs y Marie debían de haber explicado mi situación a la gente, ya que nadie me hacía preguntas molestas. Las chicas me mantenían tan ocupada que no tenía tiempo de preocuparme por mi humillación.

De paso, además, me enteré de algunas cosas interesantes.

Por ejemplo, Maggs reveló la razón por la que Bolt se encontraba en la cárcel. Se trataba de un asunto feo —al parecer había sido condenado por violar a una chica que trabajaba en The Line—. Estábamos sentadas en sillas de camping junto a los columpios, vigilando a los niños, cuando Maggs empezó a hablar de ello con tanta tranquilidad que al principio pensé que no había oído bien.

—¿Entonces...? —dije, esperando alguna clase de respuesta tranquilizadora. ¿Qué dices cuando alguien te cuenta que su hombre esta en la cárcel por violador?

—Él no lo hizo —dijo Maggs, encogiéndose de hombros—. Le acusaron falsamente.

Miré hacia otro lado, preguntándome cómo era posible que una mujer tan inteligente pudiera engañarse a sí misma de aquella manera. ¿Quién podría querer seguir junto a un violador? Si le habían metido en la cárcel, lo más probable era que hubiera cometido el delito.

—No —dijo ella, tomando mi mano y apretándomela—, sé lo que estás pensando y no es así. Yo estaba con él cuando todo ocurrió, nena.

—¿Y no se lo dijiste a la policía? —pregunté, con ojos muy abiertos.

—Por supuesto —respondí—, pero la chica lo identificó como su atacante y apareció un testigo que dijo que les había visto meterse en un automóvil. Eso les pareció suficiente y nunca hicieron pruebas de ADN, aunque las solicitamos y tenemos a un abogado que está trabajando en ello. Dice que solo es cuestión de tiempo antes de que salga. El ADN que recogieron no es el de Bolt, pero el laboratorio estatal es un lugar inaccesible y resulta casi imposible conseguir que muevan un puto dedo. Los polis dijeron que yo mentía para proteger a Bolt. Me hicieron aparecer como una delincuente y una puta.

—Dios —dije—, es horrible, Maggs.

—Y que lo digas —respondió ella—. Le quiero con locura. Es un hombre maravilloso. Ha hecho algunas locuras, pero no es un maldito violador ¿sabes? En cambio, si estás con un motero, para la poli no eres

más que una marioneta del club. Mi testimonio no contó una mierda. Bolt saldrá de permiso dentro de un año, pero yo quiero que se limpie su nombre.

—¿Y por qué no hicieron las pruebas de ADN? —pregunté

—Buena pregunta —respondió ella—. Cada día me daban una nueva excusa. Los putos jueces...

Uf.

No supe qué pensar de aquello, así que guardé silencio. Lo que no hice esta vez fue mirar para otro lado porque, aunque hacía poco que conocía a Maggs, la creía. No era estúpida, ni débil.

Daba miedo pensar que el sistema podía estar tan corrupto.

—Definitivamente jodieron a Bolt —intervino Marie, que se había acercado mientras hablábamos y se dejó caer en otra silla, junto a nosotras—, pero no todos los jueces locales son malos. En mi caso tuvieron en cuenta que había actuado en defensa propia y salí libre, el año pasado, cuando las cosas se torcieron con mi hermano.

La miré con curiosidad, pero parecía absorta en sus pensamientos. Aquella historia podía esperar hasta otro día, si es que había otro día, claro. Las chicas me demostraban su apoyo, pero ¿iban a ser mis amigas a largo plazo? Me daba la impresión de que, una vez que te marchabas del club, estabas fuera y... yo estaba fuera ya antes de haber entrado.

Cambiamos de tema y nos dedicamos a hablar de cosas más alegres, mientras se iba haciendo de noche. Hacia las nueve los niños ya se habían marchado y la fiesta empezó a derivar hacia el lado salvaje. La música subió de volumen, mientras volaban aquí y allá prendas femeninas, lo que no provocó la menor reacción entre mis nuevas amigas. Entonces los chicos encendieron una gran hoguera y abrieron un nuevo barril de cerveza. Varias parejas se perdieron en la oscuridad. Yo intentaba no mirar con demasiada atención, inquieta por la posibilidad de que Ruger ya hubiera encontrado a alguien nuevo para metérsela. En fin, era muy libre para hacer lo que le diera la gana. Para nada necesitaba ver aquello.

Parecía que había llegado el momento de marcharme, aunque todavía no había hablado con Buck sobre mi trabajo. Cuanto más pensaba en la posibilidad de trabajar en The Line, menos realista me parecía. Tal vez lo mejor sería dejarlo correr. Lo mencioné mientras ayudaba a Maggs, a Marie y a Em a recoger las mesas de la comida. Dancer había ido a llevar a sus hijos a casa de su madre y todavía no había vuelto.

—¿Por qué no hablas con Buck y después decides? —sugirió Maggs, mientras apilaba bolsas de patatas a medio acabar en una caja de cartón—. Te ayudo a encontrarle, pero vamos a terminar con esto primero. Hay que llevar toda esta mierda a la cocina.

—Dame la caja —dijo Marie mientras extendía la mano—. Sophie ¿puedes llevar esa otra?

—Claro —respondí y la recogí. Marie era realmente simpática. Había pasado la mitad de la noche hablando de su boda, que iba a celebrarse en un plazo de tres semanas. Me había dejado muy claro que quería invitarme a asistir, pasara lo que pasase con Ruger.

La seguí al interior del arsenal a través de una puerta trasera por la que se accedía a la amplia zona de la cocina, después de pasar junto a los baños. La cocina no tenía nada de particular —no era, desde luego, para profesionales—, aunque era de un tamaño respetable. Había allí tres refrigeradores, amplias encimeras y un gran cubo de basura redondo cuyo contenido se había desbordado por el suelo.

Las dos nos quedamos mirándolo.

—Joder, no puedo creer lo cerdos que pueden llegar a ser estos chicos —murmuró Marie—. ¿Qué les costará tirar la puta basura cuando el cubo está lleno? No hace falta ser un genio...

—¿Crees que podremos con esto? —pregunté mientras sopesaba el objeto en cuestión, que parecía bastante pesado.

—Solo hay una forma de averiguarlo —repuso ella. Dejamos la comida en las encimeras, metimos en el cubo la mayor cantidad de desperdicios que nos fue posible y después lo agarramos, cada una por un lado. No era sencillo, pero conseguimos transportarlo hacia la sala principal del edificio, que todavía no había visto.

—¡Oh, mierda! —exclamé, con ojos como platos. El lugar estaba lleno de hombres que bebían y mujeres que paseaban por todas partes, prácticamente desnudas. Había allí una barra, donde una chica ofrecía body-shots —tragos servidos en su cuerpo desnudo—. Aparté la vista y fue a aterrizar en la cabeza de otra chica, que se movía arriba y abajo junto a la entrepierna de un tipo. El hombre estaba reclinado hacia atrás en un sofá mugriento, con los ojos cerrados, y sujetaba a la mujer fuertemente por el pelo.

—No prestes atención —dijo Marie, con expresión exasperada—. ¡Banda de descerebrados! Los cubos de basura están al frente, al otro lado del aparcamiento. Los genios que diseñaron este edificio no pusie-

ron muchas salidas. Está construido para ser una fortaleza y lo que es, es una auténtica pesadez.

Cargamos el cubo a través de la estancia y sentí que mis mejillas ardían. De pronto un hombre se acercó y agarró el cubo por mi lado.

—Chicas, debíais haber pedido ayuda —dijo, sonriéndome. No estaba mal, pensé. Era algo mayor que nosotras, treinta y tantos seguramente, con barba larga y tatuajes —todos los llevaban, debía de ser alguna de sus leyes internas— y en el chaleco llevaba uno de esos parches en forma de diamante con el símbolo del 1%. En el de su nombre se leía «D.C.».

—Gracias —respondió Marie con tono alegre—. Ábrenos la puerta, por favor, Soph.

Abrí la puerta principal del edificio, que daba directamente al aparcamiento. Había allí más hombres, que parecían estar simplemente a la espera. Eran como los que había visto al principio, los que llevaban pocos parches en sus chalecos.

—¡Aspirantes! —llamó D.C.—, venid aquí y encargaos de esta basura.

Dos de los chicos acudieron rápidamente y agarraron el cubo.

—Después hay que volverlo a llevar a la cocina —le dijo Marie a D.C.

—No hay problema, nena —respondió el motero—. ¿Quién es tu amiga?

Marie y yo nos miramos. Me di cuenta de que no deseaba presentarme, pero ninguna de las dos queríamos ser maleducadas.

—Soy Sophie —respondí, quitándole a ella la presión—. Solo estoy de visita. La verdad es que ya me iba.

Marie abrió la boca para decir algo, pero en aquel momento apareció por detrás un hombretón, la levantó en volandas y se la echó al hombro.

Horse.

—¡Necesito una buena jodienda, mujer! —exclamó mientras le palmeaba el trasero y a continuación se la llevó hacia el edificio mientras ella se debatía y protestaba a gritos.

Me quedé sola en la oscuridad, junto a D.C. y los aspirantes. Ninguno de estos últimos me miraba a la cara y recordé alarmada las advertencias que me habían hecho antes.

Oh, oh, en aquel momento no respetaba ni una sola de ellas.

—Vaya marcas —dijo D.C., observando los estúpidos moratones que me había hecho Ruger con la boca en el cuello—. ¿Perteneces a alguien?

 187

Una pregunta comprometedora donde las haya...

—Es un poco complicado —respondí, mirando a mi alrededor, aunque no sé muy bien lo que buscaba. Kimber sabría qué hacer en una situación como aquella, pensé, sombría.

—Tengo que volver dentro, con las demás chicas —dije por fin—. Iré por allí.

Señalé con la cabeza hacia la puerta del muro adyacente al edificio, por la que había entrado antes y que conducía al recinto de las fiestas. Ni soñando iba a volver a atravesar sola el edificio del arsenal, después de lo que había visto allí.

—Te acompaño —dijo D.C. y me echó el brazo al hombro. Su aliento olía a alcohol.

Mierda. MIERDA. ¡MIERDA!

—¡Eh, vosotros! —oí llamar a Em, que me hacía señales con la mano desde la puerta. Nunca en mi vida me había alegrado tanto de ver a alguien. La joven se acercó a nosotros corriendo, con una sonrisa luminosa en el rostro.

—Gracias por encontrar a Sophie, D.C. —dijo—. Tengo que llevármela ahora mismo. Ruger va a ser el siguiente en saltar al *ring* y se cabreará muchísimo si ella se pierde su combate. Viven juntos ¿sabes?

D.C. me soltó y corrí hacia Em. El motero me miró con el ceño fruncido.

—Ya te dije que era un poco complicado —expliqué, con voz temblorosa—. Lo siento ¿eh?

D.C. respondió con un gruñido, regresó al arsenal y cerró de un portazo. Los aspirantes miraban a todas partes menos a Em y a mí.

—Joder, voy a matar a Marie por dejarte sola con él —murmuró Em mientras me conducía por el brazo a través del aparcamiento, en dirección a la puerta—. Al menos me gritó que fuera a buscarte cuando pasó por allí con Horse. Nunca hay que dejar a una hermana detrás. La cosa podía haberse puesto fea.

—Mmm, la verdad es que no tuvo mucha opción —expliqué—. Horse llegó de pronto por detrás, la agarró y se la llevó. Todo ocurrió muy deprisa.

—Joder, no piensa más que en el sexo —replicó Em, con un tono en el que se mezclaba el asco y algo sospechosamente parecido a la envidia.

—Al menos Marie te envió a buscarme —dije—. ¿Crees que me habría hecho daño ese tipo?

—Creo que no —respondió Em, con tono suave—, pero probablemente esté borracho. Un hombre que ha bebido no siempre oye la palabra «no».

—¿Y eso ocurre aquí? —pregunté.

—¿El qué? ¿Violaciones? —replicó ella sin rodeos y yo asentí con la cabeza.

—Se supone que no debe pasar —respondió—. No se considera para nada aceptable, pero estoy segura de que ha ocurrido a veces. Igual que en mi residencia, cuando iba al instituto. En cuanto juntas a mucha gente, está garantizado que algunos harán cosas horribles. Si encima los hombres están bebidos y ya van calientes, la cosa se pondrá fea casi seguro. Eso sí, te digo una cosa. Me siento más segura aquí que en algunas fiestas del instituto. Las de los Reapers tal vez sean más salvajes, pero hay unas reglas y te aseguro que el que se las salta, lo paga.

—Y tú has crecido aquí —comenté—. ¿No te daba miedo todo esto?

—Me crié con veinte tíos a mi alrededor —respondió Em, con una amplia sonrisa, mientras atravesábamos la puerta y saludaba a los de seguridad—. Todos harían lo que fuera por mí. También tengo muchas tías y un gran grupo de amigos a los que conozco de toda la vida, con los que jugaba cuando éramos pequeños. Ya viste cuántos niños había antes por aquí, pasándoselo en grande. Por supuesto, los mandamos a casa antes de que las cosas se pongan demasiado feas.

—¿Y a qué edad empezaste a quedarte hasta tarde? —le pregunté. Em se encogió de hombros, con expresión de fastidio.

—Mi padre me dijo que me fuera hace como media hora —reconoció—. No quiere que crezca, y eso que aquí nadie se atrevería a ponerme un dedo encima. Es así, somos una familia y las familias cuidan a sus miembros.

—¿Y todas las mujeres que andan por aquí? —inquirí—. Ese hombre, D.C., no estaba interesado en mí en plan familiar...

Em miró al suelo y suspiró.

—Tú no eres de la familia —dijo en voz baja—. Quiero decir, eres familia de Ruger y serás tratada siempre con respeto. D.C. no es de por aquí y no tiene ni idea de quién eres. Eso sí, si insistes en no permitir que Ruger te reclame como suya, nunca serás realmente parte del club.

—¿Me odiarías si te digo que no quiero ser parte del club? —le dije.

—Te entiendo —respondió, con un suspiro—. Créeme, me gustaría que las cosas fueran diferentes para ti y para Ruger. Yo tampoco aceptaría lo que él te ofrece, eso desde luego. En la puta vida. ¿Quieres marcharte? Mi padre me verá por aquí de un momento a otro, así que será mejor que me largue ya.

—Sí, sí, por favor, vámonos —respondí.

—Vamos a ver una peli o algo —propuso Em—. Vente a casa, si te apetece. Tenemos montado un súper cine casero.

—Bueno, eso suena muy bien —respondí, algo sorprendida—. Es divertido ¿sabes? Nunca imaginé que el presidente de un club de moteros fuera la clase hombre que tiene montado un cine casero.

—Ni tampoco lo imaginarías con una hija virgen, supongo —repuso ella, recuperado su sentido del humor—. A la mierda con esto, vámonos. La última vez que celebraron una fiesta tan grande, me encontré a mi padre montándoselo con una chica que era de mi curso. Qué asco. Fuera, en el recinto, los hombres habían formado un círculo detrás de la hoguera. Cada pocos segundos se oía un coro de gritos y vítores.

—¿De qué va eso? —pregunté, señalando hacia el lugar con la cabeza.

—Peleas —respondió simplemente Em—. Es lo que hay cuando reúnes demasiados penes en un único espacio. Bueno, y no estaba de broma cuando dije que Ruger era el siguiente. Seguro que está ahí ahora, pegándose con alguien. Por alguna razón creen que es divertido darse golpes unos a otros. Vamos a buscar a Maggs. Igual le apetece venirse con nosotras.

Reí y entonces vi a Maggs. Estaba cerca de la hoguera, mirando fijamente a las llamas. Me acerqué, pero ella no me miró.

—¿Estás bien? —le dije. Ella suspiró y se cruzó de brazos.

—Sí, muy bien —respondió—. Es solo que estoy harta de estar aquí sin mi hombre. El club es estupendo y todo eso, pero no es como tener a Bolt en mi cama.

No sabía muy bien qué hacer, así que la abracé y ella me correspondió. Realmente deseaba seguir siendo amiga de aquellas mujeres, a pesar de toda la situación con Ruger.

—¿Te vienes a ver una peli conmigo y con Em? —le pregunté—. Yo estoy harta de Ruger, Picnic dice que Em tiene que irse ya y tú te sientes sola. Parece que el destino quiere que nos marchemos de aquí a comer un poco de helado de chocolate.

Maggs gruñó.

—Un helado de chocolate no puede sustituir a un hombre —dijo, melancólica.

—Podemos echarle leche condensada por encima —le dije, moviendo las cejas—. Así podrás imaginarte que le estás chupando a él, en vez de la cuchara.

—Eres tonta —replicó, pero con una sonrisa.

—Ya lo sé —respondí yo—, pero soy una tonta que sabe cómo poner toppings y eso es crucial esta noche. Vamos.

—Primero quiero presentarte a Buck —dijo Maggs—. Tienes que preguntarle por lo del trabajo.

Fruncí el ceño. ¿Realmente quería trabajar en un bar de *striptease* y que encima era propiedad de los Reapers? No parecía la mejor manera de distanciarme...

—No tienes por qué decidir hoy —me tranquilizó Maggs—. Solo habla con él y después nos ocuparemos de lo que de verdad importa, el helado y las películas de chicas. Si puede ser, mejor una triste, porque estoy de humor para pegarme una buena llorera. Vamos a hablar con él ¿te parece?

—No tienes nada que perder —dijo Em, que se había acercado por detrás—. Encuentra a Buck y larguémonos. Estoy lista para una triple dosis de Häagen-Dazs.

Maggs me tomó por la mano y me llevó hacia la multitud que rodeaba a los luchadores, mientras Em nos seguía como un perrito. No podía ver prácticamente nada de la pelea, con aquella muralla de moteros cortándonos la visión, pero Maggs se abrió camino entre ellos como una auténtica experta. Pronto nos encontramos junto al «cuadrilátero», que en realidad era un círculo trazado con el pie en la arena. Maggs buscaba a Buck con la mirada, pero el sonido de un puño impactando contra un cuerpo me llamó la atención.

Ruger se encontraba en el centro del círculo con expresión hostil, desnudo hasta la cintura y las manos también desnudas. Se estaba enfrentando a un hombre a quien yo no conocía. Parecía algo más joven que él y, a juzgar por la sangre que goteaba de su rostro, se estaba llevando la peor parte.

Em se detuvo junto a mí.

—¿Qué demonios se cree Painter que está haciendo? —murmuró—. No puedo creer que esté peleando con Ruger. Es una puta estupidez.

—¿Por qué? —pregunté con los ojos pegados a los dos hombres, que daban vueltas sin cesar en el círculo trazado en la arena, y acerté a ver la pantera tatuada que desaparecía bajo los pantalones de Ruger. Realmente le iba muy bien, ya que cada uno de sus movimientos era ligero y controlado, como los de un gran felino.

—Ruger es muy bueno —dijo Em—. Destrozará a Painter.

—¿Es ese el que...? —dije.

—Sí, el que no se atreve a pedirme salir —corroboró Em—. Espero que Ruger le patee el culo.

En aquel momento, Ruger lanzó un puñetazo al estómago de Painter y la multitud rugió. El agredido jadeó, pero se mantuvo en pie y se recuperó con sorprendente rapidez, al menos para mi ojo inexperto.

—Está ahí —dijo de pronto Maggs.

—¿Quién está ahí? —pregunté.

—Pues Buck —respondió Maggs—. Querías hablarle sobre tu trabajo ¿no?

—Oh, sí, —dije, obligándome a desviar la mirada fuera del círculo de los luchadores. ¿Qué clase de idiotas podían dedicarse a luchar así a propósito? Maggs me arrastró unos cuantos metros más allá entre la multitud, hasta llegar junto a un tipo grandote que miraba el combate con los brazos cruzados. No parecía demasiado contento.

—¡Eh, Buck! —saludó Maggs, alegremente. El hombretón la miró desde su altura y arqueó una ceja. Yo tragué saliva.

—Mmm, podemos hacer esto en cualquier otro momento —susurré—. No parece que esté de muy buen humor.

—Él está siempre así —respondió Maggs—, ¿eh Buck? Siempre eres un poco mamón ¿verdad?

Aunque pareciera difícil, el hombre sonrió.

—Y tú siempre eres un poco zorra, pero te quiero de todos modos —respondió—. Bueno, ¿qué? ¿Es que has decidido pasar del culo de Bolt y probar a hacerlo con un hombre de verdad?

—Uf, me parece que Jade podría tener algún problema con eso y es muy buena tiradora —respondió Maggs.

Esta vez la sonrisa se reflejó en los ojos de Buck.

—Esa es la puta verdad —dijo—. Joder y ella también puede ser una auténtica zorra. No me aburro, la verdad. Y esta ¿quién es?

—Sophie —respondió Maggs, tirando de mí. Desde el *ring* me llegó el ruido de nuevos puñetazos y con el rabillo del ojo vi a Painter que hacía equilibrios para no caer. Desvié la mirada un instante y pude ver también a Ruger, que daba vueltas a su alrededor, como un gato jugando con su comida. Me volví hacia Buck. Hablar con él no podía hacerme daño.

—Está buscando trabajo —continuó Maggs.

—¿De bailarina? —preguntó Buck, alzando una ceja. Sus ojos me escrutaron de arriba a abajo, valorándome de una forma totalmente profesional.

—De camarera —dije—. He trabajado en bares. Nunca en uno de *strippers*, pero estoy acostumbrada a dejarme la piel. Me han dicho que The Line es un buen sitio.

Buck me observó atentamente.

—¿Eras la dama de alguien? —inquirió.

Maggs y yo nos miramos y sacudí la cabeza.

—No realmente —respondí.

—¿Qué carajo se supone que significa eso? —preguntó él de nuevo.

—Ella... —empezó Maggs.

—Cállate, Maggs —cortó él, aunque no con mal tono—. Si la chica no puede responder por sí misma, no tiene sitio en mi bar. A ver ¿cómo es la historia? ¿Perteneces a alguien, sí o no?

En aquel momento se produjo un estallido de actividad en el *ring*, una serie de rápidos golpes que apenas acerté a vislumbrar de reojo. A juzgar por la reacción del público, la cosa se estaba poniendo interesante.

—¿Eres así de lenta tomando los pedidos de bebidas? —dijo Buck—. Porque no necesito una camarera lenta.

—Lo siento —dije—. Ruger es el tío de mi hijo.

—¿Y él te ha marcado ese anillo alrededor del cuello? —preguntó.

—Mmm, sí —respondí, con una mueca— y vivo con él, pero no hay nada entre nosotros. Simplemente necesito un trabajo.

Buck me observó con una interrogación en la mirada y después se volvió hacia Maggs, que le sonrió de medio lado. Buck asintió con la cabeza, lentamente, y a continuación se inclinó hacia el hombre que tenía al lado.

—Cien pavos por Painter —dijo y el otro se volvió hacia él, arqueando las cejas.

—¿Es que has perdido el puto juicio? —le respondió.

—Qué va —reafirmó Buck—. ¿Apostamos?

—Fijo —aceptó el hombre—. Acepto el dinero. El chico está casi acabado.

Buck se volvió hacia mí.

—Enséñame las tetas —me dijo.

Abrí mucho los ojos.

—No voy a bailar —dije rápidamente—, solo a servir las mesas.

—Sí, ya lo sé —dijo Buck—, pero necesito comprobar que llenarás bien el uniforme. Puedes dejarte la ropa interior, pero levántate la camiseta si quieres el empleo.

Miré a Maggs, que asintió con la cabeza para tranquilizarme.

—No te preocupes —dijo, mirando alternativamente hacia mí, hacia Buck y hacia los hombres que luchaban—. Hay que tener una buena delantera para poder trabajar en The Line, eso es todo. Vamos, nadie va a fijarse.

Inspiré hondo, me metí las manos bajo el pantalón y subí la camiseta por encima del pecho.

Dos segundos después, oí un fuerte golpe. Miré y vi que Ruger estaba allí, entre Buck y yo, y que acababa de darle a este un buen puñetazo en la cara. Buck cayó al suelo y Ruger se abalanzó sobre él, atacándole salvajemente.

Grité y Maggs me empujó a un lado. Ambas nos abrazamos y agachamos la cabeza, mientras tres tipos más saltaban encima de Ruger y lo separaban de Buck. Ruger se debatía como una fiera, entre insultos y gruñidos. Entonces apareció Picnic, seguido por Gage, que llevaba un bate de béisbol en la mano.

—¡Todos a callar! —gritó Picnic—. ¡Ruger, contrólate de una puta vez! Estás fuera del *ring*, así que has perdido el combate, y ahora deja de pensar con el rabo, imbécil del culo.

—Soltadme —gruñó Ruger.

—¿Vas a controlarte? —preguntó Gage. Él asintió con la cabeza y los demás le dejaron libre. Gage tendió una mano a Buck y le ayudó a levantarse.

—¿Algún problema? —le dijo.

Buck escupió un poco de sangre y sonrió. Tenía rojos los huecos entre los dientes y la sangre le goteaba por la barbilla. Su aspecto era horrible, como el de un asesino en serie.

—Todo bien —dijo, lamiéndose los labios—. El lameculos me ha hecho ganar mi apuesta, eso es todo. Más fácil que cagar.

Entonces me miró a mí, que seguía abrazada a Maggs y todavía aturdida.

—No hay trabajo —dijo—. Ya tengo bastantes peleas de zorras en el bar, pero si quieres que nos veamos en los combates, perfecto. Ruger siempre gana y así no hay emoción. Ha sido todo un momentazo, preciosa. Muchas gracias.

—Mmm, bueno —respondí rápidamente—, creo que me irá mejor en otro sitio, de todos modos.

Ruger me miró fijamente. Su pecho subía y bajaba y tenía todo el cuerpo cubierto por una capa brillante de sudor.

—¿Le pediste trabajo? —inquirió mientras me agarraba por el brazo y me arrastraba entre la gente. Intenté liberarme, pero él ni lo notó.

—¡Suéltame! —grité.

Me arrastró hasta el muro y apoyó las manos una a cada lado de mi cabeza.

—¿Qué parte de esto es la que no entiendes? —me preguntó, más enfadado de lo que nunca lo había visto... o casi—. No puedes ir por ahí enseñando las tetas. No es algo tan difícil de entender, Sophie.

—Maggs dijo que tenía que examinarme para ver si servía para el trabajo de camarera —expliqué, rápidamente—. Dijo que no era nada personal, que no pasaba nada.

La mirada de Ruger se oscureció.

—Cuando un hombre le pide a una mujer que le enseñe las tetas, siempre es algo personal —repuso— y las tuyas me pertenecen. En la puta vida voy a dejarte trabajar en The Line. Y déjate la camiseta en su sitio, joder. Por Dios, parece que hablo para mí mismo la mitad de las veces.

—No te preocupes —respondí, sin molestarme en discutir, ya que era inútil—. Ya he tenido bastante de este club. Me largo. Em y yo íbamos a ver una peli y a comer helado.

Ruger se quedó inmóvil y a continuación alargó la mano y me acarició suavemente el pelo por detrás de la oreja. Aquello me tranquilizó un tanto. Quizá no estaba tan furioso como me había imaginado. Entonces sus dedos se enredaron más profundamente en mis cabellos y su mirada se endureció. La mano aumentó la presión, hasta hacerme daño, y tiró de mí hacia él para obligarme a besarle. La lengua de Ruger, posesiva, dominante, entró profundamente en mi boca, mientras su otra mano me agarraba el brazo, me lo retorcía hacia atrás y me obligaba a pegarme a su cuerpo. Finalmente me metió la rodilla entre las piernas y ladeó la cabeza para tomar con mayor facilidad lo que quería y más.

Y a mi cuerpo —esa maldita zorra a la que mi mente no lograba controlar— aquello le encantaba.

El combate le había dejado cubierto de sudor y disparando feromonas todo alrededor con tal intensidad que me costaba mantenerme de pie. Deseaba envolverle entre mis brazos, pero él me sujetaba firmemente, controlando todos mis movimientos.

Recordé lo de «no vas a correrte hasta que yo lo diga». Había ahí un alarmante patrón de comportamiento.

Finalmente se apartó un poco y los dos jadeamos, faltos de aire. Sin embargo, continuaba sujetándome con fuerza y yo me sentía incapaz de efectuar el menor movimiento de huida, aunque en realidad tampoco deseaba intentarlo. Mi mente se había desconectado hacía un rato, dejando al cuerpo vía libre. Ruger apretó su pelvis contra la mía y sentí que su miembro estaba más que preparado para acabar la tarea.

—Me perteneces —dijo con voz ronca.

—Ruger... —comencé, pero un repentino y potente grito femenino me cortó en seco.

Me soltó y se dio la vuelta, cubriéndome con su cuerpo mientras sopesaba la situación. A aquel grito siguieron otros y después un rugir de voces masculinas furiosas. A la tenue luz que proporcionaba la hoguera vi cómo un hombre escapaba por la explanada, perseguido por un grupo de unos diez. El fugitivo llegó hasta el muro, dio un gran salto, se agarró al borde con las manos y se alzó por encima, pasando al otro lado.

—Joder —murmuré.

—Quédate a cubierto —me dijo Ruger con una mirada que no admitía discusión y, por una vez, estaba dispuesta a hacer todo lo que dijera—. Voy a enviar aquí a una de las chicas y, en cuanto llegue, sacáis inmediatamente el culo de aquí las dos. Os vais a vuestros automóviles juntas ¿entendido?

—¿No deberíamos llamar a la policía? —pregunté, mientras el escándalo remitía. Ahora se oía llorar a una mujer y también los gritos de furia de un hombre.

—Parece que han herido a alguien —añadí—. ¿Qué demonios está ocurriendo?

—No tengo ni idea —respondió Ruger—. Conseguiremos ayuda, no te preocupes, pero nada de llamar a la policía. Aquí arreglamos las cosas nosotros mismos, dentro del club. Haz lo que te digo por una vez. Espera a que mande a alguien a por ti y después vete a casa y quédate ahí. No puedo ocuparme de esto y preocuparme por ti al mismo tiempo.

Asentí con la cabeza y él me besó profundamente, tras lo cual echó a correr hacia la puerta del arsenal. En la distancia oí cómo arrancaban varias motos y también el disparo de un arma de fuego. Me agaché junto al muro y

me senté en el suelo, con las rodillas pegadas al pecho, dispuesta a obedecer a Ruger al pie de la letra.

Maggs llegó diez minutos después. Su expresión era sombría y tenía manchas de sangre en un brazo. Me levanté y la abracé estrechamente.

—¿Qué ha pasado? —susurré.

—Ese maldito Toke... —respondió—. Ha sido por una de esas mierdas del club, algo que votaron hoy. Se suponía que había quedado decidido, pero el tal Toke, de la sección de Portland, se bebió unas cuantas cervezas de más y decidió que había que repetir la votación. Entonces empezó a pelear con Deke, el jefe de su sección, y el muy gilipollas sacó un cuchillo y empezó a agitarlo como un loco.

—¿Y quién gritaba? —pregunté y me aparté de ella para mirarle el brazo—. Estás llena de sangre. ¿A quién han herido?

La mirada de Maggs se endureció.

—A Em —dijo—. El cabrón de mierda la alcanzó con el cuchillo.

Aquello me golpeó físicamente y sentí como si fuera a perder el equilibrio.

—¿Ha llamado alguien a una ambulancia? —pregunté, mirando a mi alrededor. Más allá de la hoguera había alguien sentado en el suelo y varias mujeres a su lado.

—Em se encuentra bien, gracias a Dios —respondió Maggs, con voz que delataba su rabia—. No es un mal corte. Uno de nuestros hombres le dará unos cuantos puntos y se pondrá bien, sin que nada se note.

—¿Y el disparo? —quise saber.

—A Picnic no le gustó nada que cortaran a su nena, claro —dijo Maggs—. Ha debido de ser él. Toke saltó el muro y ahora mismo debe de estar batiendo el récord de velocidad por carretera. Si tiene alguna neurona que le funcione, no parará hasta llegar a México. Em es una chica especial, la quiere todo el mundo, y encima ese descerebrado se ha enfrentado a su propio presidente. Esto es más que una pelea, ya es un asunto del club. Toke ha pisado una gigantesca y humeante mierda.

Sentí un escalofrío.

—Vámonos —dijo Maggs—. Quieren que todas las chicas salgan de aquí. Marie y Dancer van a quedarse con Em, pero el resto tenemos que largarnos y quitarnos de en medio. Joder, a este paso tendremos que pedir todos una fianza para poder salir. Duerme con tu teléfono cerca y conectado esta noche.

—¿Hablas en serio? —le dije, con ojos muy abiertos.

—Si Picnic le echa el guante a Toke, la cosa se pondrá fea —respondió ella—, pero no te preocupes, nuestros chicos tienen cabeza. Mantendrán la situación bajo control.

—¿Y lo de la fianza? —dije—. Era broma ¿no?

—Tú solo deja el teléfono cerca ¿de acuerdo?

Mierda.

Capítulo 11

Las manos me temblaban con tanta fuerza que me costó trabajo meter las llaves y poner en marcha mi vehículo. Maggs me había ofrecido acompañarme a casa, pero yo había preferido ir sola. Tenía muchas cosas en qué pensar. La verdad era que Ruger y yo teníamos ideas muy diferentes respecto a lo que es un comportamiento normal y adecuado.

Para empezar, yo soy de la opinión de que las relaciones a largo plazo deben ser monógamas. Él, en cambio, pensaba que la monogamia se me aplicaba a mí, pero él podía ser libre. ¿Otro apartado? Mis fiestas solían terminar cuando se acababa la comida y la gente estaba cansada, mientras que las suyas, visto lo visto, podían acabar con puñaladas y persecuciones por carretera.

Por último, pero no menos importante, tiendo a creer que el sexo debe ser algo privado, mientras que a él no le parecía mal untarme su esperma por el cuerpo delante de sus amigos, después de marcarme el cuello a mordiscos.

Tenía que largarme de su casa.

De inmediato. No quería más líos con él.

Cuanto más pensaba en lo que había ocurrido, más me cabreaba. Podían haber matado a Em. Raro sería que yo no hubiera contraído alguna enfermedad de transmisión sexual, después de mi experiencia sin condón con el rey de los puteros en un asqueroso taller de reparaciones

—eso es clase ¿verdad?—. Ah, y un tipo que se llamaba no sé qué podía haberme violado en la oscuridad solo por salir a tirar la basura.

¿Qué mierda le ocurría a esta gente?

Dos horas después de llegar a la casa de Ruger ya casi había terminado de hacer el equipaje. Solo llevábamos allí una semana, así que no era muy complicado. Me limité a guardar nuestras cosas en cajas, tal cual estaban, y las metí en mi automóvil. Seguramente podría llevármelo todo en un solo viaje, dado que Noah seguía en casa de Kimber. La llamaría a primera hora de la mañana y le preguntaría si podríamos quedarnos los dos en su casa durante un par de días.

Que les jodan, a Ruger, a su bonita casa y a los Reapers. Hasta a sus motos. Por mí podían intoxicarse todos con uno de sus putos cerdos a la barbacoa.

Acababa de empaquetar mi ropa y de recoger la habitación y el baño cuando oí la moto de Ruger. De reputa madre, sí señor. Quería haberme ido ya cuando él llegara, pero bueno, si quería guerra, la tendría. Tal vez mi vida no era un modelo de orden en aquel momento, pero estaba segura de una cosa: las fiestas que acaban a cuchilladas no eran parte de mi plan a largo plazo.

Tampoco lo era acabar liada con un presidiario, trabajar de bailarina de barra o tener que preocuparme por mi seguridad si no llevaba una marca en la espalda, como una jodida vaca.

Había empezado a guardar la ropa de Noah en su maleta cuando oí las pisadas de Ruger, que bajaba por la escalera. Se detuvo en mi cocina y oí cómo se servía un vaso de agua. Vaya, así que ahora no le bastaba con ponerme en peligro, también tenía que invadir mi privacidad y usar mis cosas. Lancé a Puff —el dragón de trapo de Noah— a la maleta con un gesto de rabia.

Espera.

¿A mí que me importaba dónde entrara él o qué vasos usara?

Yo no iba a quedarme allí a lavar sus malditos cacharros. No era mi casa. Toda aquella estúpida noche, la horrible forma en que había acabado la fiesta, el estar haciendo las maletas a las tres de la madrugada para ir a no sé dónde, todo aquello se me vino encima de golpe. Recogí de nuevo a Puff y me senté en el borde de la cama, riéndome de mi propia locura.

¿Cómo había podido pensar ni por un segundo que podríamos vivir en su casa?

Reía cuando Ruger cruzó el recibidor, reía cuando entró en la habitación y seguía riendo cuando se acercó y se arrodilló junto a mí. Ignoré el enfado y la frustración que se leían en su cara, porque me importaban una mierda. Me tomó por la barbilla y me obligó a mirarle. Sus ojos me taladraron, acusadores. Vaya, ¿pues no se creía aún con derecho...?

Dejé de reír y le dediqué la más malévola de mis sonrisas.

—¿Qué demonios está pasando aquí? —preguntó.

—Estoy haciendo las maletas —le dije, mostrándole el dragón de trapo—. Nos vamos. Yo no soy tu puta y Noah no es tu hijo. Tu club es un manicomio y no quiero tener nada que ver con ninguno de vosotros.

—¿Recuerdas lo que te dije, que ir a la fiesta era una muy mala idea? —preguntó, alzando una ceja.

—Sí, me acuerdo —respondí—, pero ¿sabes cuál habría sido el argumento definitivo? Pues mencionar que cuando vuestras fiestas se animan, las chicas resultan apuñaladas. Estoy segura de que no tocamos esa parte, Ruger, porque me acordaría.

—Se hará justicia —respondió, con mirada sombría—. Toke pagará. Deke y Picnic ya están en ello.

—Siento tener que aclararte una cosa, pero Em no necesita justicia —dije con la voz cargada de sarcasmo—. Necesita que no le corten con un cuchillo. Las mujeres somos así de caprichosas. No nos gusta que nos corten.

—Ha sido un accidente horrible —dijo él, lentamente— y, a pesar de cuanta mierda puedas pensar, nunca antes había ocurrido.

—¿Tienes la cara dura de decirme que nunca hay peleas en vuestro club? —dije.

—No —respondió—, pero sí te digo que no implican a mujeres inocentes. Si dos hombres quieren pelear, es su problema.

—¿Y si las mujeres no son tan inocentes? —repliqué—. ¿Dónde ponéis el límite? ¿A ti te gusta pegar a las chicas, Ruger? ¿Eso está bien en tu estúpido club?

La atmósfera cambió de pronto entre nosotros, se hizo bastante más fría. Oh, aquello le había tocado por dentro. En la habitación se dejó notar un nuevo nivel de cabreo y de pronto me di cuenta de que pincharle de aquella manera tal vez no era tan buena idea...

—No hables así del club —dijo, con expresión acerada—. Muestra respeto si quieres recibirlo también. ¿Sabes una cosa? Pues claro que pegaría a una mujer, si ella me diera a mí primero. No soy un caballero andante con una puta armadura, Sophie. ¿Qué parte de esto es la que no entiendes? He sido honesto contigo todo el tiempo, no te he hablado mal ni una vez. Te lo digo bien claro. Una mujer que ataca a un hombre, se merece una respuesta. Si quiere actuar como un hombre, que pelee como uno también.

—¿Y no tienes nada en contra de eso? —inquirí.

—Absolutamente nada —contestó—. ¿No queréis igualdad? Eso es igualdad, nena.

—Sí, puede considerarse que eres prácticamente feminista —murmuré—. Em no estaba peleando con nadie, Ruger. Llevará una cicatriz toda su vida. ¿Y cómo es que las mujeres son iguales a los hombres cuando se trata de recibir un guantazo y en cambio el resto del tiempo son «propiedad» de alguien?

—Para de decir tonterías sobre cosas que no entiendes —respondió Ruger—. «Propiedad» es un término de respeto entre nosotros. Es parte de nuestra cultura. Si nos juzgas por eso, deberías juzgar también a todas las mujeres que se cambian el apellido el día en que se casan, porque es exactamente lo mismo.

Se pasó la mano por la cabeza, claramente frustrado, y después continuó.

»Si eres propiedad de alguien, eso significa que todos los hermanos estarán dispuestos a dar su vida para protegerte —explicó, suavizando el tono— y también para proteger a tu hijo. No pretendas presentar esa clase de lealtad como algo feo solo porque no te gustan las palabras que utilizamos. ¿Y Dancer? ¿Y Marie? ¿Y Maggs? Ellas están orgullosas de ser la propiedad de sus hombres, porque saben lo que eso significa. Nadie las obliga.

Tragué saliva, tratando de entender lo que me decía.

—Dime una cosa —repliqué—. ¿Por qué me dijo Horse que Marie vale cada centavo que pagó por ella? No me sonó muy bien y no me pareció que fuera una broma.

—Tu primer día en el club y ya has oído eso —murmuró Ruger, casi para sí mismo—. Joder, no estaría mal un poquito de discreción.

—Vaya, no queremos espantar a las chicas nuevas poniéndoles delante la realidad ¿cierto? —repuse.

—No te preocupes —dijo él—, a Horse y a Marie les va muy bien y van a casarse el mes que viene, así que esa es una cuestión discutible.

—Mierda ¿de verdad la compró? —pregunté, con ojos como platos—. Ruger, eso es... bueno, no tengo ni palabras para describirlo.

—Bueno, igual así te callas —dijo—. Por si te interesa, tengo noticias sobre Em. Ya sabes, tu amiga, la que dices que te importa tanto. Tal vez sea algo más importante que tus lecciones sobre los derechos de las mujeres.

Me quedé helada y sentí vergüenza. Ruger tenía razón. Me había mostrado más interesada en mi pelea con él que en la propia Em. No era para estar orgullosa.

—Sí, claro, me gustaría saber cómo está —dije y lancé el dragón de trapo a un lado mientras me ponía de pie. Ruger dio un paso adelante, invadiendo mi espacio, algo que se le daba muy bien.

—¿Como está? —repetí.

—Bien, está bien —respondió él—. No fue un corte importante, unos diez centímetros de largo y bastante superficial. Un amigo vino y le dio unos cuantos puntos para asegurar que se cure bien, además del desinfectante, por si acaso. La última vez que la vi estaba fresca como una lechuga y cantando no sé que cancioncita de niños. En cambio Picnic no está para fiestas, que se diga.

—Esa es una muy buena noticia —comenté mirándole al pecho, que tenía realmente muy cerca—. Maggs me envió un mensaje de texto hace una hora, pero no sabía si me estaba poniendo las cosas bien para que no me preocupara. De todas formas, no me gustan tus fiestas, Ruger.

—La primera parte no estuvo nada mal —dijo lentamente y esbozó una sonrisa—. Ya sabes, en el taller.

Alargó la mano, me tocó suavemente el cuello y después lo rodeó con los dedos.

—Mis marcas tienen buen aspecto —dijo—. Tal vez las mantenga ahí a largo plazo, aún no lo he decidido. En todo caso, tienes que aprender a no flirtear con otros hombres, nena, ahora que te he reclamado como mía.

—En primer lugar, quítame la mano de encima, porque no he sido reclamada por nadie —le dije y no me hizo el menor caso— y en segundo lugar, yo no he flirteado con nadie.

—Enseñaste las tetas delante de todo el club —replicó y su mano se crispó alrededor de mi cuello, no con fuerza suficiente como para hacer daño, pero sí para mostrar que podía hacerlo.

Mmm, aquello no me gustó nada...

—Quítame tu puta mano de encima —silabeé y esta vez obedeció, pero al mismo tiempo me empujó con el cuerpo y caí sentada sobre la cama de Noah, casi golpeándome la cabeza contra la pared. Antes de que

me diera tiempo a apartarme, Ruger se echó sobre mí y me inmovilizó, igual que había hecho en mi apartamento de Seattle.

—Llevaba ropa interior y Maggs me dijo que lo hiciera —le dije entre dientes, sin tratar de luchar—. Decía que Buck tenía que verme si quería conseguir trabajo en The Line. Necesito un puto trabajo, Ruger. No parecía algo tan grave, joder. La mitad de las mujeres allí estaban sin camiseta.

—Eres una idiota —cortó Ruger—. Por supuesto que Buck examina a las potenciales camareras, pero en el bar, en las horas de trabajo. Lo hizo para tocarme las pelotas y hacerme salir del *ring*. Jugó contigo para ganar una apuesta, Soph. Nunca te contrataría sin mi permiso, de todos modos.

—¿Por qué dijo Maggs que estaba bien, entonces? —quise saber. Joder, Ruger me oprimía bajo su peso y olía bien, para mi desgracia. Como era de esperar, mi cuerpo empezaba a hacer oídos sordos a mi mente y se notaba por las ganas que me daban de abrir las piernas y abrazar con ellas su cintura.

—No tengo ni puta idea, pero sé que lo hizo a propósito —gruñó—. Me gustaría preguntarle por qué. Te dejó vendida y a mí contigo, claro. Después cambiaré unas palabras con ella.

Miré a Ruger con los ojos entrecerrados.

—Deja en paz a Maggs —le advertí—. Si alguien tiene que cambiar algunas palabras con ella, esa soy yo. Si tú tuvieras un problema con Horse ¿te gustaría que yo interviniera?

—Dios mío, eres como un grano en el culo —respondió.

—Y tú un cerdo asqueroso que no me tiene el menor respeto —repliqué a mi vez.

—Claro que te respeto —dijo él con el ceño fruncido y yo gruñí.

—Sí, seguro que jodes en público con todas las mujeres a las que respetas —respondí—. Y también te corres encima de ellas, como hiciste conmigo. No soy una puta estrella porno, Ruger. Qué asco, aún estoy toda pegajosa. No es muy fácil lavarse en un meadero portátil.

—En esta casa hay tres duchas, nena —replicó Ruger—. No es culpa mía si no has querido hacer uso de ninguna. De todos modos, me encanta la idea de que todavía me tengas ahí, untado en ti. Por mí no tengas prisa.

—¡Estaba ocupada haciendo las maletas, gilipollas! —exploté—. Quería largarme antes de que aparecieras.

—Sí, ya veo —murmuró él y se inclinó sobre mí hasta rozar sus labios con los míos—. No vas a ninguna parte, nena. Eres mía. Ya hemos resuelto ese asunto.

—Oh, desde luego que me largo, Ruger —contesté—. Ni tú puedes pensar que esto sea normal.

Ruger me sonrió con ojos de depredador.

—No me importa que sea o no normal —susurró—. El mundo entero es anormal. ¿Crees que toda esa gente que vive en casas enormes junto al lago tienen vidas felices y perfectas? ¿Crees que esas zorras no se están apuñalando por la espalda todo el rato, mientras sus maridos joden con las becarias en la oficina?

Sacudí la cabeza.

—Mi amiga Kimber no es así —repliqué—. Su vida es normal, feliz, y no es ninguna loca.

—Entonces es una entre mil —me contestó él—, porque te aseguro que a veces las peores cosas pasan detrás de las puertas más bonitas, donde todo el mundo sonríe y pretende que todo está bien. Esa es la diferencia con mi mundo. Si estamos jodidos, lo reconocemos, lo resolvemos entre todos y adelante. Dentro de veinte años, en esas casas «normales» que te dan tanta envidia aún seguirán apuñalándose por la espalda y entonces lo harán también sus hijos.

—Me arriesgaré —concluí con firmeza.

Ruger me miró fijamente, con el ceño fruncido, y se levantó de golpe. A continuación me agarró y me cargó al hombro, como si fuera un saco de patatas. Grité, me debatí, pateé y le di puñetazos con todas mis fuerzas, pero él no se inmutó y me subió a su *loft* como si tal cosa. No sabía qué me esperaba. Imaginaba que me arrojaría en la cama y me poseería como en las películas. Sin embargo, no era nada de eso. Me llevó a su cuarto de baño, me depositó en la ducha y abrió el grifo.

—¿Qué mierda estás haciendo!? —grité, al notar el agua fría sobre la ropa. Ruger agarró la alcachofa y la dirigió contra mí.

—¡Te estoy enseñando lo que es el respeto! —me gritó él a su vez—. Siento haberte puesto toda pringosa antes. Solo estoy intentando que nuestra relación sea lo más «normal» y «limpia» posible, ya que eso es tan jodidamente importante para ti. ¿A que me porto mejor que un puto príncipe?

—¡Te odio! —grité, tratando de arrancar la alcachofa de las manos de Ruger. Él se echó a reír y me apuntó a la cara. Braceé sin control y perdí el equilibrio, pero Ruger me agarró rápidamente, me apretó contra su cuerpo y me sacó de la ducha. Quedamos pegados en uno al otro, con mis ropas empapadas mojándole a él también. Una de sus manos me rodeaba la cintura y la otra me sujetaba por el pelo.

Nos miramos fijamente.

—Dios, me has jodido la cabeza —me dijo—. Se me pone dura solo con pensar en ti. Sueño contigo todas las noches. Me levanto por la mañana y en lo único que pienso es en ti y en Noah, en casa, por fin, míos. Mi familia. Es mejor incluso que montar en mi moto. Estoy loco por ti, Soph.

Sacudí la cabeza, asombrada. No le creía. No podía permitírmelo.

—Dices eso para controlarme —susurré, no muy segura de si se lo decía a él o a mí misma.

—Joder, no quieres enterarte ¿verdad? —respondió y me besó con fuerza, intensamente. Yo traté de resistir, pero solo durante un par de segundos, ya que mi cuerpo le reconocía, le necesitaba. De pronto había demasiada ropa entre nosotros. Nuestras manos se activaron y enseguida descubrí que unos *jeans* mojados, aunque sean *shorts*, son lo peor para llevar puesto cuando se hace necesario un acceso rápido a lo que hay debajo.

Finalmente me las arreglé para bajármelos y apartarlos de una patada, momento en el que Ruger me agarró por la cintura y me hizo girar y apoyarme en el lavabo. Yo veía su rostro reflejado en el espejo. Estaba todo rojo de deseo y me miró fijamente en el momento en que su miembro entraba como un ariete en mis profundidades. Su poderosa herramienta me abrió de par en par a su paso, dilatándome hasta casi provocárme dolor. Mi gemido era una mezcla de esto último y de placer.

Nunca había sentido nada mejor en toda mi vida.

—Estoy loco por ti, jodidamente loco —me decía él mientras sus dedos se clavaban en mi piel—. Siempre lo he estado.

—Ruger... —era lo único que acertaba yo a decir.

Con una mano me sujetaba la cadera y con la otra llegó hasta mi centro del placer y comenzó a estimularlo con los dedos. Mientras tanto, el piercing de su miembro me rozaba insistentemente el punto G y las dos bolas de metal, arriba y abajo de la cabeza de su falo, me provocaban un mar de sensaciones que no conocía. Alcancé el clímax a una velocidad tremenda y grité con fuerza mientras mis músculos internos se contraían alrededor del miembro en el que estaba ensartada.

Me dio tres empujones más y estalló también, lanzando su carga de líquido caliente.

Mierda. De nuevo habíamos olvidado el condón.

Se retiró de mí lentamente y nos miramos a través del espejo, jadeantes. Él estaba vestido y yo aún llevaba puesta mi camiseta. Tenía el pelo empapado y me chorreaba el maquillaje por las mejillas.

Un auténtico desorden erótico, pero sin la palabra erótico.

—¿Tienes alguna enfermedad? —pregunté. Mi cerebro luchaba valientemente por recuperar el control. La imagen de Ruger en el espejo negó con la cabeza.

—Siempre uso condón —dijo—. Nunca lo hago con ninguna chica sin ponerme uno.

—Conmigo lo has hecho dos veces sin condón —repuse, con tono seco—. Tal vez deberías reconsiderar tu respuesta.

Ruger sonrió, muy satisfecho de sí mismo.

—Estás tomando la píldora, así que la posibilidad del embarazo no me preocupa —respondió—. Además, sé que estás limpia. Eres mi mujer, así que ¿por qué iba a privarme de sentirte a mi alrededor? Te lo juro nena, nunca en mi vida había follado con nadie antes sin protección. Incluso he donado sangre hace dos semanas. Todo limpio.

—Es un alivio saberlo —comenté, irguiéndome. Busqué mis *shorts* y mis bragas, que habían aterrizado en un rincón, esparciendo agua todo alrededor.

—¿Por qué sabes que estoy tomando la píldora? —le pregunté mientras agarraba una toalla para envolverme.

—Las encontré en tu bolso —respondió sin la menor muestra de vergüenza. Le miré, sorprendida.

—¿Y qué hacías mirando en mi bolso? —inquirí, molesta.

—Buscaba tu teléfono móvil —respondió Ruger—. Para instalarle el GPS.

Me quedé blanca.

—¿Has instalado un GPS para seguir mi teléfono? —pregunté, sin dar crédito—. ¿Qué demonios te pasa? ¿Vas a ponerme también un chip, como si fuera un perro?

—Quiero poder localizarte si hay una emergencia —respondió él y su rostro se puso serio—. Ya sé que suena un poco paranoico, pero tuvimos una situación complicada el año pasado. Marie y Horse estarían

 207

muertos ahora si no le hubiera instalado a ella el GPS en el teléfono móvil. Ahora lo hago con todas las chicas del club. No te preocupes, no voy a dedicarme a espiarte ni nada de eso, pero me servirá para localizarte si es necesario.

—Bueno, no sé qué hacer ahora —dije y noté que se me cerraban los ojos. Estaba agotada. No era raro que mi cerebro estuviera ausente y no me diera ninguna indicación.

—Vámonos a la cama —dijo Ruger—. Estoy cansado y tú también.

—Dormiré abajo —le respondí mientras me ceñía la toalla y agarraba mi ropa.

—Dormirás aquí, conmigo —dijo él—. Puedes luchar para tratar de evitarlo y perder, lo que nos dará más trabajo a los dos, o ceder. En cualquier caso, el resultado va a ser el mismo.

Le miré y supe que estaba en lo cierto. Ya le pondría en su sitio más tarde. Ahora necesitaba dormir.

—¿Tienes algo de ropa para dejarme? —dije, conteniendo un bostezo—. Estoy demasiado cansada para bajar a buscar algo seco.

—Preferiría que durmieras desnuda —replicó Ruger.

—Y yo preferiría que te fueras a tomar por culo, pero dado que lo veo difícil, ¿puedes dejarme algo de ropa? —insistí.

Me sonrió.

—Sírvete tú misma —dijo—. Las camisetas están en el cajón de arriba y la ropa interior en el siguiente.

Salí del baño y me dirigí al vestidor. Efectivamente, en el cajón de arriba había camisetas de muchos tipos. Encontré una con el símbolo de los Reapers, la saqué y pasé al siguiente cajón. Casi todas las prendas interiores de Ruger eran de color negro o gris, pero de pronto un toque de rosa en el fondo me llamó la atención.

¿Qué demonios...?

Metí la mano y saqué unas bragas de seda de color rosa.

—Joder, Ruger, ¿hay algún sitio de esta casa donde las mujeres no dejen su ropa interior? —dije—. Esto parece un puto anaquel de Victoria's Secret.

Me volví hacia él sujetando las bragas entre dos dedos, con asco. Él levantó la cabeza y me dirigió una sonrisa extraña.

—Esas son tuyas, en realidad —me dijo, lentamente—. Te las dejaste olvidadas.

—¿De qué hablas? —le pregunté, sorprendida.

—Aquella primera noche —respondió él—, con Zach. Te las dejaste olvidadas en mi apartamento y las he guardado desde entonces.

Me detuve y las observé más detenidamente. Había pasado mucho tiempo, pero me resultaban familiares. Por entonces me dio mucha pena haberlas perdido, porque las había comprado especialmente.

—No puedo decidirme sobre si esto me parece un poquito raro o directamente súper raro —dije finalmente, mirándole de reojo. Ruger se encogió de hombros y me sostuvo la mirada.

—La otra noche me preguntaste si lo de desearte era algo nuevo —dijo, por primera vez sin rastro de burla en su mirada—. No es algo nuevo, nena. No es algo nuevo para nada.

Me desperté bruscamente, sin saber dónde carajo me encontraba. Tenía un robusto brazo masculino sobre la barriga, que me mantenía sujeta, y arriba había un techo abovedado de madera de cedro. Me volví, vi a Ruger tumbado junto a mí y todo me vino de golpe a la memoria.

Tenía que salir de allí antes de que despertara y empezara de nuevo con el cuento de «eres mi mujer y por tanto eres mía y bla, bla, bla». No podía permitirme seguir con el juego. Noah ya había tenido bastante de aquellas historias.

Levanté el brazo de Ruger con mucho cuidado, rodé fuera de la cama y me volví para observar su figura durmiente. Tenía la espalda tapada solo hasta la mitad por la sábana y por primera pude examinar sus tatuajes a plena luz. Su cuerpo, perfectamente esculpido, no solo resultaba *sexy*, era una auténtica obra de arte. Sus brazos estaban cubiertos por un patrón de dibujos tan intrincados que me costaba seguirlos. En el bíceps derecho destacaba un dibujo que debía de representar el Arca de Noé. Los animales que entraban en ella eran fantásticos — dragones, demonios y serpientes—, pero la forma del arca era inconfundible.

Se me cortó la respiración. ¿Cómo no me había dado cuenta antes?

Ruger cambió de postura y la sábana se le deslizó un poco más abajo. No tenía mucho tiempo. Quería retirarme antes de que nos enzarzáramos en una nueva pelea. Dados los antecedentes, acabaríamos practicando sexo si ello ocurría. Mi pequeño centro de placer en la entrepierna envió una señal a mi cerebro a favor de tal opción. Follar con un putero redomado tiene una ventaja: sabe lo que hace.

¿Y las bragas rosas que llevaba puestas? No sabía qué pensar. Aquello debería haberme repelido, pero la verdad es que me excitaba. Todos

aquellos años había deseado a Ruger con pasión y él a mí. No tanto como para serme fiel, claro, pero me había deseado.

Mis pezones se unieron ahora a mi clítoris en su petición de una nueva ronda.

No hice caso a ninguno.

Nada había cambiado. La fiesta, Em, y todas las demás las razones por las que debía evitar a los Reapers. Ruger y yo simplemente no podíamos estar juntos. Sin embargo, durante algunos minutos más me concedí el lujo de observar al hombre increíblemente *sexy* que había hecho las veces de padre para mi hijo. En la parte alta de la espalda llevaba tatuada una bandera amplia y de forma curvada, similar al parche con el distintivo de los Reapers en su chaleco. Su símbolo —la muerte con la guadaña— ocupaba el centro y, aunque solo acerté a ver una pequeña parte de la base, sabía que decía «Idaho».

Por extraño que parezca, la combinación de los colores del club con el Arca de Noé ilustraba perfectamente las contradicciones que cabían en aquel hombre.

Sus hombros estaban cubiertos por unos puntos bastante extraños y en el costado pude ver cómo asomaba parte de una garra de la pantera que llevaba tatuada en la cintura.

Ruger cambió de postura y volví de golpe a la realidad.

Tenía que largarme antes de que estallara una nueva pelea. Si éramos realistas, habría pelea en cualquier caso, pero un pequeño descanso no me vendría mal. Descendí a la planta baja y encontré mi teléfono móvil. Miré la hora —las siete de la mañana—. Me llevó menos de media hora terminar de empaquetar mis cosas y después lo cargué todo en mi vehículo y me preparé para salir.

Al dar vuelta a la llave de contacto, sentí una punzada de melancolía.

Todo saldría bien, me dije firmemente. Estaba haciendo lo correcto. Como si quisiera darme la razón, el sol ya había salido y brillaba con fuerza. Los pájaros cantaban a mi alrededor como en una estúpida película de Disney. Salí de la propiedad de Ruger y vi a Elle, la vecina, que paseaba con su perro por la carretera. Al verme, sonrió y me saludó con la mano. Me detuve junto a ella.

Elle lanzó un vistazo a mi vehículo, cargado de cajas y sin niño por ningún lado.

—¿Problemas en el paraíso? —preguntó, con expresión perspicaz. Sonreí con tristeza y me encogí de hombros.

—Podría decirse que sí —respondí—. Ruger y yo vivimos en mundos diferentes. Me he dado cuenta de que, por bajo que sea el alquiler, la cosa no va funcionar si me quedo.

—¿Tienes algún plan? —preguntó Elle y era evidente que no preguntaba por preguntar, algo en lo que mi madre había sido toda una experta. En su voz se notaba un interés sincero.

—En realidad no —respondí—, pero supongo que eso no es malo. Cada vez que hago un plan, se va al infierno, de todos modos. Noah está en casa de mi amiga Kimber, que tiene una habitación de invitados. Estoy segura de que podrá alojarnos hasta que me organice un poco.

—Ya veo —respondió Elle y frunció los labios, pensativa, mientras miraba en dirección a la casa de Ruger—. ¿Por qué no te vienes a mi casa y desayunamos juntas? Tengo algo que comentarte.

Aquello me intranquilizó un poco.

—Mira, no quiero parecer descortés, pero estoy tratando de salir de aquí antes de que Ruger se despierte —le dije—. No va ponerse muy contento con todo esto.

—Lo superará —replicó Elle—. Tal vez sea un motero duro y malote, pero no deja de ser un hombre y los hombres son notoriamente estúpidos. Mi casa no se ve desde la carretera y aquí no se le va a ocurrir venir a buscarte. De todas formas, tengo una escopeta para recibir a los intrusos. Ah, y además hay rollitos de caramelo en la mesa.

Ante eso último abrí la boca. No me lo esperaba.

—Bueno, de acuerdo —dije, favorablemente impresionada.

Media hora más tarde estábamos las dos sentadas a la mesa, dando buena cuenta de sus rollitos dulces y conversando sobre la locura que era mi vida. Elle conseguía darle a todo un tono humorístico que me ayudaba a despejar mis miedos. Yo quería ser como Elle cuando fuera mayor, decidí. Era inteligente, divertida, aguda y bastante *sexy* para tener ya casi cuarenta.

—Bueno, en resumen, tienes un pequeño problema —dijo, siempre la reina de la ironía—. Haces bien en irte. Estoy de acuerdo contigo al cien por cien.

—¿En serio? —pregunté—. Lo digo porque creo que Maggs me dejó en evidencia a propósito, anoche. Está tratando de juntarnos, a mí y a Ruger. Me consta.

—Bueno, una cosa es joder con alguien y otra estar juntos —comentó Elle mientras cortaba delicadamente una raja de melón.

—Me dejas un poquito flipada cuando haces eso —le dije.

—¿Cuando hago qué? —replicó ella—. ¿Comer melón? Las frutas y verduras son muy sanas, Sophie.

Reí y sacudí la cabeza.

—No —respondí—, comportarte como toda una señora y después decir palabrotas como un camionero.

—Mi último marido era oficial en la marina —comentó, con una media sonrisa— y te aseguro que su lenguaje escandalizaría a tus amigos moteros como si fueran colegialas. La verdad es que Ruger me recuerda a él en alguna cosa, tan salvaje y violento, pero también contenido.

—¿Le echas de menos? —pregunté, en voz baja.

—Por supuesto —respondió ella, endureciendo su tono—. Es imposible no echar de menos a un hombre así, pero esta es la cuestión, Sophie. Yo lo di todo por él. Nos mudábamos cada dos años o así, con lo que me costaba mucho hacer buenos amigos. Le di vueltas a la posibilidad de tener un hijo, pero no quería criarlo sola y sabía que mi marido estaría ausente la mitad del tiempo. Entonces se marchó para siempre y fue como si hubiera muerto. Ahora estoy sola y a veces le odio por ello.

Me quedé sin saber qué decir, así que le di un mordisco a mi rollito. Elle bebió un sorbo de té, se reclinó en su silla y me miró con rostro serio.

—Cuando tenía tu edad hice una gran estupidez —dijo—. Permití que un hombre tomara las decisiones por mí. No sé si Ruger y tú estáis destinados a estar juntos, pero tú ahora mismo necesitas espacio para poder pensar. No puedes depender de alguien, a menos que te fíes plenamente de él.

—Yo me fío de Ruger —dije lentamente—. Me fío de él en todo lo que se refiere a Noah, por lo menos. Y también sé que no va a cambiar, lo que en realidad es parte del problema.

—Los hombres rara vez cambian —corroboró Elle—, aunque es posible, supongo. Como dije antes, creo que puedo ofrecerte una solución. ¿Sabías que tengo un apartamento independiente habilitado en el granero?

—¿En el granero? —dije sorprendida, mientras miraba por la ventana en dirección a la estructura de madera que había detrás de la casa—. No sabía que lo utilizabas.

—Y no lo utilizo —respondió ella—. Esta granja pertenecía a mi tía abuela y ella transformó parte del granero en un apartamento para mi primo, que era discapacitado. No quería que lo llevaran a una residencia,

pero tampoco podía vivir solo. El apartamento le daba cierta indepen-
dencia, pero con la seguridad de que estaba ahí, justo al lado. Él falleció
hace ahora dos años y el sitio necesitará una buena limpieza, pero me
gustaría ofrecéroslo, a ti y a Noah.

—¿Hablas en serio? —le pregunté y ella asintió.

—Por supuesto —dijo—. Si no, no te lo diría. El apartamento no
se utiliza para nada y yo os tengo mucho aprecio. Noah merece un lugar
decente para vivir y desde luego es mucho mejor que acabar en el sofá
de alguien. Solo tiene un dormitorio, pero está bien amueblado. Puede
estar bien para un tiempo, hasta que puedas organizarte.

—¿Y cuánto querrías que te pagara como alquiler? —pregunté con
cautela.

Elle pensó durante unos instantes.

—Creo que podrías ayudarme con el trabajo en el jardín —dijo por
fin—. Últimamente no he tenido mucho tiempo para llevarlo al día.

La miré fijamente y ninguna de las dos dijo nada durante un rato.

—Eres muy buena persona —susurré al fin.

—Tú también lo eres —respondió ella con voz tranquila—. No sé
que tal irán las cosas entre Ruger y tú en el futuro, pero de esta manera
Noah podrá quedarse en el mismo colegio y no interrumpir las clases.

—¿Crees que es buena idea vivir tan cerca de Ruger? —le pregunté.

—Tendrás mucha suerte si das con un sitio donde no te encuentre
—comentó ella—. No importa mucho lo lejos que vayas. Como te he
dicho, tengo una escopeta y en el granero hay una buena cerradura. Creo
que, con las dos cosas, estaréis bastante seguros. ¿Quieres ir a echar un
vistazo?

—Me encantaría...

Yo: *Gracias otra vez por cuidar a Noah este finde. Ya he trasla-
dado todas mis cosas. Aún no me creo que Elle tuviera ese sitio
esperando para mí. ¡¡Qué suerte!!*
Kimber: *No hay de qué. ¿Y a él ya lo has visto?*
Yo: *¿A quién?*
Kimber: *No seas lerda. A Ruger ¿Quién si no? ¿La ha montado?*
Yo: *Esa es la parte terrorífica. No.*
Kimber: *¿En serio?*
Yo: *Sí. Me mandó un mensaje para preguntarme si estaba bien.
Le dije que sí y me preguntó dónde estaba.*

Kimber: *¿Y se lo dijiste?*

Yo: *Sí. Se enteraría de todas formas.*

Kimber: *Mmm, sí que es raro. Después de lo que pasó el sábado por la noche esto es un giro radical. Habría esperado que iría a buscarte y te arrastraría de los pelos, ya sabes, como un cavernícola o algo así.*

Yo: *Ya. Yo también me esperaba algo más. Eso es lo que me pone nerviosa.*

Kimber: *Ja, Ja, tú QUERÍAS que se cabreara.*

Yo: *No ¿por qué? Es estúpido. Tengo una entrevista de trabajo, mañana por la tarde. Recepcionista en una clínica dental. Al lado del colegio.*

Kimber: *Biiiiip, biiiiiip, no cambies de tema.*

Yo: *Eh, necesito un trabajo mucho más que hablar de Ruger.*

Kimber: *¿Y YO qué, nena? Necesito cotilleos y tú me los debes. Cuido a tu hijo y además te emborracho. Ahora tienes que entretenerme...*

Capítulo 12

—**S**ophie, lo siento mucho, pero el doctor Blake lleva todavía un poco de retraso. ¿Puedes esperar un poco más o prefieres que le diga que te dé otra cita? Odio tener que presionarte, pero la verdad es que quiere tomar una decisión esta noche y tú eres la última para entrevistar. Estamos bastante desesperados...

—No hay problema —respondí con amplia sonrisa a la nerviosa higienista dental que se encontraba tras el mostrador. Sí había, de hecho, problema y bien jodido. Noah salía del colegio en una hora y tenía que pasar a buscarlo, pero también necesitaba comprarle comida y, después de los primeros tres meses este trabajo incluía seguro sanitario y posibilidad de baja por enfermedad... sin mencionar la atención dental. No me había hecho una revisión en cuatro años.

—¿Seguro? —insistió la higienista. Su nombre era Katy Jordan y durante la última hora la había visto atender al teléfono y a los pacientes que iban llegando a la consulta sin parar un minuto. Al parecer la antigua recepcionista se había marchado sin avisar, por motivos familiares, la sustituta no se había presentado y la asistente del doctor se había marchado a casa a las diez de la mañana, vomitando sin parar. Junto a mí se sentaba una madre con dos hijos, obviamente impaciente. Llevaba ya cuarenta minutos de retraso sobre la hora de su cita y la situación empezaba a ponerse un tanto tensa.

—Voy a hacer una llamada, mientras —le dije a Katy.

—Perfecto —respondió ella—. ¿Señora Summers? ¿Preparada?

La mujer se levantó, agarró a sus retoños y los llevó hacia dentro. Salí de la clínica dental, que se encontraba en un edificio de una sola planta con diversos locales del mismo tipo, una especie de mini-centro comercial sanitario, pero con clase, rodeado de jardines bien cuidados y de pasadizos cubiertos.

Primero probé a llamar a Elle, pero no obtuve respuesta. Kimber tampoco contestó. Llamé al colegio para ver si Noah podía acudir al programa extraescolar por un día, pero me respondieron que había que apuntarle antes y que debía ir yo en persona a la oficina del distrito.

Aquello solo me dejaba dos opciones, las chicas del club y Ruger... y las chicas del club no estaban autorizadas para recoger a Noah. Eso podía cambiarlo, por supuesto. Todo lo que tenía que hacer era rellenar unos papeles en la secretaría del colegio.

En persona.

Así que Ruger era mi única opción.

No había mantenido comunicación con él desde la mañana del pasado domingo, aparte del famoso mensaje de texto en el que me preguntaba si estaba bien. Marqué su número y esperé. El teléfono sonó largo rato y ya pensaba que iba a saltar el contestador. Mierda. De pronto oí su voz.

—¿Sí?

Su tono no era particularmente amistoso. Se parecía al del antiguo Ruger, el que me miraba como si fuera un mueble. Supongo que eso es lo que yo quería, pero... no me gustaba la sensación.

—Mmm, hola —saludé—. Lamento muchísimo molestarte, pero tengo que pedirte un favor. Por Noah.

—Sí, ya, siempre tienes favores que pedir —respondió él, con una voz que parecía un gruñido— y yo sigo contestando tus llamadas. Estoy intentando averiguar por qué.

—¿Trabajas esta tarde? —le pregunté.

—Pues sí —fue la respuesta.

—¿Podrías escaparte aunque sea un rato para ir a buscar a Noah al colegio? —pedí—. No paran de retrasarme la entrevista de trabajo. Si me voy, seguramente perderé mi oportunidad.

Suspiró.

—Sí, puedo dejar algunas cosas para más tarde —dijo—. ¿Cuánto tiempo crees que vas a tardar?

Hice una pausa. Cada segundo que duraba aquello me jodía a rabiar.

—No sé —dije finalmente—. A este paso, acabaré al final del día. El dentista tiene que recibirme. Al parecer tuvo una emergencia a primera hora y van con retraso. Está intentando ver si puede colarme entre un paciente y otro.

—De acuerdo, me tomaré libre el resto del día y me traeré a Noah a casa —dijo.

—Gracias, Ruger —respondí.

—Es lo que hago siempre —respondió, antes de colgar. Me quedé mirando el teléfono, preguntándome cómo un tipo tan estupendo podía al tiempo ser un cabronazo gilipollas que solo pensaba con el rabo.

Al cabo del rato, adopté mi mejor sonrisa modelo «contratadme, soy amable y competente» y regresé a la sala de espera de la clínica.

Eran ya las cuatro y media y todavía no me habían hecho la entrevista. Yo ya casi había desistido, ya que se había producido otra emergencia. Una chica de secundaria se había roto la mitad de los incisivos en un partido de fútbol y el entrenador la había llevado a la clínica en estado de histeria y con toallas ensangrentadas en la boca. El resto de los pacientes miraban horrorizados cuando el doctor Blake salió en persona a buscarla y la llevó hasta la sala de intervenciones.

Tres cuartos de hora más tarde reapareció.

—Vamos a tener que darles cita para otro día —anunció, con aspecto de estar exhausto—. Lo siento muchísimo. No tengo a nadie ahora aquí para ayudarles. Les llamaremos mañana.

Hubo varios suspiros de fastidio, pero nadie podía realmente protestar, dadas las circunstancias. La mirada del doctor Blake se posó en mí. Era un hombre atractivo, aunque bastante mayor que yo, tal vez treinta y muchos o cuarenta y pocos.

—Usted no me suena, señorita —me dijo—. ¿Es paciente mía?

—Soy Sophie Williams —respondí, enderezándome la bufanda que me había anudado al cuello—. He venido por la solicitud para cubrir el puesto de recepcionista. Supongo que la entrevista ya no será hoy...

El teléfono empezó a sonar. De nuevo. Entonces la puerta se abrió y apareció un mensajero de UPS, seguido por una mujer con tres niños.

—Hola, doctor Blake —saludó esta última—. Aquí estamos, listos para nuestras revisiones. ¿Qué tal está?

—De maravilla —respondió el dentista, con cara de dolor de muelas—, aunque hemos tenido una pequeña complicación con nuestras reservas de hoy. Esta es Sophie, nuestra nueva recepcionista. Ella se encargará de usted.

Y así fue cómo conseguí un trabajo.

Me sentía muy orgullosa de mí misma cuando llegué a casa de Ruger aquella noche. Había llegado al trabajo en el momento oportuno y, aunque todavía no sabía utilizar el programa de reservas, había podido consultar las últimas de la tarde y había llamado a los pacientes para cancelarlas. También me había ocupado del teléfono y había tratado con un nuevo cliente potencial. Aún me faltaba rellenar una buena cantidad de papeleo, pero el doctor Blake se había quedado encantado con mi aportación.

Cómo cambiaba todo con solo tener una fuente de ingresos. ¿Y encima con prestaciones, seguro médico, vacaciones...? Era algo increíble.

Nunca antes había tenido vacaciones pagadas.

Por supuesto, aquellas buenas sensaciones remitieron en el momento en que aparqué en casa de Ruger. No le había visto desde que salí de su habitación el pasado domingo. No estaba segura de lo que esperaba de él, pero la verdad es que esperaba algo. Aquel silencio, aquella aparente aceptación de lo que yo había hecho, después de todo el jaleo que había montado respecto a su supuesto derecho de propiedad sobre mí... la verdad, me tenían sobre ascuas.

Para empeorar aún más las cosas, Ruger me había salvado el culo aquella tarde. Una vez más. Aquello significaba que estaba en deuda con él, aún más que antes. Una complicación más en nuestra ya complicada relación.

Llamé a la puerta, pero nadie contestó. Hacia las cuatro y media le había enviado un mensaje de texto para comentarle cómo iba la cosa y él me había respondido que se llevaba a Noah de pesca, así que di la vuelta a la casa, subí a la terraza y me puse cómoda para esperarles. Lo de cómoda era un decir, claro, dadas nuestras últimas interacciones. Aún tenía la llave, pero usarla no me parecía bien. Eran ya un poco más de las seis. Esperaba que volvieran pronto, ya que aún había que darle la cena a Noah y tenía que bañarse antes de ir a la cama.

Diez minutos más tarde los vi subir por la pradera, de vuelta del estanque —el hombretón y el niño, como la imagen de una postal campestre.

Ruger llevaba los aparejos de pesca y Noah saltaba a su alrededor como un cachorro, sujetando tres pececillos prendidos en un sedal.

—¡Mamá! —llamó al verme y salió corriendo a mi encuentro. Bajé y me reuní con él al pie de la escalera, donde se colgó de mí de un salto y sentí cómo los peces golpeaban contra mi costado con todo su viscoso encanto.

Puaj.

—Mamá, tengo tres peces —anunció con ojos como platos de la emoción—. El tío Ruger y yo hemos estado en el estanque y hemos sacado gusanos de la tierra. ¡No veas cómo se retorcían!

—¡Uau, vaya pasada! —comenté, preguntándome si sería capaz de eliminar el olor a pescado del traje que usaba para las entrevistas de trabajo. Sin embargo, no quería reflejar ninguna contrariedad, sobre todo cuando veía a Noah tan feliz. A veces olvidaba cuánto quería a mi hijo y lo recordaba cuando, al verle después de un día separados, sentía que mi corazón estallaba de alegría.

—Yo también tengo buenas noticias —le dije, sonriendo de oreja a oreja.

—¿Cuáles? —preguntó.

—¡Mamá tiene trabajo! —anuncié—. Es en la clínica de un dentista que está al lado del colegio. Te podré dejar en clase todos los días y recogerte después de la actividad extraescolar. ¡No más trabajos por la noche! ¿Qué te parece?

—¡De puta madre mamá, que te cagas! —respondió mi renacuajo con los ojos brillantes. Los míos no brillaron tanto.

—¡Noah! —dije—. ¿Qué son esas palabrotas?

El niño bajó la mirada y sacudió la cabeza.

—Oh, lo siento, el tío Ruger me dijo que no las dijera delante de ti —se justificó.

Cuando Ruger depositó los aparejos de pesca en el cobertizo bajo la terraza, me volví hacia él.

—¿Le has dicho a Noah que no diga palabrotas delante de mí? —le pregunté, arqueando una ceja.

—Es una larga historia —respondió él— y no pienso ponerme a contártela ahora. Puedes olvidarte de ella y disfrutar del pescado al grill que vamos a preparar para la cena o cabrearte. En cualquier caso, el resultado va a ser el mismo.

Le miré fijamente mientras Noah se agitaba en mis brazos para que le dejara bajar. Le solté y él me mostró la ristra de peces con tanto orgullo que su rostro parecía iluminarse.

—El tío Ruger y yo vamos a cocinar —anunció—. Después nos comeremos mis peces y tú también puedes comer con nosotros.

Observé las tres truchas arco iris, sin duda más pequeñas de lo que era legal para la pesca, y después me volví hacia Ruger con una interrogación en la mirada.

Él se encogió de hombros.

—Creo que tengo un poco de salmón fresco en el frigorífico, para marinar —dijo—. Lo pondré al grill junto con el maíz.

—Yo me he acordado de traer a Noah sus macarrones con queso favoritos —dije—. ¿Quieres que los caliente mientras tú pones el grill?

—Estupendo —respondió.

La cena fue un poco incómoda, pero no tanto como podría imaginarse, dadas las circunstancias. Yo me ocupé de preparar la ensalada y la pasta para Noah mientras ellos limpiaban el pescado. Nunca habría dejado a mi hijo manejar un cuchillo, pero Ruger le guiaba con mucha atención, explicándole paso a paso cómo abrir el pescado, quitarle las entrañas y después limpiar las escamas. Colocamos los pescados sobre el grill y Noah se fue a jugar mientras yo ponía la mesa.

—Entonces ¿te dieron el trabajo? —preguntó Ruger, que vigilaba la comida sin demasiada atención, apoyado contra la barandilla. Era casi como si la situación entre nosotros no hubiera explotado durante el pasado fin de semana. Bueno, podía arreglármelas con eso. La negación de la realidad siempre había sido una buena estrategia para mí.

—Pues sí —respondí—. Es un buen contrato. A los tres meses me dan todas las prestaciones y tendré una semana de vacaciones a partir del año que viene. Gracias otra vez por ir a buscar a Noah.

—Sin problema —dijo, encogiéndose de hombros—. No es para nada pesado tenerle por aquí, si consigue uno apartarle de todo el rollo ese de los Skylanders. ¿Alguna vez se cansa de eso?

—No —respondí. Vi una chispa de buen humor en sus ojos y sonreí. Al menos teníamos a Noah entre nosotros, pensé, por muy jodido que esté todo lo demás.

—Has hecho un grandísimo trabajo con él —me dijo—. Quiero que lo sepas.

—Gracias —respondí, sorprendida—. ¿A qué ha venido eso? Pensaba que estabas cabreado conmigo.

Mierda. ¿Acababa de decir lo que había dicho? ¿Por qué tenía que ponerme a agitar las cosas, cuando parecía que estábamos empezando a llevarnos bien? Sin embargo, Ruger no saltó sobre mí, sino que sonrió lentamente, lo que se me antojó peor.

—Ya lo sabrás —me dijo.

Mierda.

Ruger se adelantó y dio la vuelta a las mazorcas de maíz mientras yo le observaba, desconfiada. A continuación sacó su teléfono móvil y se puso a mirar sus mensajes, en silencio. Uf, definitivamente aquello era peor. Al menos cuando nos peleábamos sabía a qué atenerme.

En la parte positiva, las pequeñas truchas de Noah estaban muy sabrosas, aunque solo fueron tres bocados. Nuestro pequeño pescador rechazó el salmón en favor de sus macarrones con queso en forma de Bob Esponja, lo cual no fue para nada una sorpresa. Ruger me sorprendió de nuevo al traer una botella de sidra para celebrar mi nuevo trabajo. Noah estaba entusiasmado y se bebió él solo casi la mitad en una copa de vino. Tenía que admitir que Ruger me había conmovido con tanto detalle. Después de la cena recogimos los platos, mientras Noah se marchaba de nuevo al jardín a seguir jugando, con la estricta advertencia de que nos marchábamos a casa en diez minutos.

—¿Empiezas mañana el trabajo? —preguntó Ruger mientras yo cargaba el lavavajillas.

—A las nueve en punto —respondí, con un hormigueo de emoción—. Es perfecto. Aún no puedo creer cómo ha salido todo. Gracias por tu ayuda. No sabes lo que ha significado para mí.

—Ya veo que no has continuado con la idea de conseguir trabajo en The Line —comentó él, arqueando una ceja. Fruncí el ceño y miré hacia otro lado.

—Mmm, tampoco iba en serio, de todos modos —respondí—. No quiero trabajar para el club.

—Sí, ya me dejaste claro cuáles son tus sentimientos respecto al club —replicó él y mi humor decayó un tanto—. Tengo algo para ti.

—Eso no me suena muy bien —dije con voz neutra y él sonrió, burlón. Me sentí algo mejor, porque su rostro no reflejaba malas intenciones.

—¿Tienes malos pensamientos, Sophie? —preguntó—. En serio, esto es importante. Ven a la sala.

Lo seguí y me senté en una silla. Él hizo lo propio en el sofá y palmeó el asiento junto a él, para indicarme que acudiera a su lado. Negué con la cabeza. Entonces sacó un grueso sobre, de buen tamaño.

—No tendrás tu sorpresa si no vienes aquí —dijo.

—¿Y qué te hace pensar que la quiero? —repliqué.

—Oh, claro que la querrás —dijo, con expresión de estar muy satisfecho de sí mismo. Me levanté y avancé hacia él lentamente. Me tomó de la mano y me atrajo hasta hacerme sentar en su regazo. Opuse una resistencia testimonial, pero me tendió el sobre y la curiosidad me pudo, así que le permití ganar. Lo tomé.

Por otra parte, era agradable estar allí sentada. Sí, lo sé, es estúpido. Pero soy humana.

Abrí el sobre y vi que contenía dinero. Un fajo muy grueso. Abrí mucho los ojos y lo saqué. No conté los billetes, pero parecían todos de cien dólares. Debía de haber tres o cuatro mil dólares ahí.

—¿Qué demonios es esto? —pregunté y él sonrió, sombrío.

— La pensión alimenticia de Noah —respondió.

—¡Joder! —exclamé, sin aliento—. ¿Cómo se lo has sacado a Zach?

—El dinero viene de las propiedades de mi madre —explicó—. Le he dado su parte, él te da tu parte a ti y a cambio podrá seguir vivo. Todo el mundo ha salido ganando.

Le miré a los ojos, aún sorprendida.

—¿Hablas en serio? —le dije. Solo unos pocos centímetros separaban nuestros rostros y noté que sus ojos miraban fugazmente hacia mis labios. Me los relamí, nerviosa, y sentí que algo se agitaba bajo mi trasero. Los brazos de Ruger rodearon mi cintura, sujetándome con delicadeza, y noté cómo los pezones se me endurecían.

Mierda.

—Difícil hablar más en serio —respondió—. Un viejo amigo le localizó para mí en Dakota del Norte y salí para allá el domingo por la tarde. He vuelto hoy por la mañana y tuve ocasión de cambiar unas cuantas palabras con él. Fuimos al banco. La promesa de dejarle vivir no se la di por escrito, eso solo es un pequeño incentivo adicional, pero la revocaré si se acerca a menos de diez kilómetros de ti o de Noah. Mi madre lo habría aprobado. Nunca dejó de querer a Zach, pero desde luego ya no confiaba en él.

Tragué saliva. No estaba segura de querer conocer los detalles, pero no podía sentirlo por mi ex. Lo cierto era que se había ganado a pulso lo que tenía y algo más.

—¿Cuánto dinero hay aquí? —pregunté, pasando los dedos por el fajo de billetes.

—Eso no es todo —dijo—. Ahí está solo lo que corresponde al año pasado. El resto está siendo transferido. Manejar tanto efectivo es un poco complicado. Hay que blanquearlo un poco, pero no te preocupes. Encontraremos la manera de hacértelo llegar sin que deje un rastro feo. Hemos acordado la suma mensual que te irá pagando, aunque no vas a poder ir a los tribunales para reclamarle más si consigue un gran trabajo o algo así.

—Bueno, si yo ni siquiera conseguía hacerle pagar lo que me debía —comenté—. La cobertura sanitaria que tengo ahora con mi trabajo también me vendrá de maravilla. No contaba con una subida así de ingresos en estos momentos.

—Es lo que me figuraba —dijo él—. Me alegro por lo de tu nuevo trabajo, pero ya no tendrás que estar luchando para llegar a fin de mes.

—Es increíble —susurré, mirando de nuevo al sobre—, pero tengo que preguntarte algo. ¿Esto puede suponer problemas para mí y para Noah? ¿Hay peligro de que me detengan?

—No tendrás ningún problema —respondió Ruger—. No es suficiente cantidad como para atraer la atención de ningún inspector fiscal y Horse está trabajando para que el resto te llegue limpio y todo en blanco. Es un contable de puta madre y trabaja con nuestro abogado, un tiburón de los buenos. Si Zach vuelve a causar algún problema, me llamas y yo me encargaré de que te deje en paz.

Los brazos de Ruger se estrecharon en torno a mí y sentí su fuerza. Me estremecí.

—Otra vez haciéndome el trabajo sucio ¿verdad? —dije, con voz tranquila.

—Es el dinero de Noah —replicó él, muy serio—. No se trata de ti, Sophie, se trata de que Zach se ocupe de su hijo y ni siquiera lo ha puesto él de su bolsillo, sino que ha venido de un acuerdo con la compañía de seguros, que ninguno esperábamos. Noah tiene derecho a este dinero y desde luego mi madre se volvería a morir si se enterara de que Zach os estaba haciendo pasar hambre. Simplemente, me he limitado a resolver el problema. No pienses más en ello, solo usa el dinero para ocuparte de tu hijo ¿de acuerdo?

Asentí con la cabeza y la apoyé contra su pecho. Él me besó en la coronilla y me acarició la espalda de arriba a abajo.

—¿Así que Horse es contable? —dije al cabo de un rato—. Me resulta difícil de imaginar.

—Mejor que no te lo imagines de ninguna manera —murmuró y yo sonreí.

—Gracias —dije. Nunca había visto tanto dinero junto. Demonio, a este paso podríamos comprar los macarrones de Bob Esponja todos los días. ¿Y el resto? Si lo ahorraba, podría pagarle la universidad a Noah.

Mi hijo iría a la universidad. Sentí que los ojos se me llenaban de lágrimas, lo que me fastidió bastante, ya que detesto llorar.

—Si quieres agradecérmelo de verdad, hazme una mamada —repuso Ruger, alegremente. Me erguí y le golpeé el hombro. Él se echó a reír.

—¿Por qué tienes que decir cosas así? —le reprendí.

—Te estabas poniendo tan tierna —respondió— y cuando te pones así me entran muchas ganas de follarte. Como Noah está ahí fuera y no hay mucho tiempo, te cabreo un poco y así te quito la tontería esa de la ternura.

—Eres imposible —le dije, tratando de levantarme, pero él me sujetó. Cabrearme no le quitaba interés en el sexo. La evidencia bajo mi trasero se hacía más clara por momentos.

—¿Qué te parece esto? —dijo—. Un beso. Me das un beso y estamos en paz.

—No —le respondí—. Tú tramas algo. No puedes dejar que me salga con la mía ni una vez ¿verdad?

Ruger sonrió de oreja a oreja.

—Sí, tienes razón —concedió—. Tengo una cosa entre manos y nunca voy a dejar que te salgas con la tuya, así que más te vale rendirte ya.

Dicho esto, sus labios se juntaron con los míos en uno de esos besos que anulaban mi capacidad de pensar. Exploró mi boca con delicadeza y yo hice lo mismo con la suya. Maldita sea. ¿Por qué no estaba Noah con una cuidadora en aquellos momentos? Heroína. Aquel hombre era pura heroína para mí. «La heroína mata» gritó mi cerebro, pero mi cuerpo desconectó las comunicaciones con él y continuó besándole. Al cabo de un buen rato, despegó los labios y se reclinó en el sofá, sonriente y con cara de triunfo.

—Como te he dicho, sería mejor que te rindieras, Soph —me dijo—. Tarde o temprano voy a ganar esta pequeña partida que nos traemos entre tú y yo.

Me senté lentamente, sacudiendo la cabeza. ¿Cómo podía hacerme esto? Lo deseaba tanto que me sentía desfallecer y, de pronto, desconectaba el interruptor, tal cual. En aquel momento Noah subió corriendo

a la terraza, pegó la cara a la ventana e infló los carrillos, como si fuera un pez globo, tras lo cual lanzo una carcajada y echó a correr de nuevo.

Bueno, aquello sí que me desconectó el interruptor.

—Quieres tener tu propio espacio durante un tiempo —dijo, tocándome suavemente la mejilla—. Intento entenderlo. Todo va muy rápido y a veces asusta, pero sigues siendo mía, Soph. No pienses ni por un minuto que lo he olvidado o que he cambiado de opinión.

—¿Tienes intención de mantener el rabo dentro de los pantalones cuando estés en el club? —pregunté.

—No tengo planes de sacarlo —repuso—, pero ya te he dicho que no soy hombre de una sola mujer. No voy a mentirte ni a hacerte promesas que no estoy seguro de que pueda cumplir.

—Así estamos, pues —repliqué, sacudiendo la cabeza—. Que te jodan, Ruger. Me voy a casa.

Ruger: *¿A qué hora sales del trabajo?*
Yo: *Cinco. ¿Porqué?*
Ruger: *Quiero ir a revisar tu casa, por seguridad.*
Yo: *No.*
Ruger: *Voy a hacerlo de todos modos. Mejor cuando te venga bien. ¿A qué hora? Llevaré pizza.*
Yo: *Llegamos a casa hacia las seis. A Noah le gusta la pizza sin nada.*
Ruger: *¿Sin nada?*
Yo: *Antes no quería ni que le pusieran tomate.*
Ruger: *Pues sin nada. Te veo a las seis.*

Yo: *Está invadiendo mi espacio.*
Kimber: *?????*
Yo: *Ruger. Está invadiendo mi espacio. Viene hoy a casa para comprobar nuestra seguridad. Nos soborna con pizza.*
Kimber: *Un poco friki. ¿Qué seguridad?*
Yo: *Le gusta que tenga alarmas. Comprueba los cierres de las ventanas, las cerraduras, esas cosas.*
Kimber: *Bueno, es un detalle. Quiere que estés protegida.*
Yo: *Él es el mayor peligro.*
Kimber: *Disfruta. Un hombre muy sexy te lleva la cena a casa. Muchas matarían por algo así.*
Yo: *¿De qué lado estás?*

Kimber: *Del mío. ¿Es que no lo sabías?*
Yo: *Zorra.*
Kimber: *Puta.*
Yo: *Al menos no tengo un monovolumen.*
Kimber: *Te va a hacer margaritas otra vez TU ABUELA. Eso ha sido un golpe bajo.*
Yo: *Que te den.*

—No tienes por qué gastar mucho dinero para mantener seguro un sitio —le dijo Ruger a Noah en tono serio. Estaban agachados los dos juntos y su tío instalaba un nuevo cerrojo de seguridad en nuestra puerta de la calle. El apartamento tenía dos, una que daba fuera y otra al resto del granero, que era en general bastante bonito. Entre otras cosas, había allí un almacén lleno de balas de paja vieja donde Noah podía saltar a sus anchas. Aún mejor, la vivienda tenía acceso mediante escaleras y un raíl transportador, que supuse formaba parte de las instalaciones montadas especialmente para el primo de Elle.

—Si tienes latas vacías, puedes hacerte una alarma, colocándolas junto a tu puerta —le dijo Ruger a Noah—. Se trata de hacer ruido para saber si alguien ha entrado. La mayor parte de las veces los malos echan a correr si oyen ruido. Por eso he puesto esas pequeñas alarmas en las ventanas. Si alguna vez ves a uno de ellos, no te quedes callado, grita tan fuerte como puedas, y no «socorro», sino «llamad a la policía» ¿entendido?

—Le vas a asustar —advertí desde el sofá, mientras trataba de decidir si debía comerme el último trozo de *pizza*. Entre Ruger y Noah, el resto había desaparecido con notable rapidez.

—¿Estás asustado, Noah? —preguntó Ruger.

—No —respondió el chiquillo—. El tío es muy listo. Me está enseñando cantidad de cosas muy interesantes sobre seguridad. Dice que tienes que parar de mandar mensajes de texto cuando vas por ahí y prestar atención a la gente que tienes alrededor. También dice que tienes que llevar una cosa, como un palo, que se llama «cubutran».

—Kubotan —corrigió Ruger mirándome—. Es un pequeño bastón con llavero, muy seguro y muy efectivo si sabes cómo emplearlo en técnicas de autodefensa. Deberías venir a aprender en el taller, Sophie.

—No necesito ninguna clase de defensa personal —repliqué, con cara de exasperación—. Ya tengo a mi propio merodeador personal para

protegerme. Oye, es casi hora de que Noah se vaya a la cama. ¿Planeas irte alguna vez?

—Cuando termine —respondió—. Hora del baño, muchacho.

Noah emitió la consabida retahíla de protestas y ruegos para que se le permitiera quedarse más tiempo, pero lo hizo con la boca chica. El baño fue muy rápido y Ruger ya había terminado de instalar el cerrojo de seguridad cuando salió.

—¿Me leerás tú el cuento hoy? —le preguntó a su tío.

—Pues claro, campeón —respondió Ruger—. ¿Qué estás leyendo?

—La casa de los árboles mágicos —replicó Noah—. Puedo leerlo yo, pero me gusta cuando lo haces tú.

Me dediqué a recoger la habitación mientras Ruger le leía. Teníamos un futón que nos servía de sofá y que era donde yo dormía. Normalmente a esas horas ya lo tenía preparado para la noche, pero no quería darle ideas a Ruger. Al cabo de media hora salió de la habitación de mi hijo y cerró la puerta con cuidado.

—Ese chico ya está desconectado —comentó—. Se quedó dormido a la mitad de capítulo. La verdad es que se está portando de maravilla, a pesar de todo lo que ha pasado últimamente.

—Gracias por tu ayuda —le dije, algo incómoda.

—Aquí están tus nuevas llaves —me dijo, mientras me las lanzaba—. He cambiado la cerradura, así que tienes que darle un juego a Elle. Las que tiene ya no sirven.

—Mmm, muy bien —dije.

—¿Me puedes dejar a Noah un rato el viernes por la tarde? —me dijo—. Salgo este fin de semana y voy a estar fuera cuatro o cinco días.

—Claro —dije—, pero tiene que estar de vuelta en casa para las siete.

—Suena bien —respondió y después se cruzó de brazos y se apoyó en la pared—. Entonces... ¿cuánto tiempo vamos a seguir así?

—¿Así cómo? —inquirí.

Ruger alzó una mano y comenzó a moverse por el apartamento, haciendo gestos.

—Vosotros dos viviendo aquí, cuando podríais estar conmigo, en mi casa —dijo.

—Este sitio está bien —repliqué—. Está limpio, es seguro y no tengo que preocuparme de que mi casero me ataque por la noche. No va a ocurrir nada entre nosotros, Ruger. Métetelo en la cabeza.

 227

No respondió y le miré con desconfianza. Preparaba algo, podía olerlo. De pronto se abalanzó sobre mí, me agarró por la cintura y me cargó al hombro, como había hecho el fin de semana pasado.

—¡No! —grité—. No puedes arrastrarme por la fuerza cada vez que no consigues salirte con la tuya.

Como respuesta, me palmeó el trasero.

—Cállate o despertarás a Noah —dijo—. Si sale de la habitación, te verá así y a ver qué haces para explicárselo. Si me pregunta a mí, le diré la verdad: mamá ha sido mala y necesita unos azotes.

—Gilipollas —le dije entre dientes, pateando y dándole puñetazos en la espalda con todas mis fuerzas. Tal vez era cierto que debía tomar clases para manejar uno de esos «kuboloquesea». En aquel momento podría habérselo metido por el culo mientras me llevaba fuera del apartamento, al granero.

Ruger no hacía ni caso de mi oposición ni de mi lucha, lo que me enrabietaba aún más.

Cruzamos el granero y subimos por las escaleras hacia el almacén donde se encontraba la paja. Aquello me resultaba familiar. Al menos no había cuarto de baño allí arriba, así que no habría posibilidad de una ducha fría. Magro consuelo. Me dejó caer encima de un montón de paja con tanta brusquedad que me quedé sin aliento. A continuación se quitó el cinturón, lo enrolló entre las manos y después lo hizo restallar. Yo lo miraba fijamente y reculaba sobre la paja, como un cangrejo.

—¿Tengo que amarrarte otra vez? —preguntó.

—No vamos a hacer esto. ¡Vete al infierno, Ruger! —le increpé, aunque mi cerebro ya había dado comienzo al proceso familiar de desconexión que la presencia de aquel hombre parecía provocar. Dios, su olor me excitaba... por no mencionar la sensación de tener su miembro clavado a fondo en mi interior, con sus bolas de metal que realmente marcaban la diferencia.

—Mierda, claro que no me voy y desde luego que vamos a hacerlo —respondió—. Tal vez así pueda meter algo de sensatez dentro de ti, ya que las palabras resultan inútiles.

Dicho esto, se quitó la camiseta y la arrojó a un lado. Le miré fijamente mientras se desabrochaba la cremallera del pantalón y se lo bajaba, sin decir una palabra. A continuación se arrodilló, me agarró las manos y me las aplastó contra la paja, cada una a un lado de mi cabeza. Se inclinó hacia mí, aspiró mi perfume, besó los cardenales de mi cuello,

que ya empezaban a desaparecer, y después comenzó a mordisquearme y a chupar como había hecho en la fiesta.

No estaba mal como maniobra de distracción. Mierda, qué gusto me daba.

—Casi se han borrado —dijo, retirándose lo justo como para poder mirarme a los ojos, con una expresión que no me gustó—. Puedo hacerte unos nuevos ¿Qué te parece?

—Me parece que eres un maldito cabronazo —respondí y Ruger se echó a reír.

—Bueno, sí, yo también pienso que tú eres una zorra, pero a mi rabo le gustas, así que habrá que pensar algo —dijo y se lanzó sobre mi boca, pero esta vez su beso no fue brutal. Había cambiado de táctica, ya que ahora sus labios rozaban delicadamente los míos y me los abrían poco a poco, mientras yo trataba de no hacerle caso. Entonces me agarró las manos solo con una de las suyas y me las sujetó por encima de la cabeza, para deslizar entre nosotros la mano que le había quedado libre. Sus dedos me recorrieron el vientre hasta llegar al borde del pantalón de yoga que me había puesto al llegar a casa.

Empezó a tirar para bajármelo y comprendí que ya estaba decidido.

Iba a ganar de nuevo, porque siempre ganaba, y yo se lo permitía porque mi cuerpo lo deseaba mucho más de lo que le odiaba mi cerebro. Alcé las caderas para que pudiera quitarme los pantalones con mayor facilidad, un nuevo clavo en el puto ataúd de mi orgullo. A continuación sus dedos penetraron en mí y me estremecí.

El daño ya estaba hecho de todos modos, me justifiqué a mí misma. ¿Cuál iba a ser la diferencia? Cuando finalmente paró de besarme, nos quedamos mirándonos, jadeantes Su dedos buscaron más abajo, me frotaron la zona del placer y me retorcí, suplicando que me diera más.

—Mierda, cómo me sacas de quicio —me dijo Ruger—. Menos mal que tienes un coño tan jodidamente caliente.

—No lo llames así —le dije.

—Bueno, menos mal que tienes una vagina extraordinariamente caliente —murmuró—, porque deseo insertar en ella mi pene y realizar contigo el acto sexual de manera repetida, para que así ambos logremos una satisfactoria culminación de nuestros deseos. ¿Qué tal suena eso?

—Casi más guarro —respondí, con una mueca de asco. Qué ridiculez, todo aquello. Quería acabar con él, joderle, gritarle y él, bromeando. Estuve a punto de echarme a reír, pero su dedo índice rozaba ahora

directamente mi punto G, mientras el pulgar hacía lo propio con mi clítoris. No podía entender cómo conseguía que me pusiera tan mojada, tan rápido y cada vez.

—Oh, es que es más guarro —me dijo, de nuevo rozándome el cuello con los labios y mordisqueándome las orejas—. Si te suelto las manos, ¿intentarás escapar?

Consideré seriamente la cuestión.

—No —reconocí—, pero este es un acuerdo válido solo para una vez. No vamos a volver a practicar sexo.

Ruger me dedicó una perezosa sonrisa de gran felino, típica suya, y no respondió, pero me soltó las manos. Me incorporé, le empujé y él se dejó caer de espaldas sobre la paja. Me coloqué a horcajadas sobre él y me di cuenta de que tenía una oportunidad única para jugar con su cuerpo. ¿Qué debía hacer?

Fui a por el anillo de su pezón y lo sorbí con la boca, mientras él gruñía de gusto y me agarraba el pelo.

—Eso está bien, Soph —susurró—, pero ¿podrías agarrarme el rabo mientras lo haces? No puedo pensar en otra cosa y me está matando.

Alargué la mano y lo encontré, acero puro envuelto en seda. Arrastré los dedos sobre la cabeza de su miembro, agarré las bolas de su piercing y las froté, adelante y atrás.

—Joder —gruñó Ruger—, un poco fuerte, nena. Mejor solo el tronco, por el momento ¿de acuerdo?

Su mano cubrió la mía y me indicó exactamente cómo quería el movimiento, lento y profundo, pero retorciendo un poco, lo que debía incluso dolerle. Recordé que le gustaba que lo hiciera con fuerza, así que no me contuve y pronto Ruger arqueaba las caderas bajo mi mano.

Entonces le relamí el pezón por última vez y comencé a descender hacia su vientre. Él no era como esos chicos que salen en los anuncios de las revistas. Tenía una «pastilla de chocolate» en el abdomen como la de cualquier modelo, pero también tenía suficiente pelo como para recordarme que era un hombre de verdad, no una fantasía sexual prefabricada, bien depilada y limpia. Le froté la barbilla contra el ombligo, saboreando el poder que tenía sobre él, antes de descender más abajo.

A algunas chicas les encanta hacer mamadas.

Yo nunca había sido una de esas, así que no contaba con mucha experiencia, pero sí que tengo una gran imaginación y había estado

fantaseando con la idea de meterme aquel miembro en la boca desde la aquella noche en la terraza. Recordaba el momento, cuando yo estaba allí sentada y contemplaba la silueta de Ruger, que no llevaba puesto nada más que sus finos pantalones de pijama. Cómo había deseado tocarle.

Ahora podía.

Él alzó la cabeza, que tenía apoyada en una mano, para observar con los ojos entrecerrados mientras yo me frotaba la cabeza de su miembro contra la mejilla, considerando cuál iba a ser mi siguiente movimiento. Finalmente saqué la lengua, le lamí la parte inferior del glande y después di la vuelta alrededor de la bola de su piercing.

Ruger dejó escapar una potente expiración, que sonó como un silbido, y yo me sentí llena por una oleada de puro poder femenino.

Lo relamí de nuevo, jugando con el piercing, antes de comenzar a chuparle en serio. Las bolas de metal me provocaban una sensación extraña en la boca, pero no pensaba tragarme su herramienta hasta el fondo, así que no importaba. Me metí la cabeza del miembro en la boca y comencé a moverme, adelante y atrás, al tiempo que le recorría el tronco con la mano. Ruger tenía los dedos profundamente enredados en mi pelo y los utilizaba para guiarme.

—Me matas, Sophie —murmuró, con un gruñido—. Para o vas a hacer que explote.

Me gustaba aquella idea. Por una vez, sería agradable ver cómo Jesse «Ruger» Gray perdía el control pero, cuando, me disponía a hacerlo, tiró de mi pelo hacia atrás y apartó mi boca de su aparato.

—Cabalga encima de mí —ordenó.

Ah, eso se me daba bien.

Me coloqué a horcajadas sobre él y bajé la mano para guiarle hacia el interior de mi cuerpo. Aunque creo que no había estado más húmeda en toda mi vida, tuve que ir despacio para poder meterme dentro toda la longitud de su miembro. En aquel ángulo sentía cada centímetro de su poderío, expandiéndome por dentro con tanta fuerza que resultaba casi doloroso. Tuve que parar varias veces para ajustar la posición, mientras él me devoraba con la mirada todo el tiempo. Cuando ya lo tuve todo en mi interior, me quedé inmóvil y contuve la respiración.

Ruger me miraba con ojos llenos de intenso deseo. Entonces se irguió, apoyándose en un codo, y los tensos músculos de su abdomen me provocaron una sensación casi dolorosa al rozar contra mi clítoris

hipersensibilizado. A continuación alargó la mano, me agarró un mechón de pelo, me lo colocó detrás de la oreja y después apoyó la mano en mi mejilla, casi con ternura.

Cerré los ojos.

¿Ruger furioso? Bien. ¿Ruger excitado? Sí, también estaba acostumbrada a ello, pero... ¿Ruger, el tierno amante? No había hueco en mi mente para aquello, no si quería sobrevivir y continuar adelante con mi vida. Comencé a moverme adelante y atrás, muy suavemente, pero aun así las oleadas de placer eran casi dolorosas de puro intensas. Él bajó la mano desde mi cara hasta mi cadera y empujó para que acelerara el movimiento, cosa que hice.

No hizo falta mucho tiempo para llevarle de nuevo hasta el borde de la explosión. Llegado un punto, me incliné sobre su pecho para conseguir un mejor equilibrio y le hundí las uñas en los pectorales, lo que pareció excitarle aún más. A Ruger le gustaba un toque de dolor en medio del placer, decidí, así que me esforcé por comprimirle el miembro al máximo con mis músculos internos.

Soy así de generosa.

Estaba a punto de llegar yo misma al clímax cuando él perdió la paciencia y rodó sobre mí, asumiendo de nuevo el control. Me agarró por las piernas, las alzó, se las colocó sobre los hombros y comenzó a bombear como un martillo pilón hasta hacerme proclamar a gritos mi éxtasis.

No tardó en seguir mi camino y, en el momento de la explosión, gritó mi nombre.

Me dormí envuelta en sus brazos. Los dos estábamos de costado y él tenía una mano apoyada en mi vientre. Ruger había descendido al piso de abajo y había traído una manta para extenderla sobre la paja y crear así un nido para nosotros.

Hubo un momento durante la noche en que desperté y noté su mano en la entrepierna, acariciándome suavemente. Me hizo tumbarme boca abajo, me separó las piernas y entró en mi cuerpo con infinito cuidado y delicadeza. Jadeé de gusto al notar cómo se incrementaba la deliciosa presión sobre mí y llegué al clímax con una sutileza que no había experimentado jamás.

Entonces volvió a envolverme entre sus brazos y el sueño se apoderó de mí otra vez. Me despertó una llamada a mi teléfono móvil hacia las

seis de la mañana y me encontré sola en mi futón, rodeada por el olor de Ruger. El número era desconocido y colgaron al responder. Una puta llamada equivocada.

Rodé hasta quedar de costado y vi la caja vacía de *pizza*, todavía encima de la mesita del café.

Mierda. ¿Qué iba a hacer con toda aquella situación? Era una locura. Todo.

Capítulo 13

—**D**ios, me encanta bailar —dijo Kimber, aspirando un cigarrillo. Eran casi las doce de la noche del viernes y estábamos en la acera, junto a una discoteca del centro de Spokane. Yo tenía buenas vibraciones.

—Me van a doler los pies a rabiar, pero vale la pena —asentí y me balanceé un poco. Sentí rubor en las mejillas, lo que era bastante extraño, y me eché a reír. Kimber sacudió la cabeza.

—No se te puede llevar a ninguna parte, peso ligero —dijo, con tono serio—. Bueno y ¿dónde demonios se ha metido Em? Quiero echar un vistazo al chico ese con el que ha contactado. Creía que el acuerdo era que lo examinaríamos y decidiríamos si vale la pena. Nos está engañando.

—Cierto —corroboré—. Será zorrón... La voy a matar.

—Y yo antes —se adhirió Kimber, soltando el humo como un misil, para mayor énfasis—. ¿Cómo se supone que voy a vivir la vida de los solteros por medio de los demás, si no me dan ningún detalle?

Sacudí la cabeza y me encogí de hombros con tristeza.

—Yo cumplo mi parte —dije—. Te lo cuento todo.

—Y no creas que no lo aprecio —respondió Kimber, con ojos ligeramente húmedos. Nos dimos un abrazo de amigas intoxicadas.

Habíamos llegado al primer bar hacia las diez. Media hora después, Em había desaparecido para conocer en persona a su amiguito virtual,

Liam. Se suponía que debía regresar para presentárnoslo, pero decidieron prolongarlo e ir a otro bar en la misma calle. Hacia las once y media, cuando cambiamos de bar, yo ya habría empezado a sospechar secuestro y asesinato, de no ser porque Em había continuado mandándonos mensajes de texto para indicarnos que todo iba bien y que se lo estaba pasando de maravilla.

En resumen, esta era nuestra información: Liam estaba buenísimo, lo conoceríamos en un momento, Em se iba a acostar con él fijo aquella noche y no tendría ningún problema para manejar a su padre. Al parecer Liam era el hombre perfecto.

Había prometido que no cambiarían de bar sin esperarnos, así que le habíamos dicho que todo bien.

—Espero que estén en algún reservado, en plena acción —comenté, con tono algo sombrío.

—No estoy de acuerdo —respondió Kimber, en el mismo tono—. Si jode con él antes de que le dé mi visto bueno, perderá el privilegio de degustar mis margaritas.

Pensar en la «acción» me hizo acordarme de Ruger y acordarme de él me dio ganas de beberme otra copa. Aún no podía creer que hubiera follado con él. De nuevo. No podía quitarme a aquel hombre de encima de ninguna de las maneras. Suerte que no teníamos que estar de vuelta en Coeur d'Alene hasta el mediodía, porque presentía que aún me quedaban muchas copas por beber. El marido de Kimber había sido crucial para nuestro equipo femenino aquella noche, ya que se había quedado cuidando a nuestros dos retoños. Tenía que prepararle unas cookies o algo...

—¿Suena mal que quiera prepararle algo a tu marido? —le pregunté a Kimber, que se echó a reír y yo la acompañé. En aquel momento, mi teléfono emitió un zumbido.

Em: *Quiero volver al hotel. Es MI HOMBRE, definitivamente.*
Leí el mensaje y dejé escapar un gritillo. Le entregué el teléfono a Kimber y empezó a teclear furiosamente.
Kimber: *Ni se te ocurra. Tenemos que aprobarlo antes. No estás siguiendo el plan.*
Em: *Lo conoceréis en un minuto. Venid al Mick's y desde ahí podemos volver juntas. Os esperamos fuera.*

Agarré el teléfono y la miré fijamente.

—¡Yo primero! —exclamé—. Quiero echarle la bronca antes que nadie.

—No podemos echarle la bronca estando delante el guapo de Internet —replicó Kimber—. Eso sería como arrojarle un jarro de agua helada en el rabo. Se la echaremos mañana.

Sopesé aquello.

—De acuerdo —concedí—, pero me pido ser la primera que la ponga firme en cuanto perdamos de vista el culo del tipo este.

Kimber suspiró, con cara de exasperación.

—Como quieras.

No les vimos fuera del Mick's. El bar era un auténtico agujero, que casi nos pasamos porque era muy pequeño y se encontraba junto a una disco de tamaño apreciable. Mandé un mensaje a Em y no obtuve respuesta.

—Debe de estar meando o algo —comentó Kimber, mientras miraba a un grupo de jovencitos que esperaban en la acera. Ellos le devolvieron la mirada y ella sonrió.

—Eh —la llamé, entre dientes—. Estás casada ¿recuerdas?

Kimber rió.

—Solo estoy mirando —repuso—. No seas tan estricta. Prometo no tocar ¿de acuerdo?

Mi teléfono zumbó de nuevo.

Em: *Ya salimos.*

Esperamos unos cinco minutos. Nada. Empezaba a ponerme nerviosa. Le mandé un nuevo mensaje. Sin respuesta.

Pasaron otros diez minutos y mi paciencia se agotó definitivamente. Aquello no era normal.

—Voy a entrar a ver —le dije a Kimber, que había perdido interés por los chicos en cuanto se habían acercado para intentar ligar. Eran guapos, pero como conversadores no valían mucho.

Mi amiga asintió, con cara de preocupación.

—Te espero aquí —dijo, mirando a un lado y a otro de la calle—, por si acaso aparecen.

—No me gusta que te quedes sola aquí fuera —le dije y ella señaló con la barbilla hacia el portero de la discoteca de al lado.

—No habrá problema —dijo—. Si pasa algo, le llamo. Ve a buscar a nuestra chica.

El antro era pequeño y oscuro, una simple habitación bastante estrecha, con la barra, y con bastante peor pinta de lo que había imaginado. No me extrañaba que los chicos no entraran. Los tipos que había allí podrían aplastarlos entre las manos sin pestañear y tirarlos como si fueran... bueno, algo usado. ¿Fundas de pajitas de papel? No, algo peor. Sacudí la cabeza, borrosa por el alcohol. ¡Focaliza! Había allí más hombres que mujeres y la mayoría miraban hacia sus vasos. Mi opinión sobre Liam, que ya había bajado mucho, descendió aún unos cuantos niveles. ¿Qué clase de hombre llevaba a una chica a un sitio como aquel?

En ningún caso teníamos que haber perdido de vista a Em.

No la encontré en lo que era el bar propiamente dicho, así que me dirigí hacia la puerta que había al fondo. Accedí a un largo pasillo que llevaba a unos baños de aspecto ruinoso y a una oficina y que terminaba en una salida de emergencia.

Envié un texto a Kimber.

Yo: *¿Han aparecido?*
Kimber: *No, nos están tomando el pelo.*
Yo: *No están en el bar. Voy a mirar en el callejón y vuelvo.*

Me acerqué con precaución a la puerta de emergencia. ¿Saldría Em por ahí con un hombre a quien no conocía? Excepto que tal vez imaginaba conocerlo. Llevaban ya cierto tiempo contactando por Internet. Mierda, yo había tenido citas con chicos a los que solo había visto unas pocas veces en mi vida. Aun así... abrí la puerta, me asomé al exterior y vi a un hombre alto y delgado, moreno, con *jeans* gastados y botas de motero, apoyado contra una camioneta de reparto.

Al verme, sonrió como un tiburón y me guiñó un ojo.

Oh, Dios mío. Aquella cara me sonaba. Era uno de los tipos del otro club, los Devil's Jacks. Los que habían acudido a mi casa de Seattle.

Hunter.

¿Qué demonio estaba haciendo allí? ¿Coincidencia?

¿O eran Hunter y Liam la misma persona?

Abrí la boca para gritar y, de pronto, alguien me empujó con fuerza por detrás y salí despedida al callejón. Estuve a punto de caer al suelo y, cuando ya conseguía recuperar el equilibrio, Hunter me agarró, me alzó en volandas y me llevó hacia la parte de atrás de la camioneta. Grité y me debatí con todas mis fuerzas, pero era obvio que la música que tronaba

en la discoteca de al lado ahogaba por completo mi voz. Me depositó en el compartimento de carga y vi a Em con las manos esposadas a la espalda y la boca amordazada con un pañuelo. Tenía los pies amarrados con lo que parecía cuerda para tender la ropa.

Hunter subió detrás de mí, me inmovilizó y me quitó el teléfono móvil. En cuestión de segundos, mi boca estaba tapada y mis muñecas sujetas con otro par de esposas. Me encontraba boca abajo, con ojos muy abiertos, y miraba a Em, que también me miraba a mí. Noté que alguien más subía a la camioneta, la puerta se cerró de golpe y el motor arrancó.

Entonces se oyó la voz de Hunter, fría e indiferente.

—Lo siento, chicas —dijo—. Espero que las cosas no se pongan muy feas y pronto estéis de vuelta en casa.

La camioneta empezó a moverse.

Ruger

La cerveza se le había puesto tibia.

Por una vez, siendo viernes, no había ninguna fiesta en el arsenal, ni barbacoa ni nada. Menuda putada, así le resultaba imposible apartar ni por un segundo sus pensamientos de Sophie bailando en Spokane con la zorra de su amiga. Debería estar pensando en el viaje a Portland que tenía previsto para el día siguiente, pero no conseguía que aquello le importara más que una mierda.

Dios, por poco no se había cagado en los pantalones al enterarse de quién era la persona con la que Sophie iba a salir el viernes por la noche. El apodo de Kimber cuando era bailarina había sido Stormie —«tormentosa»— y era famosa por tener una boca que era como una aspiradora. Incluso él se la había llevado a casa una noche. Había estado bien, pero no tanto como para romper su regla de no repetir con ninguna mujer.

Ahora se preguntaba si Kimber habría estado llenándole a Sophie la cabeza de historias sobre él. Aquello explicaba por qué se había mostrado interesada en trabajar en The Line. Esa mujer había hecho una puta fortuna allí, ya que se había convertido en la bailarina más popular del bar.

Y su éxito había sido aún mayor en las salas VIP.

Ruger había dado vueltas a la idea incluso de impedirle físicamente acudir a la cita, pero había llegado a la conclusión de que habría sido contraproducente a largo plazo. Sophie había estado evitándolo desde su noche en el pajar, sin que él insistiera en llamarla. La primera semana

 239

en un trabajo siempre es estresante, así que había decidido concederle un respiro. Sin embargo, aquella idea de la «noche de las chicas» le había pillado por sorpresa. Se había enterado solo gracias a la indiscreción de Noah.

El chico era toda una fuente de información útil.

Picnic entró en la sala principal del arsenal con una chica siguiéndole los pasos. No aparentaba más de dieciséis años, aunque Ruger sabía que debía de tener más. No admitían a chicas menores de edad en el arsenal, ya que no querían problemas. Pic tenía el aspecto de un hombre al que acababan de dejar bien seco en la cama. Despidió a la muchacha con una palmada en el trasero y se acercó a Ruger.

—¿Qué te pasa? —preguntó mientras se dejaba caer en una de las sillas mal conjuntadas que había frente al sofá.

—Estoy aburrido —respondió Ruger, rascándose la nuca— y aparentemente me estoy haciendo viejo, porque me duele el cuello después de haber estado trabajando en mi taller, con ese encargo especial.

—Eres jodidamente patético —respondió Picnic.

—Cierto —dijo Ruger.

—He oído que tu chica se ha ido de tu casa —comentó el presidente.

—Sí, y ahora podemos hablar de algún otro tema —respondió Ruger.

Picnic rió, brevemente.

—Primero Horse y ahora tú. En este sitio empiezan a proliferar los calzonazos —dijo.

—Vete a tomar por culo, gilipollas —respondió Ruger—. La única razón de que esté aquí sentado en vez de con ella comiéndome el rabo es que no pienso entregárselo con una correa puesta, como si fuera un perrito. Además, mira quién habla, jodiendo con crías más jóvenes que tu propia hija. Me da hasta asco, pensar en tu viejo culo empujando adelante y atrás con una niña como esa.

—Al menos he follado esta noche —respondió Picnic con tono suave—, no como otros.

De pronto sonó su teléfono móvil.

—Es Em —comentó y a continuación se levantó y comenzó a caminar por la habitación, de un lado a otro. De pronto, se detuvo en seco. Todo su cuerpo transpiraba tensión. Treinta segundos más tarde, sonó el teléfono de Ruger.

Era Sophie.

—Más te vale no estar... —comenzó, pero ella le cortó.

—Cállate y escúchame —dijo Sophie, con voz tensa, y Ruger volvió a sentarse—. ¿Te acuerdas de los dos chicos que vinieron cuando estábamos en Seattle? ¿Los Devil's Jacks? Nos tienen, a Em y a mí. Estamos en Spokane y ellos...

Ruger la oyó gritar y alguien le arrebató el teléfono. Su cuerpo bombeó adrenalina en grandes cantidades y cambió su estado de relajación al de «listo para el combate» en un segundo. En lugar de estallar en un frenesí de actividad, se obligó a mantener la calma y a escuchar con la máxima atención. Cualquier información que pudiera ayudarles a localizar a Sophie era crucial. ¿Y Em? ¿Qué mierdas...? ¿Cómo podía haber salido sin avisar a Picnic? ¿Cómo se había visto mezclada en todo aquello?

—Ruger —dijo una voz de hombre por el teléfono—, soy Skid, de Seattle. Tenemos un pequeño problema.

—Estás muerto —respondió Ruger con voz neutra y lo decía literalmente. Con el rabillo del ojo vio cómo Picnic agarraba un taburete del bar y lo estrellaba contra la pared. Horse estaba ocupado echando a tres chicas por la puerta, mientras Painter sacaba una escopeta de cañones recortados de detrás de la barra. Slide regresó de la zona de los baños y miró a su alrededor, con las cejas levantadas.

—Sí, bueno, luego hablaremos de mi muerte —dijo Skid con tono aburrido—. Escucha. Vuestro chico de Portland, Toke, se ha vuelto loco y ha atacado a dos de nuestros hermanos hace un par de horas. Entró en la casa y se puso a disparar. Ahora hay polis ahí por todas partes y un par de zorras que lo vieron todo, el puto desmadre. Las chicas están hablando con la policía, para terminar de arreglar el tema. Los médicos están trabajando con uno de nuestros hermanos y no sabemos si lo sacarán adelante. Al otro se lo llevó Toke a punta de pistola.

—Solo hablas mierda —respondió Ruger. Toke podía ser un elemento difícil de controlar, pero no ignoraría un voto unánime del club.

—Deja los juicios para más tarde —respondió Skid—. Es hora de que le pongáis la correa a vuestro perro y de que nos devolváis a nuestro hombre. Sano y salvo. Hasta entonces, cuidaremos a ¿cómo se llama? ¿Sophie? Eso, cuidaremos para ti a la pequeña y dulce Sophie. Si aclaramos todo esto como corresponde, ella estará de maravilla y se irá a su casa. Si nuestro chico muere, entonces sus perspectivas no son tan buenas. Tiene un culo muy bonito. Tal vez se lo abra antes de pegarle un tiro ¿me has entendido?

Colgó.

—Mierda —murmuró Ruger y tumbó de una patada la mesa del café al levantarse. Pic gritaba y Horse y Bam Bam trataban de sujetarle. Ruger no hizo caso de la escena y se dirigió a paso rápido hacia el taller de reparación de armas, donde llevaba a cabo sus proyectos especiales. Abrió su ordenador portátil, conectó el buscador e introdujo los datos.

Ahí estaban. Los teléfonos de Em y Sophie se encontraban en Spokane, cerca del río. No había mucho que hacer. En el tiempo que tardaran en llegar al lugar, ellos habrían volado con sus chicas.

Maldita sea. Giró sobre sí mismo, lanzó un puñetazo contra la pared y perforó la cubierta de contrachapado. El agudo dolor que sintió en la mano le ayudó a concentrarse. Abrió el cajón de su mesa de trabajo y extrajo una pistola semiautomática no registrada, del calibre 38. Metió el arma en la funda que llevaba amarrada al tobillo, bajo el pantalón, y se metió en el bolsillo interior del chaleco un par extra de cargadores. A continuación regresó a la sala principal y encontró a Picnic y a los demás discutiendo sobre qué debían hacer. Pic quería salir inmediatamente a por los Jacks y los demás —Horse, Bam Bam y Duck— intentaban convencerle de que era necesario tomarse cierto tiempo para elaborar un plan, idea que apoyaba Ruger. No harían una mierda en Spokane hasta que no tuvieran más información.

Toke había perdido la votación, pero había ganado la batalla.

Los Reapers y los Jacks iban a la guerra.

Sophie

No sé cuánto tiempo estuvimos circulando en la camioneta, pero se me hizo eterno. Finalmente oí el sonido de la puerta de un garaje que se abría. Entramos y la puerta se cerró a nuestras espaldas. Hunter y el conductor salieron del vehículo y abrieron las puertas.

Unas manos rudas —no las de Hunter— me agarraron por los tobillos y tiraron de mí. Sentí un arañazo en la mejilla y, si el secuestro no había disipado completamente el efecto del alcohol que había bebido, el dolor terminó de hacerlo. El hombre me llevó medio a rastras al interior de la vivienda, me dejó caer en un sofá y forcejeé para tratar de incorporarme. Hunter colocó a Em junto a mí, de forma bastante menos brusca, y a continuación retrocedió y se situó junto a su compañero —era Skid,

el otro miembro de los Devil's Jacks al que había conocido en Seattle. Ambos nos miraban con expresión sombría y me di cuenta de que estábamos bien pero bien jodidas.

Se me hizo un nudo en el estómago al pensar en Noah. ¿Volvería a verle alguna vez?

—Esta es la situación —dijo Hunter, observándonos alternativamente con sus fríos ojos grises. ¿Podía ser realmente el chico con el que Em había contactado por Internet? A juzgar por su aspecto, podía serlo. Era muy atractivo físicamente, más de lo que recordaba.

Qué pena que fuera un maldito sociópata.

O tal vez le había hecho algo al Liam de verdad. ¿Y si el novio virtual de Em yacía muerto en el callejón? Mierda.

—Estáis aquí como moneda de cambio —continuó Hunter—. Uno de los Reapers de Portland, Toke, ha hecho una cosa muy fea esta noche. Fue a nuestra casa y se puso a disparar, sin advertencia, sin provocación, y se llevó a un rehén. Uno de nuestros hermanos ha sido herido de gravedad y el otro debe de estar siendo torturado hasta la muerte ahora mismo, así que tendréis que disculparnos por ser un poco bruscos en todo este asunto. Tu papá va a hacer todo lo posible por devolvernos a nuestro hombre sano y salvo. Si lo hace, os vais a casa.

Em miró a Hunter con ojos acusatorios. El Devil Jack se inclinó sobre ella, le retiró la mordaza y le susurró algo al oído. Ella se apartó.

—Estás muerto, Liam —le dijo, con voz muy seria. Misterio resuelto. Pobre Em, pensé. Lo sentía mucho por ella.

—Mi padre os matará —continuó—. Deja que nos marchemos ahora y trataré de convencerle de que no lo haga. Si no, será demasiado tarde. Acabará con vosotros.

Él sacudió la cabeza.

—Lo siento, nena —replicó—, sé que estás asustada y jodida, pero no voy a dejar que muera un hermano solo para evitar que se cabree un Reaper.

—Que te jodan —respondió ella.

Hunter miró a Skid, que se encogió de hombros. Suspiró y se frotó los ojos, con aspecto fatigado.

—Está bien, vamos arriba —dijo y me miró—. Te quitaremos la mordaza, pero si cualquiera de las dos se pone a gritar, os las volveremos a poner. De todas formas, estamos en medio de la nada, así que nadie va a oíros. De vosotras depende lo feo que se ponga esto.

Dicho esto, sacó una navaja multiusos y cortó la cuerda que sujetaba los pies de Em. Después se encargó de la mía. Mientras estaba en ello, oí un crujido metálico. Miré y vi que Skid nos apuntaba con una pistola de pequeño tamaño.

—Si provocáis problemas, os pego un tiro —amenazó—. Hunter es un buen chico, pero yo no.

Tragué saliva.

Hunter tiró de mí para obligarme a ponerme de pie y me sacudí nerviosamente, tratando de reactivar mi circulación. Me resultaba difícil mantener el equilibrio con las manos esposadas detrás de la espalda. Levantó también a Em y a continuación nos escoltaron por la escalera hasta el piso de arriba. Su distribución era la típica, un pequeño rellano y tres habitaciones, además del baño. Aquello me recordó que necesitaba usarlo con urgencia. Hunter agarró a Em por el brazo y la condujo a una de las habitaciones de la derecha. Entró con ella y cerró la puerta a sus espaldas, de una patada.

—Por aquí —me dijo Skid, señalando la puerta contigua. Entré y vi una cama de tamaño medio, con un cabecero de hierro muy sencillo, un tocador muy deteriorado y una vieja mesa de trabajo. Había una pequeña ventana, que tenía aspecto de haber sido pintada mientras se encontraba cerrada. Me pregunté si sería muy difícil abrirla. Si lo consiguiera, ¿sería capaz de saltar desde allí al suelo?

—Quédate junto a la cama y mira a la pared —me dijo Skid.

Oh, mierda. La cama cobró ahora todo un nuevo significado. Hice lo que me ordenaban, preparándome para lo peor. ¿Iba a violarme? ¿Violaría Hunter a Em? Obviamente había estado cultivando algún tipo de relación con ella. ¿Era todo por cuestiones del club o había algo más?

Em era una chica muy guapa. Una chica que se merecía otra cosa.

Temblé al notar que Skid se aproximaba por detrás. Sentí el calor de su cuerpo y rogué para mis adentros no ser su tipo. Sus dedos tocaron mis manos y de pronto me di cuenta de que me había soltado una de las esposas.

—Túmbate —dijo, con un tono que me resultó indescifrable. Mis deseos de vivir eran mucho más fuertes que mi impulso de luchar. Le dejaría hacer y me limitaría a esperar que fuera rápido.

Me tumbé de espaldas y miré fijamente al techo, pestañeando rápidamente.

—Las manos sobre la cabeza —ordenó Skid.

Hice lo que me decía y él se inclinó sobre mí. Se detuvo para observarme y noté que sus ojos se detenían en mi pecho. Me mordí el lado interno de la mejilla, tratando de no venirme abajo y de ponerme a suplicar. No quería concederle ese poder sobre mí. Se inclinó más sobre mí, me agarró las manos y sentí cómo tiraba de ellas. A continuación, cerró la segunda de las esposas sobre la muñeca que tenía libre, dejándome amarrada al cabecero.

Se levantó y caminó hasta la ventana. Miró hacia el exterior y cruzó los brazos. Yo contuve la respiración. ¿Eso era todo? ¿Estaba a salvo por ahora? Se volvió hacia mí y me observó, pensativo.

—El chico que se llevó Toke es mi hermano —dijo—. No solo por ser del club, sino que somos medio hermanos. La única familia que me queda. Créeme si te digo que haré lo que sea para que regrese. No creas que el hecho de ser una mujer te protege. Nada te protegerá. ¿Me has entendido?

Asentí con la cabeza.

—Buena chica —dijo—. Sigue así y puede que continúes viva.

Se dio la vuelta y salió.

Permanecí allí durante una eternidad, con tantas ganas de orinar que me dolía. Supongo que debería haberle pedido a Skid que me dejara ir al baño. Antes o después mojaría la cama, aunque no me importaba. Prefería mearme encima antes que pedirle que volviera y me ayudara. Entonces oí un grito y algo que golpeaba contra la pared que daba al cuarto donde estaba Em.

Olvidé rápidamente mi necesidad de ir al baño.

—¡Maldito cabrón, hijo de puta! —oí gritar a Em. Contuve la respiración mientras la pared retumbaba con otro golpe. Oh, Dios, ¿Estaba luchando con ellos? ¿La estaban violando? Su voz estaba llena de dolor y sentí arcadas de angustia, pues fuera lo que fuese lo que estaba ocurriendo allí, era obvio que no se trataba de nada bueno. De pronto el ruido cesó. Me quedé quieta en la oscuridad, contando los segundos. ¿Cómo había podido ocurrirle esto a alguien tan normal y aburrido como yo?

Malditos Reapers.

El estúpido y jodido club de Ruger. Primero apuñalan a Em y después nos secuestran. Era como un horrible virus, que destruía sin avisar todo aquello que tocaba.

Si salía viva de aquello, no volvería a tocar a Ruger en mi vida.

No podía estar con un Reaper, por mucho que lo deseara sexualmente. No podía permitir que aquello fuera parte de mi vida ni tampoco de la de Noah. Si Ruger quería ver a mi hijo, tendría que mantener el club a buena distancia.

¿Y en cuanto a mí? Ya había tenido bastante. Lo sabía, en mis entrañas y en mis huesos. Un hombre cuya realidad incluía la posibilidad de mujeres secuestradas no era bueno para mí. No tenía razón y nada importaba cómo pudiera hacerme sentir.

Y punto.

Cerré los ojos al oír a Em gritar de nuevo.

Me desperté sobresaltada al notar que la cama cedía bajo un peso.

¿Dónde estaba?

Oí la voz de Em y lo recordé todo.

—¿Estás bien? —dijo. Abrí los ojos y la vi sentada junto a mí. La observé atentamente, a la búsqueda de señales de abuso o de que hubiera estado llorando. No parecía la víctima de una violación, a decir verdad, aunque estuviera bien jodida. Si algo, estaba más guapa de lo habitual, con sus mejillas enrojecidas y el pelo suelto. La débil luz de la mañana se filtraba por la ventana. Hunter estaba de pie en la puerta y nos miraba, inexpresivo. No podía creer que me hubiera quedado dormida.

—Necesito ir al baño —dije con voz ronca. Dios, además me sentía fatal por el alcohol.

—¿Puede ir al puto baño? —preguntó Em a Hunter con voz helada.

—Sí —respondió él, avanzando hacia la cama y Em se apartó lo más que pudo. Yo traté de no mover ni un músculo mientras me soltaba las esposas y después rodé lejos de él lo más rápidamente que me fue posible, a pesar del dolor que sentía en los miembros.

—Vamos —dijo Hunter—, las dos.

Em me tomó por la mano, me la apretó con fuerza, y salimos juntas de la habitación. Yo estaba deseando preguntarle si estaba bien, averiguar qué había pasado, pero por supuesto no iba a abrir la boca delante de Hunter.

Entramos en el pequeño cuarto de baño, en el que no había ventana. Em cerró la puerta a nuestras espaldas, después de mirar a Hunter fijamente, en una especie de batalla silenciosa.

Corrí al inodoro, increíblemente aliviada.

—Oh, Dios mío —susurré, mirando a Em, que se pasó las manos por el pelo y después se cruzó de brazos y se los frotó, arriba y abajo—. ¿Cómo estás? ¿Te ha hecho daño?

—Sí, en mi orgullo —respondió ella—, pero físicamente no. No puedo creerlo. En serio, no puedo creer lo estúpida que he sido. Fui yo misma la que le invité a reunirse conmigo. Se lo puse muy fácil. Idiota...

No dije nada. Le dejé el sitio libre y me acerqué al lavabo para lavarme las manos y beber agua. Tenía la boca y la garganta tan resecas que parecían de corcho.

—¿Tienes alguna idea de lo que planean hacer con nosotras? —le pregunté—. Ese Skid me da mucho miedo.

—¿Te ha hecho daño? —preguntó Em.

—No —respondí.

—Menos mal —repuso ella—. La situación está muy jodida. A Toke, el que me cortó en la fiesta, se le ha ido la pelota. Eso que dicen de los disparos me parece increíble, pero si realmente ha pasado, estaremos de mierda hasta el cuello. Nadie sabe dónde está, ni siquiera Deke, que es su presidente. Llevan buscándole desde lo de la fiesta. Lo de cortarme con el cuchillo no estuvo nada bien y mi padre quiere que pague por ello.

—Mierda —murmuré—, así que tu padre no puede entregarles a ese tipo, Toke, aunque quiera.

—Exacto —corroboró Em—. Quiero decir, ya sabes que es muy protector conmigo, demasiado. Cuando Toke me hirió con el cuchillo, mi padre se puso como loco. Si pudiera dar con él, ya lo habría hecho. Estamos bien jodidas, Sophie.

—¿Crees que nos harán daño? —pregunté.

—Liam no —respondió ella—. Quiero decir, él no me hará daño y creo que a ti tampoco.

La miré fijamente.

—Te das cuenta de que te ha estado mintiendo todo el tiempo ¿verdad? —le dije—. Le llaman Hunter y solo porque le gustes no quiere decir que puedas confiar en él, Em.

—Oh, ya lo sé —replicó ella y movió la cabeza con tristeza—. Créeme, soy muy consciente de que soy yo la descerebrada que nos ha metido en este lío.

—No eres ninguna descerebrada —dije, con énfasis—. Él es un mentiroso y es muy bueno. No es culpa tuya que haya ido a por ti.

Todo era culpa de los Reapers, pero decidí que subrayarlo no sería de gran ayuda.

—No importa —respondió ella— pero en serio, no creo que vaya a hacerme daño. Skid me preocupa más.

—El que se llevó Toke es su hermano, su verdadero hermano quiero decir —comenté—. Creo que tenía intención de hacerme daño.

—¿Todo bien ahí dentro? —dijo Hunter junto a la puerta.

—Muy bien. ¡Danos un puto minuto, cabrón! —replicó Em y me dejó pasmada.

—Oye, eso ha sido un poco fuerte —le dije, entre dientes—. ¿Crees que es prudente hablarle así? Igual me equivoco, pero ¿no nos conviene que esté del mejor humor posible?

Em emitió un gruñido sarcástico.

—A la mierda con eso —replicó—. Soy una Reaper y no voy a arrastrarme como un gusano ante ningún maldito Jack.

—Bueno, pues yo no soy una Reaper —respondí— y no es mi intención morir aquí y dejar huérfano a Noah, así que no le cabrees.

Em me miró, contrita.

—Perdona —dijo—, creo que tengo el temperamento de mi padre.

—Lástima que no tengas su pistola —respondí.

—Y que lo digas —dijo ella—. Pues yo soy la buena de la familia. Deberías conocer a mi hermana.

—Tenéis un minuto —advirtió Hunter—. Como tardéis un segundo más, entro.

Em se lavó las manos y salimos. Yo evité establecer contacto visual con Hunter, que señaló con la barbilla en dirección a mi cuarto.

—Entrad ahí y tumbaos en la cama —dijo—. Las dos.

Obedecimos sin rechistar, aunque pude ver que Em hacía un verdadero esfuerzo para mantener la boca cerrada y dos minutos más tarde estábamos las dos esposadas al cabecero de la cama. Por suerte Hunter solo nos amarró una de las muñecas a cada una, lo que resultaba bastante más llevadero que el método de Skid.

—Os traeré algo de comer —dijo, pasándole a Em un dedo por la mejilla. Ella le miró fijamente.

—Voy a comprarme un vestido rojo brillante para lucirlo en tu funeral —le dijo.

—¿Ah, sí? —replicó él—. Pues asegúrate de que sea corto y de que enseñes bien las tetas.

—Me das asco —respondió ella, entre dientes.

—Eso mejor puedes decírtelo a ti misma —dijo Hunter antes de abandonar la habitación y de cerrar con un portazo. Yo me mordí la lengua y me pregunté de qué demonios iba todo aquello.

—No te preocupes —dijo Em después de una pausa incómoda—. Encontraremos la manera de salir de esto. Escaparemos o los chicos nos encontrarán.

—¿Tienes alguna idea? —dije mientras me preguntaba qué estaba ocurriendo realmente entre Em y Hunter—. ¿Te ha dicho algo? ¿Te ha dado alguna pista sobre dónde nos encontramos?

—No —fue la respuesta. Esperé a que añadiera algo y su silencio me intranquilizó aún más.

—¿Y qué hiciste durante toda la noche? —le pregunté. Em ignoró la pregunta.

—Me pregunto si alguno de los dos va a salir de la casa en algún momento —murmuró—. Si esperamos a que uno se quede solo, creo que las dos a la vez podremos con él. O si le distraemos, al menos una de nosotras podría escapar y buscar ayuda.

—¿Crees que estamos realmente en medio de la nada? —pregunté—. ¿Has podido ver lo que hay fuera?

—No he visto nada, pero en el rato que nos llevaron en la furgoneta apenas tuvimos tiempo de salir de la ciudad —respondió Em—. Tal vez no haya casas alrededor, pero tiene que haber algo a lo que se pueda llegar a pie. Solo tenemos que encontrar la manera de quitarnos estas esposas. Si conseguimos un clip o un alfiler o algo así, puedo hacer saltar el cierre.

—¿De verdad? —le pregunté, realmente impresionada—. ¿Y dónde has aprendido a hacer eso?

—Te sorprenderían todas las cosas que sé hacer —respondió ella, con tono seco—. Mi padre cree que hay que estar preparado.

En aquel momento se abrió la puerta y apareció Hunter con dos platos de papel y un par de botellas de agua bajo el brazo. De pronto me di cuenta de lo hambrienta que estaba. El estómago me rugía. El muchacho lo dejó todo en el pequeño tocador de la esquina, se acercó y nos abrió las esposas.

—Tenéis diez minutos —dijo.

Nos lanzamos sobre la comida. No eran más que unos sándwiches de mantequilla de cacahuete y patatas fritas de bolsa, pero me supo mejor que cualquier cosa que hubiera comido antes.

—En un minuto vamos a llamar a tu padre —le dijo Hunter a Em—. Así podrá ver que estás viva y averiguaremos si ha dado algún paso.

Ella le miró con expresión sombría mientras masticaba su comida. Hunter suspiró, agarró la silla que había junto a la mesa de trabajo y la arrastró hacia él.

—¿Quieres sentarte? —preguntó. Em negó con la cabeza y Hunter hizo girar la silla y se sentó, con el respaldo contra el pecho. Su rostro era inexpresivo, pero no le quitaba ojo a Em. En cuanto terminamos la comida, el motero señaló hacia la cama con la cabeza.

—Tumbaos —dijo y obedecimos. Hunter me amarró la muñeca derecha al cabecero con mi par de esposas y después comenzó a dar la vuelta a la cama para hacer lo mismo con Em. Cuando se inclinaba hacia ella, vi como la muchacha metía rápidamente la mano libre en el bolsillo trasero del pantalón de él y extraía algo que ocultó a toda velocidad bajo su cuerpo.

Hunter se detuvo en seco.

Mierda. ¿Se había dado cuenta?

Necesitábamos una distracción. Inmediata. Me mordí la lengua con fuerza, grité y empecé a escupir sangre hacia Hunter.

—¡Joder! —gritó y se apartó de la cama de un salto, como si estuviera ardiendo.

—¡Dios mío! —gritó Em—. ¿Estás bien? ¡Hay que llevarla al médico!

Paré de escupir y me atraganté con la sangre. Puaj.

—Lo siento —dije, tratando de parecer agobiada—. Me he mordido la lengua y me asusté.

Hunter observó con asco las manchas de sangre y los escupitajos que le habían salpicado el brazo y después me miró.

—¿Te estás quedando conmigo? —me dijo—. ¿Qué mierda te ocurre? ¿Tienes alguna enfermedad o algo?

—No, no tengo ninguna enfermedad —respondí atropelladamente, lo que hizo que me mordiera de nuevo, esta vez sin querer, ya que la lengua se me había hinchado con gran rapidez.

Hunter sacudió la cabeza y Em me miró con ojos muy abiertos y expresión aparentemente preocupada, pero tras la cual podía leer que estaba bailando de alegría para sus adentros.

—Me estáis volviendo loco —murmuró Hunter—. Te traeré un trozo de hielo para que lo chupes. Joder, qué asco.

El motero salió de la habitación y cerró con un portazo. Em casi saltó de entusiasmo en la cama.

—¡Eso ha estado muy bien! —susurró—. En serio, muy bien. Tengo su navaja. Creo que con ella podré abrir las esposas.

—Qué suerte que nos las haya puesto solo en una mano —dije, pronunciando con dificultad por el dolor y la hinchazón en la lengua—. Skid me amarró las dos.

—Qué hijo de puta —comentó ella, arrugando la nariz—. Seguro que por la noche te picaba el culo y no podías rascarte...

—No, por suerte —repliqué, aunque la lengua sí que me dolía ahora—. ¿Cuándo vas a intentar abrir esto?

—En cuanto vea que se ha ido para un rato —respondió ella y a continuación reptó por la cama en dirección al cabecero, para ocultar la navaja.

—Está entre el colchón y el somier, por si la necesitas —dijo.

Fruncí el ceño. Si la necesitaba, quería decir que ella no estaría allí y lo que eso implicaba no era nada bueno.

Hunter regresó con una servilleta de papel en la mano. Me senté como pude mientras me la tendía y me apoyé contra el cabecero. En la servilleta había envuelto un cubito de hielo, que me metí en la boca y sentí un alivio inmediato.

—Vamos a llamar a tu padre —anunció Hunter—. Te dejaré hablar con él un minuto y después veremos hacia dónde va la situación.

—¿Y Sophie? —dijo Em—. Ruger querrá hablar con ella.

—¡A Ruger que le jodan! —replicó Hunter. Em me miró y me di cuenta de que quería más distracción. No sé bien por qué, pero decidí seguirle la corriente y escupí en mi mano el cubito, lleno de sangre.

—Por favor —gemí, babeando—. Mi hijo, Noah, necesita una medicación y Ruger no sabe dónde está. Déjame que hable con él dos minutos. Por favor.

Hunter me miró con ojos entrecerrados.

—Solo hablas mierda —me espetó.

—¿Quieres que muera un niño de siete años? —preguntó Em, con voz helada—. ¿No te basta con dos mujeres, ahora quieres también llevarte a un niño por delante? ¡Eso sí que es un hombre!

Hunter suspiró.

—¿Es que nunca vas a cerrar la boca? —le dijo a Em y sacó un teléfono móvil de su bolsillo, uno de esos baratos que se venden en los bazares. Tecleó sin quitarnos ojo de encima y conectó el altavoz.

 251

—¿Sí? —dijo la voz de Ruger, llena de tensión contenida. Hunter me hizo una señal con la cabeza.

—Soy Sophie —dije rápidamente—. Estoy con Em y con Hunter. Ellos también están escuchando.

Hunter me miró, desconfiado, y cortó la llamada.

—Nada de putos juegos —dijo—. Se acabó.

Asentí con la cabeza y volví a meterme el hielo en la boca. Al menos Ruger ya sabía que estaba viva. Había decidido que no quería volver a tener nada que ver con él, pero ya que me había metido en aquel lío, podía hacer algo para sacarme de él antes de que le mandara a tomar viento definitivamente...

—Ahora habla con tu padre —le dijo Hunter a Em mientras marcaba de nuevo—. Sé buena chica, Emmy Lou ¿o necesitas otra lección?

Em se ruborizó y miró hacia otro lado, mientras yo alzaba las cejas, sorprendida. Oímos el tono de la llamada y después contestaron.

—Picnic —dijo la voz del padre de Em, fría como el hielo.

—Eh, papá —dijo Em—, estamos bien por ahora.

—¿Qué coño pasa con Sophie? —preguntó Picnic—. Ruger dice que no podía hablar bien.

—Se ha mordido la lengua —dijo Em—. No os preocupéis, se encuentra bien, pero tenéis que sacarnos de aquí.

—Lo sabemos, nena —respondió, con voz algo más suave—. Estamos en ello.

—Ya es suficiente, chicas —dijo Hunter y acto seguido desconectó el altavoz, se pegó el teléfono a la oreja y salió de la habitación.

Em se arrimó a mí, alzó el brazo que tenía libre y me lo colocó sobre los hombros. Me apoyé en ella, aliviada de que al menos nos tuviéramos la una a la otra. La hinchazón de la lengua se había reducido, menudo alivio.

—Tenemos que salir de aquí por nuestros medios —dijo Em—. Como dije antes, Toke es un fugitivo y se encuentra en paradero desconocido. Después de cortarme, era imposible que arreglara las cosas con mi padre. Si pudieran atraparlo, lo habrían hecho.

—¿Y cómo vamos a hacerlo? —pregunté, dando vueltas a lo poco que quedaba ya del hielo en mi boca.

—Como te dije, hay que esperar a que uno de ellos se quede solo por aquí —dijo Em—. Tarde o temprano tendrán que salir a comprar comida o algo. Entonces nos moveremos. Lo he pensado mucho y atacarles

directamente es demasiado peligroso, a menos que tengas habilidades secretas tipo *ninja* que yo no conozca. Por cierto, muy buen trabajo con todo el lío ese de escupir sangre. Estoy impresionada.

—Todos tenemos que hacer nuestra parte —respondí, ciertamente satisfecha conmigo misma—. A ti tampoco se te da nada mal lo de quitarle la cartera a la gente.

—De alguna manera tenía que pagarme la universidad —respondió—. No creo en los créditos estudiantiles.

—Estás como una cabra —comenté.

—Probablemente —replicó ella con una sonrisa—, pero todo lo que tengo está pagado y no le debo nada a nadie.

—Sí, yo también —respondí—. No he podido conseguir una tarjeta de crédito en toda mi vida. Al parecer las madres solteras son consideradas de alto riesgo.

—Hablando de tarjetas, tengo la de Hunter —dijo Em, sonriendo de oreja a oreja—. Se la quité cuando estabas hablando con Ruger. No sé si nos servirá para algo, pero es mejor que nada.

Me puse seria.

—Bueno, lo primero, es mejor que dejes de robarle cosas —dije—, o se va a dar cuenta. Casi te pilló cuando le quitaste la navaja.

—Sí, seguramente tienes razón —respondió ella, con un suspiro—. Bueno, esto es lo que pienso. Lo mejor será que nos separemos, así habrá más probabilidades de que una de nosotras pueda escapar y pedir ayuda. Esperaremos a que uno de los dos se vaya y después yo iré a la puerta principal de la casa y tú a la parte de atrás. Sea quien sea el que se quede aquí, no podrá darnos caza a las dos a la vez. Demonio, igual hasta tenemos suerte y nos podemos ir las dos sin que se dé cuenta.

—¿Y si Hunter y Skid no son los únicos aquí? —objeté.

—Bueno, en ese caso creo que nos atraparán de nuevo —contestó Em, con tono serio—. Es un riesgo, porque seguramente nos castigarán. Esto no es un juego, pero no podemos quedarnos aquí esperando a ver si todo esto se resuelve. Si somos realistas, no va a ser fácil que los chicos del club nos encuentren.

—Pensaba que habías dicho que Hunter no te haría daño —le dije.

—Y así lo creo, pero Skid es diferente —respondió ella—. Mi padre nos encontrará, tarde o temprano, pero mejor si estamos vivas por entonces. No quiero acabar tirada en una zanja solo porque Toke es un idiota.

Contuve la respiración.

—Yo tampoco quiero acabar tirada en una zanja —dije.

—Entonces no permitiremos que nos atrapen —replicó Em, con una sonrisa—. Debería ser sencillo ¿no?

—¿He mencionado que estás como una cabra? —le dije.

—Lo heredé de mi padre —respondió Em.

Capítulo 14

Ruger

—**M**e gustaría poder decirte algo más —dijo Kimber. Parecía un mapache, con los ojos rodeados por el maquillaje oscuro que se le había corrido con las lágrimas. Estaba sentada junto a una mesa del arsenal, obviamente agotada por todo lo vivido aquella larga noche. Ruger aún no podía creer que hubiera jodido con aquella mujer. Y a propósito.

Cierto que tenía buen cuerpo, pero comparada con Sophie no era nada. Ni siquiera la detectaba el radar de su miembro.

—Lo hiciste lo mejor que pudiste —dijo Horse. Les había llevado cierto tiempo localizarla, porque se había lanzado como loca a buscar a Sophie y a Em. La encontraron en una esquina del Mick's, donde retenía a cuatro hombres con un bote de gas pimienta en una mano y su teléfono móvil en la otra. Les había estado grabando, exigiéndoles que le dijeran «todo lo que sabían».

Suerte que no llevaba una pistola.

—Lo intenté —respondió Kimber—. Nunca debería haberla dejado entrar sola. Todo el plan fue una completa estupidez. Nunca sabréis cómo lo siento. Espero que me creáis.

Picnic gruñó, obviamente nada impresionado, pero consiguió mantener la boca cerrada.

—Es mejor que no estuvieras con ella —intervino Bam Bam, con voz tranquilizadora—. Si hubiera sido así, ahora tendríamos tres rehenes en lugar de dos. No solo eso, como no eres de los nuestros, podrían haberte considerado peso muerto. Así es mejor.

—¿Podrás encargarte de Noah hasta que todo esto haya terminado? —preguntó Ruger.

—Sí —respondió ella, mirándole a los ojos—. Lo cuidaré como si fuera hijo mío. No tienes que preocuparte de eso.

—De acuerdo —respondió Ruger—. Me pasaré a hacerle una visita, si puedo, pero tengo que concentrarme en encontrar a Sophie. ¿Necesitas una pistola?

—Ya tengo una —respondió la mujer con voz sombría.

—Te acompaño fuera —dijo Painter con expresión fría. Algo en él había cambiado, observó Ruger. Siempre había sido un buen tipo, pero aquella mañana se le veía de otra manera, como más decidido. Tal vez la nueva situación le motivaría a centrarse y a agarrar el toro por los cuernos. Ruger siempre había asumido que Painter y Em acabarían juntos. Era obvio que ella se había cansado de esperar. Mierda con las putas citas por Internet. No se enteraban ni aunque les pintaran un cartel de peligro con letras rojas en la frente.

El propio Ruger veía las cosas muy claras ahora. Necesitaba que Sophie regresara sana y salva. La necesitaba más que a su propia vida. No quería saber una mierda de ninguna otra mujer. Si se hubiera aclarado antes las ideas, nada de todo aquello habría ocurrido, porque Sophie habría estado a salvo en su casa, metida en su cama.

En cuanto la trajera de vuelta, no volvería a dejarla marchar.

Nunca más.

¿Quería compromiso? Pues se tatuaría su puto nombre en la frente si era necesario. Haría lo que fuera para mantenerla a salvo.

—¿Alguna noticia de los chicos de Portland? —preguntó Duck.

—Hasta ahora nada —respondió Picnic—. Creen que Toke puede haberse llevado al Jack, un tal Clutch, fuera de la costa. Lo están buscando, pero no tienen muchas pistas.

—¿Cómo está el que se llevó el tiro? —preguntó de nuevo Duck.

—Estable, pero en estado crítico, o lo que coño quiera que signifique eso —dijo Pic—. Supongo que es algo como para dar las gracias. Bueno, vamos a ponernos las pilas. Tenemos dos horas antes de nuestra cita con Hunter. ¿Alguna idea?

—Dejad que yo me encargue de esto —propuso Duck, cruzándose de brazos—. Tú estás demasiado implicado y eso quiere decir que la cabeza no te funciona bien. Ruger y tú deberíais quedaros aquí.

—Ni de puta coña —respondió Picnic, sacudiendo la cabeza—. Soy el presidente. Esto es cosa mía.

—Pero eres padre y estás que explotas —repuso Duck—. Si te metes en esto y la cagas, tu niña morirá. ¿De verdad crees que puedes mirar a ese cabrón a los ojos y mantener la calma? Yo no lo creo. Piensa un poco y deja que sea yo el que lleve este asunto. Si no quieres que sea yo, pues que sea Horse o Bam Bam. Por algo somos tus hermanos. Debemos cubrirnos las espaldas unos a otros cuando es necesario.

Picnic sacudió de nuevo la cabeza, con expresión tensa, y empezó a llenar de balas varios cargadores de reserva para su pistola, que había estado probando anteriormente. Ruger sabía que Picnic planeaba matar a Hunter con aquella pistola, ya que habían pasado casi una hora juntos escogiendo el arma adecuada para la tarea.

Algo indetectable, con un calibre lo suficientemente pequeño como para no acabar con la vida del hijo de perra demasiado rápido.

—Ruger, tú también tienes que quedarte —dijo Horse. Ruger lo miró fijamente y sacudió la cabeza.

—No —respondió—, voy a ir. Es innegociable. No necesito llevar la voz cantante, pero estaré allí.

Horse y Duck intercambiaron miradas.

—De acuerdo, nuevo plan —dijo Duck—. Venís, pero me dejáis hablar a mí. No podemos dejar que os haga perder la cabeza. Si os provoca y hacéis una estupidez, él habrá ganado ¿me habéis entendido?

—Entendido —dijo Picnic—, pero recuerda bien una cosa: al final, es mío.

—Nuestros —corrigió Ruger—. Él y su amigo.

—¿Y qué hay de Toke? —intervino Bam Bam—. ¿Alguna idea?

—Que responda ante los hermanos —dijo Horse—. Votamos, tomamos una decisión para el club y él decidió no hacer ni caso. El cabrón tiene que pagar por ello.

Sophie

—Va a reunirse con mi padre —dijo Em por fin.

Hunter se la había llevado y la había traído de vuelta a la habitación hacía como diez minutos. Había estado fuera con él durante lo que me pareció una eternidad, aunque probablemente no había sido más de una hora. Después de volver, Em había permanecido en silencio durante un buen rato. Ahora se encontraba tumbada en la cama junto a mí, con la muñeca izquierda esposada al cabecero —y yo con la derecha.

—¿Para qué? —pregunté.

—Creo que está tratando de salvar la situación —respondió Em—. Me da que le importo de veras, Soph.

La miré con ojos muy abiertos.

—¿Lo dices en serio? —pregunté—. Quiere follarte. Es un hombre y tú eres una chica muy *sexy*, de eso me doy cuenta, pero un hombre a quien le importa una mujer no la secuestra, Em.

—Bueno, pregúntale a Marie lo que piensa de eso —respondió ella, visiblemente incómoda—. Horse la secuestró y ahora van a casarse.

Ante aquella respuesta me quedé callada durante un minuto.

—¿Tal vez deberías contarme el resto de la historia? —le pregunté por fin.

—No te haría sentir mejor —repuso Em.

En aquel momento oímos el ruido de una moto que arrancaba junto a la casa y después se alejaba.

—Ese era Hunter —dijo Em—. Si me voy y mi padre se entera de que estoy a salvo, le matará sin ninguna duda.

—No digas eso —respondí—. No saques conclusiones ni te comas la cabeza. Ese tipo es peligroso y acabaremos mal si seguimos aquí. Vamos a largarnos. De hecho, vamos a largarnos muy pronto.

—Lo sé —repuso ella—. Solo digo que me gustaría...

—No quiero oírlo —le corté.

Le dimos una hora, o al menos calculamos que fue en torno a una hora. Queríamos asegurarnos de que Hunter estaría lejos cuando intentáramos la huida. Em sacó la navaja multiusos y abrió un pequeño destornillador plano. Cinco minutos después nos habíamos liberado de las esposas y mirábamos por turnos a través de la ventana. Hunter había dicho la verdad. Aparentemente estábamos en medio de la nada, rodeados por campos llenos de arbustos y algunos pinos dispersos.

Fuera solo se veía la camioneta —no había ninguna otra moto—. Con un poco de suerte, eso significaría que solo tendríamos que

vérnoslas con Skid. Lo malo era que no había mucho sitio donde ocultarse.

—Si sale a perseguirnos, no tendremos muchas posibilidades —comenté, con voz sombría.

—No saldrá a perseguirnos —repuso Em—. Esto es lo que vamos a hacer. Para empezar, bajaremos en silencio a la primera planta. En cuanto le localicemos, nos vamos a extremos opuestos de la casa. Desde aquí puedo ver una puerta trasera.

—¿Y si nos ve? —objeté.

—Aquella a quien vea tendrá que entretenerlo el tiempo suficiente para que la otra escape —dijo Em—. Cueste lo que cueste. Yo seré la que se sitúe más cerca de él.

—¿Por qué? —le pregunté, sorprendida—. No es que desee más riesgo de lo necesario, pero...

—Porque tienes un hijo —cortó ella—. Descontando todo lo demás, Noah te necesita y a mí no me necesita nadie.

—¿Cómo que no? —repliqué—. Tu familia y, por supuesto, todo el club te necesita.

—Sabes que tengo razón —zanjó ella—. No trates de ser una heroína o algo parecido. Si solo una de las dos puede salir, tienes que ser tú. No discutamos sobre esto ¿de acuerdo?

Respiré hondo y después asentí con la cabeza, porque sabía que estaba en lo cierto. Noah era más importante que todos los demás juntos.

—De acuerdo, pero prométeme una cosa —le dije—. Tienes que hacer todo lo posible para escapar. No te dejes atrapar, o algo así, solo porque quieres mantener a Hunter a salvo.

Em miró hacia fuera por la ventana y durante un momento creí que trataría de llevarme la contraria. ¿Hasta qué punto podía haberle comido la cabeza aquel motero?

—Hablo en serio —le advertí—. Como no me prometas ahora mismo que harás todo lo que puedas para escapar, empiezo a gritar y le digo que tenemos el cuchillo.

—Haré todo lo que pueda —dijo ella—. Si escapamos, siempre podemos dar a Hunter tiempo suficiente para que regrese antes de llamar a mi padre. No es una cuestión de todo o nada. No soy estúpida.

No respondí nada. Desde luego, si yo escapaba y conseguía un teléfono, podían freír a Hunter por lo que a mí respectaba.

—Supongo que el mejor momento es ahora ¿no? —dije por fin.

—¿Por qué no? —respondió ella—. Llevaré yo el cuchillo, a menos que sepas cómo utilizarlo.

—¿Quieres decir para pelear? —inquirí, sorprendida, y ella asintió con la cabeza—. No, no me dieron clases de combate con cuchillo en el colegio. Guárdalo tú.

—De acuerdo, adelante entonces —dijo Em, con voz muy tipo Arnold Schwarzenegger. Por desgracia, yo necesitaba mucho más que una tonta imitación para darme ánimos de *Terminator*. Chocamos los puños, abrimos la puerta y avanzamos de puntillas. Yo temía que el suelo crujiera bajo nuestros pies, pero por suerte parecía bastante sólido. Desde abajo nos llegaba el sonido de algún videojuego en la televisión.

—Yo bajo primero —susurró Em— y te hago la señal. Estate preparada para salir zumbando en cualquier dirección, dependiendo de dónde le vea. Si señalo de vuelta al dormitorio, te vuelves a la cama y te colocas las esposas ¿de acuerdo? Solo tenemos una oportunidad, así que no la jodas. Cuento contigo para traer ayuda, si tengo que quedarme aquí a distraerle.

—Lo haré —le respondí y rogué para mis adentros que fuera verdad—, pero huyamos las dos ¿de acuerdo?

—Ah, una cosa más y es importante —recordó ella.

—¿Qué? —dije.

—Si encuentras un teléfono, llama a mi padre o a Ruger, no a la policía —respondió.

La miré fijamente.

—¿Es que me tomas el pelo? —dije, por fin.

—No, para nada —respondió ella, muy seria—. Esto es asunto del club. Si metemos a la policía, todo irá mucho peor, te lo aseguro.

—Ni hablar —repliqué—. Si salgo de aquí, voy a llamar al 911 en cuanto tenga ocasión.

—Entonces no vamos a ninguna parte —repuso Em y la miré con ojos como platos.

—¿Lo dices en serio? —inquirí.

—Totalmente —confirmó ella—. Si llamas a la policía, mi padre o Ruger pueden acabar en la cárcel antes de que esto termine.

—¿Pero por qué lo piensas? —le dije.

—¿Crees que bromeaba cuando dije que mi padre mataría a Hunter? —dijo ella—. Esto no es un juego. Voy a intentar convencerle de

que no lo haga. Espero que no ocurra, pero si es Hunter el que va a la cárcel, eso no le salvará y si mi padre lo manda liquidar, no quiero perderle a él también.

—Dios —murmuré, impactada—. No sé qué decir.

—Di que no llamarás a la policía —respondió Em—. Si tienes oportunidad de hacer una llamada, eso querrá decir que tú ya estás a salvo. Creo que tengo derecho a decidir la cuestión, entonces.

Pensé durante un segundo sobre lo que acababa de oír.

—De acuerdo —susurré por fin. No me gustaba, pero lo haría.

Em asintió con la cabeza y comenzó a descender las escaleras, muy lentamente. Aquella era la parte más complicada, porque teníamos que atravesar la sala de estar para dirigirnos a otras partes de la casa. Probablemente Skid estaba ahí, porque era de donde venía el ruido de la televisión. Traté de recordar cómo era la distribución de la casa, que habíamos visto brevemente al entrar. Él estaría sentado de espaldas y yo no recordaba haber visto ningún espejo en las paredes.

Solo un poquito de suerte y estaríamos fuera.

Em me miró, se puso un dedo en los labios y me indicó que me agachara. Bajé escalón a escalón, tratando de no hacer el menor ruido, pero avanzando con rapidez, para no perder nuestra oportunidad. Skid apareció ante nuestra vista en cuanto alcancé el final de la escalera. Efectivamente, estaba sentado en el sofá, de espaldas a nosotras, enfrascado en un videojuego que implicaba disparar a cosas.

Por suerte para nosotras, también parecía implicar que volaran cosas por los aires, ya que emitía ruidos muy potentes.

Em me tocó la mano y la miré. Señaló su propio pecho y después a la puerta principal. Después me señaló a mí y, a continuación, hacia la parte posterior de la casa. Después alzó tres dedos y los fue doblando por turno, uno, dos y... adelante.

Dejando atrás a Em, me dirigí rápida pero silenciosamente hacia el lugar que me correspondía. Pasé junto a la puerta de la sala, entré en la cocina y localicé rápidamente la puerta trasera. Estaba cerrada, claro, pero me bastó con abrir el cerrojo. No era de seguridad, ni nada parecido.

No habían planeado en realidad secuestrarnos, eso estaba claro. Hasta yo sabía que los secuestradores preparan un lugar para mantener a sus rehenes a buen recaudo.

Mejor que mejor.

261

Abrí la puerta y oí que Skid gritaba detrás de mí. Después oír gritar a Em y un fuerte ruido de algo que se rompía. Salí corriendo a toda velocidad y rodeé la casa hacia la fachada principal, donde suponía que se encontraba la carretera. Enseguida descubrí la pista de grava por la que habíamos llegado y decidí seguirla. Esperaba disparos o el ruido de un vehículo en cualquier momento, pero lo único que llegaba a mis oídos eran mis jadeos y el golpeteo de mis propios pasos. El corazón me golpeaba con fuerza en el pecho y mi cerebro parecía haberse cerrado a cualquier idea que no fuera escapar de allí lo más rápidamente que me fuera posible. ¿Mataría Skid a Em? Corrí con todas mis fuerzas, impulsada por la adrenalina.

Entonces oí un disparo.

Joder.

Ruger

Hunter había organizado el encuentro en Spirit Lake, pero a mitad de camino Ruger recibió un mensaje de texto que decía que la nueva ubicación era Rathdrum. El miembro de los Devil's Jacks los esperaba en un bar en el que un cartel de NO COLORS advertía claramente de la prohibición de llevar distintivos de bandas, incluidas las de moteros, así que los Reapers se vieron obligados a despojarse de sus chalecos antes de entrar.

«Gilipollas», pensó Ruger. Las tachuelas, en cambio, sí que se permitían en ese local.

Al entrar vieron a Hunter al fondo del bar, con un vaso de cerveza entre las manos. Picnic avanzó, pero Bam Bam le agarró por el brazo.

—No lo hagas —le susurró, mientras Duck tomaba la delantera.

—Lo estáis haciendo bien, chicos —les dijo Hunter mientras se sentaban y Ruger se dio cuenta de que no estaba ni la mitad de tranquilo de lo que quería aparentar. Su mirada era de hielo y tenía el aspecto de una fiera preparada para atacar, lo que intranquilizó a Ruger. En tal estado, un hombre era imprevisible.

—Y todo irá bien si cumplís vuestra parte —prosiguió—. Bueno ¿cómo vamos, entonces? ¿Tenéis noticias sobre nuestro hombre?

—No tenemos una mierda —respondió Duck, con voz tranquila—. Esto es lo que tienes que saber. Toke...

—Toke cortó a Em con un cuchillo —interrumpió Hunter—. Vi la herida. El tipo está fuera de control y no solo con nosotros ¿cierto?

—¿Cómo es que viste eso? —inquirió Picnic—. ¿Por qué mierdas estaba sin camisa?

—¡Cállate! —replicó Hunter y Picnic se levantó, pero Horse lo agarró y le obligó a sentarse de nuevo.

—Ahora no, Pic —le dijo—. Contrólate.

—¿Por qué no tenía puesta la blusa? —insistió Picnic y Ruger sintió que la furia comenzaba a apoderarse de él también, pero mantuvo la boca cerrada.

—Creo que sería mejor preguntar por qué la cortaron en primer lugar —respondió Hunter, con voz llena de cólera acumulada—, o tal vez por qué se reunió en un bar con un desconocido sin ningún tipo de supervisión. La has jodido, viejo, y ahora ella está en mi poder. De todos modos, parece que necesita a alguien que la proteja como es debido.

«Que me jodan si este no siente algo por Em», pensó Ruger para sus adentros, sorprendido.

—Bueno, volvamos al principio —dijo Duck, con tono suave y que dejaba presagiar peligro, ya que aquello no era en absoluto propio de él. Tenía fama de perro ladrador y poco mordedor, pero aquella crisis parecía haber despertado en él una faceta desconocida, mucho más calculadora. Ruger se había hartado de oír sus historias de cuando era combatiente en Vietnam, de las patrullas en medio de la jungla y sus misiones tras las líneas enemigas y siempre había pensado que casi todo era basura.

Ahora no estaba tan seguro.

—No podemos darte lo que quieres —le dijo Duck a Hunter—. Créeme, nos gustaría. Hemos estado buscándole sin parar toda la semana y esta mierda va contra todo nuestro club. Votamos a favor de la tregua y se tomó la decisión. Toke tendrá que responder por lo que ha hecho, pero no la toméis con dos chicas inocentes para obligarnos a hacer algo imposible. Te garantizo que si cualquiera de ellas sufre el menor rasguño, estás muerto ¿me has entendido?

Hunter se reclinó en su silla y observó a los Reapers, uno por uno.

—¿De verdad esperáis que crea que no podéis encontrar a vuestro hombre? —dijo, interrogándoles con un movimiento de cabeza—. Parece que los Reapers tienen problemas, entonces.

—Puede ser —respondió Horse—, pero es un hecho, no podemos decirte dónde está Toke. No puedo hacer que lo creas, pero les hagas

 263

lo que les hagas a Em y a Sophie, no va a cambiar la realidad. Nuestros chicos han estado buscándole toda la semana.

—Déjame adivinar —dijo Hunter, con expresión sarcástica—. ¿Sus hermanos de Portland? ¿Deke? Me imagino que estarán tapándole bien el culo.

—No solo Deke —respondió Horse—, aunque te aseguro que él quiere agarrar a Toke tanto como tú. Esto no solo tiene que ver contigo. Él rompió un pacto. Votamos a favor de una tregua.

—En serio, Hunter —dijo Ruger con tono tranquilo, aunque lo poseía el deseo de saltar por encima de la mesa y arrancarle el corazón al hijo de perra—, no sabemos una mierda del paradero de Toke. Creo que te das cuenta de que vamos a ir a la guerra. Toke está fuera de control y todos lo sabemos. Le pase lo que le pase, él será el único responsable, pero lo de llevaros a nuestras chicas... eso es diferente. Cuando vayamos a por vosotros, iremos todos, hasta el último miembro del puto club.

—Em y Sophie están bien —replicó él— y os prometo que así seguirán, al menos por el momento. Pero no volverán con vosotros.

—¿Y si nos entregáis a una? —intervino Duck—. Sophie tiene un hijo. Dejadla ir.

Picnic se puso rígido, pero mantuvo la boca cerrada. Aquello no formaba parte del plan, pero Ruger se dio cuenta de lo que pretendía Duck. Una era mejor que ninguna y, si Hunter sentía algo por Em, podría sentirse motivado para protegerla. No solo eso. A la propia Em le alegraría mucho que Sophie pudiera volver junto a Noah. Ruger miró de nuevo a Pic y vio comprensión en su mirada.

Joder... ni siquiera podía imaginar lo que estaba teniendo que vivir Picnic en aquellos momentos. Ya era bastante malo que hubieran secuestrado a Sophie. Si se hubieran llevado también a Noah, se le habría ido la cabeza y no habría tardado ni un segundo en acribillar a balazos a Hunter allí mismo.

—¿Qué me daríais si la dejara ir? —preguntó Hunter—. Quiero tener algo que ofrecerle a mi club.

—¿Qué tal un rehén? —propuso de pronto Painter—. Toke tiene a uno de vuestros hermanos ¿cierto? Pues os lleváis a uno de los nuestros y liberáis a las dos chicas.

Hunter dejó escapar una risa breve.

—Que te jodan —dijo—. Ninguno de vuestros feos culos vale una mierda para mí. Si queremos a un Reaper, atraparemos a uno de los de Portland cuando nos dé la gana.

Hunter hizo una breve pausa y después se inclinó hacia delante, con mirada intensa.

—Quiero la paz —dijo—. A pesar de lo que ha ocurrido, sigo queriendo la paz. Nada ha cambiado en nuestra situación. Si me decís que Toke está fuera de control, dadme algo para mi club y tal vez aún podamos salvar la tregua.

Dicho esto, sacó del bolsillo su teléfono móvil y lo observó.

—Vuelvo en cinco minutos —dijo y se retiró con el aparato pegado a la oreja.

—Estamos perdiendo el tiempo —dijo Picnic—. Deke tenía razón, no tiene sentido tratar de hacer las paces con estos sacos de mierda.

Ruger asintió con la cabeza y oyó murmullos de asentimiento a su alrededor. El club tenía que volver a evaluar su decisión, eso estaba claro. Toke no tenía ninguna justificación por haberse rebelado, pero Ruger entendía sus motivaciones.

Hunter colgó la llamada y regresó a la mesa, pero el teléfono volvió a sonar y contestó de nuevo. No dijo nada, se limitó a escuchar con rostro inexpresivo, pero Ruger captó algo salvaje en sus ojos. Finalmente colgó de nuevo y miró a los Reapers.

—Buenas y malas noticias —dijo lentamente. Ruger sintió que sus músculos se tensaban

—¿Qué significa eso? —dijo Duck.

—Clutch está vivo —respondió Hunter—, al menos por ahora. No tenemos mucha información sobre él, pero se lo han llevado al hospital. Esa es la buena noticia.

—¿Y la mala? —preguntó Picnic.

—Ha sido la poli la que lo ha encontrado y también a Toke —dijo—. Alguien oyó algo y les llamó. Atraparon a Toke en un hotel. Tenía a nuestro hombre amarrado en el baño. Las chicas que estaban en nuestra casa cuando nos atacó están cooperando con la policía, así que tienen testigos. Van a dejar a Toke bajo custodia protegida, fuera de nuestro alcance por el momento. Nuestros hermanos no estarán muy contentos.

—¿Vais a soltar a Em y a Sophie? —rugió Ruger.

La pregunta quedó en el aire durante unos instantes de gran tensión, mientras Hunter se reclinaba de nuevo en su silla y tomaba un sorbo de su cerveza, con rostro inexpresivo.

—Sí —dijo por fin—. Voy a hacerlo para demostrar que vamos en serio con lo de la tregua. La situación de Toke aún no se ha resuelto, pero estoy dispuesto a aceptar que no actuó en representación de los Reapers. Esto lo sacamos de la ecuación.

Ruger sintió cierto alivio por primera vez desde que había recibido la primera llamada angustiada de Sophie.

—¿Cuándo? —preguntó Picnic.

—Pronto —fue la respuesta—, aunque antes quiero asegurarme de salir de aquí con vida. Supongo que entendéis mi preocupación ¿verdad?

Duck lanzó un gruñido que era casi una risa.

—Sí, yo también estaría preocupado en tu lugar —dijo—. No olvidaremos esto. No sé si la tregua va a aguantar después de esta pequeña aventura.

—Yo tampoco —admitió Hunter—, pero voy a hacer lo que pueda y espero que vosotros también. Skid dejará salir a las chicas en cuanto se lo diga, pero eso no va a ocurrir hasta que me sienta seguro. Si me seguís, vuestras chicas estarán encerradas más tiempo.

—Entendido —dijo Picnic—. Date prisa.

—Una cosa más sobre la situación con Toke —intervino Duck—. ¿Podréis controlar a esos testigos? Nos gustaría manejar el asunto dentro del club, siempre que sea posible.

Hunter se encogió de hombros.

—Veremos lo que pasa —dijo.

—Bien —respondió Duck—, pero más vale que Em y Sophie no sufran ningún daño ¿me has entendido? En caso contrario, yo mismo te despellejaré vivo y usaré tu piel para forrar las lámparas del arsenal.

Sophie

A veces el cerebro te dice que hagas algo y sabes que es un error.

Al oír el disparo de la pistola de Skid, mi cerebro me dijo que corriera más deprisa y que siguiera el plan de Em como una buena chica. Se suponía que tenía que salir de allí a toda velocidad e ir a buscar ayuda. Volver no era parte del plan. Mi hijo me necesitaba. Nos habíamos puesto de acuerdo en eso.

No solo eso. Salvar a Em era tarea para Ruger y Picnic.

Aquella no era mi responsabilidad.

Sin embargo, de alguna manera sabía —en mi alma y en mis entrañas— que si continuaba corriendo, Skid mataría a Em. Quizá ya la había matado.

No podía abandonarla.

Me detuve, di la vuelta y corrí hacia la casa. Me acerqué con precaución y me situé bajo una ventana lateral, que daba al lado de la sala de estar. Escuché durante unos segundos y oí la voz de Skid y después la de Em, que le contestaba con tono suplicante. Supuse que él debía de estar distraído, así que aproveché para asomarme por la ventana.

Em estaba tumbada en el suelo y se agarraba con fuerza la pierna izquierda. Entre los dedos le chorreaba el rojo brillante de su sangre. Skid estaba junto a ella y la apuntaba con su pistola, con cara de pocos amigos. Sin duda estaba deseando volver a apretar el gatillo.

Joder.

Miré a mi alrededor, frenética, tratado de idear un plan. Tenía que detenerlo y tenía que hacerlo de manera que nadie resultara muerto. Volví sobre mis pasos hasta llegar al porche de la fachada principal, donde había una mesita y dos sillas de madera. Me asomé a la ventana para tratar de averiguar qué estaba ocurriendo, pero las cortinas estaban echadas.

Entonces oí gritar a Em.

No había tiempo.

Agarré una de las sillas, contenta de comprobar que era de madera sólida y bastante pesada. Llamé al timbre y me quedé junto a la puerta, con la silla preparada.

—¿Quién anda ahí? —dijo Skid.

Me quedé inmóvil. Quiero decir... ¿qué demonios se supone que debía hacer? ¿Decirle «ven, sal fuera por favor, para que pueda darte un golpe con la silla»? Apreté de nuevo el timbre con el codo, ya que tenía las manos ocupadas. Los músculos de los brazos me ardían por el esfuerzo de sujetar la silla en vilo. Abre ya, hijo de perra, pensé.

—¡Que te jodan! —oí de pronto gritar a Skid. Em debía de haber hecho algo para distraerle, ya que oí cómo un objeto se rompía. Llamé al timbre otras cinco o seis veces con el codo, como haría un niño pesado.

Skid abrió la puerta de par en par y le golpeé con la silla, que le alcanzó de lleno en la cara. El motero se tambaleó y se le disparó la pistola, por fortuna sin alcanzarme. Ignoré el silbido atronador en mis oídos y le asesté un nuevo golpe con la silla. Skid se estremeció y después se lanzó contra mí, con sangre manándole de su nariz rota. Grité al tiempo que él agarraba la silla por las patas, me la arrebataba y la levantaba, listo para golpear.

Entonces Em apareció por la puerta.

Mi amiga se lanzó contra su secuestrador como un hurón rabioso. Agarró a Skid por el cuello y le atacó a mordiscos, arañazos y patadas. El motero se echó hacia delante y yo me uní al combate, agarrando la segunda silla y golpeándole en las rodillas. Skid lanzó un fuerte grito y cayó del porche sobre la tierra, con Em agarrada a su espalda. Yo salté detrás y aterricé sobre la entrepierna de Skid, contra la que lancé una lluvia de patadas. Con suerte no quedaría ningún pequeño Skid con vida para seguir adelante con el legado de la familia...

El hombre no paraba de chillar como un cochino al que estuvieran sacrificando.

¿Y Em? No hubiera podido decir si lloraba o reía.

Diez minutos más tarde, acabábamos de amarrar al maltrecho Skid a uno de los pilares del porche. Se había desmayado del dolor. Eso no estaba nada mal, dado que no sentía ningún deseo de toparme con sus ojos malévolos ni de escuchar ninguna de las estupideces que pudiera decir.

Me senté en una de las sillas, con la pistola de Skid apoyada cuidadosamente en mi pierna —y montada, lista para disparar—. No quería matarlo, pero estaba dispuesta a hacerlo, si era necesario. No lo dudaba ni por un segundo.

Em salió cojeando de la casa, con la pierna envuelta en trozos de la sábana de nuestro dormitorio. Por suerte la bala solo le había rozado el muslo, pero estaba aún muy pálida y tenía el rostro crispado por el dolor.

A pesar de todo, se las arregló para esbozar una media sonrisa y exhibió triunfalmente un teléfono móvil.

—El gilipollas tiene instalado Google Maps —dijo—. Ya sé exactamente dónde estamos. Voy a llamar a mi padre para que venga a buscarnos.

Llamó.

—Hola, papá —dijo—. Soy yo. Estamos bien, pero no vendría mal que nos vinierais a buscar.

Miró a Skid fugazmente, mientras la voz de Picnic se dejaba oír a través del teléfono.

—No, todo va bien —respondió Em a su padre—, pero creo que es mejor que traigáis la furgoneta. Creo que nos va a hacer falta un poco de espacio.

Indicó nuestra dirección y colgó.

—Estarán aquí en unos veinte minutos —anunció—. Parecían muy contentos de oírnos.

—¿Estaba Hunter con ellos? —pregunté y al segundo lamenté haberlo hecho. ¿Quería realmente oír la respuesta? Em tragó saliva y miró hacia otro lado.

—No —respondió—. La reunión ya ha acabado, creo que hace solo cinco minutos. Ha tenido suerte.

Alcé una ceja, pero mantuve la boca cerrada. Em arrojó el teléfono al suelo y después lo pisoteó. Oí con claridad el crujido del plástico y el cristal al romperse.

—¿Qué demonios haces? —le pregunté, sorprendida.

—El GPS —respondió—. No quiero que los Devil's Jacks puedan rastrearnos con él y no podemos dejarlo aquí.

—¿Y si nos hace falta de nuevo? —objeté.

—No nos hará falta —respondió ella—. Mi padre y Ruger nos encontrarán, no te preocupes. Mañana será como si nada de esto hubiera ocurrido. La verdad es que no quiero hablar de ello ni tampoco pensar en ello ¿de acuerdo?

—De acuerdo —respondí, estrechando la mirada. Em agarró la segunda silla y se sentó junto a mí.

—¿Quieres que sujete la pistola un rato? —me dijo.

—Gracias —le dije y se la entregué. El arma era sorprendentemente pesada y, después de unos cuantos minutos, había empezado a sentir la mano acalambrada. Abrí y cerré los dedos, con la mirada perdida en la larga pista de grava y en los árboles que se extendían más allá.

—No te ofendas, te lo ruego, pero ha sido la peor salida nocturna de la historia —dije.

Em lanzó una breve carcajada, sorprendida.

—¿Tú crees? —dijo.

Capítulo 15

Ruger

Los Reapers aparecieron por encima de la pequeña loma desde la que se avistaba la casa y Picnic alzó una mano para indicar a los demás que se detuvieran.

Ruger pisó el freno de su moto junto a él.

Mierda.

—Esa es mi chica —dijo Picnic, con voz llena de orgullo—. Algo he hecho bien con ella.

—Nuestras chicas —murmuró Ruger y sintió que algo se desataba en su pecho, una bola de tensión contenida de la que no había sido consciente hasta aquel momento—. Mierda, no había imaginado lo que hay dentro de ella.

Em y Sophie estaban sentadas en el porche de la casa, como dos amigas que estuvieran tomando el té tranquilamente, excepto por el hecho de que Em apuntaba una pistola contra el hombre que yacía allí con las manos amarradas a un poste y cubierto de sangre.

—¿Creéis que lo han matado? —dijo Horse.

—Espero que no —respondió Picnic—. Ya es bastante malo todo esto, como para que encima tenga que vivir con una muerte a sus espaldas. Por no mencionar el trabajo que tendríamos para limpiar todo el jodido desastre.

—Es la verdad —comentó Ruger.

—¡Soy papá! —gritó Picnic, agitando la mano—. ¡Ya estamos aquí! Em no le quitaba el ojo de encima a Skid y la pistola no se movió ni un milímetro.

—Me alegro de que estéis aquí —respondió—. ¿Nos podéis echar una mano?

—¿Es el único? —preguntó Pic.

—Hunter se marchó hace como un par de horas —respondió Em—. Solo estaban ellos dos en la casa.

Los Reapers descendieron lentamente hacia la casa. Ruger observó a Sophie con atención mientras aparcaba la moto, sin detectar ninguna lesión aparente. Parecía agotada, tenía los ojos oscuros por el maquillaje que se le había corrido alrededor, pero eso parecía ser todo. Em parecía estar peor muy pálida y con un moratón aún formándose en la mejilla. Llevaba trozos de sábana ensangrentados alrededor de la pierna.

—Quedaros donde estáis, chicas —dijo Picnic mientras aparcaba su moto. Ruger hizo lo propio y siguió a su presidente hasta llegar al lugar donde se encontraba Skid.

Se notaba que el tipo había recibido lo suyo. No se movía para nada. Ruger vio que de su nariz y boca fluía sangre y había más en el suelo, aunque no se veía bien de dónde procedía. Ruger se acercó con cuidado y se arrodilló para tomarle el pulso.

Aún estaba vivo. El pulso era débil, pero regular.

—No está muerto —dijo Ruger—. ¿Cuál es el plan?

Picnic le dio la vuelta con el pie y vieron la herida que tenía abierta en la nuca.

—Ha estado sangrando, pero no demasiado —comentó Em—. No sé si ha perdido el conocimiento por la herida de la cabeza o de la impresión. Sophie le pateó las pelotas hasta ponérselas de corbata.

Ruger sintió cómo su propia región inferior se le encogía, por reflejo, y miró a Sophie. Ella observó a los moteros, tan inexpresiva como una esfinge.

Perfectamente tranquila. Demasiado tranquila. Por la impresión, seguramente, pensó Ruger.

Picnic se acercó a su hija y le tendió la mano para que le entregara la pistola. Ella lo hizo y él le echó el brazo sobre los hombros para estrecharla contra su cuerpo.

Ruger miró de nuevo a Sophie y ella volteó la vista hacia otro lado. Entonces oyó el crujir de pasos detrás, en la pista de grava. Era Bam Bam.

—¿Qué vamos a hacer con esto? —preguntó, señalando a Skid. Ruger miró a su presidente, con la misma pregunta en los ojos. ¿Iban a liquidar definitivamente al cabrón o no?

—No delante de las chicas —dijo Picnic, que parecía haberles leído el pensamiento, mientras estrechaba fuertemente a Em entre sus brazos—. Ruger, tú y Painter encargaos de ellas, llevadlas al arsenal y llamad al médico para que las vea. Nosotros limpiaremos esto.

Em sacudió la cabeza, con aspecto tenso.

—No le matéis —pidió—. Si lo hacéis, habrá más violencia.

—Eso es cosa del club, Em —replicó Picnic con tono suave. Ella miró a Skid y después se puso de puntillas para susurrar algo al oído de su padre.

Picnic se puso rígido.

Em se retiró, con una súplica muda pintada en los ojos.

Picnic dijo no con la cabeza. Em se cruzó de brazos y dio un paso atrás. Interesante, pensó Ruger. Picnic observó a su hija con los ojos entrecerrados y ambos se sostuvieron la mirada durante un rato. Finalmente, el presidente de los Reapers suspiró.

—De acuerdo, nos lo llevamos y lo arrojaremos en algún lugar donde puedan encontrarlo —dijo—. Mira a ver si hay algo ahí para vendarlo, Bam.

Ruger miró a Skid. Si pensaba con la cabeza, era consciente de que dejarle vivir era seguramente una buena idea. Aparte de todo lo demás, Em y Sophie no necesitaban cargar con aquello a sus espaldas.

Lo que no impedía que quisiera ver muerto al hijo de puta.

Siempre podían hacerlo más adelante. Si se lo montaban bien, las chicas no tenían por qué enterarse.

Sophie

De camino a casa con Ruger, exhausta y vacía de adrenalina, no sabía cómo definir mis sentimientos. Nos habíamos separado de los demás, que habían partido en diferentes direcciones. Ruger quería que me examinara un amigo del club, que era médico, pero yo insistía en que me encontraba bien.

Y lo estaba. Físicamente, al menos.

Sin embargo, ahora que todo había terminado, estaba tan furiosa con Ruger que ardía en deseos de patear su gordo y estúpido culo por haberme metido en toda aquella mierda. Sin embargo, al mismo tiempo, deseaba que me abrazara y que me protegiera de nuevo. Vaya una ridiculez.

Jamás estaría segura cerca de él.

Lo que más deseaba, de todas formas, era volver junto a Noah. Quería abrazarlo con todas mis fuerzas y asegurarme de que nunca más volviera a ocurrir algo como lo que acababa de vivir. Por mi cabeza se pasaban planes de lo más variado, incluso cambiarme de nombre e irnos a vivir a otro estado. Sin embargo, ahora tenía un buen trabajo, que podía permitirnos salir adelante.

Lo único que necesitaba era un muro entre Ruger y yo. Tenía que trazar una línea, indicarle su lado y yo quedarme en el mío, sin volver a cruzar jamás. Si lo conseguía, todo iría bien.

Por muy furiosa que estuviera, me sentía protegida ahora mismo, sentada detrás de la moto y agarrada con fuerza a su cintura. Cada centímetro del cuerpo de Ruger era firme y sólido. Tenía la mejilla apoyada contra el cuero de su chaleco, interrumpido aquí y allá por la tela de sus parches. Su vientre estaba hecho de músculos como rocas, que apretaba con mis dedos cada vez que él se tumbaba para tomar una curva.

Por el momento —pero solo durante los siguientes veinte minutos— me permitiría tocarle y disfrutar de su presencia.

Después, cada uno iría por su lado.

Cuando finalmente aparcamos junto al granero de Elle, solté a Ruger y me aparté. No iba a permitirme a mí misma sentir tristeza.

No iba a permitirme sentir nada, en realidad.

Ruger saltó de la moto y me tomó por la mano para acompañarme hasta la puerta. Eso me gustó. Me sentía como atrapada en un sueño. Todo a mi alrededor era distante, surrealista.

—Mierda —dije, observando la cerradura—. No tengo mis llaves. Estaban en mi bolso y no tengo ni idea de qué pasó con él, ni tampoco con mi teléfono móvil.

—Tal vez encuentren tu bolso en la casa —dijo Ruger—. El teléfono dalo por perdido. Mañana te traeré otro.

Regresó a la moto, escarbó en una de las maletas adosadas y sacó un pequeño estuche de cuero negro. Cuando regresó y lo abrió, vi un juego completo de extrañas herramientas.

—Para abrir cerraduras —dijo.

—Así que esta es otra de tus actividades —comenté, con tono indiferente—. Ir por ahí forzando puertas.

Me miró y abrió la boca para responder, pero debió de ver algo en mi expresión que le hizo dulcificar la suya.

—Nena, soy cerrajero, ese era antes mi oficio —dijo, con voz amable—. Cerrajero, armero... si algo es de metal y tiene piezas pequeñas, me gusta trabajar con ello. Cuando era pequeño, me encantaba armar figuras de Lego. Ahora tengo juguetes de chico grande. Durante un tiempo me gané la vida como cerrajero de guardia. No todas mis cosas son de las que dan miedo ¿de acuerdo?

Asentí con la cabeza, pero no estaba segura de creerle.

—Bueno, lo que sea —dije. La cerradura emitió un crujido y la puerta se abrió. Todo en el interior estaba tal y como lo había dejado el día anterior. Normal. Todo normal. Podía hasta haber sido un sueño.

—Tienes que darte una buena ducha —dijo Ruger—. Llamaré a Kimber para que traiga a Noah dentro de una hora. No quiero que se asuste.

—¿Estaba preocupado por mí? —pregunté mientras me acercaba al frigorífico para beber un trago de agua. Pensé ofrecerle uno también a Ruger, pero después cambié de opinión. ¡Que le jodan! pensé. El pequeño estallido de rabia me vino bien —me hizo sentir menos indiferente.

—Estoy seguro de que sí —respondió Ruger—, aunque Kimber ha estado con él todo el tiempo. Han estado viendo pelis y esas mierdas. Hablé con él por teléfono cinco minutos esta mañana, pero no le he visto. No podía pensar más que en tu rescate.

Me volví para mirarle. Era tan grande que parecía llenar todo el espacio de mi pequeña sala de estar.

—Soph, tenemos que hablar —dijo lentamente y casi nervioso—. Necesito que me digas todo lo que ha pasado. ¿Te... hicieron daño?

Dejé escapar un gruñido.

—Oh, sí, me hicieron daño —dije, llevándome la mano a la mejilla donde tenía un moratón—. Me lanzaron a una camioneta, me ataron y me retuvieron prisionera, amenazándome con matarme por no sé que mierdas de tu club de las que no sé nada ni quiero saber. Así que sí, en efecto, esa parte fue un poco jodida, gracias por preguntar.

—¿Te violaron? —preguntó con brusquedad y negué con la cabeza. Su expresión se suavizó en cierta medida y avanzó hacia mí, pero yo alcé las manos para mantenerlo a distancia. Y se detuvo.

Límites. Hora de establecerlos.

—Ruger, hemos estado jugando a no sé que juego, pero sea lo que sea, se ha acabado —dije, con los ojos fijos en el parche del pecho, el del 1%, que me venía muy bien para recordarme por qué había ocurrido todo aquello—. Sé que he dicho esto ya antes, pero ahora todo ha cambiado. No importa lo bien que me hagas sentir o lo bueno que hayas sido conmigo. Tu club es peligroso y no quiero tener nada que ver con ninguno de vosotros. Ni Noah ni yo podemos permitírnoslo.

Ruger se quedó como paralizado.

—Entiendo por qué te sientes así, pero... —comenzó, pero le corté en seco.

—No, no lo entiendes —dije—. Tú no has pasado la noche esposado a una cama, preguntándote si iban a violarte o a matarte. No oíste a tu amiga gritar en la habitación de al lado o un disparo cuando tratabas de escapar. Podían habernos matado, Ruger, así que voy a contarte cómo van a ser las cosas a partir de ahora. Te permitiré ver a Noah una vez por semana. Todos los planes los haremos con antelación. Le mantendrás a distancia de tu club y no le hablarás de motos. No llevarás tus malditos distintivos ni harás nada que pueda suponer ningún tipo de peligro. Me llamarás para quedar y lo recogerás y lo dejarás cuándo y dónde yo diga.

La mirada de Ruger se endureció y su mandíbula se contrajo. Podía sentir su rabia y su frustración a mi alrededor, como si fueran algo tangible, lo que me parecía casi divertido, dado que ya me importaba muchísimo menos que una mierda lo que él pudiera pensar de mis planes.

Ya no.

—Seguirás mis reglas —continué— o no permitiré que Noah te vea nunca más, créeme. La verdad es que me dan ganas de prohibírtelo ya, pero sé lo mucho que te quiere y lo terrible que sería para él, así que vamos a probar así. Si funciona, bien, pero si no funciona o tengo la impresión de que le estás poniendo en peligro, desapareces.

—No puedes hacer eso —dijo y avanzó hacia mí, de nuevo su vieja táctica de dominio, invadir mi espacio, pero esta vez me mantuve firme. Se detuvo en seco y alcé el rostro para mirarlo fijamente. Tenía el pecho a solo diez centímetros de mi barbilla y no me importaba lo grande e imponente que fuera.

No me importaba nada.

—Yo soy su madre —le dije—. Tú no tienes ningún derecho. Ninguno. Te permito verlo porque soy una buena persona, pero puedo dejar

de ser buena persona en cualquier momento. Te lo advierto, no me pongas a prueba, Ruger.

Como respuesta, acercó la mano y me pasó el dedo por la mejilla. Aquello me hizo estremecer y, a pesar de todo lo dicho, no pude evitar volver a desearle.

—No te molestaré —dijo—, pero quiero que sepas una cosa. Casi te he perdido y no permitiré que eso vuelva a suceder. Ya sé que te dije que nunca sería hombre de una sola mujer, pero estaba equivocado.

Le miré fijamente, estudiando lo que decían sus ojos. Hablaba en serio. Pensé en mí y en él, juntos en la cama. Quería ceder. Lo deseaba.

Pero ya no importaba.

—Demasiado tarde —le dije—. Ya he tenido suficiente y lo digo en serio. Sal de mi casa.

Ruger me sostuvo la mirada y entonces sucedió el milagro. Me estaba escuchando.

Retrocedió unos pasos, giró sobre sus talones y salió por la puerta. Oí cómo arrancaba la moto y después el motor que se alejaba.

Lo había hecho. Finalmente había conseguido ponerle en su sitio, pero estaba demasiado cansada como para disfrutarlo.

Lunes

Kimber: *¿Qué tal?*
Yo: *Bien. Noah aún no quiere separarse de mí. Hiciste un gran trabajo, pero sigue un poco asustado. Muchas gracias por cuidar de él. Me alegro tanto de saber que estaba a salvo.*
Kimber: *Eso es lo que hacen los amigos. Tú lo habrías hecho por mí. He estado pensando en ti ¿Quieres que nos veamos, hablar?*
Yo: *No, quiero echarme un rato.*

Miércoles

Marie: *¡Eh, Sophie! Maggs, Dancer y yo vamos a quedar mañana por la noche. ¿Te vienes?*
Yo: *Gracias, pero creo que no. Divertíos.*
Marie: *Bien. ¿Qué tal estás?*
Yo: *Bien.*
Marie: *¿Has hablado con Em?*

Yo: *No. ¿Está bien?*
Marie: *No estoy segura. No me dice nada. Estoy preocupada. ¿Pasó algo que debamos saber? Quiero decir, cuando estabais... ¿Quieres que nos veamos y hablemos?*
Yo: *Estoy bien, solo quiero estar a solas con Noah durante algún tiempo. Em y yo no estuvimos juntas todo el tiempo. Si queréis saber algo, debéis preguntarle a ella.*
Marie: *Está bien. Estamos preocupadas por ti también. ¿Qué tal te va?*
Yo: *Bien, solo necesito un poco de espacio.*
Marie: *Lo entiendo. Llama si necesitas algo (abrazos).*

Jueves

Dancer: *Eh, ¿cómo estás? ¿Quieres que nos veamos con los niños esta tarde?*
Yo: *Uf, tenemos mucho lío ahora.*
Dancer: *Sí, ya me imagino. ¿Recuerdas la despedida de soltera de Marie? Es dentro de una semana. Tenemos a una chica para los niños y se ha ofrecido a cuidar a Noah también.*
Yo: *No te preocupes, yo ya busco a mi chica.*
Dancer: *De acuerdo. No desaparezcas mucho tiempo.*

Viernes

Kimber: *Eso son tonterías. Entiendo que estés cabreada con Ruger y con los Reapers, pero yo no soy una de ellos. No puedes dejarme de lado. O venís hoy a casa o mando a Ryan a por vosotros.*
Yo: *Noah y yo vamos a quedarnos a ver pelis en casa.*
Kimber: *No. Vais a venir a mi casa. Vamos a hacer una fiesta y necesito apoyo. NO HABRÁ REAPERS. Solo gente normal y niños. Si no estáis aquí a las seis, iré a por vosotros. Nada de gilipolleces.*
Yo: *Eres una zorra muy pesada.*
Kimber: *¿Eso crees? Mueve el culo y ven o iré por ti. Sin excusas. Trae el traje de baño y un postre.*

Mi nuevo iPhone marcaba las cinco y cincuenta y seis cuando aparcamos frente a la casa de Kimber. Ruger me lo había traído el domingo anterior, al día siguiente de nuestra liberación tras la pequeña aventura con Em.

Había sentido deseos de decirle que se lo metiera por donde le cupiese, pero lo cierto era que necesitaba un teléfono móvil y suponía que él podía permitirse comprar uno con más facilidad que yo. No me sentía en deuda por ello, la verdad, ya que le consideraba culpable de que me hubieran secuestrado y, por tanto, también de la pérdida de mi teléfono móvil.

No le dejé entrar en mi casa. Noah quería ir a la suya y le dije que no. Después le cerré la puerta en las narices.

Era viernes por la tarde y había cedido al ultimátum de Kimber porque sabía que era capaz de cumplir su amenaza y venir a por mí. En una mano llevaba una bandeja de *brownies* y en la otra, la bolsa con nuestras cosas de baño. Cuando el marido de Kimber, Ryan, abrió la puerta, no pude evitar sonreír. Llevaba un traje de baño de color verde brillante, una camiseta morada con dibujos de tema hawaiano, un sombrero de vaquero de color naranja y una ametralladora de agua en la mano.

Había hecho bien en acudir, pensé.

—Bienvenidos a la fiesta —dijo Ryan con una sonrisa de oreja a oreja.

—Tienes muy buen aspecto —le dije, observando su atuendo.

—Eh, se necesita tener mucha seguridad en uno mismo para ponerse algo así —dijo, sin una pizca de vergüenza.

—¿Has perdido alguna apuesta? —le dije, con media sonrisa.

—De hecho sí que la perdió —dijo otro hombre que llegó junto a Ryan. Tenía el pelo castaño, largo y rizado, exhibía también una amplia sonrisa y su mirada indicaba que apreciaba mi presencia. También tenía en la mano una ametralladora de agua, aunque su traje de baño era totalmente normal y su camiseta —en la que se leía *Code Monkey Like You*—, también.

Había visto su foto en alguna ocasión —sí, aquel era el hombre con quien Kimber quería liarme.

—Ryan y yo teníamos un pequeño reto de programación y conseguí patearle el culo —dijo—. Hola, soy Josh. Encantado de conocerte.

—Encantada —respondí y me miré las manos, que llevaba ocupadas—. Oh, lo siento, te daría la mano, pero...

Josh rió y sus ojos se abrieron mucho, casi con comicidad, cuando vio los *brownies*.

—Deja que te ayude con eso —dijo, avanzando para sujetar la bandeja—. ¿Y este quién es?

—Soy Noah —respondió el aludido—. ¿Tienes más ametralladoras de agua como esa, Ryan?

 279

—Hay una caja entera ahí detrás —dijo el marido de mi amiga—. ¿Quieres ir a por una? Hay un montón de chicos aquí y seguro que estarán encantados de que entre uno más en combate.

—¿Mamá? —me dijo con ojos de súplica.

—Anda, corre —le dije, sintiéndome casi liberada. Kimber tenía razón. Necesitaba salir y una fiesta agradable en una urbanización como aquella era justo lo que nos hacía falta. Sin Reapers, sin secuestros, sin malos rollos.

A esto me apuntaba.

Noah corrió hacia la casa, seguido por Ryan. Josh me miró, con una sonrisa amistosa.

—Bueno ¿dejamos esto y te sirvo algo de beber? —dijo.

—Estupendo —respondí—. Entonces... ¿hace mucho que Ryan y tú trabajáis juntos?

Tres horas más tarde sentía que la vida volvía a sonreírme. Josh era un tipo realmente agradable y pasó buena parte de la fiesta a mi lado, aunque no tanto como para que resultara incómodo. Ryan preparaba hamburguesas y perritos en la barbacoa, los niños jugaban en la piscina y Kimber no daba descanso a su coctelera, de la que salía una profusión de margaritas de los más diversos sabores —aunque yo no bebía más que té helado. Cuando Ryan agarró a Kimber y la tiró a la piscina vestida, reí hasta que se me saltaron las lágrimas.

El grupo de niños no paraba de aumentar y me presentaron a tanta gente que ya ni me acordaba de muchos de ellos. La mayoría eran vecinos o compañeros de trabajo de Ryan —madres lustrosas que practicaban yoga y sus respectivos maridos, algo cortitos de mente, que trabajaban de contables o informáticos. Nada que ver con una fiesta de los Reapers.

Cuando Kimber me presentó a Ryan por primera vez, no entendí muy bien cómo podían estar juntos. Él, un friki de los ordenadores, y ella, la eterna reina de la fiesta. Sin embargo, los dos se compenetraban perfectamente. Después de comer, me senté con Ava junto a la piscina y Josh apareció y se sentó en una silla junto a mí.

—Bueno —me dijo, con amplia sonrisa—, tengo una pregunta para ti.

—¿Y cuál es? —respondí.

—¿Te apetecería que fuéramos a cenar a Chuck E. Cheese, mañana, tú, Noah y yo? —dijo—. Sé que no es el sitio más romántico del mundo,

pero tengo una teoría sobre el juego del Skee Ball que me encantaría comprobar y creo que Noah sería el asistente ideal.

Me eché a reír.

—¿Estás loco? —dije—. Chuck E. Cheese un sábado por la noche es una locura. Te apuesto a que no aguantas más de una hora.

Los ojos de Josh brillaron.

—¿Es un desafío? —dijo—. ¿Estás dispuesta a dejarme intentarlo?

—La verdad es que eres muy chistoso —le dije, sacudiendo la cabeza.

—¿Lo soy suficiente como para conseguir una cita contigo mañana? —dijo, con una sonrisa juguetona—. Y yo que siempre intento ir en plan macho protector y mostrarme misterioso y esas cosas, pero mi lado chistoso anula a todos los demás...

Me puse seria y pensé en Ruger. Él y Josh no podían ser más diferentes, eso desde luego.

—Mmm, la verdad es que no estoy buscando un amigo —dije lentamente— aunque, para ser honesta, con un niño de siete años por ahí, raro será que una cita acabe en algo.

Josh se encogió de hombros.

—No es más que una cena —dijo—. Nada especial. Aparte de eso, tengo un oscuro secreto que compartir contigo.

Josh se inclinó hacia mí y me hizo un gesto para que me acercara. Cambié a Ava de posición en mis rodillas, mientras él me hablaba al oído.

—Es cierto el rumor de que tengo una increíble teoría sobre el *Skee Ball* —dijo con voz muy seria— y tengo que experimentarla. Me harías un gran favor.

Reí de nuevo y me aparté.

—¿Esta táctica te da resultado, de veras? —le dije.

—No lo sé. ¿Lo da? —respondió, sonriente.

Pensé de nuevo en Ruger, en cómo me hacía sentir en comparación con aquel hombre. No me estremecía al notar el aliento de Josh en mi oído, como me ocurría con él, pero era atractivo y parecía divertido y simpático. Por otro lado... ¿qué problema podía haber en asistir a una cita en una pizzería infantil?

—De acuerdo —dije por fin, orgullosa de mí misma por haber dado el primer paso para alejarme de verdad de Ruger—. Será divertido, pero en plan amigos, nada más. No estoy buscando nada con nadie.

—No te preocupes para nada —respondió Josh, de nuevo sonriente—. Simplemente cenaremos ahí y lo pasaremos bien. Ryan puede dar

 <hr/>

garantías sobre mí. No soy un supervillano oculto, no hay secretos, nada. Lo que ves es lo que hay.

Iba a responderle, pero en aquel momento sentí el impacto de un potente chorro de agua en un lado de mi cabeza, que me empapó entera e hizo gritar a Ava. Al volverme vi que Noah se alejaba corriendo en compañía de un pequeño grupo de niños que gritaban, triunfantes. Malditos enanos...

—Tengo que ir a secarme —le dije a Josh.

—¿Quieres que vaya a defender tu honor? —repuso él, alzando su propia metralleta de agua.

—Sí, adelante —respondí y Josh se puso en pie. Me saludó, marcial, con la risa bailando en sus ojos, y fue tras los chicos que se perseguían por la hierba, disparándose agua unos a otros.

Encontré a Ryan junto a la barbacoa, con una cerveza en una mano y un par de sandalias en la otra. Mientras los dejaba a un lado para sujetar a Ava, me sonrió.

—La verdad es que Josh es un tipo estupendo —comentó—. Nos conocemos desde hace ya dos años.

—Sí, parece simpático —respondí, incómoda, y Ryan rió.

—No te preocupes, sin presión —dijo—. Solo quería que supieras que no es un asesino en serie.

—Bueno es saberlo —comenté—. Gracias por haberme invitado. Gracias por todo, en realidad.

—No hay por qué darlas —respondió él—. Para Kimber eres lo máximo. ¿Sabes? A ella no le resulta tan fácil hacer amigos, a pesar de lo que puedas pensar. Tú eres especial para ella.

Aquello me dejó sorprendida.

—Pero si Kimber siempre ha tenido más amigos que nadie —dije, riendo.

—Siempre ha tenido más gente que nadie en sus fiestas —respondió Ryan, con rostro más serio—. Hay una gran diferencia.

No supe qué decir a eso.

—Ve a secarte —dijo Ryan—. Hemos traído bengalas para los niños y las voy a sacar en cuanto oscurezca del todo. Necesitaré ayuda y Kimber no me sirve para nada después del tercer margarita.

Sonreí, aún algo incómoda, y entré en la casa. A la izquierda había una sala de estar y a la derecha se encontraba la cocina, con su barra. Al cruzar la puerta, se me enganchó una sandalia y salió fuera la cinta del

tobillo, así que me agaché para colocármela bien. Mientras lo hacía, oí una voz de mujer que llegaba desde la cocina.

—Dios mío ¿has visto cómo va vestido Ryan? —dijo la desconocida.

—Ya, ya —respondió otra mujer—, y Kimber no va mucho mejor. ¿No habrá encontrado un bikini más pequeño? Ya sabes que es una zorra de muchísimo cuidado. Con decir que trabajaba de bailarina de barra... Espero que se muden de aquí antes de que Ava vaya al colegio. No quiero que Kaitlyn vaya a su clase.

—Y que lo digas —corroboró la primera—. Yo me vine a este barrio precisamente por eso, porque quería que mis vecinos fueran gente normal y no gentuza. Bueno y... ¿qué me dices de su amiga? Dios, pero ¿cuántos años tenía esa chica cuando tuvo a su hijo? ¿Diez?

—Sí, ya, la he visto tonteando sin parar con Josh —dijo la segunda mujer—. ¡Qué asco!

En aquel momento oí cómo zumbaba mi teléfono móvil y lo saqué del bolso. Era un mensaje de Marie.

Eh, ya sé que la situación está un poco rara, pero de verdad espero que vengas a mi despedida de soltera el fin de semana que viene. Hoy salimos por ahí y todas creemos que sería mucho más divertido si vinieras. Bs..

—Bueno, no sé si te conté que la chica que me hace la pedicura se ha ido a otro salón —continuó la primera mujer que había hablado en la cocina—. Las que han quedado son todas vietnamitas y me pone de los nervios que no paren de hablar en su idioma entre ellas. ¡Me parece de una mala educación...!

—Tienes toooda la razón —respondió la otra—. Nunca dejo propina cuando se ponen a hacer eso. Si van a vivir aquí, que hablen en inglés.

Me incorporé y crucé la cocina, dedicándoles a cada una de las mujeres mi mejor sonrisa —cargada de ironía—. Zorras. ¿Cómo se atrevían a cotillear así sobre Kimber en su propia casa? No podía creer que la estuvieran despellejando viva mientras se emborrachaban con su propia bebida.

Al menos nadie sacaba cuchillos en aquella fiesta.

Bueno, de metal al menos no.

Quería irme a casa.

—Lo tienes, amigo —dijo Josh mientras observaba atentamente cómo Noah se preparaba para lanzar la bola en la máquina de *Skee-Ball*. No pude evitar reírme. Josh no había parado ni un minuto de bromear sobre su teoría... bueno, o de medio bromear. Lo cierto es que el juego le encantaba y a Noah también le gustó, así que las cosas iban saliendo bien.

Llevábamos ya casi tres horas en Chuck E. Cheese y tengo que reconocer que me lo estaba pasando en grande. Josh era una persona con la que enseguida te sentías a gusto. No me estresaba y no me asustaba. Habíamos cenado y, más a su favor, se había comido la horrible *pizza* que servían allí sin el menor comentario negativo —yo no había podido resistirme a decir lo que pensaba—. En cuanto acabamos, Josh le trajo a Noah más fichas para los recreativos de las que había visto en su vida.

Ya eran casi las nueve y tenía que empezar a pensar en llevar a Noah a casa o las cosas se pondrían feas. Le toqué el brazo a Josh para llamar su atención y se volvió hacia mí con una sonrisa de oreja a oreja, como un gran cachorrito contento.

—Es hora de irse a casa —dije, señalando a mi hijo con la cabeza—. Está cansado y no quiero que se quede hasta muy tarde.

—Entendido —respondió, rodeándome los hombros con el brazo y estrechándome contra su cuerpo—. Tienes un hijo maravilloso.

Sonreí porque sabía que decía la verdad —y también porque me gustaba sentir su brazo sobre los hombros. Josh no hacía que me estallara el corazón, como Ruger, pero tenía sentido del humor y me lo pasaba bien con él. Eso tenía que contar también.

Recogimos todos los vales de premios que habíamos ganado —que parecían miles— y fuimos a cobrarlos. Pasamos otros veinte minutos mientras Noah sufría lo que no está escrito para decidirse entre los diversos anillos de plástico, borradores y demás baratijas que tenía a su disposición.

El sol ya se había puesto cuando salimos del local. La pizzería se encontraba en uno de esos centros de ocio con restaurantes alineados en torno al aparcamiento. Miré con melancolía en dirección al *steak house,* aún un poco hambrienta —no había conseguido engullir más que media porción de *pizza*—. Josh me golpeó cariñosamente el hombro.

—Tal vez la próxima vez podamos organizar una cena para adultos —dijo esperanzado.

—¿Es una proposición para salir de nuevo? —respondí mientras me detenía junto a mi vehículo. Noah saltaba a mi alrededor, feliz con sus

nuevos tesoros. Miré a Josh a los ojos y sonreí. Él también sonrió y de pronto me sorprendió lo guapo que era. Guapo al estilo «niño bueno», como Ryan.

Había toreado en plazas mucho peores.

—Depende de cuál sea la respuesta —dijo él, mientras me colocaba un mechón de pelo detrás de la oreja—. No me gusta que me den calabazas.

—Creo que no te las darán —respondí. Él se inclinó y me besó suavemente en los labios. No fue algo caliente, ni intenso, pero sí agradable.

—¡El tío Ruger! —gritó de pronto Noah y echó a correr como una exhalación. Inmediatamente me aparté de Josh, con mi radar materno a pleno rendimiento. Corrí detrás de Noah, llamándole por su nombre y ordenándole que se detuviera, pero él no me hizo caso, llegó junto a Ruger —que se encontraba justo delante del steak house— y se lanzó a sus brazos.

Ruger no estaba solo —iba en compañía de otros moteros del club.

—¡Noah, no puedes salir corriendo así! —le reprendí en cuanto le alcancé, tomándole por la barbilla para obligarle a mirarme—. Te pueden atropellar. Ya no eres un niño pequeño.

—Lo siento —respondió—. Lo olvidé. Es que quería enseñarle mis premios al tío Ruger.

Mierda, estaba tan preocupada por Noah que me había olvidado por completo de Ruger. Al alzar la vista, comprobé que estaba mirando hacia el otro lado del aparcamiento.

—¿Quién es tu amigo? —inquirió, señalando con la barbilla hacia Josh, que nos saludó tímidamente con la mano.

—Es Josh —repliqué, desafiante—. Es un amigo del marido de Kimber. Trabajan juntos.

—Nos ha llevado a Chuck E. Cheese y hemos jugado a un montón de juegos y yo he ganado muchísimos premios, pero no conseguí bastantes billetes para que me dieran lo que quería, así que ha dicho que podemos volver otra vez y yo le he dicho que sí —dijo Noah de un tirón, casi sin respirar—. Es estupendo, tío.

La mirada de Ruger se endureció y depositó a Noah en el suelo.

—Quédate aquí, chico —le dijo y salió disparado hacia el otro lado del aparcamiento, obviamente decidido a interceptar a Josh. Mierda.

—Quédate —le dije yo también a Noah y después miré a Bam Bam—. ¿Puedes vigilarlo un momento?

 285

El marido de Dancer asintió con la cabeza, pero la expresión de sus ojos no era exactamente amistosa.

Estupendo.

Corrí detrás de Ruger y me interpuse entre él y Josh. El rostro del motero parecía de piedra y los ojos le brillaban de furia posesiva. Josh parecía confuso y dubitativo.

—Eh —dije—, Josh, este es el tío de Noah, Ruger. Ruger, este es mi amigo Josh. Ya nos íbamos. Siento que Noah te molestara.

—Noah nunca me molesta —respondió Ruger, mirando fijamente a Josh, que esbozó una sonrisa.

—Es un chico estupendo —comentó—. Debes de estar muy orgulloso de él...

—Pues sí —respondió Ruger— y ahora es mejor que te largues y que no vuelvas a llamar a Sophie.

Josh abrió mucho los ojos.

—¡Que te jodan, Ruger! —grité y Josh me miró, nervioso—. Josh, por favor, no le hagas caso. Ya se va.

—No, no me voy —replicó el aludido con tono decidido—. No eres bienvenido por aquí. No sé lo que te habrá dicho Sophie, pero ya está con alguien.

—Eso no es cierto —dije, atropelladamente. Josh nos miró al uno y al otro y tragó saliva.

—¿Necesitas ayuda, Ruger? —gritó Horse desde la acera y dedicó a Josh una sonrisa feroz.

—¿Con este gilipollas? Para nada —respondió Ruger con los ojos siempre clavados en Josh, que no aguantó más y desvió la mirada.

—Bueno, será mejor que me vaya —dijo y me dirigió una sonrisa apocada, antes de darnos la espalda y alejarse rápidamente.

Me quedé mirándole, tan confusa que no podía ni articular palabra.

—Vaya, parece que tu nuevo amigo se asusta con facilidad —murmuró Ruger—. Ni siquiera se ha molestado en comprobar si estarías segura conmigo. No querría tener a un hombre así para cubrirme la retaguardia. Bueno, lo cierto es que no necesito a nadie. Mis hermanos siempre están ahí, a mi lado, pase lo que pase.

Dicho esto, me tomó por los hombros, me obligó a dar la espalda a Josh y me condujo en dirección al *steak house*. Allí vi a Horse, a Bam Bam, a Duck y a Slide, todos alrededor de mi hijo. Bam Bam tenía una mano sobre el hombro de Noah, en un claro gesto protector. Ruger se

inclinó detrás de mí para hablarme al oído, mientras me apretaba los hombros con los dedos.

—Míralos —dijo—. Tú los conoces y sabes que Noah no podría estar más seguro, pero ¿y tu amiguito Josh? Él no sabe una mierda de estos muchachos, pero eso no le ha impedido correr para salvar su culo y dejar a tu hijo en sus manos. Un pedazo de hombre, ese que has encontrado.

Tragué saliva, porque sabía que tenía razón.

Así que Josh no obtendría una segunda cita, si es que volvía a llamar. Cuestión seguramente irrelevante, ya que tenía la sensación de que no la habría obtenido de todos modos.

—Tienes que salir de mi vida —le dije a Ruger mientras observaba cómo Noah exhibía cuidadosamente sus premios y le ofrecía un anillo a Horse. El gigantón lo aceptó y se lo metió hasta un cuarto de la longitud de su dedo meñique, lo que hizo que Noah casi levitara de orgullo.

—De acuerdo, así lo haré —respondió Ruger—, pero no vuelvas a llevar a Noah por ahí con un tipo como ese. Es un mal ejemplo.

—Eso no es problema tuyo —respondí.

—Lo es y siempre lo será —replicó él a su vez.

—No vas a salirte siempre con la tuya —le dije, con tono muy serio—. Solo porque tú digas algo no quiere decir que sea correcto.

—Pero el hecho de que yo lo diga no lo hace incorrecto —fue la respuesta.

Le miré fijamente y a continuación agarré a Noah, procurando que los dientes no me chirriaran de rabia. Llevé a casa a mi hijo y lo acosté, sin quitarme ni un segundo las ganas de estrangular a alguien con mis propias manos.

Cuando me dormí aquella noche, no soñé con Josh, claro, sino con el maldito Ruger.

De nuevo.

Hasta en mis sueños salía vencedor.

Capítulo 16

Domingo

Kimber: *Josh no le ha comentado nada a Ryan sobre vuestra cita. ¿Algo fue mal?*
Yo: *Ruger.*
Kimber: *????*
Yo: *Lo estábamos pasando muy bien y apareció Ruger. Seguro que no volveré a saber nada de Josh.*
Kimber: *¿Se dedica a seguirte?*
Yo: *No, no fue así. Estaba cenando con los chicos y nos los encontramos en el aparcamiento. Ruger le soltó unas cuantas de sus mierdas a Josh y el hombre se largó. Ya sé que no nos conoce mucho, pero ni siquiera me preguntó si estaríamos seguros allí. En resumen, una cagada general.*
Kimber: *Qué mamón. Se acabaron los margaritas para él. Detesto a los gallinas.*
Yo: *Y yo...*
Kimber: *¿Hablaste con Ruger?*
Yo: *No. Que le jodan.*
Kimber: *Estoy de acuerdo. ¿Vas a ir a la despedida de soltera? Marie me ha invitado y yo quiero ir, pero sin ti sería como raro...*
Yo: *No sé qué hacer. Marie me cae muy bien y me encantaría, pero... ya sabes.*

Kimber: *Sí, entiendo. Dime algo, cuando sepas...*

Lunes

Ruger: *¿Puedo recoger a Noah después del cole? Hay un sitio al que quiero llevarle.*
Yo: *¿Qué clase de sitio?*
Ruger: *Tengo un amigo que hace carreras. Su vehículo está hoy en la pista. Dice que le daría una vuelta a Noah.*
Yo: *¿¡¿Es seguro?!?*
Ruger: *Tanto como cualquier vehículo. Irá despacio.*
Yo: *¿Es motero?*
Ruger: *No, no habrá Reapers, ni parches, ni nada. No estoy de acuerdo contigo en eso, pero te estoy dando tiempo.*
Yo: *No necesito tiempo, sino que desaparezcas.*
Ruger: *¿Puedo llevarlo o no?*
Yo: *De acuerdo. ¿En casa a las 6?*
Ruger: *¿A las 7 está bien? Le llevo cena.*
Yo: *Suena bien, pero sin jueguecitos. Lo traes de vuelta y te vas.*
Ruger: *Ya lo sé. Sin jueguecitos.*

Miércoles

Dancer: *Bueno ¿vienes al final a la despedida o no? Marie está deseando que vengas.*
Yo: *Mmm...*
Dancer: *Vamos, vente, por favor. Sé que las cosas están jodidas con Ruger, pero a mí no me importa ni a Marie tampoco. Nos encantaría tenerte con nosotras.*
Yo: *De acuerdo, pero no hasta muy tarde. El viernes trabajo.*
Dancer: *Sin problema. Con unas horas sería suficiente para Marie. ¿Y Kimber viene también? Es muy divertida. Dile que se traiga la coctelera. Empezamos en mi casa y después vamos de bares.*
Yo: *Vaya planazo.*
Dancer: *Es bueno saber lo que uno quiere.*
Yo: *Supongo que es verdad. Preguntaré a Elle si puede quedarse con Noah.*
Dancer: *Puedes compartir a la chica que se queda con mis hijos, si quieres.*

Yo: *Prefiero tenerlo cerca de casa. Así dormirá mejor. Nuestras vidas han sido una locura estos últimos días y al día siguiente tiene colegio.*
Dancer: *Te veo mañana por la noche.*
Yo: *Suena bien.*

Jueves

Kimber: *No puedo creer que haga la despedida un jueves. Vaya mierda. Ryan trabaja mañana. ¡Estaré hecha polvo y sola con la niña!*
Yo: *No tienes por qué beber ¿sabes?*
Kimber: *Cierra el pico. ¿Es que tú no vas a beber?*
Yo: *No, al día siguiente trabajo.*
Kimber: *¿Estás embarazada o algo?*
Yo: *Ay, qué graciosa.*
Kimber: *Entonces ¿por qué el jueves?*
Yo: *Marie dijo que tenía algo con su madre el fin de semana. Spa o algo así.*
Kimber: *Me da envidia. Deberíamos ir nosotras también.*
Yo: *Cuando me toque la lotería.*
Kimber: *Mmm, para eso vas a tener que comprar algún boleto.*
Yo: *¿Por qué no los compras tú para las dos?*
Kimber: *Si con eso voy a poder beber por las dos, no tengo problema. BESOS.*

—¡Joder! —exclamó Marie, mirando hacia atrás—. He perdido el velo.

Estaba de pie, asomada al techo corredizo de la limusina. Era justo después de medianoche y habíamos decidido dar una vuelta alrededor del lago de Coeur d'Alene antes de dirigirnos a nuestro destino final, un bar de karaoke.

Hacía una hora, Marie había declarado que quería —no, que necesitaba— cantar la canción *Pour Some Sugar On Me* antes de que la noche acabara. Era la canción que estaba sonando cuando ella y Horse se conocieron y, al parecer, el mundo se acabaría si no la cantábamos aquella noche.

Lo sabíamos porque Marie lo había dicho muy claro. La existencia del mundo dependía literalmente de que cumpliéramos aquella misión en el karaoke.

Dado que yo era una de las que menos habían bebido, se me asignó la tarea de recordar la misión, no fuera que con la diversión nos olvidáramos.

Como no estaba sobria del todo, me había escrito un recordatorio a bolígrafo en el antebrazo.

Yo iba también de pie, junto a Marie, y vi horrorizada cómo el pequeño velo de tul blanco que llevaba en la cabeza salía volando por los aires hacia Painter, que nos seguía en su moto. Mierda. ¿Iba a hacer que se estrellara?

Aparentemente un velo volador no suponía un gran problema para un motorista que circulaba a cuarenta kilómetros por hora, ya que lo evitó con facilidad. El aspirante que seguía a Painter —un chico al que había visto en el arsenal, aunque no me lo habían presentado— se detuvo para recoger el velo.

Simpático.

—Eso es lo que se dice un buen servicio —le comenté a Marie, que estalló en risas y después se dejó caer en el asiento, bebida como iba hasta las cejas.

Yo también volví a sentarme.

Dancer estaba tumbada en uno de los asientos y se reía tanto que se le saltaban las lágrimas. Maggs se había levantado la camisa para enseñar las tetas y Kimber estaba haciéndole una foto con el móvil. Mientras, una chica a la que yo acababa de conocer, de nombre Darcy, estaba sirviéndose champán con la lentitud y deliberación típicas de los borrachos —por desgracia, había olvidado poner la copa debajo de la botella.

Ojalá el dueño de la limusina tenga seguro a todo riesgo, pensé.

En una esquina del vehículo había una mujer de cabello rubio-pelirrojo, corto y muy rizado, que se reía sin parar. Hacía unas horas, cuando todavía podía decir frases completas, Marie nos la había presentado como Cookie. Antes vivía en Coeur d'Alene, pero se había mudado y Marie llevaba la tienda de café de la que era propietaria en la ciudad.

Em y yo cruzamos nuestras miradas y ella dirigió la vista al techo, con cara de exasperación.

Yo había decidido no beber mucho, porque tenía que trabajar al día siguiente, pero estaba de bastante buen humor —desde luego iba a volver en taxi a casa—. En cambio Em... tenía una mirada absorta que me inquietaba. No me extrañaba que las chicas estuvieran preocupadas por ella. Era evidente que algo no iba bien.

—¿Por qué no se van a casa? —le pregunté.

—¿Quiénes? —quiso saber ella.

—Painter y el otro chico, Banks —dije.

—Banks va a quedarse con nosotras toda la noche —dijo Em en voz baja—. Se supone que tiene que vigilarnos y asegurarse de que regresemos a casa sin problema. Creo que Painter se ha apuntado por su cuenta. Debe de estar preocupado por lo que nos pasó con Hunter y Skid.

—No paraba de mirarte cuando estabas bailando —le dije—. Tal vez no estuviera interesado en su momento, pero ahora lo está, seguro.

—A mí me importa una mierda —replicó ella, con voz neutra—. Painter, Hunter, los hombres en general. Creo que voy a pasar de ellos definitivamente. Lástima que no pueda apretar un botón y volverme lesbiana.

—Ya, la verdad es que no funciona así —suspiré—. Los hombres son un auténtico grano en el culo ¿cierto?

—Hablando de hombres ¿qué tal con Ruger? —dijo ella—. He oído que estáis peleados.

—Mmm, bueno, dicho así parece un poco fuerte —respondí—. Yo diría que no hablamos mucho, que es en realidad lo que yo quería. No te ofendas pero, después de lo que pasó, no quiero tener mucho que ver con el club.

Em suspiró a su vez.

—No me extraña —dijo—. No entraste lo que se dice con buen pie. Sé que no lo parece, pero la verdad es que son buenos chicos. Estas mierdas no pasan siempre.

La limusina tomó una curva y Dancer se estrelló contra nosotras.

—¡Sois unas aburridas! —nos espetó en la cara—. Aquí lo estamos pasando estupendamente. Si no me cantáis algo bueno en el bar, os haré volver con Painter en la moto.

Mmm, no. Prefería que me sacaran los ojos antes que cantar en un karaoke.

Sin embargo, no dije nada. Me limité a sonreír educadamente y decidí para mis adentros que aquello era una señal: en cuanto Marie cantara su canción, pediría un taxi. Dentro de seis horas tenía que estar levantada, así que era lo mejor. Al menos no necesitaba preocuparme por Noah —Elle se lo había llevado a su casa y había prometido tenerlo allí toda la noche y prepararlo para ir al colegio al día siguiente. Era realmente de gran ayuda.

—¡Oh, Dios mío! —gritó de pronto Maggs y todas la miramos—. Pero si no hemos sacado todavía los regalos...

—¡Regalos! —gritó Marie, batiendo palmas—. ¡Me encantan los regalos!

Maggs se estiró hacia la parte delantera de la limusina y arrastró una gran cesta llena de paquetes y sobres cerrados. Eligió uno de los paquetes al azar y se lo lanzó a Marie.

—¿De quién es? —preguntó Darcy. Marie trató de leer la nota que llevaba pegada y sacudió la cabeza.

—No lo entiendo —dijo—. La letra es horrible.

—Dame, déjame ver —le dije y ella me alcanzó el paquete.

—Pero si está impreso —dije, con un gruñido— y ni siquiera es una de esas letras raras. Estás demasiado borracha para leer. Es de Cookie.

Marie hizo un mohín de protesta.

—No es culpa mía que hayáis pedido todos esos tragos —se defendió—. No podía decir que no. No habría estado bien.

Darcy asintió, con cara de experta.

—Tiene razón —dijo—. Si rechazas alcohol en tu despedida de soltera, tu matrimonio está condenado.

—Dices eso mismo de todo —apunté—. Su matrimonio está condenado si no pide el chuletón y las gambas. Su matrimonio está condenado si no baila al menos con diez chicos. Su matrimonio está condenado si no nos dice lo grande que tiene Horse el rabo. ¿Cómo puede ser cierto todo eso?

—Hacedme caso, yo sé de esas cosas —replicó Darcy—. ¿Cierto, chicas?

—¡Sí, sí, joder! —exclamó Dancer—. Darcy conoce muy bien esa mierda. Si ella dice que el matrimonio está condenado si Marie no bebe bastante, entonces es hora de empezar a echarle tragos dentro de la garganta.

—¡Ahora es la hora de abrir los regalos! —intervino Maggs a voz en grito—. Chicas, hay que concentrarse. El matrimonio está condenado si Marie no abre los regalos antes de que lleguemos al karaoke.

—Mierda —dijo Marie con ojos muy abiertos y se apresuró a rasgar el envoltorio del primer paquete, miró en su interior y soltó una risa casi histérica. A continuación sacó un dildo gigante fabricado en gelatina de colores brillantes, con doble cabeza.

—Oh, Cookie —suspiró Marie—. Es una preciosidad. ¿Como supiste...?

Todas nos echamos a reír y Maggs agarró otro regalo. Este era de Darcy y —¿podéis creerlo?— era un falo gigante de plástico con una banda para atárselo a la cintura.

—Es para que pongas a Horse en su sitio —le dijo Darcy a Marie—. Su ego necesita un poquito de control y esta es la herramienta adecuada para aplicarlo.

—Me encanta —susurró Marie—. Oh, me muero por probarlo.

—¿Crees que de verdad va a permitir que lo pruebes con él? —le pregunté y ella se rió de nuevo como loca.

—Creo que le explotará la cabeza en cuanto lo vea —repuso—, pero se trata de crear una atmósfera romántica adecuada, ya sabes.

El regalo de Em era un *Kama Sutra* bellamente ilustrado; el de Dancer, un tanga con el lema «Apoya a tu club local de los Reapers» y el distintivo de la calavera; el mío era un kit de aceites para masaje sensual y el de Kimber era un aparato eléctrico, que todas nos quedamos mirando con extrañeza, tratando de averiguar qué era exactamente.

—Lee las instrucciones —dijo Kimber—. Ya verás, cuando conectes a este chiquitín, te va encantar.

Marie lo observó por todos los lados, obviamente confusa, y yo me pregunté cómo se acoplaría aquello a un cuerpo humano.

Realmente estaba deseando leer las instrucciones, pero se habían caído y nadie fue capaz de encontrarlas entre el revoltijo de papeles que cubría la limusina.

Finalmente llegamos al karaoke. Era la una menos cuarto. Eso nos dejaba poco más de una hora antes de que pudiera cantarse la última canción. Dado que su matrimonio estaba condenado si no se tomaba más tragos, Marie se los tomó. Después se levantó a cantar su canción de Def Leppard y todas la apoyamos en los coros.

A continuación Maggs se hizo con el micro para cantar *White Wedding* y fue entonces cuando Marie se dio cuenta de que su matrimonio estaría condenado si no le enviaba a Horse una foto suya posando con sus bragas nuevas, así que regresamos todas en tropel junto a la limusina.

Fue en aquel momento cuando decidí que ya era hora de ir a casa. Imaginaba que, en cuanto cerraran el karaoke, las chicas irían al arsenal para reunirse con los del club. No querían que me fuera, pero ver a Ruger no formaba parte de mis planes para aquella noche. Diez minutos más tarde llegó mi taxi y le di la dirección al conductor. Al parecer había bebido algo más de lo que creía, ya que lo siguiente que vi, al despertar, fue la entrada a la casa de Elle.

—Oiga ¿es aquí donde tengo que dejarla? —me dijo el taxista.

Miré a mi alrededor, tratando de orientarme. No estaba bebida, pero tampoco sobria del todo.

—Mmm, sí —respondí—. Dé la vuelta a la casa, por favor.

El taxista lo hizo y saqué el monedero. Le entregué el dinero que indicaba el taxímetro, salí del vehículo y rebusqué en mi bolso, tratando de encontrar las llaves. Había olvidado dejar puesta la luz de fuera, lo que no me ayudaba. Tal vez se había fundido... normalmente la dejaba encendida todo el tiempo.

El taxista debía de ser un buen tipo, ya que esperó fuera hasta que conseguí abrir la puerta exterior del granero, antes de marcharse. Lástima que no hubiera esperado un minuto más, ya que al encender la luz casi me dio un ataque al corazón.

Zach estaba sentado en el sofá.

—Ya era hora de que volvieras a casa —dijo, con los brazos cruzados sobre el pecho—. Déjame adivinar... estás borracha. En menuda madre te has convertido, Sophie. No eres más que una jodida zorra ¿lo sabías?

Ver a mi ex cara a cara fue para mí como un golpe físico.

Quiero decir que, si alguien me hubiera dado un puñetazo en el estómago, no me habría hecho tanto daño. Me costaba respirar y tuve que agarrarme al marco de la puerta para mantener el equilibrio. Eso es lo que nadie te dice cuando eres una niña y te previenen sobre los tipos como Zach. Oyes que «abusan» de las mujeres, pero aquella palabra me parecía estéril a la hora de definir lo que me había hecho aquel hombre. No había «abusado» de mí. Me había hecho daño, me había convertido en su esclava, me había manipulado...

Me había destrozado.

Es lo mismo que cuando le pegas a un perro muchas veces con un periódico enrollado: cada vez que ve el periódico, el animal se encoge sobre sí mismo. La obediencia se convierte en instinto y en aquel momento sentí que todo aquello volvía a mí.

La zorra de Zach. Eso era todo lo que yo era.

—No puedes estar aquí —dije con voz débil, mientras me preguntaba para mis adentros cómo era posible que su mera presencia me hiciera apocarme de aquella manera—. La orden de alejamiento dice que tienes que mantenerte a kilómetros de distancia. ¿Cómo has entrado?

—Forcé la cerradura, estúpida —respondió—. Ruger me enseñó cuando éramos niños, a eso y a hacerle un puente a un vehículo. La única puta cosa que hizo por mí en su vida.

Zach se puso en pie y se acercó a mí, con un brillo malévolo en la mirada. Estaba más grande de lo que recordaba. No más alto, por supuesto, ni más gordo, pero debía de haber estado levantando pesas, porque sus músculos estaban muy desarrollados —e hinchados con esteroides, evidentemente—. Al acercarse flexionó los bíceps de forma amenazadora y sonrió al leer el miedo en mis ojos. Siempre había tenido complejo de enclenque.

El cerebro me gritaba que escapara a la carrera, pero el cuerpo no me obedecía. Había sido fuerte durante el secuestro. Había escapado de Skid y después había vuelto para enfrentarme a él.

¿Por qué no hacía lo mismo ahora?

No podía. Mi cuerpo no se movía.

En lugar de ello, me limité a mirar a Zach, que se aproximó y me rodeó la cara con las manos, apretando con los dedos hasta casi hacerme daño.

—Estás muy guapa —dijo, relamiéndose los labios, y a continuación me besó. Por supuesto no fue un beso agradable, sino de castigo. Apreté los labios con fuerza, pero él me agarró por el pelo y lo estiró hacia atrás violentamente.

—¡Abre la puta boca, zorra! —gritó.

Obedecí, porque sabía que tirarme del pelo no era nada comparado con lo que podía hacerme. Me besó durante lo que me pareció una eternidad. Su lengua parecía apuñalarme cruelmente y su boca tenía un sabor repugnante, como si no se hubiera lavado los dientes en un año. Me faltaba la respiración y los ojos se me llenaron de lágrimas.

Finalmente se apartó.

—¿Tu raja sigue siendo tan dulce como esa boquita? —dijo, tirándome del pelo otra vez—. Contesta, perra.

—No lo sé —gemí. Tenía que hacer algo, resistir, darle un rodillazo, morderle, pero no podía, me hacía sentir como una niña indefensa. Él lo sabía y yo lo notaba por el brillo de satisfacción en su mirada. Era el clásico maltratador. No entendía cómo era posible no haberlo visto claro desde el principio, pero ahora me resultaba evidente. Jodidamente evidente.

—He oído que has vuelto a follar con Ruger —susurró, con el rostro crispado—, que le mamas el rabo por toda la ciudad y que jodes también con todo su club. ¿Es cierto, zorra?

—No —dije, entre sollozos—, no es cierto.

 297

—¿Qué es lo que no es cierto? —inquirió, con una sonrisa que era como una mueca—. ¿Que follas con Ruger o con todos los del club? Lo digo porque esos no le roban a alguien su herencia así porque sí. No hacen nada gratis. Tienes que decirme exactamente lo puta que eres. Si no, no sé qué castigo vas a necesitar.

—No follo con nadie —respondí y Zach rompió a reír a carcajadas, con tanta fuerza que tuvo que soltarme y se pasó la mano por los ojos para enjugarse las lágrimas.

—Vamos a intentarlo otra vez —dijo cuando cesaron las carcajadas—. ¿Con quién estás jodiendo? Me perteneces, zorra. Dime la verdad o empezaré a romperte dedos.

Al tiempo que decía esto, me agarró rápidamente la mano derecha y me dobló hacia atrás el dedo índice. Sentí que el pánico me dominaba y lamenté no ser capaz de pensar. Mi mente estaba bloqueada y solo actuaban mis viejos instintos de supervivencia.

Acéptalo.

Haz lo que dice.

Si eres buena chica, tal vez se apiadará de ti.

—Me he acostado con Ruger —dije rápidamente y cerré los ojos, preparándome para lo que pudiera venir a continuación, aunque no hubiera manera de prepararse para algo así, en realidad. Ya anticipaba que mi dedo iba a romperse, así que me tomó por sorpresa el tremendo puñetazo que me asestó Zach en el estómago. Me doblé, tratando de tomar aire. Dios, aquello dolía.

Se echó a reír.

—Eres una chica demasiado fácil —dijo.

Qué estúpida soy, pensé mientras me agarraba con fuerza el estómago y rezaba para que no me golpeara de nuevo. Zach nunca hacía lo que se esperaba de él. Era inútil planear nada o prepararme. Era como un tornado, tan pronto aquí como allí, esparciendo dolor a su alrededor sin avisar.

Dejó de reírse.

—He tardado mucho en llegar hasta este puto sitio —dijo—. Estoy cansado y tengo hambre. Vas a prepararme algo para comer y después hablaremos sobre la gente a la que te estás follando. No queremos perdernos ningún detalle jugoso ¿verdad?

Rebusqué dentro del frigorífico, tratando de imaginar qué podía prepararle. Me dolía mucho el estómago, aunque no pensaba que me hubiera

roto ninguna costilla. Bueno, no teníamos mucha comida, pero podía preparar unos huevos con tostadas. A Zach siempre le había gustado desayunar por la noche.

—Hiciste una gran estupidez al regresar a Coeur d'Alene —comentó Zach. Estaba sentado en la pequeña mesa que teníamos entre la sala de estar y la cocina y me miraba mientras se cortaba las uñas de los dedos—. No podías mantener las piernas juntas ¿verdad? —continuó—. Nunca permitiré que te tenga. Nunca. Creía que te lo había dejado claro.

Yo no despegaba los labios, pues sabía que, dijera lo que dijese, haría que se enfureciera de nuevo. Recordaba bien aquello. A Zach le gustaba aleccionarme durante sus sesiones de castigo y, si no le escuchaba, el castigo se volvía mucho peor. Lo mejor era agachar la cabeza y esperar. Tarde o temprano se cansaría o se aburriría y entonces se habría acabado.

Al menos por un rato.

Sin embargo, nunca me libraría de él. Había pensado que podía cambiar mi vida.

Estúpida, estúpida ¡estúpida!

—Te he hablado mil veces de Ruger, pero no me escuchas —siguió Zach—. No hay manera de que te entre en la cabeza. Supongo que las zorras como tú son incapaces de controlarse. Necesitáis que os entrenen, como a los perros ¿Quieres que lo haga contigo?

Inspiré profundamente y después dejé escapar el aire con los ojos cerrados. Sabía cuál iba a ser el paso siguiente. Nuestro pequeño baile estaba muy bien coreografiado.

—Sí, Zach —respondí y sentí que mi alma se retraía hacia el interior, profundamente, como si quisiera protegerse de lo que iba a ocurrir. Si me apartaba lo suficiente de la realidad, no sentiría tanto dolor en el momento en que empezara a golpearme.

—Buena chica —murmuró él, con tono casi humano.

Me agaché para abrir el cajón que había debajo del horno, en busca de algo con lo que freír los huevos. Normalmente usaba una pequeña sartén antiadherente, pero también había allí otra bastante más grande y pesada, de hierro, que había descubierto poco después de mudarnos al apartamento.

Nunca había cocinado con ella —las sartenes de hierro me parecían extrañas y siempre me echaban atrás a la hora de preparar algo.

Mmm.

¿Por qué tenía que asustarme de una puta sartén? ¿Porque era diferente de las que solía utilizar? Cambiar la forma en que haces algo es difícil...

Pero podía hacerlo.

Podía usar aquella sartén.

Como si estuviera en un sueño, me agaché y agarré la sartén de hierro. Parecía dura. ¿Más dura que los puños de un hombre cuando golpean tu carne? ¿Más dura que las costillas rotas, que los ojos morados, que tu bebé llorando durante una hora porque mamá no puede levantarse del suelo para abrazarlo?

Cambiar tu forma de reaccionar frente a un hombre que te maltrata es duro.

Pero puede hacerse.

La sartén era pesada. Pesada de verdad. Sin embargo, mis brazos eran fuertes. Había sostenido en ellos a Noah durante años y aquello no era nada en comparación. Me incorporé, coloqué la sartén sobre la cocina y encendí el fuego.

—Creo que tenemos que aclarar algo —dijo Zach, reclinándose en su asiento y sonriéndome, muy satisfecho de sí mismo. Solo habían pasado unos segundos desde el momento en que saqué la sartén, pero todo había cambiado. Podía sentir cómo mi alma salía poco a poco del escondite en el que se había enroscado.

—Me enviaste a la cárcel —continuó Zach—. Aquello no estuvo nada bien y reconozco que me tuvo jodido durante un tiempo, pero te dejé salirte con la tuya. Después me robaste mi dinero y eso es más de lo que un hombre puede aguantar. Si ahora intentas algo, te mataré. Es más, no te mataré solo a ti, mataré también a Noah. Nunca me gustó esa mierdecilla.

Sentí un nuevo puñetazo en el estómago, aunque no había usado los puños esta vez. No le hacía falta.

Observé la sartén, que se calentaba lentamente.

—Tal vez solo lo haga desaparecer —murmuró Zach—. Me lo llevaré y lo encerraré en algún sitio. Nunca volverás a verlo y no sabrás si está vivo o muerto. Si te portas muy, muy bien, tal vez te diga donde está cuando cumpla dieciocho años.

Me di la vuelta para sacar los huevos del frigorífico y le miré durante un instante. Él observaba atentamente su puño derecho, lo abría y lo cerraba, flexionando los músculos del brazo. Dejé el cartón de los huevos sobre la encimera y saqué un bol para batirlos —le gustaban revueltos, unos

cuantos enteros y algunas claras extra para que tuvieran más proteína. Empecé a romperlos y las cáscaras blancas se me antojaron pequeños cráneos.

Se abrían tan fácilmente...

De nuevo miré a Zach de reojo. Seguía a lo suyo, examinándose la mano, abriendo y cerrando los dedos.

Preparándose para golpearme de nuevo.

—Creo que voy a follarte por detrás —dijo, con aire distraído— y haré que me supliques más. Eso sí que lo que he echado de menos todo este tiempo, la forma en que suplicas.

Sentí una fuerte presión en el pecho, pero me contuve y no reaccioné a sus palabras. En lugar de eso, agarré un trapo y envolví con él el mango de la sartén, que estaba muy caliente. Respiré hondo y pensé en Noah, en el aspecto que tendría su carita una vez que Zach hubiera acabado con él. No. Aquello no ocurriría.

Puedes hacer esto, me dije, y sabía que era cierto. Podía.

Levanté la sartén y di tres pasos hacia Zach. La alcé bien alto y la dejé caer con todas mis fuerzas contra su cabeza.

Ni siquiera la vio venir.

A continuación le golpeé una segunda vez y una tercera, por si acaso.

Un fuerte olor a carne quemada llenó el aire en la cocina.

Sonreí.

Ruger

Sintió que su teléfono vibraba y consideró seriamente la posibilidad de no hacerle ni caso.

Eran casi las tres y media de la madrugada y las chicas habían llegado al arsenal hacía una hora. Ruger nunca había visto a Marie tan borracha. Llevaba un velo blanco en la cabeza, una banda cruzada sobre el pecho con la palabra «novia» y, en las manos, como un trofeo, un extraño aparato eléctrico que vibraba. Maggs le explicó que era un juguete sexual, pero Ruger no alcanzó a imaginar para qué demonios servía.

Horse también estaba bebido, aunque no tanto como Marie. Poco después de llegar las chicas, se había llevado a su prometida a una de las habitaciones de arriba y allí continuaban, aunque Dancer estaba intentando convencer a las otras de que debían ir a rescatar a Marie. Entre todas estaban armando más escándalo que un grupo de brujas en un aquelarre.

Ruger sacó el teléfono móvil y vio el nombre de Sophie. Mierda. ¿Y ahora qué? Estaba intentando darle espacio, pero era muy jodido pretender que todo estaba bien mientras esperaba a que ella se aclarase. La echaba de menos. Los Jacks la habían mantenido secuestrada durante menos de un día, pero aquellas horas sin ella casi habían acabado con él.

Necesitaba tenerla junto a él. Y ahora. No sabía cuánto tiempo más podría aguantar aquella situación.

—Eh, Soph —dijo al teléfono, mientras salía al cálido aire nocturno. Eran ya finales de septiembre, pero hacía muy buen tiempo, una perfecta noche de «verano indio».

—Ruger —dijo Sophie con voz extraña—. Mmm, tengo un gran problema.

—¿De qué se trata? —respondió él.

—Creo que no puedo decírtelo por teléfono —dijo ella—. ¿Podrías venir a casa? Quiero decir... sé que estás en la fiesta. ¿Te encuentras bien como para conducir?

Mierda y más mierda. Algo iba muy mal. Su voz lo gritaba.

—Sí, puedo conducir —respondió Ruger y por suerte era cierto. Su estado de ánimo no le había permitido beber, pues tenía demasiadas cosas en la cabeza. En aquel momento sintió que la respiración de Sophie se entrecortaba.

—¿Quieres que lleve a alguien conmigo? —le preguntó, alarmado.

—Creo que es mejor que seamos discretos —respondió ella—. Tengo un problema aquí y no sé muy bien qué hacer.

—¿Estás herida? —inquirió Ruger.

—Me parece que no —respondió—. Ese no es el problema. Ruger, he hecho algo malo. Me gustaría que vinieras lo antes posible. Necesito que me digas qué debo hacer. Sé que te he pedido que te alejes de mi vida, pero estaba equivocada. No puedo con esto yo sola.

—De acuerdo, nena —respondió Ruger—. Voy para allá.

Veinte minutos más tarde, Ruger aparcó la moto junto al granero de Elle. Sophie estaba sentada en el pequeño porche por el que se accedía al apartamento, con los brazos agarrados a las rodillas. Tenía un aspecto increíblemente frágil, como si se fuera a romper en pedazos en cuanto la tocaran. Su rostro estaba salpicado de pequeños puntos rojos.

Sangre. Joder.

—¿Qué ha ocurrido, Soph? —dijo Ruger, agachándose junto a ella—. ¿Te has caído o algo?

—No —respondió ella, con voz tranquila, pero con ojos vacíos—. Zach me dio un puñetazo en el estómago y amenazó con matar a Noah, así que lo maté yo a él.

Ruger se quedó helado.

—¿Cómo has dicho? —inquirió lentamente, preguntándose si había tenido una alucinación auditiva.

—Zach me dio un puñetazo en el estómago y amenazó con matar a Noah, así que lo maté yo a él —repitió Sophie, mirándole a los ojos—. Estaba furioso conmigo porque había oído que me había acostado contigo. Siempre ha estado loco de celos, ya lo sabes. No sé lo que le provocó esta vez, pero debe de haber estado espiándome de alguna manera, porque sabía exactamente cómo dar conmigo. Me estaba esperando en el apartamento y me lo encontré al llegar. Me obligó a besarle y después empezó a hacerme preguntas y me dio un puñetazo. Amenazó con matar a Noah y sabía que hablaba en serio, así que le golpeé en la cabeza con una sartén y ha muerto.

Ruger tragó saliva. No lo sentía por Zach, pero el lío en que estaban metidos era de los de cagarse en los pantalones.

—¿Estás segura de que está muerto? —preguntó y Sophie asintió con la cabeza, lentamente.

—Le di muchas veces, para asegurarme —replicó, tranquila hasta el exceso—. Le tomé el pulso y está muerto, seguro. Espero que me digas qué debo hacer ahora. Como ves, al final he hecho mi propio trabajo sucio, Ruger, pero no sé cómo terminarlo.

Maldita sea. No tenía que haberla dejado sola. Debería haber acudido a ver si todo estaba bien cuando llegó el resto de las chicas. A la mierda con lo de dejarle espacio.

—De acuerdo —dijo por fin Ruger—. ¿Dónde está Noah?

—Lo dejé con Elle para que pasara la noche en su casa —respondió Sophie—. Hemos quedado en que mañana le despertaría y le prepararía para ir al colegio. Yo le recogeré y le dejaré de camino al trabajo.

Bueno, eso al menos estaba bien.

—Voy a entrar a echar un vistazo —dijo Ruger—. ¿Te parece bien?

—Claro —respondió ella—. Ningún problema. Yo mejor me quedo aquí ¿no?

—Eso es —le dijo él, colocándole la mano contra la mejilla. Ella se apoyó al sentir el contacto y sus ojos se llenaron de lágrimas. Ruger se levantó y entró en el apartamento.

Joder...

Zach estaba en el suelo, con el cabello apelmazado en un amasijo sanguinolento. En el aire flotaba un hedor espantoso, a carne quemada y pelo chamuscado. La sartén estaba junto al cuerpo de su hermanastro, manchada de sangre por los lados. Todo alrededor había salpicaduras. Tendrían que trabajar de firme para limpiar todo aquello.

Ruger comprobó el pulso de Zach, por si acaso, pero Sophie estaba en lo cierto. Estaba muerto. Aquello era un lío monumental y les llevaría mucho trabajo ponerlo todo en orden.

Sin embargo, estaba orgulloso de ella.

Se había defendido cuando había hecho falta y, en última instancia, él había sido el responsable de todo aquello. Debería haber matado a Zach hacía cuatro años y de nuevo ahora, cuando fue a recoger el dinero de la ayuda familiar. Había sido demasiado blando.

Se había contenido por Noah.

No había querido matar al padre del niño y tampoco había querido hacerle eso a Sophie. Ella había querido a Zach, por razones que Ruger nunca había podido comprender, así que había decidido darle una última oportunidad y al final ella había tenido que rematar la tarea.

Jodido idiota.

Ruger sacó el teléfono móvil y llamó a Pic.

—Soy Ruger —dijo—. Estoy en casa de Soph. ¿Podrías echarme un cable? La situación es delicada. Necesitaremos gente y una furgoneta, creo.

—¿Cómo de delicada? —preguntó Picnic, que por suerte tampoco había bebido mucho. Ninguno de los dos se había relajado demasiado después del secuestro y aquella vigilancia podía salvarle ahora el culo a Sophie.

—Tanto como puede serlo —dijo Ruger, críptico—. Deberíamos hablar en persona.

—Entendido —dijo Picnic y colgó. Ruger salió y encontró a Sophie aún en el porche. Se sentó junto a ella y la rodeó con sus brazos. Tiritaba.

—Eh, Soph —susurró, rozándole el cuello con los labios. Ella se apoyó contra él y Ruger se dio cuenta de que estaba llorando en silencio y de que le rodaban lágrimas por las mejillas.

Mejor. Era mejor el llanto que la calma inquietante que había visto antes en ella.

—Lo siento mucho, Ruger —dijo—. Siempre estoy llamándote para arreglar las cosas, para hacer el trabajo duro. Primero Miranda, ahora esto. Debería haber llamado a la policía.

—De eso ni hablar —replicó él—. No necesitamos para nada meternos en ese jaleo. Podrían considerar que actuaste en legítima defensa o tal vez no, sobre todo si comprueban que continuaste golpeándole. Estaba sentado cuando le atacaste ¿correcto? No iba a pegarte.

—La verdad es que no —dijo—. Estaba ahí sentado, mirándose las manos, y se suponía que yo estaba preparando huevos.

—Hiciste lo que tenías que hacer —dijo Ruger, esperando que ella le creyera—. Él se lo buscó. Amenazó a tu hijo, Soph. Tenías que protegerle, eso es lo que hace una madre.

Ella asintió con la cabeza.

—Lo sé —replicó—. Dijo que nos mataría a los dos y sé que hablaba en serio. La orden de alejamiento no sirvió para una mierda. La cárcel solo le frenó durante un tiempo. ¿Y si le hubiera hecho daño a Noah la próxima vez? No podía arriesgarme.

—Nosotros nos encargaremos de limpiar todo esto —dijo Ruger, apoyando su mejilla en la cabeza de ella y aspirando su perfume, sin que su miembro fuera tan inoportuno como para reaccionar, por una vez—. Con suerte nadie se habrá enterado de que se dirigía hacia aquí. Simplemente desaparecerá del mapa. Si la poli viene haciendo preguntas, diremos que fui yo ¿de acuerdo?

—No puedes... —comenzó ella, pero Ruger la interrumpió.

—No te preocupes, entrar en la cárcel no forma parte de mis planes —dijo—. Si hacemos las cosas bien, no habrá ningún problema. No ha estado aquí. No ha pasado nada, pero si la mierda cae sobre el ventilador, harás lo que te digamos, el abogado del club y yo ¿de acuerdo?

—Es que me siento fatal por arrastrarte a esto —dijo Sophie.

—Somos una familia —susurró Ruger— y nos cuidamos unos a otros. Así funcionan las cosas, nena. Tú te defendiste muy bien y también a Noah. Ahora yo os protegeré a los dos. Mis hermanos me cubrirán las espaldas y todos juntos superaremos esta situación.

—Somos una familia ¿verdad? —dijo Sophie.

—Siempre lo hemos sido —respondió él.

Ella asintió despacio con la cabeza y él la estrechó entre sus brazos. Los dos se quedaron allí, muy juntos, esperando la llegada de los Reapers y escuchando el coro de las ranas y los grillos en la oscuridad que los rodeaba.

Capítulo 17

Sophie

Ruger, Picnic y Painter se encargaron de Zach. Lo hicieron desaparecer junto con la sartén, mis ropas y todo aquello que pudiera representar una prueba de lo que había ocurrido.

Borrar de la existencia una vida humana no era tan sencillo.

Ruger me hizo tomar una ducha y después me acosté en la cama de Noah, para tratar de dormir algo. Aun si no hubiera estado terriblemente inquieta, el dolor que sentía me habría impedido descansar de todos modos. El puñetazo de Zach me había hecho daño de verdad, aunque al menos no se veía la marca. El sol ya empezaba a asomar cuando oí cómo Ruger entraba de nuevo en el apartamento y abría la ducha. Veinte minutos más tarde, entró en el dormitorio, se acostó junto a mí y me abrazó.

Me di la vuelta y me refugié en su cuerpo, agarrándome a él con fuerza.

—Gracias —susurré con emoción contenida, no solo por lo de aquella noche, sino por todo—. Gracias por estar ahí siempre para mí.

—Es lo que quiero —susurró Ruger, acariciándome el pelo para tranquilizarme.

—Estaba equivocada —dije.

—¿Mmm?

—Estaba equivocada respecto a ti —repetí—. Decía que no quería tener nada que ver contigo, que el club hace cosas horribles, pero soy yo la que hace cosas horribles.

—Has sobrevivido —respondió Ruger con voz firme— y has protegido a tu hijo. Eso no es algo horrible.

—Cuando te llamé, podías haberme enviado a la mierda —repliqué—. No tenía ningún derecho a arrastrarte a esto. Ahora eres mi cómplice.

—Nena, se ha acabado —dijo—. Dejemos que todo esto quede atrás. No necesitamos volver a hablar de ello. Es más, no deberíamos hablar de ello.

—De acuerdo —susurré—. ¿Y qué pasa con nosotros? Creo que esto lo cambia todo.

—No tenemos que decidir nada ahora, Soph —dijo— Intenta dormir un poco. Dentro de una hora tienes que levantarte para ir al trabajo. Va a ser un día muy largo y tienes que aguantar. Lo bueno es que, si alguien te pregunta, puedes decir que estás hecha polvo por la fiesta de ayer. Hay muchos testigos, por suerte.

—Ojalá pudiera tomarme el día libre —dijo—, pero supongo que no es muy bueno llamar y decir que estoy fatal después una fiesta cuando llevo tan poco tiempo en el trabajo.

—Seguramente no —confirmó Ruger, besándome en la cabeza—. Como te dije antes, no tenemos que decidir nada ahora, pero voy a quedarme un rato contigo. No quiero que estés sola.

No se me ocurrió discutir. La verdad era que no quería quedarme sola para nada. Nunca he creído en fantasmas, pero estaba segura de que el de Zach planeaba acosarme.

Toda la vida, seguramente.

Una semana más tarde, aún no habíamos aclarado las cosas.

El sábado siguiente después de la muerte de Zach, Ruger nos llevó de nuevo a vivir a su casa y esta vez no opuse resistencia. Me instaló en el mismo dormitorio, en la planta del sótano, y aunque pasábamos casi todas las tardes juntos, nunca iba más allá de un rápido beso de buenas noches.

Yo se lo agradecía más de lo que hubiera podido expresar.

Las cosas habían cambiado entre nosotros de manera profunda y ambos éramos conscientes. Todas nuestras peleas y piques mutuos del pasado nos parecían tonterías ahora. También había terminado la

agonía de mis dudas sobre si debía o no estar con él. Cuando un hombre se encarga de hacer desaparecer un cadáver para ti, pierdes toda tu superioridad moral.

Nada implica un mayor compromiso que ser cómplice de un asesinato.

Tarde o temprano, estaríamos juntos. Lo único que ocurría era que yo aún no estaba preparada y Ruger, para mi sorpresa, se mostraba paciente. A los dos nos preocupaba que un nuevo cambio de escenario pudiera afectar a Noah, pero se lo tomó muy bien: la verdad era que, para él, nuestro apartamento en el granero de Elle no había sido más que un lugar extra para dormir.

Elle se limitó a sonreír como el gato de *Alicia en el país de las maravillas* cuando le dije que nos mudábamos.

Aparentemente la vida seguía después de asesinar a alguien.

El siguiente viernes por la noche, Marie y Horse celebraron la cena de prueba para su boda. La ceremonia propiamente dicha iba a tener lugar en el arsenal, lo que al principio me pareció extraño. El lugar concreto, sin embargo, no era ni el edificio ni el recinto de las fiestas. Fuera del recinto se extendía una pradera donde los miembros del club solían acampar para sus eventos al aire libre. La pradera limitaba con un bosquecillo de árboles centenarios, que formaban una cubierta natural, perfecta para una boda. Ya había tiendas de campaña levantadas a lo largo de los límites de la pradera, aunque el centro de la misma y la zona del bosquecillo estaban rodeadas por cintas de color naranja, que las señalaban como reservadas para la ceremonia.

Yo me ofrecí para cuidar de los niños durante la cena de prueba, incluidos los dos hijos de Dancer. Nos dirigimos al pequeño parque infantil, donde los críos se lanzaron a correr y a columpiarse como animales salvajes, gritando sin parar. La cena de prueba iba a tener lugar allí mismo, en el recinto, y pronto tuve que combinar mi tarea de niñera con la de ayudante de la encargada del *catering*, de nombre Candace, una chica con un agudo sentido del humor.

También conocí a la madre de Marie, Lacey Benson, y a su padrastro, John.

Lacey era... peculiar.

Se parecía muchísimo a Marie, tanto que a primera vista se podría haber pensado que las dos eran hermanas. Lo único, mientras que Marie se dejaba el pelo al natural, suelto y encrespado, Lacey lo llevaba arreglado con un estilo perfecto de peluquería —un corte de los caros— y con toneladas de laca. Marie no solía llevar maquillaje, mientras que Lacey hacía de él un uso magistral y su ropa no parecía arrugarse jamás. Sería el vivo ejemplo de una matrona estilosa, de no ser por el olor a tabaco que flotaba a su alrededor.

Por lo demás se mostraba muy segura de sí misma, era sorprendente en todo momento y, en fin... estaba más loca que una cabra.

Locura nada sutil, eso desde luego.

Lacey exhibía una energía maníaca que nada parecía poder contener. Revoloteaba alrededor de Marie como un colibrí, obviamente entusiasmada con la boda de su hija. Solo mirarla resultaba agotador.

No tardé en darme cuenta de que Candace no era solo una buena persona, sino que merecía la categoría de santa. Cada vez que Lacey le pedía que lo rehiciera todo, ella la complacía con una sonrisa en los labios. Fue realmente impresionante, ya que se lo pidió al menos siete veces.

Y eso antes de empezar, porque hubo una octava más mientras estaban ya sirviendo la comida.

Después de la cena, Lacey se levantó y pronunció un larguísimo brindis, durante el cual contó historias que estoy segura que a Marie no le gustó oír en público. Así nos enteramos de que, cuando era muy pequeña, detestaba llevar ropa puesta y que se la quitaba siempre que podía, incluso un día en la tienda de comestibles. También supimos de una vez en la que le dio por montar a la cabra de su vecino... con espuelas.

No faltó por supuesto el relato del día en que su hija le presentó a Horse, lo que derivó en una enrevesada digresión sobre cárcel, policías, autocontrol, su marido y armas de fuego.

Obviamente recelosa de que le hubieran podido robar protagonismo, la madre de Horse intervino en la misma línea y relató cómo su hijo se había negado a hacer pipí en la casa durante sus cinco primeros años de vida, algo que a su padre le pareció increíblemente divertido y que había fomentado.

Sin embargo, el brindis de Dancer dejó pequeños a los demás. Después de ponerse en pie delante de toda la concurrencia, pidió que Marie saliera a la palestra para una presentación especial. Entonces sacó el caballito de peluche del que nos había hablado la noche en que las conocí a todas, al cual había colocado un precioso arnés y sus riendas a juego.

Maggs y Em completaron la presentación con una Harley en miniatura para que el caballito pudiera montar.

Marie se echó a reír de forma tan histérica que casi se ahogó con el champán. Horse, con sonrisa poco alegre, echó el brazo sobre los hombros de su hermana, en una especie de abrazo de oso, y la obligó a inclinarse para frotarle la cabeza con los nudillos. Dancer gritaba y pataleaba, pero Horse no la soltó hasta que ella confesó que se lo había inventado todo, lo que ninguno creímos ni por un momento.

Noah y yo nos retiramos hacia las nueve, justo cuando la cosa empezaba a ponerse interesante. Durante todo el día no habían parado de llegar invitados, que iban acampando en los alrededores del arsenal y que se unieron a la fiesta al acabar la cena de prueba. Yo estaba agotada, me dolía todo el cuerpo, así que me alegraba de tener un pretexto para irme. Aún tenía hematomas por el ataque de Zach, aunque por suerte no me había roto ninguna costilla. Me dejé caer en la cama, sola, deseando que Ruger estuviera allí junto a mí.

El día de la boda amaneció soleado, una mañana preciosa.

Horse y Marie se habían arriesgado al planificar una boda al aire libre para primeros de octubre, pero les había salido muy bien la jugada, ya que pocos sitios hay más bonitos que el norte de Idaho en otoño. Entre el verde de los pinos y abetos que cubrían las colinas se veían manchas de color amarillo y naranja, diseminadas aquí y allá. El aire traía un potente aroma que me recordaba a la sensación que se siente al morder una manzana caramelizada.

Me costó un mundo mantener a Noah dentro de casa mientras me preparaba. Sabía que acabaría con la ropa llena de barro al final del día, pero quería que empezara limpio, por lo menos. Ruger no había dormido en casa. Supuse que habría pasado la noche de juerga en compañía de Horse y me pregunté qué habrían hecho.

En la fiesta había decenas de personas y muchas de ellas eran del sexo femenino. Después del secuestro, Ruger me había dicho que no quería saber nada de ninguna otra mujer, que estaba dispuesto a serme fiel.

Incluso me había dado un tierno beso de buenas noches al despedirnos junto a mi vehículo.

Sin embargo, no estaba segura de cuáles eran los términos de nuestro nuevo acuerdo y de dónde estaban ahora los límites. Aún no habíamos hablado de ello. No nos acostábamos juntos. ¿Significaba eso que él se estaba acostando por ahí con otras? ¿Con múltiples «otras»?

Con solo pensarlo me ponía enferma.

Podía simplemente preguntarle. Esas eran cosas que él nunca me diría por iniciativa propia, pero tampoco me mentiría si yo le interrogaba. El problema era que no estaba segura de querer oír la respuesta.

Llegué al arsenal una hora y media antes de la hora prevista para el comienzo de la ceremonia. Había automóviles por todas partes y motos también. Las chicas habían trabajado duro aquella mañana para decorarlo todo. Mientras aparcaba vi a Painter, que me saludó amistosamente con la mano. Rodeé el edificio del arsenal y dejé que Noah se uniera al grupo de niños que correteaban por los alrededores. No permitían que nadie se quedara en el recinto de las fiestas, porque estaban preparando la recepción allí.

Al llegar vi a Picnic apoyado en el muro, que observaba a los niños, pensativo. Cuando me vio, saludó con la mano.

—¿Qué tal estás? —dijo.

—Bastante bien —respondí, encogiéndome de hombros. Miré hacia todas partes y así conseguí tragarme algo que había querido decirle la noche anterior.

—Gracias por ayudarme —añadí, por fin—. El fin de semana pasado, quiero decir.

—No te preocupes, no ocurrió nada —respondió él, estudiándome con atención—. Aparte de eso, quería preguntarte algo.

—Adelante —dije. Estaba realmente en deuda con él.

—¿Sabes qué pasó entre Em y Hunter? —preguntó—. No ha vuelto a ser la misma. No me dice una mierda y eso no es normal. Siempre ha sido mi chica, la que me contaba todo lo que le ocurría, mucho más que su hermana. Ahora se cierra en banda.

Suspiré y le miré fijamente. Sus ojos de color azul intenso reflejaban preocupación y me di cuenta del dolor que le causaba tener que preguntarme aquello.

—No tengo ni idea —respondí—. Estuvo sola con él la primera noche y al día siguiente otra vez, durante una hora. Em no me contó lo que había pasado, pero no creo que la violara, si es lo que temes. No se comportó para nada como una víctima. Estaba furiosa con él, realmente cabreada. Eso es más o menos todo lo que puedo decirte.

—Bueno, ya es más de lo que me ha dicho ella hasta ahora —comentó Picnic, con gesto tenso—. Está arriba, con Marie. Sube tú también, si quieres. Son como una bandada de putas arpías. Antes quise ir, para hablar con Em, y no me dejaron entrar en la habitación.

—Tengo que vigilar a Noah —respondí y Picnic miró hacia el grupo de niños que correteaban por la hierba.

—No te preocupes, no va a ir a ningún sitio —dijo—. Hay un montón de adultos por aquí. Deberías estar con Marie.

—Pero si tampoco nos conocemos tanto —protesté—. Me siento un poco rara...

—Querida, tú ya eres parte del club igual que cualquiera de nosotros —repuso Picnic, en tono de mando—. Es difícil implicarse más a fondo. Diviértete también un poco.

El presidente de los Reapers de Coeur d'Alene sonrió y de nuevo me sorprendió lo atractivo que era para un hombre de su edad.

—Está bien, voy a ver qué hacen —respondí.

—Que lo pases bien —me dijo él— y por favor, échale un ojo a Em. Si se te ocurre alguna manera de que pueda ayudarla, dímelo.

—Por supuesto —respondí.

Encontré a Marie en uno de los dormitorios del tercer piso.

Al pasar por la cocina, Maggs me había reclutado para que la ayudara a llevar cervezas arriba. Al parecer Marie había decidido que casarse con Horse completamente sobria no era muy buena idea. Como nosotras éramos sus amigas, se suponía que debíamos beber con ella, porque eso es lo que hacen los amigos.

Que no se dijera que dejábamos tirada a una de las nuestras cuando nos necesitaba.

Mientras subíamos con las cervezas, Maggs me comentó que nunca había visto tan guapa a Marie... ni tan estresada. Cuando nos acercábamos a la habitación, la oí gritar algo sobre que ya era una persona adulta y que tomaba sus propias decisiones. Abrí la puerta y deposité la caja de cervezas en el suelo, con un tintineo de botellas.

Marie estaba en el centro de la habitación y llevaba un vestido blanco verdaderamente precioso: amplio, de línea muy clásica, con escote corazón y ajustado en la cintura, para destacar su esbelta figura. Llevaba recogido su abundante cabello castaño, pero sus rizos se desparramaban hacia los lados en una auténtica cascada, con pequeñas flores ensartadas aquí y allá. Sin velo.

Deduje que había acabado hasta las narices del tul blanco durante el paseo en la limusina.

—¡Te quiero! —exclamó al verme, aunque no estoy segura de que supiera exactamente quién era yo, pues fueron las cervezas sobre lo que se

313

abalanzó en realidad. Agarró una botella y la destapó utilizando el anillo de compromiso. Se bebió el contenido casi sin respirar y a continuación se encaró con su madre.

—Mi hija no va a llevar cuero negro en su boda —proclamo Lacey con la prenda del delito en la mano. Era el chaleco de cuero de Marie, con el parche que decía «propiedad de Horse».

—Horse quiere que lo lleve —replicó la aludida—. Es importante para él.

—No te va nada con el vestido —repuso Lacey a su vez—. Es ridículo. Este es tu día y tienes que ir como una princesa.

—Si es mi día ¿por que no puedo llevar lo que quiera? —preguntó Marie, alzando la voz. Lacey estrechó la mirada.

—¡Porque yo soy tu madre y sé lo que realmente quieres! —gritó—. Joder, necesito un cigarrillo.

—Yo no quiero que mi vestido huela a tabaco —replicó Marie— y quiero que mi día sea realmente mi día. Dame el puto chaleco.

—¡No! —respondió Lacey y miró frenética a su alrededor. De pronto vio unas tijeras en una mesa, las agarró y las blandió contra el chaleco.

—¡Quieta ahí o lo destrozo! —amenazó y todas nos quedamos de piedra.

—¿Y qué tal si le quitas el parche de propiedad y se lo coses al vestido? —propuse, inspirada por las tijeras—. Así podrías llevarlo sin que el chaleco estropee la línea del vestido para las fotos.

—No se puede quitar el parche —intervino Cookie—. Eso sería como divorciarse de Horse, pero podemos hacer una fotocopia y prenderla al vestido.

Se hizo el silencio en la habitación, mientras Marie y su madre libraban una sorda batalla con sus miradas. A Lacey se le dilataron las aletas de la nariz.

—Podría vivir con eso —dijo por fin Marie, lentamente, y todas nos volvimos hacia Lacey, que asintió con la cabeza.

—Puedo aceptarlo —dijo.

Entonces ambas se miraron en silencio largo rato. Lacey alargó el chaleco lentamente y Marie se lo quitó de la mano con un rápido gesto. Dancer lo agarró a su vez y se dirigió al piso de abajo, presumiblemente en busca de la fotocopiadora.

—Salgo a fumar y a pensar sobre mis condiciones de paz —dijo Lacey mientras nos taladraba a todas con la mirada, una por una—. Cuando vuelva, la copia del parche estará cosida al vestido, pero de forma que no

sea visible de frente, para que no salga en las fotos. Como la vea de frente, tendremos un problema y no habrá condiciones de paz que valgan para salvaros el culo ¿queda claro?

Dicho esto, salió de la habitación.

—Necesito otra cerveza —gruñó Marie. Le di una rápidamente y reservé otra para mí. Joder. Y pensar que la señora ya me había parecido una loca solo con lo de la noche anterior...

Marie dio buena cuenta de su cerveza mientras Dancer reaparecía, jadeante, pero con rostro triunfal. En sus manos sostenía una copia en color del parche.

—¿Dónde quieres que la pongamos? —le preguntó a Marie—. Tenemos que prendértela en el vestido justo antes de que empieces a caminar hacia el altar.

—Pónmela en el trasero —replicó ella—, para que mi madre tenga que verla durante toda la jodida ceremonia.

Yo estaba bebiendo un trago de cerveza en aquel momento y por poco no me ahogué de la risa. Me tapé la boca con la mano y me salió la cerveza por la nariz, lo que contagió a todas las demás. A Dancer se le saltaban las lágrimas y todas tuvimos que dedicar un rato a limpiarnos el maquillaje, que se nos había corrido de los ojos.

—Me gusta la idea de colocártela ahí detrás —dijo, conteniendo una nueva carcajada—. Por un lado servirá para fastidiar a tu madre y por otro le enviará a Horse el mensaje adecuado.

Marie abrió mucho los ojos.

—Oh, tienes razón —susurró—. Hagámoslo.

Y así fue cómo Marie acabó casándose con Horse con un parche de propiedad en el trasero.

Todas acompañamos a Marie escaleras abajo y después Em y Dancer se la llevaron al lugar donde debía permanecer escondida hasta que empezara la ceremonia. Yo salí a recoger a Noah y nos dirigimos a la pradera, que había sido transformada desde la noche anterior.

Había allí al menos el doble de tiendas de campaña que la víspera, seguramente más de un centenar. Los moteros habían instalado un pequeño altar de madera y sillas en filas, dejando un pasillo en medio, como en cualquier boda al aire libre.

Sin embargo, aquella no era una boda cualquiera, sino una boda de los Reapers y, por lo que se veía, a los miembros del club les gustaba dejar en todo su sello particular. Los chicos habían aparcado sus motos a ambos lados del pasillo central, formando una reluciente senda de metal cromado para que la siguiera Marie.

Tuve que admitir que era estupendo.

En mi calidad de «lo que fuera» de Ruger —que era el padrino del novio—, tenía un lugar reservado en la primera fila, junto a Maggs, Cookie y Dancer. Allí nos sentamos a esperar, sin que Noah parara un minuto de removerse, inquieto. Diez minutos después, el sistema de megafonía cobró vida y el oficiante pidió a todos los asistentes que se dirigieran a sus asientos.

Horse y Ruger salieron de detrás de los árboles y se situaron junto al altar, para esperar a la novia. Los dos llevaban *jeans* de color negro, camisas de un blanco reluciente abotonadas hasta el cuello y sus chalecos del club. El oficiante también llevaba chaleco de cuero, aunque no era miembro de los Reapers.

—Es el capellán de Spokane —me comentó Maggs, en un susurro—. Ya ha hecho cosas antes para el club. Un buen tipo.

Asentí con la cabeza y todos miramos hacia atrás a la vez cuando las notas de la marcha nupcial llenaron la pradera. La primera en recorrer el pasillo de motos fue una niña muy pequeña, a quien yo no conocía, y que llevaba en las manos una cesta llena de pétalos de flores que iba esparciendo a su paso. A continuación llegaron los dos hijos de Dancer, con las alianzas. La madre y el padrastro de Marie fueron los siguientes y, a continuación, el rugido del motor de una Harley se hizo presente en la pradera.

Estiré el cuello y vi a Picnic al volante de su moto, con Marie detrás, avanzando lentamente hacia el lugar de la ceremonia. Abrí mucho los ojos, encantada. Maggs rió y se inclinó hacia mí.

—A su madre no le dijimos nada de este pequeño detalle —dijo.

Miré hacia el altar y vi a Lacey, que observaba todo con ojos entrecerrados y suspicaces. John le rodeó los hombros con el brazo y le susurró algo al oído. Ella le miró, con cara de resignación, y se encogió de hombros. Por lo visto sabía reconocer cuándo había sido derrotada.

Picnic se detuvo al principio del pasillo, donde Em y Dancer —las damas de honor—, esperaban para ayudar a Marie a bajar de la moto y a alisarse el vestido. A continuación, Picnic tendió el brazo a Marie, las dos damas avanzaron a lo largo del pasillo, para abrir camino a la novia, y esta y su padrino las siguieron.

Y entonces fue cuando empezaron a oírse risas entre las filas de atrás.

La gente que estaba sentada junto a nosotras se miraba, confusa, y yo me fijé en Horse y vi como se inclinaba hacia Ruger y le decía algo al oído, con el ceño fruncido. Las risas aumentaban de volumen a medida que Marie avanzaba y, cuando llegó al final del pasillo, pude ver por fin la copia del parche que llevaba prendida con ostentación en el trasero, tal y como había prometido.

Picnic se detuvo y dio un paso atrás mientras Horse se acercaba para ofrecer el brazo a Marie. Ella le susurró algo al oído, él se inclinó para mirar detrás y descubrió el parche. Horse sonrió de oreja a oreja y yo miré de reojo a Lacey, que se mordía el labio para no echarse a reír. Al cruzar la mirada con su hija, le guiñó el ojo para reconocer que había perdido la partida. En cuanto las risas fueron cediendo, comenzó la ceremonia.

Fue todo bastante rápido y no recuerdo bien los detalles. A cada rato miraba hacia Ruger y lo encontraba con los ojos fijos en mí y con expresión seria. Sin embargo, me di cuenta de dos importantes detalles. Uno, que el nombre completo de Horse era Marcus Antonius Caesar McDonnell —que Dios le ayude.

El segundo, que Marie no prometió obedecerle.

Buena chica.

Finalmente, el sacerdote los declaró marido y mujer y Horse le dio un beso a Marie como para haberla dejado directamente embarazada. El tema *Pour Some Sugar On Me*, de Def Leppard, sonó por los altavoces y Horse llevó a Marie en brazos de vuelta por el pasillo, entre los vítores de los moteros —y es un hecho que los moteros vitorean con mucha energía.

Ruger acompañó a Dancer en el mismo recorrido y Em caminó sola.

—Reservaron el segundo puesto para Bolt —dijo Maggs, con los ojos húmedos—. Siempre le dejan su sitio vacío. Están esperando a que regrese.

Miré a Cookie, que se había puesto muy pálida.

—¿Estás bien? —le dije y ella me sonrió, tensa.

—Disculpadme, tengo que ir a encargarme de Sylvie —dijo y aclaró, ante mi cara de interrogación—. La niña de las flores. Es mi hija.

—Oh, es una preciosidad —comenté, pero Cookie ya se había levantado.

Desde que empecé a conocer por dentro el mundo de los Reapers, me había dado cuenta de unas cuantas cosas.

Para empezar, eran ferozmente leales los unos con los otros. A veces parecían hablar en clave y tenían sus propias reglas y formas de hacer las cosas. No les gustaban los policías y sabían cómo hacer desaparecer cadáveres. Sin embargo, uno no los conocía en su verdadera esencia hasta que no les veía celebrar una fiesta.

¿Y si se trataba de una boda y había allí una pirámide de barriles de cerveza?

El lugar no tardó en estallar por los aires.

La madre de Marie sabía cómo organizar una recepción, eso también era un hecho. Cuando entré en el famoso recinto de las fiestas, vi que lo habían transformado en algo que, si bien no podía decirse que fuera elegante, tenía desde luego un aspecto muy divertido. Las luces brillaban por todas partes, la música sonaba a todo trapo y en las mesas había suficiente comida como para alimentar a un ejército.

¿Y lo mejor de todo? Había animación para los niños.

Lacey había contratado a todo el personal de una guardería y habían instalado un área infantil completa, con juegos, concursos, material para pintarse la cara y hasta un puto pony de verdad para dar paseos. Los niños tenían además su pequeño bufé aparte, donde podían pedir hamburguesas y perritos calientes.

Noah perdió interés en mí de inmediato.

—Uau, esto es increíble —le comenté a Maggs en cuanto mi hijo salió disparado—. No había imaginado que Marie venía de una familia con dinero.

—Marie viene de una caravana —respondió Maggs, riendo—, pero su padrastro está intentando compensar a Lacey por todo el tiempo perdido y él sí que está forrado. Lo que pide, lo obtiene al instante. Hoy quiere un pony.

—No jodas —repuse.

De pronto los brazos de Ruger me rodearon por detrás y pegó su nariz a mi cabello, para aspirar su perfume.

—Hola —me susurró al oído y sentí que me derretía. Maggs puso cara de exasperación, pero con la risa bailándole en los ojos, y yo me di la vuelta.

—Hola —le respondí y a continuación le coloqué las manos sobre los hombros y me puse de puntillas para besarle. Esta había sido nuestra rutina durante la última semana, besos tiernos, dulces y rápidos, que me permitían expresar mis sentimientos, pero sin ponernos demasiado intensos.

Sin embargo, esta vez no fue ni tierno ni dulce.

Creo que la efusión de Horse y de Marie había inspirado a Ruger, porque me besó con ímpetu, como solía hacer siempre. Acto seguido se retiró y me miró a los ojos, con expresión seria.

—¿Todo bien? —dijo.

—Sí, todo bien —respondí, sonriente—. Te he echado de menos.

—Yo también —dijo él—, sobre todo una parte de mí. ¿Qué tal si recuperamos un poco el tiempo perdido?

Me sonrojé mientras él me agarraba por el brazo y me conducía medio a rastras por el recinto. Yo le seguía como podía, tropezando a cada paso, incapaz de seguirle el ritmo.

—¿Dónde vamos? —pregunté—. Vamos a perdernos todo.

—Horse ha dicho que la fiesta puede esperar hasta que haya follado con su novia —respondió Ruger mientras se detenía junto a una mesa para llevarse una mochila que había allí—. Es un hombre que sabe lo que se hace.

Entonces me di cuenta de cuál era el lugar adonde nos dirigíamos.

—No —dije, tirando de la mano y retorciéndome—, al taller no. No pienso entrar en ese agujero.

—No hay problema —replicó Ruger, cambiando de dirección, pero sin detenerse un segundo. Ahora nos encaminábamos hacia la parte trasera del edificio del arsenal. Nos cruzamos con Dancer y vi que me señalaba con el dedo y se reía.

Menuda amiga.

Entramos en el edificio y subimos al tercer piso. Ruger se dio cuenta de que la puerta de uno de los dormitorios estaba abierta y, al entrar, vimos que una mujer, de rodillas, estaba haciéndole una mamada a un hombre.

—Necesitamos una manta —le dijo Ruger al hombre, que asintió con la cabeza, y agarró una de la cama. Salimos de la habitación justo antes de que yo estallara en llamas de pura vergüenza. Ruger me llevó más arriba, por un último tramo de escaleras que conducía al tejado. Era amplio, muy abierto, pero con grandes parapetos en los bordes. Había cierta inclinación, pero no excesiva. Estábamos realmente al aire libre.

—Esto no es mucho mejor que el taller —comenté y Ruger se volvió hacia mí, arqueando las cejas.

—¿Lo dices en serio? —replicó—. ¿Te traigo al único sitio en un kilómetro a la redonda donde hay un poco de privacidad y tú solo piensas en tocarme las pelotas? Además, es una tradición. Los chicos suben aquí con sus chicas todo el tiempo. Joder, Horse se declaró a Marie en un tejado.

Fruncí el ceño.

—Supongo que está bien —dije.

—Bueno, es un alivio —murmuró él, mientras extendía la manta en el suelo. Un segundo después, sus manos se enredaban en mi pelo y su boca cubría la mía. No recuerdo exactamente cómo acabé debajo de él, ni tampoco adónde fueron a parar mis bragas, aunque sospecho que Ruger me las robó —creo que se había vuelto un poco fetichista con ese asunto, la verdad.

Lo que sí recuerdo son mis esfuerzos para no gritar y no caer rodando por el tejado cuando empezó a lamerme a fondo en mi centro del placer. También recuerdo el momento en que penetró en mí, abriéndome de par en par y recordándome que no estaba loca por él solo porque cuidaba bien a Noah.

Joder, también Ruger sabía lo que hacía, eso está claro.

Descansamos un poco después de nuestra primera sesión de sexo de reconciliación y para ello nos colocamos a la sombra que daba el pequeño cobertizo que cubría el hueco de la escalera. Ruger se apoyó contra la pared y formó un nido para mí con sus brazos, en el que yo me recliné cómodamente. Se había despojado de toda su ropa y pensé que, si a él no le importaba estar completamente desnudo al aire libre, también podía aprovechar yo para disfrutar de la vista.

Apoyé un brazo contra su pecho y empecé a besárselo.

—Qué bueno —susurró, con voz ronca—. Dios, como he echado de menos tocarte.

—Yo también te he echado de menos —respondí. Me llamaba la atención el tatuaje que tenía en uno de sus pectorales y comencé a rodearlo con la lengua. Disfrutaba del sabor, ligeramente salado y masculino a rabiar. Me encantaba la dureza de sus músculos y, la verdad, me encantaba también saber que estaba dispuesto a hacer cualquier cosa por mí.

Cualquier cosa.

Descendí y comencé a lamerle el anillo que tenía en el pezón.

—¿No crees que es hora de que hablemos? —dijo de pronto y solté el anillo, a mi pesar.

—Sí, seguramente —le respondí, mirándole a los ojos—. Supongo que tenemos que definir un poco qué es lo que vamos a ser.

—Hagámoslo oficial —dijo él—. Quiero que seas mi dama, eso ya lo sabes. ¿Estás dispuesta?

—Creo que sí —respondí—. ¿Decías en serio lo de ser fiel? Me refiero al día en que viniste a por mí, cuando Em y yo estábamos en poder de los Devil's Jacks. ¿Estás de verdad dispuesto a no ir por ahí acostándote con cualquiera? Te lo digo porque eso sigue siendo para mí una línea roja.

—Lo decía totalmente en serio —dijo él, mirándome a los ojos—. No me he acostado con nadie desde que estuve contigo en el taller. Admito que pensé en hacerlo, pero se me quitaron las ganas, porque no era contigo.

Contuve la respiración.

—Entonces ¿por qué continuaste diciéndome que no ibas a prometer algo que no podías cumplir? —le dije, sorprendida—. Pensaba que no habías parado de tirarte todo lo que se movía.

—Siempre te dije que no pensaba mentir —respondió él—. Entonces, efectivamente, no quería prometer algo que no podía cumplir, pero mierda, Soph, en el momento en que creí perderte, todo quedó claro en mi cabeza, de golpe. Nadie más me importa una mierda, nena, te quiero. Creo que te he querido desde el primer momento, desde el día en que te encontré con Zach en mi sofá. He intentado convencerme a mí mismo de que no es cierto, pero no lo he conseguido.

Abrí y cerré los ojos rápidamente. Me quería. Ruger me quería. Creo que en realidad me había dado cuenta hacía ya cierto tiempo. Una persona no cuida a alguien como él nos había cuidado, a Noah y a mí, si no quiere a ese alguien.

Pero oírlo resultaba agradable, de todos modos.

—Yo también te quiero —le dije, con repentina timidez— y también desde hace mucho. Siempre has estado ahí para mí.

—Eso es lo que haces cuando estás loco por alguien —repuso él, con una fugaz sonrisa—. Créeme, no me molestaba en ayudarte en las mudanzas, en poner alarmas en tus ventanas y en todas esas mierdas por bondad de corazón. No pertenezco a ninguna ONG ¿sabes?

Sonreí con timidez. Su mirada era tan intensa que no podía mantenerla ni un segundo más, así que dirigí la vista hacia su hombro y, por primera vez, observé con atención los tatuajes que tenía en esa parte del cuerpo. Eran una serie de círculos que dejaban atrás una especie de estela, como si fueran cometas.

—¿Qué son? —le pregunté.

—¿El qué? —respondió él.

—Los tatuajes que llevas en el hombro —expliqué—. Hace tiempo que me lo pregunto. No se parecen a nada en concreto.

Ruger se incorporó y me miró con expresión seria.

—Siéntate encima de mí —me dijo y arqueé una ceja.

—¿Ya estás preparado para el segundo asalto? —inquirí—. ¿O es que estás tratando de evitar la cuestión? Déjame adivinar... estás tan borracho que no recuerdas lo que son.

Sacudió la cabeza lentamente.

—Oh, claro que me acuerdo —replicó—. Vamos, siéntate, quiero enseñarte algo.

Le miré con suspicacia, pero me senté encima de él, a horcajadas. Su miembro rozaba mi abertura y sentí una corriente de deseo. No era él el único que estaba dispuesto a más...

—Ahora coloca las manos sobre mis hombros —me dijo.

—¿Qué? —repliqué.

—Que coloques las manos sobre mis hombros —insistió. Lo hice y entonces caí.

—¡Joder, eres un cerdo! —exclamé—. ¿Qué clase de mamón se hace un tatuaje con huellas de dedos en los hombros? Dios ¿es que las mujeres a las que jodes son tan estúpidas que necesitan una guía para saber dónde tienen que agarrarse?

Ruger abrió mucho los ojos y se echó a reír. Separé las manos y le miré fijamente. Intenté levantarme, pero él me sujetó por la cintura. Entonces dejó de reírse y me miró, sonriente.

—La verdad es que sí, algunas son así de estúpidas —dijo—, pero esos son tus dedos, nena.

Le miré con expresión de no entender nada de nada.

—Tal vez no te acuerdes —dijo—, pero la noche en que tuviste a Noah junto a la carretera, estabas agarrada a mis hombros.

Entonces entendí lo que estaba diciendo y volví a colocar los dedos sobre los tatuajes. Encajaban a la perfección.

—No sé cómo explicarte lo que sentí aquella noche —dijo—. Fue algo tan intenso, Soph. No tenía ni idea de qué estábamos haciendo. Nunca he vuelto a ver algo así ni a sentir nada parecido. Luchabas de una manera increíble para traerlo a la vida y todo lo que yo podía hacer era sostenerte y esperar no cagarla. Me apretaste los hombros con tanta fuerza que me dolieron durante varios días. Me clavaste las uñas y me dejaste las marcas para mucho tiempo. Joder, estabas muy fuerte.

Pensé en aquella noche y volví a verme, agachada al borde de la carretera. El dolor. El miedo.

Y la alegría de sostener a Noah en mis brazos por primera vez.

—Lo siento —dije—. No pretendía hacerte daño.

Ruger gruñó y sonrió de nuevo.

—No me hiciste daño, nena —respondió—, me marcaste. Hay una gran diferencia. Aquello fue lo más importante que me ha ocurrido en la vida. Sostenerte, sujetar a Noah, me cambió para siempre. No quería olvidarlo, así que, cuando las marcas empezaron a desaparecer, me hice los tatuajes sobre ellas.

—Joder —respondí—. Creo que es lo más romántico que he oído en mi vida.

Sentí que algo se endurecía debajo de mí y Ruger sonrió de medio lado.

—¿Ha sido suficientemente romántico como para hacerlo otra vez? —inquirió—. Lo digo porque esta historia se la he contado antes a otras mujeres y funciona de puta madre. En cuanto terminan de oírla, ya se están bajando las bragas. Sería duro ver que tú eres la única que aguanta, teniendo en cuenta que la historia trata sobre ti.

Me eché a reír. Ruger me hizo rodar y se colocó sobre mí, sujetándome las manos contra el suelo. La risa se fue amortiguando, a medida que su miembro encontraba la puerta de entrada hacia mi interior.

—Te quiero, nena —dijo, mientras me penetraba lentamente—. Te lo prometo. Siempre estaré ahí para ti.

—Lo sé —le susurré—. Siempre ha sido así. Yo también te quiero, Ruger, pero si vuelves a contarle esa historia a otras chicas, te arranco los tatuajes.

—Tomo nota —respondió, sonriente.

Acerqué mis labios a los suyos y le besé con pasión, mientras él llegaba al fondo mismo del túnel del placer. A continuación salió y entró repetidamente, muy despacio, rozando mi clítoris con cada movimiento. Alcé las piernas, le rodeé con ellas la cintura y cerré los ojos para disfrutar plenamente de la sensación de los rayos tibios del sol sobre mi cuerpo y el duro y poderoso miembro que me abría y me empapaba por dentro.

Amaba a aquel hombre.

Adoraba la forma en que me sujetaba con sus brazos, la forma en que cuidaba a mi hijo y cómo hacía desaparecer todas las cosas horribles que sucedían en mi vida.

Mientras entraba y salía de mí suavemente, oía el ruido de la fiesta que llegaba desde abajo, la música, los vítores y las risas —se notaba que estaban aprovechando a tope uno de los últimos días cálidos del año—. Maggs estaba allí y también Em y Picnic y Dancer y Bam Bam... No había sido solo Ruger, comprendí. Todos ellos me habían ayudado siempre que me había hecho falta, aunque yo los hubiera mirado mal por ser Reapers.

Los Reapers eran parte de Ruger y él era parte de mí.

En aquel instante, su miembro me penetró muy muy adentro y me eché a reír.

—¿Qué mierdas...? —dijo él, sin detenerse.

—Eres parte de mí —dije, aún riendo.

Ruger se detuvo, arqueó una ceja y se retiró de mí de forma muy lenta y deliberada, haciéndome jadear.

—Está claro —dijo, con una media sonrisa. Entonces le agarré las nalgas con ambas manos y presioné hacia dentro, una y otra vez, para urgirle a que reanudase el movimiento. No protestó. Al cabo de pocos segundos yo ya me había olvidado por completo de la fiesta de abajo, totalmente concentrada en las sensaciones que se iban acumulando dentro de mi cuerpo. Ruger se movía cada vez más deprisa, penetrando en mi interior y retirándose, haciendo que mi trasero arrastrara la manta por el suelo, tal era la fuerza de sus empellones.

—Mierda, estoy a punto —dije.

Ruger gruñó y, de pronto, se retiró de mí bruscamente y rodó sobre su espalda, jadeante.

—¡Joder! —exclamé—. ¿Pero que...?

—Quiero darte una cosa —dijo, con voz tensa. Me senté y le miré fijamente.

—¡Ahora no! —respondí—. Eres de lo más inoportuno que hay en el mundo.

Dejó escapar una carcajada, aunque definitivamente había cierta tensión en su forma de reír. Sacudió la cabeza, se sentó, escarbó en la mochila que había traído y sacó algo. Un chaleco de cuero negro.

En un parche se leía: «Propiedad de Ruger».

Se me descolgó la mandíbula y respiré muy hondo.

—Ruger... —acerté a decir.

—Antes escúchame —me interrumpió, mirándome fijamente—. Tú no eres de mi mundo, así que no sabes exactamente lo que significa llevar un chaleco como este.

—De acuerdo —dije lentamente, aunque estaba segura de que nada de lo que pudiera decir me haría sentir cómoda con aquella prenda.

—Aquí está escrita la palabra «propiedad» —explicó—, pero lo que significa es que eres mi mujer y que quiero que todo el mundo lo sepa. Vivo en un mundo duro, nena, un mundo en el que pasan cosas jodidas, como ya has visto, pero pase lo que pase, mis hermanos me respaldan. Este chaleco significa que eres una de los nuestros. No son solo palabras, Sophie. Somos una tribu y cada uno de sus miembros —gente que ni conoces— mataría para proteger a una mujer que lleve este chaleco. Lo harían porque son mis hermanos y porque esto significa mucho más que cualquier anillo en nuestro mundo.

—No entiendo —dije, tratando de ordenar un poco sus palabras en mi cabeza.

—Cuando un motero toma a una mujer como su propiedad, eso no significa que la posea —continuó, mientras sus ojos buscaban los míos—, significa que confía en ella. Esto quiere decir que te entrego mi vida, Sophie, y no solo la mía, sino la de mis hermanos también. Significa que soy responsable de todo lo que hagas. Si la cagas, yo pago los daños. Si necesitas ayuda, yo y los demás estaremos ahí. Eres la única mujer que he conocido a la que daría tal clase de poder. Demonios, no me lo estoy pensando, sino que me muero por que lo aceptes. Quiero que lleves mi parche, Soph. ¿Lo aceptas?

Suspiré y tomé el chaleco de sus manos. Estaba caliente, por el sol. Lo recorrí con los dedos y sentí lo bien que estaba cosido. Lo habían hecho para que durase, eso estaba claro. Tal vez una vida entera.

Miré a Ruger. Contemplé sus fuertes manos, las que habían sostenido a mi hijo al nacer, y después aquella sonrisa que me dejaba sin aliento. Sabía cuál iba a ser mi respuesta, pero no se trataba de ponérselo demasiado fácil, tampoco.

—¿Puedo preguntarte algo? —le dije.

—Claro —respondió y creí sentir una nota de ansiedad en su voz.

—¿Era realmente necesario parar en mitad del sexo para hacerme esta pregunta? —dije—. Estaba a punto de llegar a lo mejor.

Ruger dejó escapar una carcajada y después sacudió la cabeza.

—Me había hecho una promesa —dijo, con voz casi sumisa.

—¿Y qué era? —quise saber.

—Me prometí que la próxima vez que lo hiciera contigo, llevarías mi parche —respondió—, pero me distraje. Es que tienes unas tetas realmente increíbles, nena.

—Pero si ya lo hemos hecho una vez aquí arriba —objeté, tratando de poner cara seria—. ¿Por qué no remataste la faena?

—Porque soy gilipollas —respondió él, encogiéndose de hombros—. No sé, pensé que estabas a punto de explotar conmigo dentro y que ibas a apretarme el rabo como si el mundo fuera a acabarse. Quería que llevaras mi parche cuando eso sucediera. Simplemente se me ocurrió.

Me quedé pensativa, dando vueltas con calma a la cuestión. Bien podía torturarle un poco más, sobre todo teniendo en cuenta cómo me había dejado él hacía unos minutos.

—Parece un buen chaleco —dije, lentamente—. ¿Seguro de que estás preparado para esto?

—Sí, Sophie, estoy jodidamente seguro —dijo, con cara de exasperación—¿Qué dices, entonces? O te lo pones y los dos nos quedamos contentos, o nos vamos a casa bien jodidos y más calientes que el infierno, porque hablo en serio. Si no hay chaleco, no hay rabo.

—De acuerdo —dije.

—¿En serio? —replicó él.

—Sí, en serio —confirmé—. No pongas esa cara de sorpresa. Hay que reconocer que tienes un buen instrumento, chico.

Me puse el chaleco, saboreando su expresión de deleite. Me cosquilleaba ligeramente en los pezones y tuve que contener una carcajada —tal vez Marie podría darme algún consejo sobre cómo llevarlo bien. A continuación Ruger me colocó sobre su cuerpo, alzándome lo justo para penetrarme a fondo. Apoyé las manos sobre su pecho y comencé a moverme lentamente, mientras estudiaba su rostro.

—Entonces ¿qué te parece? —le dije.

—¿Como te queda? —respondió él, con una sonrisa—. De maravilla, aunque tendría que verlo también desde atrás. ¿Estás lista para un poco de acción estilo *cowboy*?

—Primero acaba el trabajo así —respondí— y luego ya nos pondremos creativos.

Ruger sonrió, introdujo la mano entre nuestros cuerpos y encontró mi centro del placer con los dedos.

—¿Prometido? —dijo.

—¡Oh, sí, oh sí! —exclamé sin poder contenerme.

Epílogo

Cinco años después
Ruger

—**A**hora voy a meterla.

La voz de Sophie era suave y dulce, con un ligerísimo tono de risa.

Ruger olió su perfume especial y notó un sobresalto en la entrepierna, el mismo que sentía cada vez que la había visto desde aquella primera noche en su apartamento. Estaba tan guapa como para morirse y aún no podía creer que fuera su dama.

Sin embargo, no era capaz de entender por qué pelotas a ella se le había metido en la cabeza que «aquello» era una buena idea. Sophie iba demasiado deprisa. No estaban preparados. Tenía que hacer que parase, que recapacitara, que se diera cuenta de hasta qué punto «aquello» podía hacer que las cosas cambiaran entre ellos. Ser parte del club le había abierto la mente, pero debía haber algún límite.

Ruger frunció el ceño y agarró la mano de su chica, deteniéndola a la mitad del recorrido.

—¿Por qué no podemos simplemente seguir como hasta ahora? —dijo—. La cosa siempre ha funcionado entre nosotros. No entiendo por qué no te basta.

Sophie le miró con cara de exasperación.

—Dios, Ruger, corta por una vez el rollo «hombre de las cavernas» —respondió—. Sabes que estoy deseando hacerlo y para mí no es la primera vez. No va a cambiar nada entre nosotros, pero necesito esto. Tú quieres que sea feliz, siempre dices que quieres que sea feliz. A veces eso significa ceder un poco, o dar juntos un paso adelante. Deja que sea yo la que tome el control por una vez.

Ruger cerró los ojos y respiró hondo. A continuación los abrió y miró a la mujer a la que amaba más que a nada en el mundo. Ella sonrió de oreja a oreja y, mierda, a él le gustó aquella sonrisa.

—Lo siento, nena —dijo y se inclinó hacia delante para darle un rápido beso en aquellos labios suaves y perfectos que tenía. Era necesario que confiara en ella. Ruger se obligó a dar dos pasos atrás y la grava crujió bajo sus pies.

—¿Estás preparado? —le preguntó Sophie y él asintió con la cabeza, muy tenso.

—De acuerdo, entonces voy a meterla —continuó ella—. ¿Prometes que mantendrás la calma?

Ruger la miró, impaciente.

—Pues claro que mantendré la calma —dijo—. No soy un puto bebé, Sophie, por Dios.

Ella no replicó, pero sus ojos lo decían todo y Ruger sintió que algo tiraba de sus labios hacia arriba y le obligaba a sonreír, sin que pudiera evitarlo.

—De acuerdo —dijo y alzó las manos en señal de rendición—. Tu ganas. No soy más que un bebé llorón y no puedo soportar la idea de que hagas algo divertido sin mí. No quiero que te diviertas, en realidad, solo te quiero descalza, embarazada y en la coci...

—¡Oh, cierra el pico! —cortó ella, entre risas—. Ahora voy a hacerlo, en serio, y vas a tener que aceptarlo. Sepárate. No quiero que a mi motero grandote y malote le alcance una piedrecita en el ojo, o algo así.

Dicho esto, Sophie metió la llave en el contacto y el motor de la Harley rugió, de vuelta a la vida. La expresión de su cara era de puro deleite y Ruger tuvo que admitir para sus adentros que la imagen de ella encima de la moto le ponía muy caliente. Era complicado decidir si le gustaría que ella llevara más cuero encima para su protección, porque, demonios, así como iba, ligerita de ropa, estaba mucho mejor...

Ruger cortó en seco aquella idea. Tenía que pensar en la seguridad de su mujer, no en sus tetas.

—¡Ten cuidado! —gritó mientras ella enfilaba la pista de entrada a la casa, entre risas, y después salía a la carretera con un grito de triunfo.

Mierda y más mierda.

—Voy a matar al cabronazo de Horse —murmuró Ruger—, a él y a su maldita zorra, con sus ideas de las pelotas. Sophie no necesita tener su propia puta moto, para nada.

—No deberías hablar así con Faith delante —dijo Noah—. Si empieza a soltar palabrotas, mamá se va a cagar del cabreo.

El muchacho tenía doce años, para cumplir trece, y acababa de dar el primer estirón. Ya había empezado a recibir llamadas de chicas, lo que ponía de los nervios a Sophie. A Ruger le agradaba comprobar que el chico había salido a su madre, tanto en el físico como en el cerebro. Faith estaba sentada en los hombros de Noah y miraba a Ruger con sus grandes ojos, iguales a los de su madre. Sonrió de oreja a oreja, de forma enternecedora, y después abrió la boca y declaró, solemne.

—Matad al cabdonazo de Hodze.

Ruger suspiró y agarró a su hijita, que trepó por sus brazos como un mono araña. Pegó la nariz al cuello de la niña y aspiró su dulce perfume, que ya no era el de un bebé.

—No puedes ganar esta partida —dijo Noah—. Sabes que tarde o temprano Faith dirá algo delante de mamá.

—Si lo hace, diré que te imita a ti —replicó Ruger, entrecerrando los ojos, y Noah se echó a reír.

—Tú fuiste el que me enseñó a mí, primero —dijo.

—A veces eres un poquito tocapelotas ¿sabes? —replicó Ruger.

—Sí, pero soy un tocapelotas que está dispuesto a lanzarte un salvavidas —dijo Noah, pensativo—. Si dice una palabrota delante de mamá, diré que se la he enseñado yo... a cambio de dinero.

—¿Cuánto? —inquirió Ruger.

—Veinte pavos cada vez —respondió el chico.

—Trato hecho —fue la respuesta.

Sophie

La moto rugía entre mis piernas y el viento me azotaba el rostro. Me encantaba. Había estado practicando durante algún tiempo, sobre todo en casa de Marie —hacía un año que ella tenía su propia moto—. Me encantaba que Ruger me llevara de paquete, pero también conducirla yo. Me había costado seis meses convencerle de que yo también tenía que tener la mía.

El muy estúpido estaba convencido de que me mataría.

El problema era que, en el fondo, Ruger era muy sexista. Bueno, y en la superficie también. Sin embargo, cuando decidió que ya era el momento de que Noah empezara a practicar en una pequeña moto de *cross,* decidí que ya había tenido bastante paciencia.

¿Podía montar un chico de doce años y yo no?

Y una mierda.

Al principio de la semana había anunciado que pensaba comprarme una moto y que Ruger podía ayudarme a escoger o aguantarse con lo que yo eligiera. Aquello le puso un petardo en el culo y, aquella misma mañana, un amigo suyo había aparecido en casa con mi pequeña Harley. A Ruger no le gustaba, pero al menos sabía que era una moto decente y en buen estado.

Aun así, pagué con mi dinero. Quería que fuera de verdad mi moto. Considerábamos que todo era de los dos, después de casarnos, pero él insistió en que yo mantuviera mi propia cuenta bancaria, con mi nómina. Yo no había dicho nada al respecto, pero él sabía —instintivamente— que yo debía sentir que podía cuidar de mí misma.

Contar con mi propio dinero ayudaba, claro.

Planeaba usar la mayor parte para pagar el colegio a los niños, pero de vez cuando me permitía algún capricho. Había llevado a Ruger a Hawai para celebrar nuestro segundo aniversario. Había sido una buena inversión, ya que nos habíamos traído a Faith como *souvenir.* Durante un tiempo temí que la presencia de un bebé en la casa pudiera distanciar a Ruger y a Noah, pero fue todo lo contrario. Noah se convertía en un hombrecito día a día y mi marido tenía mucho que ver en ello.

Al cabo de pocos minutos llegué al final de la carretera y sopesé la posibilidad de dar la vuelta. No había probado realmente las prestaciones de mi chica —para mí la moto era claramente femenina, la sentía ya como mi hermana—, pero sabía que aquello estaba matando a Ruger.

Sonreí. Me sentía un poco malvada.

Una parte de mí estaba deseando salir disparada, gozar de la libertad y dejar que Ruger se comiera la cabeza durante un rato. Aquello le cabrearía lo suyo pero, la verdad, una sesión de sexo furioso con mi hombre

tampoco estaría nada mal. Jugueteé un rato con la idea, pero finalmente di la vuelta y regresé hacia la casa.

Mejor pasito a pasito.

Ya le había asustado bastante por un día.

Mejor guardar algo para el día siguiente, por si se le ocurría pasarse de la raya...

FIN

Agradecimientos

Quiero dar las gracias de forma muy especial a Kristin Hannah, una escritora increíble que dedicó parte de su ocupadísima vida a cambiar la mía. Nunca sabrás lo mucho que significó para mí, Kristin. Gracias también a Amy Tannenbaum, Cindy Hwang y al tío Ray por hacer que esto haya sido posible.

También quiero dar las gracias a los que me seguís online: realmente sois gente increíble. Mi cariño y mi aprecio a Maryse (SQUEEE!), Jenny, Gitte, Angie, Lisa, Paige, Sali, Sparky, Cara, Hang, la Triple M y las chicas de Kristin Ashley Anonymous. Un agradecimiento muy especial para Backyard por todo su apoyo.

Los amigos que me escriben son también fabulosos. Os quiero, Raelene Gorlinsky, Cara Carnes, Katy Evans, Renee Carlino, Kim Jones, Kim Karr, Mia Asher y mi hermana maligna, Kylie Scott (vigila tu espalda. Esos koalas no pueden protegerte siempre).

Y por último, pero no menos importante. Gracias a mi marido por no matarme mientras escribía este libro. Ningún jurado te habría condenado.

PROPIEDAD PRIVADA

Lo último que necesita Marie es una complicación como Horse, acaba de dejar al gilipollas de su ex marido, un maltratador, y no está para pensar en hombres... Pero este motero enorme, tatuado e irresistible que aparece una tarde en la caravana de su hermano se lo pone muy difícil.

Horse es miembro del Reapers Moto Club, un hombre acostumbrado a conseguir lo que quiere. Y quiere a Marie, en su moto y en su cama. Ya.

Marie no está dispuesta a convertirse en la «propiedad» de nadie. Sin embargo, cuando su hermano roba al club se verá forzada a ofrecerse como garantía para salvarle la vida.

Ya en tu librería

PROPIEDAD PRIVADA

REAPERS MC

SEDA ERÓTICA

JOANNA WYLDE

Libros de seda

REAPERS MC

JUEGO DIABÓLICO

Liam «Hunter» Blake odia a los Reapers. Ha nacido y se ha criado entre los Devil's Jacks y sabe cuál es su misión. Defenderá a su club de sus viejos enemigos utilizando los medios que haga falta. Pero ¿para qué emplear la fuerza cuando el presidente de los Reapers tiene una hija que está sola y a su alcance? Hunter la ha deseado desde la primera vez que la vio. Ahora tiene la excusa perfecta para llevársela.

Em siempre ha vivido a la sombra de los Reapers. Su padre, Picnic, el presidente del club, la sobreprotege. La última vez que se presentó en el club con un novio, Picnic le pegó un tiro y los demás hombres que hay en su vida están más interesados en hacer que su padre esté contento que en que ella pase un buen rato. Pero entonces conoce a un atractivo desconocido que no tiene miedo de tratarla como a una mujer de verdad. Alguien que no teme a su padre. Se llama Liam y es el hombre de su vida. O eso cree ella...

JUEGO DIABÓLICO

REAPERS MC

SEDA ERÓTICA

JOANNA WYLDE

Libros de
seda

REAPERS MC

OBSESIÓN TOTAL

Como presidente del Reapers MC, Reese, «Picnic» Hayes ha dedicado su vida entera al club. Tras perder a su esposa, supo que nunca más volvería a enamorarse. Y con dos hijas de las que cuidar y un club que gestionar, las cosas le iban bien así, manteniendo siempre relaciones libres y sin compromiso. Por eso no le apetece nada perder el tiempo con una limpiadora con pretensiones como London Armstrong.

Pero lo malo es que está completamente obsesionado con ella.

Además de llevar su propio negocio, London tiene que ocuparse de la hija drogadicta de su prima: una muchacha de dieciocho años más insensata de lo que es normal para su edad. Desde luego, el presidente de los Reapers le parece atractivo, pero no es ninguna estúpida. Reese Hayes es un delincuente y un bruto. Sin embargo, cuando su joven prima se ve atrapada en las garras de un cruel cartel de la droga, se ve obligada a replantearse las cosas: tal vez Reese sea el único hombre que pueda ayudarla. Tendrá entonces que tomar una decisión difícil. ¿Hasta dónde será capaz de llegar con tal de salvar a alguien de su familia?

Muy pronto en tu librería

Encuentra todos los libros de
Amy Plum en nuestro catálogo:

librosdeseda.com

facebook.com/librosdeseda

twitter.com/librosdeseda